Zu diesem Buch

Das Buch ist nicht nur ein pikaresker Abenteuerroman mit phantastischen Zügen, sondern auch ein Spiel mit der Philosophie. Tibor Fischers unerschöpfliche Formulierungskunst gibt dem abendländischen Bildungsgut die Realitätstauglichkeit zurück. In diesem Gangsterstück von Robin Hood und Sokrates im Land Descartes' – wo sonst könnte man an Bankangestelle T-Shirts mit der Aufschrift «Ich raube, also bin ich» verteilen – kommt der alte Traum von der Anarchie wieder zu Ehren.

«Klassische Freundespaare gibt es viele. Nach Laurel und Hardy, Hauser und Kienzle kommen nun Eddie und Hubert.» («Der Spiegel»)

Tibor Fischer

Ich raube, also bin ich

Die Eddie Coffin Story

Aus dem Englischen
von Ulrich Blumenbach

Rowohlt Taschenbuch Verlag

Veröffentlicht im Rowohlt Taschenbuch Verlag
GmbH, Reinbek bei Hamburg, August 1998

Die Originalausgabe erschien 1994
unter dem Titel «The Thought Gang» bei
Polygon, Edinburgh

Lektorat Katharina Raabe
Umschlaggestaltung C. Günther/W. Hellmann
Illustration: Bernhard Kunkler
Gesamtherstellung Clausen & Bosse, Leck
Printed in Germany
ISBN 3 499 22367 8

Für meine Mutter

ἰδιῶται – one's own countrymen

Liddell and Scott's Greek-English Lexicon

Die Vergangenheit 1.1

Der einzige Rat, den ich Ihnen anbieten kann, sollten Sie mit Drehschwindel in einer fremden Wohnung aufwachen, mit einem gut durchwachsenen Kater, ohne einen Fetzen am Leib, ohne jede Erinnerung, wie Sie hergekommen sind, umgeben von Stapeln Hochglanzmagazinen, die Kinder in nicht jugendfreien Stellungen zeigen, während die Polizei – unter wütendem Hundegebell – mit dem Vorschlaghammer auf die Tür eindrischt, der einzige Rat, den ich anbieten kann, lautet, treten Sie nach Möglichkeit zuvorkommend und höflich auf.

Ich muß einen Filmriß gehabt haben, jedenfalls öffnete sich die Blende auf dieses reizende Tableau, und ich versuchte, mir zusammenzureimen, was das ganze Theater mit mir zu tun haben mochte. Ich wollte guten Willen zeigen, weil ich finde, alle Menschen sollten guten Willens sein, und wie ich später herausfand, ist es, selbst wenn einem (a) nicht nach gutem Willen ist oder man (b) starker Empfindungen bösen Willens wegen keinen zeigen mag, nur um so angebrachter, Taktgefühl und Gastlichkeit an den Tag zu legen, denn dann bangt die Polizei, sie könne etwas falsch gemacht haben.

Denken Sie daran, die tun nur, was sie für ihre Pflicht halten, und genau das sagte ich mir auch, als sie mich ein Stück anhoben, gerade so viel, daß es sich lohnte, mich auf den Boden krachen zu lassen. Hernach richteten sie zahlreiche Handfeuerwaffen auf mein wehrloses Fleisch (widerwärtig bleich und gänsehäutig), während ich noch überlegte, ob ich ihnen nicht eine Tasse Tee oder dergleichen anbieten sollte. Doch dämmerte mir schnell, daß ich keine Ahnung hatte, ob es überhaupt eine Küche gab. Wo sie sein mochte. Geschweige denn, ob es dort die erforderlichen Utensilien für die Teebereitung gab. Vital genug, minimale Lebensfunktionen aufrechtzuerhalten, bewunderte ich den Fußboden neben meinem Gesicht (und den Einzahlungsbeleg der Zenshinren Bank), an dem ich mich die ganze Zeit festhielt.

Unbefriedigende Fußböden im East End 1.1

Er war sehr kalt.

Doch immerhin ein Fußboden, und da ich schon immer eine Anlage zur Bauchlage hatte, habe ich aus Fußböden oft Trost geschöpft; sie boten mir in manchen Wechselfällen des Lebens Halt. Sehr stabil, Fußböden. Mit bewundernswerten Eigenschaften ausgestattet: verläßlich, stützend, unkompliziert, geduldig. Und egal wie unbequem die Lage, wie sehr Gelenke und Druckstellen schmerzen, man darf sicher sein, daß man von ernsthaften Verletzungen verschont geblieben ist, daß man den Beschwernissen der Schwerkraft ein Schnippchen geschlagen hat, wenn man es bis zum Fußboden geschafft hat.

Als ich, die Hände in Handschellen auf dem Rücken, einen Zet des Schuhwerks der mich festnehmenden Beamten wagte, konnte ich nicht umhin, Nietzsches Diktum zu preisen, *was mich nicht umbringt, macht mich stärker.* Man könnte hinzufügen, was einen nicht umbringt, kann höchst ungemütlich sein und eine scheußliche Erkältung nach sich ziehen. Ich nieste handlos und katapultierte etwas Nasensekret zum blanken Schuhwerk des befehlshabenden Beamten hinüber, wo es alle viere von sich streckte und sich häuslich einrichtete.

Das Dumme bei Nietzsche – der ohnehin nirgends Verhaltensregeln für den Fall aufgestellt hat, daß man sich unter unwürdigen Umständen in Handschellen auf eiskalten Fußböden befindet: Man kann nie sicher sein, ob er sich gerade einen Scherz erlaubt oder nicht.

Dasselbe Problem hatte die Metropolitan Police mit mir. Sie fanden mein Gebaren auf ihr Befragen hin wenig überzeugend.

Schon bei der ersten Frage blieben wir hängen. Mein Name. Coffin. Ich kann es ihnen nicht verübeln. Ich sehe ein, daß dieser Name ohne weiteres als Provokation und aus den Fingern gesogen einzustufen ist. Angesichts der Definition, mit der ihn das Wörterbuch verbindet, ist es ein dämlicher Name.

Nicht ganz so dämlich wie, sagen wir, Kiefernsarg, deren eine ganze Anzahl durchs Leben kreucht und fleucht. Nicht ganz so lächerlich wie Schwanz, Schwinghammer, Morbus, Spinner, Langnas, Schwätzer, Spermann, Braesigke oder Ungetüm (Sie brauchen bloß ins Telephonbuch zu schauen, es ist phantastisch, von welchen Schluchten sich schlichte Gemüter einzig ihres Geschlechts wegen verschlingen lassen – von ihren ungeschlachten Geschlechtsteilen ganz zu schweigen), aber immer für einen Lacher gut. Meine ganze Schulzeit hindurch habe ich für viel Heiterkeit gesorgt, und es gab Zeiten, in denen ich ihn loswerden und gegen etwas Nichtssagenderes oder irgendwie Netteres, Exotisches eintauschen wollte; aber als ich an all die Prüfungen dachte, die ich um seinetwillen erduldet hatte, beschloß ich, ihn zu behalten, egal wie schwer er zu buchstabieren war und wie viele Briefe ich noch erhalten mochte, die an Dr. Coughing, Dr. Kaffern, Dr. Koffein oder Dr. Co-Fin gerichtet waren. Wer läßt sich schon gern beim Hasenfüßeln ertappen?

Außerdem wäre mein Vater schon beim Verdacht,

ich könnte kneifen wollen, fuchsteufelswild geworden, schließlich hatten die Coffins jahrhundertelang Gelächter eingesteckt. Zudem schwingen in den mutmaßlichen Ursprüngen des Namens sagenhafte Bedeutungen mit: *coffer* wie in *money-coffers*, Geldsäcke. Soweit ich mich entsinnen kann, hatte ich schon immer einen Hang zum Geld, zweifellos. Ich habe nie eine Phase durchgemacht, in der ich dem Gelde am liebsten den Laufpaß gegeben, seine Verdienste geschmälert oder vorgegeben hätte, es gäbe Wichtigeres (trotz der Parität so mancher Entität). Allerdings wäre ich wohl schon immer gern über Zikkurate aus Zehnern geklettert, selbst wenn mein Name Jesus Mohammed McBuddha gelautet hätte.

Mit dem zweiten mutmaßlichen Ursprung meines Namens hat es die unheimliche Bewandtnis, daß er vom französischen Wort für ‹kahl› herrühren soll (fragen Sie mich nicht, wie die auf so was kommen), und das ist unheimlich, weil ich nicht nur den kahlsten Kopf habe, den man sich denken kann, sondern weil das schon mit fünfundzwanzig so war. Kein heroisches Follikel leistet irgendwo Widerstand, kein Inselchen zäher Kämpen am Hinterkopf hat die Einstellung der Wachstumshandlungen überstanden.

Als nächstes war das Geburtsdatum dran. Das machte uns alle froh. Daran knüpfte sich keine Kontroverse.

Aber dann … Beruf?

«Philosoph.»

«Philosoph?»

«Philosoph.»

Warum stellt man Fragen, wenn einem die Antworten nicht passen? Meine Erwiderung war Wasser auf ihre Mühlen, daß ich mir alles nur ausdachte, um mich über sie lustig zu machen. Hatten sie die Auflage, aus jedem Berufsstand einen bestimmten Prozentsatz festzunehmen? «Wir müssen Sie laufen lassen. Wir haben schon zwei Existentialisten im Bau.» Warum fragt man nicht nach dem Lieblingsroman, wenn man zwei Eddie Coffins auseinanderhalten muß, die beide am 9. 5. 45 geboren wurden?

Ich war der Polizei keine große Hilfe – zu ihrem offen bekundeten Verdruß. Unsere Dialoge waren ziemlich platt und einseitig, viele Fragen seitens der Gesetzeshüter und weitgehend ein und dieselbe Antwort – mit vielen bedauernden Beiklängen – meinerseits.

Ich erklärte ihnen wieder und wieder, ich könne ihnen über den Zustand dieser Wohnung in der Zetland Street nichts sagen, da ich darüber nichts wisse. Ebensowenig über ihre Bewohner. Die Polizei, so ließ ich durchblicken, sei informationell privilegiert, sie kenne immerhin die Adresse. Ich hingegen könne lediglich eine detaillierte Beschreibung des Linoleums liefern.

Die Polizei nahm all das mit bewährtem Spott auf, denn jeder Kenner der Verbrecherbranche wird bestätigen (auch wenn ich es damals noch nicht wußte), daß die Formulierung *ich weiß nicht, wovon Sie reden*, fast ausschließlich von jenen verwendet wird, die paradoxerweise ganz genau wissen, wovon die Rede ist; daß diese Zusammenfügung von Wörtern ein Code ist, ein Slang, ein Tarnausdruck, der besagt: beweisen Sie's. Es ist Knastwelsch für: Glauben Sie ja nicht, daß ich Ihren Job für Sie erledige.

Ich war in einem Pub gewesen, dem *Zodiac* in Tower Hamlets. Dort war mir das Gedächtnis amputiert worden, nachdem ich meine Fünf-Minuten-Terrine über das Wesen des Wissens vom Stapel gelassen hatte, Fazit der unausweichlichen Frage nach der Philosophie. Zugegeben, ich war bereits mit dem Kollaps auf Kollisionskurs, bevor ich die Schankräume betrat.

Nachdem man mich auf dem Revier einen Tag lang in Gewahrsam gehalten hatte, wurde ich wieder vor die Tür gesetzt, denn trotz umfangreicher Bemühungen war es der Polizei nicht gelungen, diesen Philosophiedozenten aus Cambridge in das vorgefundene Szenario der Gesetzwidrigkeiten einzupassen: Ich kannte die Leute nicht, die jene verruchten Waren veräußerten, und als später einige der Schuldigen aufgespürt und verhaftet worden waren, stellte sich heraus, daß auch sie nichts von mir wußten. Allenthalben Verwirrung. Insbesondere, da meine Kleider nie wieder auftauchten.

Falls es einen Skandal gab, habe ich ihn nicht bemerkt. Einige wenige Akademikerkollegen sahen mich nachdenklich an, sagten aber nichts. Merkwürdigerweise schien der Rektor nicht im mindesten überrascht oder gar ungehalten, als er einen kommissardonischen Anruf betreffs eines seiner Fellows erhielt. «Ach, Coffin», sagte er, als er mich sah, dann zischte er in die Richtung ab, die ich unverkennbar meiden würde. Abgesehen von dieser Feststellung hatte er augenscheinlich nichts zu sagen.

Obwohl es beschwerlich, kalt und manches andere war, was sich aus jenem Florilegium von Eigenschaften herauspicken ließe, über die haselnußhirnige Philosophen den Kopf schütteln, bin ich ziemlich sicher, daß ich meine Berufung allein der Tatsache verdanke, daß ich in weiten Kreisen der akademischen Welt einen Ruf hatte als «der, den man in einer Wohnung im East End mitten zwischen Kinderpornos im Wert von ein paar hundert Riesen gefunden hat». So was erregt Aufmerksamkeit. Man möchte Sie kennenlernen.

Nun mach endlich

Gegen Anfänge läßt sich ja einiges sagen, auf Determination könnte man pfeifen und Madame Kausalität mit Hohn und Spott überschütten, aber genausogut kann ich weise darauf verweisen, daß ich an diesem Punkt der Philosophie in die Falle ging und der Branche Tribut zollen mußte.

Die Gegenwart 1.1

Jetzt, wo ich am Flughafen sitze und außer Landes fliehen will, reicht mir jene Szene ihre Referenzen. Vielleicht ist das der Zeitpunkt, weise darauf hinzuweisen, daß meine Plackerei als Philosoph beendet, zumindest aber die Zielgerade meiner Laufbahn als angestellter Denker erreicht ist.

Das Flugzeug hat Verspätung. Draußen ist es dunkel. Nigrid. Genau der finstere, triste, bedrückende Abend, den man in England allabendlich erwarten darf, aber es ist gerade erst April, also kann man strenggenommen dem scheußlichen Wetter auch nicht die Leviten lesen. Es will mir nicht in den Kopf, warum man auf der Vorstellung beharrt, es gäbe hierzulande vier Jahreszeiten. Letztlich haben wir vier Sorten Winter, allesamt derart verregnet, daß man sie kaum voneinander unterscheiden kann.

Die allmorgendliche Fahrt zur Arbeit ist aufregend und zauberhaft im Vergleich zu dem hier. Tragischerweise ist mir die Lektüre ausgegangen, und ich schreibe dies alles mühsam auf die Ränder meiner Zeitung. Ich bin von französischen Geschäftsleuten umgeben, ausnahmslos so zinjanthropisch, daß jeder einzelne von ihnen mit links die Vorstellung torpedieren könnte, Franzosen seien weltmännisch und elegant.

Alles ist so trostlos und banal, daß ich überrascht bin,

wieso mein Verstand nicht längst blaumacht. Eigentlich wäre das genau der richtige Moment für eine Pause.

Jetzt, da ich jeden Augenblick mit der Polizei rechne, taucht sie nicht auf. Wollen die mir und meiner Karriere nicht Lebewohl wünschen? Tragischer ist, daß dieser Flugsteig zu weit von der Bar weg liegt, als daß man sich noch die Birne zulöten könnte. Ich entdeckle meine zollfreie Wodkaflasche und verstaue ein paar Gramm Alkohol in meinem Körper; aber ich habe bloß eine Flasche, und das reicht bei weitem nicht zur Resthirnverklappung.

Im Glas erkenne ich mein Spiegelbild, balanciere die Bouteille wie ein großes Ausrufezeichen vor dem Gesicht. Ich sehe aus wie Kopfsteinpflaster mit zu vielen Jahrhunderten auf dem Buckel. Ein Franzose bedenkt mich mit vorwurfsvollen Blicken, aber seine Mißbilligung trifft mich nur prä-rudimentär, denn er hat ein so lächerliches Aktenköfferchen bei sich, daß sich jeder Sechsjährige dafür schämen würde. Außerdem bin ich Engländer, Angehöriger einer Rasse, die bekannt ist für ihre Heldentaten beim Rasenmähen, für ihre Entschuldigungen, wenn man sie anrempelt, für Schlangestehen im Regen und eine Reihe anderer Attribute – nicht darunter fällt die Eigenschaft, in Abflughallen smart auszusehen, vor allem wenn man von den Trümmern der eigenen Karriere Abschied nimmt.

Zuwenig Zukunft

Zukunftsmangel. Viel Vergangenheit ist mir vergangen. Suchen Sie sich was aus. Ich habe oft genug schwarze Löcher vor mir gesehen.

Als meine Laufbahn als Banker endete. Zeitliche Ausdehnung so gering, daß man hindurchgucken konnte. Sie währte keine vierundzwanzig Stunden, nahm aber die Hürde des ersten Arbeitstages. Ein hoffnungsloser Versuch, dem Universitätsleben zu entkommen, die Welt der Achtstundenweisheit hinter mir zu lassen. Ich war einem Sehnsuchtsanfall erlegen, wollte hinaus ins wirkliche Leben, eine Laune, die die meisten von uns gelegentlich zu dem Glauben verführt, gewisse Bereiche unserer Welt wären reicher bestückt als andere. Ungefähr wie Staub sich selbst dazu ermächtigt, lieber in der einen Ecke Haufen zu bilden als in der anderen, so übt auch die Idee, die Wirklichkeit hinterm Horizont sei wirklicher, ihre würgende Wirkung auf uns aus. (Später mehr über die wirkliche Welt.)

Der Filmriß trat (a) erneut am Abend auf und (b) weit jenseits der Zehn-Halbe-Marke. Ich habe noch deutlich das Bild vor Augen, wie ich auf einem Snooker-Tisch stehe. Der Snooker-Tisch befand sich in dem Wohnheim, wo man uns im ersten Tiefsinn der Hochfinanz unterwies. An diesem Punkt ist mein Gedächtnis ungewöhnlich emsig, und es scheint, als hätte es sich so sehr darauf konzentriert, daß es zuviel Zeit mit der Verarbeitung der Situation verplemperte und danach eine Abkürzung zum nächsten Morgen nehmen mußte.

Eine Stimme kreischte den Versammelten etwas vom unerforschten Leben in die Ohren und versicherte, jedem die Plomben rauszuprügeln, der dies zu bestreiten wage. Aus (a) den Anstrengungen meiner Lungen, (b) dem mir bekannten Tonfall und (c) dem Queue, mit dem ich in unentschuldbar aggressiver Manier herumfuchtelte, schloß ich, daß diese Stimme mir gehörte.

Der Rest der Gegenwart ist mir nicht mehr gegenwärtig. Meine Sinne wurden zensiert. Der Nachschub an Zukunft blieb aus.

Nach und nach ward mir ein Gegenwert der Gegenwart wieder gewärtig, und ich erwarb neues Wissen um das als Wirklichkeit Erachtete. Das war am nächsten Morgen, und als erstes stellte ich fest, daß nur meine Füße den Weg geschafft und das Bett erreicht hatten. Wie ein langgezogenes Zeta lagen meine kümmerlichen Reste auf dem Fußboden, und meine Augen sahen zu zwei Verantwortlichen des Einführungskurses hinauf, die auf mich herabsahen und uneingeschränktes Mißfallen ausstrahlten.

«Das ist er», sagte der eine, und der andere nickte.

Was genau durchgesickert war, habe ich mir nie zusammenbasteln können. Nach den Blicken des Entsetzens und Erstaunens zu urteilen, mit denen mich meine Peers musterten, als ich aus dem Gebäude eskortiert und in ein Taxi geschubst wurde (mit Instruktionen für den Fahrer, aber ohne Fahrgeld, um mich zu beseitigen), muß es gleichwohl vergeßlichkeitsbeständig gewesen sein.

Jahre später begegnete ich einem von denen, die damals wie ich im Begriff standen, verbankert zu werden. Das war mitten im Pendelverkehr im Zug. «Ich kenne Sie», sagte er. Trotz meiner Stippvisite in der Geldbranche lebte ich in seinem Unternehmen in Anekdoten fort, teilte er mir mit. Mein Erinnerator mußte aussteigen, gab mir jedoch seine Telephonnummer (die ich prompt verlor) sowie das Versprechen, mir einen vollständigen Bericht meiner tollen Streiche abzuliefern, deren Zeuge er geworden war.

Nun mach endlich

Zusammenfassung: Worauf lief meine adamskostümierte Festnahme hinaus? Was kredenzt mir mein Gedächtnis? Unvergeßlich bleibt, wie das Gatter aufging und das gesamte Polizeirevier Mann für Mann vorbeidefilierte, um mich zu begaffen, wie sie murmelten «Das ist er», das Krächzen, mit dem sie ihre Verachtung auf Touren brachten, die Meteore von Schnodder, die auf mich niedergingen.

Ich habe dort im Knast von Mile End interessante Menschen kennengelernt. Einen Stukkateur, dem das englische Weltmeisterteam von 1966 auf den Penis tätowiert war. Obwohl wir uns erst wenige Minuten kannten, gab er diese Information bereitwillig preis, begann aber auch zu lamentieren, man hätte ihm Trunkenheit und Erregung öffentlichen Ärgernisses untergejubelt. «Trunkenheit? Fragen Sie, wen Sie wollen – ich hatte höchstens acht Halbe und 'n paar Kurze.»

Eine solche Verzierung nützt einem nicht viel, solange keiner davon weiß, nehme ich an. Warum er es dann gemacht hatte? «Entweder man ist Fan oder eben nicht.»

Außerdem habe ich Zak kennengelernt, wahrscheinlich einer der größten und erfolgreichsten Schmuggler unserer Zeit. Sein Name ist nicht bis in die Öffentlichkeit vorgedrungen, was vielleicht das stichhaltigste Zeugnis seiner Fertigkeiten ist. Er hat allen möglichen Kram verschoben, vom Ziemlichen bis zum unglaublich Verbotenen, und Summen, die manches kleine Land sich als Bruttosozialprodukt erträumte.

Du hast noch nicht mal angefangen

Da wären wir also. Während meiner unschuldigen Bewußtlosigkeit schneit die Polizei rein und kriegt von mir den Hals nicht voll, aber kaum bin ich bewußt schuldig, macht sie sich nicht die Mühe aufzukreuzen, um zu verhindern, daß ich außer Landes gehe.

Also los.

Ich schaue auf Bordeaux hinaus, Montaignes Revier.

Die Aussicht vom Café ist prima. Jede Stadt oder Großstadt schmeckt hauptsächlich nach den Leuten, die man dort kennt, und obwohl er seit vierhundert Jahren nicht mehr vor die Tür gegangen ist (seines Todes wegen), wird dieser Ort für mich immer nur die Stadt sein, die Montaigne als Bürgermeister lenkte. Der erste große uns bekannte Kompilator (obwohl Athenaeus noch gewisse Ansprüche geltend machen könnte). Der erste Enzyklopädist menschlichen Strebens.

Er war der erste, der die Gesamtheit des menschlichen Wissens (in seinem damaligen Umfang) durchsiebte, um herauszufinden, welche Antworten sich über die Jahrhunderte sprenkeln ließen. Um den Code zu knacken und den roten Faden zum Gobelin zu verweben.

Und der nahm also um 1560 in seiner riesigen Bibliothek Platz und stellte sich die Frage: Was kann ich wissen? Seine zetetische Methode: sich Fragen herauszuklauben und dann wie bei einem Schaschlik Gedankenbrocken aufzuspießen, Häppchen, die er bei Spitzendeutern und -denkern fand und mit ein paar eigenen Ansichten und Erfahrungen würzte. Mister Datenbank. Der Geschichte und Literatur dem Verhör unterzog. Und nicht eine einzelne Antwort lieferte, sondern gleich alle.

Ich füge hinzu, aber ich korrigiere nicht. Alles was man von jetzt an sagt, kann von der Geschichte gegen einen verwendet werden. Eine gewiefte Methode, ein Mann mit einem prächtigen Château und einem prächtigen Weinberg, den ich in Kürze aufsuchen werde.

Montaigne hatte eine Herkulesarbeit vor sich, aber

sie war zu schaffen. Heute kann man sein Leben mit der Überlegung vergeuden, wo man anfangen soll. Einmal habe ich mitbekommen, wie ein Universitätsbibliothekar sich sehnsüchtig über die Notwendigkeit einer ordentlichen, Bücher verbrennenden Diktatur ausließ. Es gibt kaum eine Epoche oder eine Gegend, deren intellektuelle Tür ich nicht eintreten kann, wenn ich ihren Bräuchen, Erkenntnissen und Tüfteleien auf den Grund gehen will. Ob es sich um einen Zaotar handelt oder um die Parasiten in den Gedärmen eines Potto, ich kann mir meinen Weg bibliobahnen und mahnen: «Gib mir deine Informationen, rück den Tiefsinn raus.» Meine Sicht reicht tiefer, höher, weiter als die Montaignes. Was siebzig Jahre, und wenn's hoch kommt, achtzig Jahre währet, könnte spurlos in einem Seitenflügel der Unibibliothek verschwinden. Wie Milch auf dem Herd erreicht das Wissen irgendwann einen Punkt, an dem es unkontrollierbar wird und überkocht. Und selbst die Datenhunde, die für uns die Faktenschafe hüten, werden damit nicht mehr fertig. Wörter treten über die Ufer. Ganze Regale mißachteter Bücher betteln um Leser. Regale, Regale, Regale. Die Wälder verbergen sich in den Gebäuden.

Was können wir wissen?

In Fluchtmanier starre ich auf Bordeaux hinaus. Ein sehr eiliger Peripatetiker. Aus der Stadt zu schlendern, hat eine ehrwürdige philosophische Tradition. Auf der Flucht, aber in einem bequemen Sessel.

Wir alle brauchen ein Vorbild oder finden es zumindest sehr nützlich, jemanden aus der Vergangenheit zu haben, der vor uns herläuft, ob wir ihm nun bei Fuße folgen oder getreu hinter ihm herdackeln. Mein Schrittmacher ist Montaigne. Jeder Denker schließt sich Namen aus der Vergangenheit an, auch wenn er sie eigentlich zum alten Eisen werfen will, jeder Denker sucht sich irgendwelche Seitenfüller. Selbst der ehrwürdige M hat sich bei Sextus Empiricus aufs Trittbrett geschwungen. Das Schöne an diesem Arrangement ist, daß verstorbene Philosophen die Aufforderung zum Tanz nicht ablehnen können.

Montaigne kann keinen Flunsch ziehen, wenn ich mich bei ihm einniste. Er kann nicht fragen: Wer ist der dicke, kahle Depp da? (Schon gar nicht, seit auch er aufgehört hat, eigenes Haar zu tragen.) Er kann keine Nachforschungen anstellen oder gegen meinen Platz in der Weltrangliste der Philosophie protestieren, wenn ich mich bei ihm einlade. Das ist der Nachteil, wenn man tot und gedruckt ist: Man hat rund um die Uhr geöffnet. Eintritt frei. Jedermann kann reinstolzieren, abschätzige oder debile Bemerkungen machen und so lange bleiben, wie er will. Dieser Text ist besetzt. Ich leg Mickey den Arm um die Schultern, grinse wie nicht gescheit und recke die Daumen in die Kamera. Blitz! Puff! Ein Erinnerungsphoto.

Die Frage

Mir als Profi stellen die Leute dauernd Fragen. Nicht so sehr nach der Branche, aber sobald sie erfahren, daß ich beruflich philosophiere, glauben sie anscheinend, daß ich einen großen Sack Antworten mit mir herumschleppe und sie ein Allheilmittel abstauben können wie ein Kind, das den Weihnachtsmann schröpft.

Sie haben sich schon an mich gewandt wie an einen Kummerkastenonkel und ihre Qualen, unbezahlten Rechnungen, Dilemmata und Gefühlsknoten vor mir ausgebreitet. Außerhalb der Branche existiert die Vorstellung, daß es ein mentales Werkzeug geben müsse, mit der Unglück repariert werden kann. Ich frage mich immer mehr, wozu die Philosophie eigentlich taugt? Was hat sie oder was hat das menschliche Wissen überhaupt nach all den Jahren zu seiner Verteidigung vorzubringen? Wir sind nur noch wenige Jahre von der großen Zwei entfernt. 2000 ist doch ein hübsches Datum für eine Bestandsaufnahme.

So verfettifiziere ich mich hier im Sonnenschein mit einem Glas Zédé, von Krümeln umgeben, den Spuren zweier Merguez-Sandwiches, die ich in meinem Bauch verstaut habe. Körperlich befinde ich mich wahrscheinlich in derselben Lage wie die Gründer meiner Branche. Sonnenschein, ein Gläschen Wein, Zeit obendrein.

Was haben jene, die als erste ihre Vernunft über den Horizont schweifen ließen, die die erste profunde Kunde im Munde führten, mir voraus? Sie waren schlauer als ich. Sie waren als erste da und markierten das Revier. Im Grunde haben sich die Dinge kaum bewegt, seit im fünften Jahrhundert die Ideentourneen in Athen einfielen. Wir sind bloß platonsüchtig, könnte man sagen.

Und ich habe ihnen voraus, daß ich zweieinhalbtausend Jahre später komme. Daß ich den gesamten Zeitraum dokumentierter Geschichte auf Abruf parat habe (jedenfalls in einer guten Bibliothek). Daß mir die Buddelarbeit von Tausenden Kopfarbeitern zur Verfügung steht, die gedanklichen Gewerke ganzer Generationen von Genies.

Ich habe viel Zeit. Oder nein – da bin ich mir gar nicht so sicher, aber jedenfalls habe ich Zeit; unbestimmte Zeit, unbelastet, aber sie steht mir zu Gebote. Vor mir die freie Bahn, sei sie auch noch so kurz.

Mit einem der besten Bücher, die ich nie geschrieben habe, wollte ich aus der Jahrtausendwende Kapital schlagen. Immerhin den Titel hab ich zustande gebracht: *Die Zwei trifft die drei Nullen*.

Ich war von der Idee so begeistert, daß ich mir ein Jahr lang freinahm, bevor ich mir eine Kladde kaufte und sie zum Kerker meiner diesbezüglichen Gedanken erkor. Zehn Jahre später blätterte ich darin und stieß auf drei knappe Eintragungen, eine zerquetschte Ameise und eine Adresse, die ich mal so dringend brauchte, daß ich auf der Suche danach mein gesamtes Arbeitszimmer ausräumen mußte. Zwei Eintragungen konnte ich nicht entziffern, bei der dritten handelte es sich um die Rohfassung eines Lebenslaufs für den Klappentext eines anderen Buchs, das ich nicht geschrieben habe.

Zugegeben, auch das Jahr 2000 besteht nur aus weiteren 52 Montagmorgen, weiteren 366 Tagen, einem weiteren Schub von 31 622 400 Sekunden, aber es ist wie ein Geburtstag, was für andere ein bedeutungsloses Datum sein mag, bietet mir einen Referenzpunkt, Zeit für die Inventur. Daß ich dennoch zauderte, lag zum Teil daran, daß ich ein Vorhaben gern bis zum letzten Moment hinauszögere für den Fall, daß nach Beginn meiner Arbeit eine Idee Furore macht, die die ganze Zivilisation auf den Kopf stellt.

Es gab Zeiten, da hatte ich viel zu sagen. So hatte ich der Polizei allerhand zu sagen, bevor ich verschwand. Waren meine Ergüsse bei dieser Gelegenheit auf ein Schuldgefühl zurückzuführen, weil ich bei früheren Anlässen die Zeit der Polizei verschwendet hatte? War es die Rache meiner lange verloren geglaubten Redlichkeit? Oder lag es an meiner impulsiven Faulheit? Jedes Lügen, selbst schlechtes oder unbedachtes Lügen, ist zumindest anstrengend. Für die Wahrheit spricht: Man muß sich nicht erst groß was ausdenken.

Die These

Ich gehe von der Annahme aus, daß es sich bei meinem lebenslangen Müßiggang keineswegs um Müßiggang handelt, vielmehr um einen gut verborgenen Fundus schöpferischer Energie für das Killeropus, das unserer Zivilisation den Unterkiefer wegklappen läßt. Ein Buch und tschüs. Ich notiere alles. Die Banalitäten. Die Rodomontaden. Die Gemeinplätze. Die Floskeln. Ich geh kein Risiko ein. Verhafte die üblichen Verdächtigen und die unüblichen auch, knöpf sie mir vor, sobald einer von ihnen den Kopf aus der Deckung streckt.

Das nur für den Fall, daß ich nicht auf den ersten Blick eine erzführende Ader entdecke. Weniger für die Nachwelt als zur eigenen Genugtuung, wenngleich mir die Vorstellung gefällt, jemand könnte das hier in ein paar hundert Jahren lesen. Und nicht zu der Schlußfolgerung gelangen, die mich bei vielen moderigen, stockfleckigen Büchern befällt, auf die ich zufällig in Antiquariaten stoße: Was für eine Null, welch eine Tintenverschwendung, welch ein Wiederkäuer, welch ein Wellengekräusel vom geistigen Steinwurf eines anderen. Seitenweise weiße Seiten, die sich als weise Seiten maskieren. Warum hat das überhaupt jemand geschrieben oder gedruckt oder verkauft oder gekauft oder behalten? Falls jemand das hier lesen sollte…

Botschaft an die Zukunft

Tut mir leid, daß das hier nicht interessanter ist. Tut mir leid, wenn Sie es für mattes und abgedroschenes *Fin de Millénaire* halten. So 2000mäßig. Aber ich freue mich, daß Sie's geschafft haben, daß Sie da raus sind. Ich hoffe, menschliches Leiden ist auf tolerablem

Niveau, die Lage bietet insgesamt ein akzeptables Maß an Anregungen, und Glück steht nicht völlig außer Frage.

Haarsträubend lange Postkarte nach Hause?

Dies ist jedenfalls länger als alles, was ich in dreißig Jahren in der Denkerbranche hervorgebracht habe.

Fürs Zuspätkommen ist es nie zu spät

Selbstmord, wie er herkömmlicherweise definiert wird, stand natürlich nicht zur Debatte. Von meinem Bewußtsein kann ich vielleicht nicht viel Aufhebens machen, aber mehr hab ich nun mal nicht zu bieten.

Und doch: Das Leben muß eintönig verlaufen sein, wenn man diese Möglichkeit nie in Betracht gezogen hat. In einem kritischen schwarzen Augenblick bin ich so weit gegangen, mir Tabletten zu besorgen, aber als ich zu Hause ankam, hatte ich sie verloren. Ich lief wieder in den Regen hinaus, kaufte mir neue und murmelte auf eine Weise, die mich heute zum Lachen bringt, immerzu vor mich hin «Man wird geboren, scheitert so oft man kann, dann stirbt man».

Ich war drauf und dran, die R.I.P.-Strippe zu ziehen, als mir ein äußerst unerquicklicher Gedanke kam, der mich innehalten ließ: Was ist, wenn man im Jenseits arbeiten muß? Nach dem Drang des Irdischen auch noch der Zwang der Himmlischen? Nebulös durch die Gegend zu schweben oder wie eine Seifenblase zu zerplatzen, das machte mir keine Sorgen. In meinem damaligen Alter hatte ich, wenn schon sonst nichts, so doch die Fähigkeit erworben, mit einem derart minimalen Aufwand zu philosophieren, daß ich es gar nicht spürte. Ein Jahrzehnt philosophischer Lektüre versetzt einen in die Lage, Studenten in der Luft zu zerfetzen, die nur mal zehn Minuten ins nächstbeste Taschenbuch reingeschnuppert haben. Egal wie aufgeweckt sie sind, man kann sie in Zugzwang bringen. Nein, ich geriet angesichts der Vorstellung einer Arbeit nach dem Tode in Panik. Muskelschmalz. Plackerei. Das Himmelstor auf Hochglanz polieren, das ewige Feuer schüren. Entweder an einen Ort versetzt zu werden, an dem meine Studien als reines Gewäsch galten oder wo man mich meines Gedächtnisses beraubte und ergo meiner Fähigkeit, mich durchs Leben zu schummeln. Das vereitelte mein Vorhaben.

Von meinem hemmungslosen Essen abgesehen, tue ich nicht besonders viel, um mein Leben zu verlängern. Wer wird mich zuerst holen, die Schupos oder die Zirrhose? Oder eher ein Außenseiter, irgend etwas Exotisches, ein zuklappender Konzertflügel, ein unzureichend verwurzelter Baum, ein bürgersteigendes Auto, eine heimtückische Mikrobe, die im Käse lauert oder auf einem Kotelett lungert?

Die Polizei hatte mir den Reisepaß abgeknöpft, ohne sich Gewißheit darüber verschafft zu haben, ob ich weitere besaß. Pässe verschusseln ist eine meiner Schwächen. Ich pflegte einen neuen zu beantragen (Studenten eignen sich ganz hervorragend dafür, bei der Meldebehörde für einen anzustehen) und fand den alten unter dem Frühstückstablett oder einem Buch. Einer schaffte es bis ins Gemüsefach meines Kühlschranks.

Und natürlich erwarteten sie nicht, daß die beiden anderen Pässe und ich ausbüchsen würden. Ich war selbst eine Spur überrascht. Mein Anwalt stellte mir ein Urteil mit Haftverschonung in Aussicht. Weil ich mich kampflos ergeben hatte und es dieser Tage offenkundig als extrem unzeitgemäß angesehen wird, Leute ins Gefängnis zu werfen. Aber auch wenn es unwahrscheinlich aussah, barg diese Möglichkeit doch eine gewisse Gefahr, und selbst ein Nychthemeron hinter schwedischen Gardinen kam überhaupt nicht in Frage. Das Essen ist nämlich nicht besonders.

Besorgniserregende Käsesandwiches 1.1

Ich erinnere mich noch genau an das Käsesandwich, dem ich bei meinem ersten Aufenthalt in polizeilichem Gewahrsam in die Arme lief. Die wahre Stärke eines Käsesandwiches besteht erfahrungsgemäß darin, daß dieses Objekt keines Erzeugers mit abgeschlossener Berufsausbildung bedarf, man sollte es für ausgeschlossen halten, daß es bis zur Ungenießbarkeit entstellt werden kann. Der Käse mag nicht gerade bedingungslose Anhänglichkeit hervorrufen, das Brot mag widerborstig und trocken sein, das ganze Sandwich muß nicht gleich in die Geschichtsbücher eingehen, aber es sollte doch als Käsesandwich erkennbar bleiben, und sei es noch so bescheiden.

Nachdem ich also im Hotel Riegelfest Quartier bezogen hatte, schloß ich zuversichtlich Bekanntschaft mit dem mir zugewiesenen Käsesandwich, mußte jedoch feststellen, daß die Wesenheit eines Käsesandwiches existiert, das nicht zum Verzehr geeignet ist.

Ich biß ab, und da ich nicht bereit war zuzugeben, daß es scheußlich schmeckte, biß ich noch einmal ab. Ich sann über die großen Gefangenen nach, die weit weniger schmackhafte Gegenstände mit Elan verschlungen hatten, ich sann über die großen Denker nach, denen die Beschwernisse leicht wurden und die dieses Sandwich mit aufgerissenen Backenzähnen umfangen hätten. Ich sann darüber nach, wie feige meine Weigerung war, erkannte sie als solche, und zufrieden ob dieser Selbsterkenntnis frisbeete ich das Sandwich seiner Wege. Der Geschmack war gar nicht so schlimm, aber es schmeckte eben nicht nach Käsesandwich, sondern nach feuchtem, schmalzigem Teppichboden. Das war mein Haupteinwand: Ich verstehe nicht, wozu ein Käsesandwich gut sein soll, das nicht nach Käsesandwich schmeckt. Aber Gefängnisse stekken offenbar voller Leute, die keine Angst vor unechten Käsesandwiches haben.

Vielleicht lande ich doch noch dort. Aber vorher müssen sie mich schnappen. Summa summarum aale ich mich doch lieber bei hohen Temperaturen wie ein Zeuglodon am Flottentag und gebe mir in einem vornehmen französischen Café die Kante.

Was habe ich zurückgelassen? Ein Haus, das der Renovierung so dringend bedarf, daß nur ein alteingesessener Drittweltpotentat sie auf sich nehmen würde. Sonst nicht viel. Man schaut zurück auf die mißglückten Verabredungen, die schlecht geschälten Kartoffeln, die gescheiterten Freundschaften, das dreckige Geschirr, einsame Abende in Restaurants, die Verkehrsstaus, die ausgefallenen Züge, die unbeantworteten Anrufe, das Zähneputzen, und es wird einem klar, daß es nicht einfach mißglückte Verabredungen waren, schlecht geschälte Kartoffeln, gescheiterte Freundschaften, dreckiges Geschirr, einsame Abende in Restaurants, Verkehrsstaus, ausgefallene Züge, unbeantwortete Anrufe und Zähneputzen, sondern das Leben. Viele von uns sehen ihre Existenz, glaube ich, nicht als Leben, sondern als Lebensbehältnis an, als Zarf, der auf den Job, den Menschen, das Ereignis wartet, um ihn zu füllen.

Ich beobachte, wie die Sonnenbratlinge neben mir sich beschweren, anschnauzen, schieflachen, und wie sie die Politik der Regierung in Ordnung bringen. Das ist das Wunderbare am Ausland. Selbst wenn man in der Sprache beschlagen und in die Kultur eingelebt ist, erhalten Plaudereien, die zu blöde sind, als daß man zu Hause Hörzeit darauf verwenden würde, einen

Sahnetupfer von Interesse, weil sie in einer fremden Sprache stattfinden.

Im Ausland ist alles interessanter, sogar das Sterben.

Pauillac
Direkt vor dem Landgut Château Latour

Der einzige ehrliche und entfernt erfreuliche Schlagabtausch, den ich je mit dem Dekan meines Colleges hatte, war kurz und fand nach einem meiner Ausrutscher statt. «Ich bin völlig von den Socken», deklamierte er, «daß Sie es geschafft haben, als Philosoph Karriere zu machen.»

«Ich darf Ihnen versichern», versetzte ich, «Sie staunen weit weniger Bauklötze als ich.»

Ich habe schon zu hören bekommen: «Eddie, du bist ein fauler Sack.» Meine Feinde (Featherstone allen voran), die mein Weiterkommen schonungslos einschätzen, haben gesagt: Säufer, zwanghafter Zokker, Null, Dealer, Betrüger, Katastrophe, Drecksau. Meine Freunde haben so ziemlich dasselbe gesagt.

Mea Culpa 1.1

Fürs Protokoll, ich bin mir darüber im klaren, daß ich mich vor all den lästigen Pflichten gedrückt habe, die zu meinem Job als offizieller Thesendrescher gehören. Ich habe weder Aufsätze noch Bücher geschrieben. Ich habe nicht viel gelehrt, was mich ziemlich populär machte. Die Studenten rissen sich darum, mich als Tutor zu bekommen – wenn sie nicht auftauchten, bekamen sie keine Vorhaltungen zu hören, denn ich war auch nicht da.

Ich nahm an Tagungen teil, allerdings nur, wenn jemand anderes die Kosten übernahm. Und ich war ganz wild darauf, Zeitschriften zu abonnieren. Jahraus jahrein hielt ich dieselbe Vorlesung, ohne daß ich je der Versuchung nachgegeben hätte, Veränderungen vorzunehmen.

Ich laste es der Univerwaltung an. In einer halbwegs vernünftigen Welt wäre ich schon vor Ewigkeiten gefeuert worden. In einer sechstelwegs vernünftigen Welt wäre ich achtkantig rausgeflogen. Selbst in einer hundertstelwegs vernünftigen Welt hätte ich es nicht weit gebracht.

Ich habe alles falsch angepackt. Ich habe eine Eins bekommen. Ich hatte es nicht darauf angelegt (vielleicht das Geheimnis). Als meine Abschlußprüfungen im Anmarsch waren, hatte ich längst beschlossen, ins Bankwesen einzusteigen, und wußte, daß ich dafür einen ausreichenden Abschluß bekommen konnte, ohne einen Finger krumm zu machen. Zur letzten Klausur wäre ich beinahe nicht hingegangen. Daß ich dann doch anlatschte, lag nur daran, daß ich sonst Wilbur gekränkt hätte, meinen Tutor, der meinetwegen allerhand hatte einstecken müssen. Vielleicht sollte mich die Eins auf dezent gezinkte Weise soweit aufmöbeln, daß ich bei der Stange blieb, wozu mich Wilbur sowieso überreden wollte.

Nein, ich stieg aus (obwohl ich nicht weit kam). Nick, der auf der Ersatzbank gesessen hatte, bekam das Plätzchen als zetbegieriger junger Philosoph, erhängte sich aber kurz darauf. Ich wurde meines Platzes an den Fleischtöpfen der Hochfinanz verwiesen und landete wieder in Cambridge, wenige Monate nach meinem Gelübde, niemals zurückzukehren.

Ich machte die ionische Naturphilosophie zu meinem Spezialgebiet. Die wenigsten Menschen wissen, daß man das gesamte überlieferte Œuvre der Ionier in einer Stunde durchhat, wenn man langsam und sorgfältig liest. Das meiste davon ist in handliche Sprichwortsammlungen verpackt. Äußerst wichtig: die ersten, die sich dabei erwischen ließen, wie sie es mit ihrer Vernunft trieben, die Erfinder kommerziellen Denkens und Forschens – alles was man an einer Universität findet – und herrlich kurz und knapp.

Fällt dir nichts Besseres ein?

Das Dasein als Flüchtling ist gar nicht schlecht. Ich bin vor achtundvierzig Stunden eilends entfleucht und kann mich nicht beschweren. Jedenfalls solange ich Geld habe. Das ist das wichtigste bei Unterschlagungen, wenn Sie sich darauf kaprizieren, dann tun Sie's im großen Stil, damit es für einen lukullischen Neuanfang reicht. Leider besteht zusätzlich zu meinen Optionen, verhaftet zu werden oder mir mit Feuerwasser die Leber zu mumifizieren – der Exitus auf Ex –, noch die Möglichkeit, daß mir die Kröten flöten gehen. Ohne Flöhe entflohen.

Exil

Nein, eigentlich nicht. Frankreich gilt nicht als Exil. Im Lauf der Jahre habe ich so viel französisch gesprochen, getrunken und gevögelt, daß ich mindestens halb zum Franzosen geworden bin. Von Herz, Leber und Galle her gallisiert. Auf jeden Fall bin ich stärker von der Kultur durchdrungen als jeder Zig hier, von den Agrégés mal abgesehen. Ehrlich, da das hier das einzige Land auf der Welt ist, wo man als Philosoph, selbst mit meiner Position auf der Weltrangliste, mit offenen Beinen aufgenommen wird, ist Frankreich meine Idealheimat. Und die Jungs waren immer auf Trebe. Wie alle Scharlatane finden Philosophen Geschmack an der weiten Landstraße und neuen Ohren.

Château Latour. Spitzenwein. Dreimal so teuer wie meine sonstige Gülle. Nicht dreimal so gut, aber besser. Jede Reputation ist zu gut oder zu schlecht; man bräuchte die Schnelligkeit einer Kobra, um eine Reputation auf dem richtigen Niveau zu erwischen.

Ich habe das Geld. Ich habe die Geschmacksknospen. Ich stürze mich rein.

Mehr Bordeaux

Ich kam auch wieder raus.

Ein grauer Morgen, der weder zur Region noch zur Saison paßt. Ein Grauton, der einen an Cambridge erinnert: düster und dauerhaft. Warum jemand ausgerechnet dort eine Universität aufziehen mußte, ist mir schleierhaft, außer es geschah in böser Absicht. Vielleicht hatte er ein Faible für das Geräusch hustender Geistlicher in nebligen Fens. Ein kluger Mensch hätte Dover als Stätte der Gelehrsamkeit auserwählt – so weit südlich wie möglich und in nächster Nähe einer Küste, wo Küche und Klima stimmen.

Auf dem Weg zum Zeitungskiosk komme ich an einer Leichenhalle vorbei. Ich widerstehe dem machtvollen Drang, hineinzugehen und meinen Geist aufzugeben.

Man weiß nie, wann es einen erwischt, aber ich schätze, die Passanten, die mir auf der Straße entgegenkommen, sehen besser aus als ich, stehen besser im Saft als ich. Die Ärzte verklickern mir schon so lange, daß ich längst tot sein müßte, daß es mich langweilt, sie zu konsultieren (eine Zeitlang war es ganz amüsant, sie mit meiner fortdauernden Existenz zu irritieren, aber der Witz überlebte sich).

Mein Hausarzt, ein humorloser Zairer, kanzelte mich besonders gerne ab. Er war geradezu süchtig danach, ernstgenommen zu werden. «Leben Sie wohl», sagte er, «das ist wohl unsere letzte Begegnung.» Ein letzter, gescheiterter Versuch, mich in die Abstinenz zu jagen. Aber recht hatte er doch. Eine Woche später wurde er von seiner Frau umgebracht.

Oft wünsche ich mir, ich könnte mit meiner Leber diskutieren. Versteht sie denn nicht, daß sie sich selbst die Luft abdreht, wenn sie den Laden dichtmacht? Ich hab ja vielleicht noch eine Chance, eine Art Nachsendeadresse. Ich kann nicht ausschließen, daß meine Seele recyclet wird, daß mein Ich per Fluchtkokon irgendwo anders wieder aufplatzt. Aber meine Leber und ihre Konföderierten? Die steuern auf eine Neuverteilung der Atome zu, die kaum zu ihrem Vorteil ausfallen dürfte. Am meisten erschüttert mich, daß mein Herz im Arsch ist.

Montpellier

Wie hart ein Becher ist, weiß man erst, wenn man ihn geworfen hat.

Das war schon immer einer meiner Lieblingssätze: ein Hauch anheimelnder Gewalt im trauten Heim. Den habe ich in einem Schluckschwalbennest in der Nähe von Zennor gehört. Offenbarungen der Widrigkeit. Das Problem ist, wenn ich heutzutage einen Satz beende, kann ich mich nicht erinnern, warum ich ihn angefangen habe.

Verfolgen Sie die Route. Ich ließ Bordeaux hinter mir und machte mich nach Vélines auf, Montaignes Wigwam. Ich weiß nicht, wo ich die Besuchsidee herhatte. Schließlich wußte ich schon vor meiner Abreise, daß ich ihn um vierhundert Jahre verpaßt hatte. Der Reiz der Paraphernalien.

Als ich Vélines erreichte, hatte ich meine Meinung geändert und mir eine neue geschneidert, derzufolge dieser Trip mich nicht schlau machen würde. Mickey würde nicht an der Tür stehen und mir ein Tablett entgegenstrecken: «Hier, koste mal ein paar von meinen Erkenntnissen.» Hier würde mein Lebensbehältnis nicht mit Leben gefüllt werden.

Vom Parkplatz aus konnte ich Montaignes Studierturm erkennen. Irgendwie hätte ich mir ein Faltblatt gewünscht. Eine Besuchergruppe mäanderte zu den Toren heraus. Eine Visite in Montaignes Turm mußte ungefähr so lohnend sein wie eine Klettertour auf den Eiffelturm. Es bringt einen nicht weiter, wenn man sich den Möbeln intelligenter Menschen aussetzt.

Weiter nach Cahors. Ich entschied mich für diesen Umweg nach Montpellier, weil ich noch nie dort gewesen war. Ich erwartete nicht, daß es von besonderer Bedeutung sein würde, aber ich bin von altersher der Auffassung, jeder Ort ist es wert, wenigstens einmal erkundet zu werden – könnte ja sein, daß da plötzlich ein zehn Meter hohes Flammenschild steht und das Geheimnis des Lebens zediert, und keiner hat mir was davon erzählt.

Ich fuhr mein Lieblingsauto: einen Mietwagen. Rasant. Ich fühle mich in einem Auto erst wohl, wenn das Gaspedal auf dem Asphalt langschrammt. Das irritiert manche Menschen. Oft sind von mir gefahrene Autos nach der ersten Rast fahrgastfrei.

Selbst Zak, der Gefahren nur so sammelte, hat stets dankend abgelehnt, von mir mitgenommen zu werden, und mir zeitlebens mein zweitliebstes Auto versagt: den Wagen eines Freundes. «Ich kenne Menschen, die imstande sind, mit hundertsechzig Sachen durch eine geschlossene Ortschaft zu kacheln. Auf der falschen Straßenseite. Im Regen. Mit ein paar Bier intus. Über rote Ampeln. In die Kurve. Nicht viele, aber ein paar fallen mir ein. Aber du bist der einzige, der das für das Normalste auf der Welt hält.» Ich hätte meinen Führerschein sicher längst verloren, wenn ich mir je die Mühe gemacht hätte, einen zu kriegen.

Um meinem Ruf als Fahrer nicht den Glanz zu nehmen, möchte ich betonen: Es war nicht meine Schuld. Die Verhältnisse waren für eine von Erfolg gekrönte

Spritztour ideal: Nüchternheit, gutes Wetter, eine freie, schnurgerade Straße. Falls es nicht ein virtuoser Attentatsversuch kosmischer Interventionisten war, dann hatte mich der Wagen schlicht satt und wollte mich loswerden. Der linke Reifen platzte. Es gibt Momente im Leben, in denen es einem vorbuchstabiert, wie wenig Kontrolle man darüber hat.

Null Kontrolle

Das Auto schlingerte, als nähme es ein Staubbad, und unterdessen wurde ich schneller, als daß ich den Ablauf noch kritisch hätte beurteilen können, durch die Windschutzscheibe ejakuliert und aus der automobilen Gebärmutter geboren.

Ich lag am Straßenrand, außer mir, weil ich noch bei mir war (oder weil mein Selbst noch über einen Körper verfügte). Von dumpfen Kopfschmerzen abgesehen, schien mein Körper noch genauso funktionstüchtig wie vor Antreten seiner Flugbahn. Kein Glied hatte sich verkrümelt. Keine Aktiva verlorengegangen. Ein bißchen unangebracht, im Nadir des Lebens noch so viel Glück zu haben, wenn ich es nicht mehr übermäßig brauchte und auch nicht viel dafür tat, meine Lebenserwartung zu maximieren.

Die Windschutzscheibe hatte sich genau im richtigen Moment davongemacht. Sie lag nicht weit von mir entfernt, intakt, ihr war es erheblich besser ergangen als dem Rest des Wagens: Der war auf eine Größe zusammengequetscht worden, die es nur einem außergewöhnlich kleinen Zwerg erlaubt hätte, noch einmal einzusteigen, und lag gut zehn Meter unter mir an einem Abhang.

Das Auto wartete geduldig, bis ich mich zu ihm hinabgekämpft hatte, und als ich gerade nach meinem Hab und Gut greifen wollte, fing es wie ein Gasherd mit einem leisen, aber nachhaltigen Fump Feuer und setzte meine Vorderseite übermäßiger Hitze aus.

Während ich das Auto abfackeln sah (mir fiel auf, daß die Flaschen Château de Michel Montaigne keinen Verzögerungseffekt auf den Verbrennungsprozeß hatten), zogen mein Paß, mein Geld in vielerlei Gestalt, meine Kleidung und die restliche Entourage meiner Besitztümer rauchförmig vor meinem geistigen Auge vorbei.

Ich konnte nichts tun, selbst wenn ich in tatkräftiger Stimmung gewesen wäre, aber ich hatte noch nicht zu Mittag gespeist, und so sah ich davon ab, Engagement auch nur vorzutäuschen. Einfach zu früh am Tag für Katastrophen dieses Kalibers.

Ich kämpfte mich wieder zur Straße hoch, wo ich den Koffer der Zivilisation fand, den das Auto ebenfalls ausgespien hatte. Ich habe ihn vor dreißig Jahren bekommen, als ich noch studierte; schon damals war er schäbig und am Ende seiner Koffertilität. Seit mindestens neunundzwanzig Jahren plane ich, mir einen neuen zu kaufen, aber das Erwerben von Nicht-Flüssigem ist auch so einer meiner Schwachpunkte. Mein neuer Koffer war ebenso wie mein Bargeld und meine Kreditkarten eingeäschert, aber der Methusalem unter den Behältnissen besaß, wie alle billigen Gegenstände, von denen man nichts mehr wissen will, eine unzerstörbare Unzerstörbarkeit, er beherbergte meine Bücher, die mir auch nicht gerade dazu verhalfen, mich auf dem Zenit des Reichtums zu Tode zu zechen.

Hee-hee

Zum Glück war noch kein Samariter vorbeiflaniert, und so fiel es mir nicht schwer, die Unfallstelle hinter mir zu lassen. Ich hatte keine große Lust, mit etwas in

Verbindung gebracht zu werden, das polizeiliche Aufmerksamkeit auf sich ziehen konnte und damit meiner Bewegungsfreiheit abträglich gewesen wäre.

Nachdem ich zwischen mich und mein Ex-Auto eine disassoziierende Distanz gelegt hatte, versuchte ich mit meinen noch motorisierten Mitmenschen Kontakt aufzunehmen.

Da stand ich nun, ein angesengter, kahlköpfiger, alternder Philosoph mit zerrissenem Hemd und abgeschabtem Koffer. Vier Franc zwanzig in der linken Hosentasche. Am Arsch der Welt. Ich gebe zu, daß ich nicht gerade der ideale Anhalter war. Der vorbeibretternde Verkehr zögerte denn auch nicht, mich schleunigst hinter sich zu lassen.

Es fing an zu regnen. Wasser strömte auf mich herab wie Autos an mir vorüber. Ich hatte reichlich Zeit für Selbstmitleid, während der Himmelssaft mich und meinen Koffer marinierte, dessen neu gewonnenes Gewicht seine Größe weit übertraf. So hatte ich mir meine Flucht nach Südfrankreich nicht vorgestellt.

Ich lief weiter, hauptsächlich weil Stehen im Regen noch idiotischer ist als Gehen. Jetzt konnte ich es den Autos nicht mehr verargen, daß sie mich nicht bargen. Wer will schon jemanden mitnehmen, der so wahnsinnig ist, sich mitten in einem Gewitter auf Wanderschaft zu begeben?

Arizona

So naß war ich seit Jahren nicht mehr geworden. Damals in Arizona hatte ich auch Kraftwagenkummer. Auf den Spuren einer Studentin aus Zamboanga gab mein Auto seinen Geist auf, mitten in einer Gegend, die man ohne Furcht vor rechtlichen Schritten als Wüste bezeichnen durfte. Eine öde Öde, weit und breit kein zweiter Weltenbummler, nur ich und das Zakaton.

Ausgiebig widmete ich mich dem Motor und erwartete eine Himmelsstimme, die ihren Senf dazugeben und mich durch meine Malaise geleiten würde. Aber sie hatte bereits Feierabend. Die Vorstellung, ich könne in Kürze verblühen, verbrühte mir glühend die Rübe. Zuviel Phantasie ist in einer Wüste unangebracht. Ich hatte mich noch keine zwei Kilometer vom Wagen entfernt, als ich mehr Wasser bekam, als ich brauchte. Es regnete ohne Unterlaß, bis ich die nächste menschliche Behausung achtzehn Kilometer weiter erreicht hatte (den letzten Kilometer wurde ich mitgenommen). Da hatte ich schon eine Lungenentzündung. Alle sagten, im Juli regne es nie. Das war alles, was ich im Krankenhaus zu hören bekam.

Ha-ha

Meiner Unfähigkeit zum Trampen versichert, lief ich weiter, während immer mehr Autos mich immer weniger mitnehmen wollten. Die Diskriminierung hochgradig untersetzter Denker schrie zum Himmel; ich zweifelte keine Sekunde daran, daß mein Allerwertester einen Sitz abbekommen, wenn ich mehr weibliche und jüngere Chromosomen mitbekommen hätte.

Aber jeder kriegt seinen Fanclub.

Ein LKW kam schnaufend zum Stehen. Ich konnte kaum glauben, daß mein nasser, achtlos hingehaltener Daumen ihn umgarnt haben sollte, aber willens, ihn mit oder ohne Einladung zu entern, rannte ich hinterher. Tatsächlich öffnete sich eine Tür, und als ich hochkletterte, attackierte mich der Pesthauch eines ferngefahrenen Frachtkutschers mit einer Gewalt, die mir fast die Zähne ausschlug. Nur der Mut der Verzweiflung trieb mich weiter. Die Physiognomie des Fahrers war so verführerisch wie seine Ausdünstungen, aber jetzt konnte mich nichts mehr aufhalten.

Mir war egal, wohin er fuhr. Ich würde hinausspringen, sobald wir urbane Gegenden erreichten. Probleme finanzieller Art scheinen sich in betoniertem Milieu leichter lösen zu lassen. «Montpellier», erfuhr ich, war sein Ziel. Ich war erleichtert, im Trockenen gefuhrwerkt zu werden, und hatte dem einleitenden Small talk wenig hinzuzufügen, da sein Gesicht mich zombierte.

Ich hätte nicht sagen können, was ihm zugestoßen war, aber selbst ein Weltkongreß von Schönheitschirurgen hätte dieses Etwas nicht entdesastern können, das noch auf dem Gesäß eines Pavians bestürzend gewirkt hätte. Seine Nase war stiftengegangen, und in der Wohngemeinschaft der verbliebenen Gesichtszüge hing der Haussegen schief. Ein erstaunliches Spektrum an Rottönen hatte es sich auf seinem Teint gemütlich gemacht und den herkömmlicheren Fleischfarben keinen Platz gelassen. Sein Alter war dem Gesicht nicht abzulesen, aber nach der Schwabbeligkeit der mehr als üppigen Arme zu urteilen, die aus seinem schäbigen Unterhemd ragten, war dieser Körper ein Multimilliardär an Sekunden maßlosen Alkoholkonsums. Sein Atem transportierte unentgeltlich unzählige Miasmen; sein Gebiß leugnete standhaft alle Errungenschaften der Zahnheilkunde am *Fin de Millénaire*.

«Ich bin Philosoph», beantwortete ich die unausweichliche Frage, zu faul zum Lügen oder Erfinden. Er nickte zustimmend, pries mein Französisch und erzählte mir von den Ziegelsteinen, die er nach Montpellier beförderte. Mit Ziegelsteinen kann ich nicht viel anfangen, ich lauschte seinen Auslegungen nicht, sondern genoß die von uns bewältigte Straße.

Ich vermaß noch unser Vorankommen, als er etwas

sagte, das wie «du bist süß» klang. Ich dachte, ich hätte mich verhört oder er zitierte einen Popsong, aber dann merkte ich, daß er mit der Hand länger zwischen seinen Beinen herumfummelte, als man sich gemeinhin zu kratzen pflegt, und daß er eher schon seinem Kasperle ins Genick griff. «Du bist süß, mein kleiner Philosoph», fügte er mit klarer Betonung hinzu und räumte damit jedes akustische oder konversationelle Mißverständnis aus. Er leckte sich die Lippen, seine Hand zockelte auf meinen Schenkel weiter, und er legte penetrant dar, daß er nicht auf Muschis stand, sondern sich lieber auf dem Anale Grande einschiffte. «Was hältst du davon, wenn wir die Nacht in Montpellier zusammen verbringen?» fragte er.

Ich wurde zur Ungläubigkeit in Person. Als ich noch fabrikneu glänzte, wurden mir in meiner Jugend Angebote gemacht, aber ich hatte ehrlich den Eindruck, daß ich mein Verfallsdatum um ein bis zwei Jahrzehnte überschritten hatte und die Zeit weit hinter mir lag, in der ich in LKW-Fahrern unbezähmbares Verlangen erwecken konnte. Und zweitens, selbst wenn ich eifrig auf der Suche nach jemandem gewesen wäre, bei dem mein Schrumpelstilzchen hätte zu Schacht fahren können (Frauen müssen mit Freiersfußgängern vertraut sein, die erst enorme Mühen auf sich nehmen, ihre Appetitlichkeit zu verlieren, und dann erwarten, daß man sie verkostet), hätte Gustave nicht mal ein Antragsformular für den letzten Platz erhalten. Selbst die faustfickrigste Tucke unter meinen Bekannten (und Cambridge verwaltet ein stolzes Erbe wüster Sodomie, das bis ins dreizehnte Jahrhundert zurückreicht) hätte Ausflüchte gestammelt und das Weite gesucht.

«Das ist nett von Ihnen, aber ich danke.»

«Warum nicht?»

So glatt, wie ihm das von der Zunge ging, führte er

dieses Gespräch bestimmt nicht zum erstenmal. ‹Nur über meine Leiche› schien mir eine etwas barsche Erwiderung auf ein Intimitätsersuchen. Jedes lebende Wesen hat ein Anrecht auf gymnastische Übungen in der Lendengegend, aber wenn man seine spermatöse Inkontinenz unter Beweis stellen will, ist eine gewisse Vertrautheit mit Hygienenormen und kosmetischen Triumphen am *Fin de Millénaire* doch wohl nicht zuviel verlangt. Man sollte annehmen, ein solches Angebot sei immer schmeichelhaft, aber ich hatte den Eindruck, Gustave war hinter allem her, was zwei Beine hatte und nicht schnell genug auf die Bäume kam, und obwohl man dieser Spezies mit ihrem pantophagen Appetit eine gewisse Bewunderung nicht versagen kann (sie erleichtert einem das Leben), so möchte man mit einem ihrer Angehörigen doch nicht in ein Führerhaus eingesperrt werden. Gleichwohl gedachte ich meine Karriere als Regensammler nicht so bald wieder aufzunehmen, und die Schlüpfrigkeiten hatten so überstürzt eingesetzt, daß wir noch nicht weit gekommen waren.

«Ich mach so was nicht.»

«Kommt das in England nicht vor?»

«Ständig, aber nicht mit mir.»

«Wir könnten die Fenster zum Klirren bringen», veranschaulichte er. Ich wehrte mit einem Lächeln ab, das kundtat, durch sein zauberhaftes Angebot werde dies ein roter Tag im Kalender, dennoch könne ich es aus einer Vielzahl sehr bedauerlicher Gründe nicht annehmen.

«Etwa weil ich nicht studiert habe?» wollte er wütend wissen. Auch dies ist, nehme ich an, ein Umstand, mit dem das schwache Geschlecht schon früh Bekanntschaft schließt: wenn das Nein nicht das letzte Wort ist. Wenn man ein Nein nach dem anderen abfeuert, das Ziel einen aber immer noch zephanjieren will und der Neinschleuder langsam die Munition ausgeht.

«Oder weil ich Lasterfahrer bin?» Schweigend suchte ich Zuflucht in der Kontemplation von immer weniger Straße zwischen mir und Montpellier. «Es liegt doch daran, daß ich nicht studiert habe, stimmt's? Das hier ist dir nicht gut genug», sagte er, packte etwas aus, das einige Ähnlichkeit mit jenen gequetschten Bananen hatte, die man noch zwei Tage nach dem Markt in der Gosse findet, und fing an, es unsanft zu traktieren.

«Ich glaube, ich sollte aussteigen», ließ ich ihn wissen.

«O nein! Ich werd mir doch noch den Jürgen würgen dürfen, mein hochnäsiger Philosoph.» Ich logisierte es durch, und als ich in Betracht zog, daß es (a) sein LKW und (b) nicht mein Wunsch war, erneut auf weiter Flur Regen aufzusaugen, kam ich zu dem Schluß, daß ich unter weiterer Erwägung (c) der Hungersnöte, (d) der Gemetzel und (e) der Besäufnisse unter den weniger photogen Leidenden dieser Welt schlecht eine Philippika dagegen vom Stapel lassen konnte, daß er sich einen von der Palme schüttelte. Ich pflichtete ihm also bei und richtete meinen Blick nach draußen.

«Hey, du mußt zugucken», protestierte er, aufgebracht ob meines Verstoßes gegen die gute Kinderstube.

«Ich muß zuhören», gab ich zurück, «aber ich muß nicht zugucken.»

«Aber zieh dein Hemd aus. Bitte. Tu mir 'n Gefallen.» Das konnte ich ihm kaum versagen.

Letztlich beruht alle Zivilisation auf einem Kompromiß. Wir hatten unseren Contrat Social: Er wollte ein Erste-Sahne-Wichsen, ich wollte nach Montpellier (auch wenn ich mich außerstande sah, seinem

Wunsch nachzukommen, ich solle mir die Brustwarzen zwacken). «Du warst super», rühmte er mich nach offenkundigen Symptomen eines Zamzummiters an Wohlbehagen.

Im Geiste neuer Brüderlichkeit und Entspannung fuhren wir weiter, ohne weitere Zwischenfälle (abgesehen davon, daß Gustave einem kleineren, schwächeren Auto den Außenspiegel abrasierte, als er mir das himmlische Vergnügen schilderte, die Nudel auf der N 6 mit Vollgas nach Lyon reinzuheizen – unter Garantie die einzige lohnende Betätigung, wenn man grad da ist).

«Wir haben's auch nicht leicht», beteuerte er, als wir uns am Stadtrand Lebewohl sagten.

Seine Adresse schrieb er mir auf die Verpackung eines Schokoladenriegels, zusammen mit dem Hinweis, er befahre meistens die N 6. Seine Handschrift hatte den überaus sorgfältigen Stil jener Menschen, die jeden Buchstaben bedenken müssen. Zuerst spürte ich das dringende Verlangen, den Zettel zu verbrennen, aber dann dachte ich, daß es eigentlich besser war, diese Information aufzubewahren und sicherzugehen, daß ich in meiner knappen Restzukunft niemals aus Versehen (a) seine Stadt besuchte, (b) seine Straße und (c) seinen Häuserblock.

Geld

Ich wußte nicht, was ich tun sollte. Es ist einigermaßen sinnlos, die weite Reise in den Süden zu unternehmen, bloß um zusehen zu dürfen, wie einem die Siebensachen im Wrack eines Autos verbrennen, das man gerade erst vollgetankt hat.

Der Hunger hatte seinen planmäßigen Auftritt, aber mein Bewußtsein verweigerte die Erfahrung eines französischen Restaurants. Mit dem Inhalt meines

Portemonnaies hätte ich ebensogut auf Zakynthos stranden können.

Ich hatte schon immer was gegen Leute, die die Anmut des Geldes bagatellisieren, meist sind sie gerade auf dem Sprung, ein Schloß zu erben. Bedürftige Touristen. Die Jungs haben sich über diese Frage immer entzweit – Bias, Aristipp und andere entpuppten sich als Lobredner des Guten an Gütern, aber etliche (meist die in komfortablen Nischen) rümpften die Nase; dann die Hunde, die «Ohne Qual kein Gral»-Schule, die «Lächle vor deinem Erschießungskommando»-Truppe, Diogenes (seinerseits auf der Flucht aus Sinope, weil er eine gewisse Handsalbe in Umlauf gebracht hatte) und Krates, der einzige Vernunftkrämer der Weltgeschichte, der, wie man weiß, sein Dleg verpulverte, indem er es ... seinen Mitmenschen schenkte. Aber echtes Mißgeschick geht stets mit Armut einher, weil echtes Mißgeschick Machtlosigkeit impliziert.

Ich überlegte, ob irgendeiner meiner Kumpels oben im Norden wohl in Leihlaune war. Ich überlegte, ob ich Vorträge halten sollte. Als junger Mann hatte ich mal vom Boulevard Saint-Germain aus Paris beharkt. Ich war selbst für einen Besoffenen schwer abgefüllt gewesen, aber eine große Menschenmenge füllte mir die Taschen bis zum Bersten mit Francs, sehr zum Verdruß eines Feuerschluckers und einiger Zigs auf Stelzen, die hergekommen waren, um die Touristen und das Treibgut auf denTrottoirs zu melken. Ich hatte ausprobieren wollen, wie man sich als Wandersmann fühlt, der nur Rhetorik im Rucksack hat. Lassen Sie sich bloß nie einreden, die Leute hätten für Ideen nichts übrig, wie mein Berufsberater an der Uni mal über die Philosophie sagte, «einen unserer Problembereiche».

Aber irgendwie spürte ich, daß es kein guter Abend

war, um an einer Straßenecke in Montpellier mit Ideen zu jonglieren und den Hut herumgehen zu lassen. Was tun? Ich war immer davon ausgegangen, meine Leber würde vor meinen Piepen den Geist aufgeben.

Ho-Ho

Ich fand ein schmieriges Hotel in Bahnhofsnähe, wo es auch hingehört. Frankreich hat mit die besten schmierigen Hotels der Welt. Eleganz neigt zur Einförmigkeit, Schmierigkeit überrascht. Ich mag drei oder vier verschiedene Tapetensorten in ein und demselben Zimmer, und daß man nie weiß, welcher Wasserhahn nicht funktioniert oder gleich abbricht.

Ich erklärte an der Rezeption, man habe mir im Zug gerade mein Geld abgeknöpft, und ich hätte deshalb gern ein preiswertes Zimmer. Dafür hatte man Verständnis. Man hatte unverkennbar schon mit weit kauzigeren Gästen zu tun gehabt als dreckigen Philosophen, die mit ihrem Weltrang haderten, und wenn ich mich für verrückt und gefährlich hielt, so waren sie mit schrägeren Schrägheiten fertiggeworden.

Ein aus dem Koffer der Zivilisation ausgebuddelter Paß schien den Empfangschef zufriedenzustellen. «Engländer sind uns hier stets willkommen», sagte er, als gäbe es dafür einen Grund. Ich bin mir keineswegs sicher, ob ich mir ein Zimmer gegeben hätte, aber der Laden schien nicht eben von Gästen zu wimmeln. Ein schlaksiger junger Mann in einer billigen schwarzen Lederjacke und mit einer halben Frisur flätzte sich in einem Sessel und wartete in aller Öffentlichkeit, als würde er dafür bezahlt, herumzusitzen und den schlechten Ruf des Etablissements noch zu steigern.

Ich ging in mein Zimmer hinauf, öffnete den Koffer (automatisch, wie man so was halt macht, denn ich hatte nichts auszupacken) und legte mich aufs Bett. Ich habe die Erfahrung gemacht, daß ich so besser nachdenken kann, und in der Horizontalen kommt man stromlinienförmiger durchs Leben. Fast alle Probleme im Leben entstehen durch das Aufstehen.

Es klopfte an der Tür.

«Wer ist da?» fragte ich, verblüfft über meine unverhoffte soziale Anziehungskraft.

«Sie haben eine Unterschrift vergessen.»

Als ich die Tür öffnete, begrüßte mich kein unsigniertes Dokument, sondern ein Zamzummiter von Waffe, die der quintessentielle Krisenknirps aus dem Foyer auf mich richtete.

«Geld her!» forderte er mit bewundernswerter Prägnanz, eine Eigenschaft, die meines Erachtens der zeitgenössischen Philosophie meist abgeht. Trotz meiner Unkenntnis in Sachen Feuerwaffen war mir doch auf den ersten visuellen Stupser hin klar, daß die Waffe ausreichte, um mich und weitere drei oder vier große Philosophen ins Nirwana einzuliefern. Es muß einmal gesagt werden, daß Augenblicke wie dieser eine ausgezeichnete Rechtfertigung für jahrzehntelange wüste Zügellosigkeit sind. Stellen Sie sich vor, wie groß mein Kummer gewesen wäre, hätte ich meine Morgende hechelnd beim Joggen verbracht, mich des Weins und Biers enthalten, Konditoreien gemieden, der Feistheit durch eine einzige anständige Mahlzeit pro Tag widerstanden, bloß um in einer billigen Absteige wie eine Jahrmarktscheibe perforiert zu werden.

Ich holte meine vier Franc aus der Tasche und hielt sie ihm hin. Der Flurmann stieß mich ins Zimmer zurück und schloß die Tür, um dem Raub einen privateren Anstrich zu verleihen.

«Keine Fisimatenten. Her mit dem Geld.»

«Das ist alles», antwortete ich.

«Aber Sie sind Tourist.»

«Ja, aber ein Tourist ohne Geld.»

«Touristen ohne Geld gibt es nicht.»

«Jetzt haben Sie einen kennengelernt. Schauen Sie sich ruhig um», sagte ich und wies auf meine derzeit einzigen irdischen Güter.

«Aber Sie sind Tourist», beharrte er; ich war jedoch erleichtert, statt der Drohung einen Unterton resignierter Ungläubigkeit herauszuhören.

Aber

Sein Unterton erinnerte mich stark an Tanizakis «aber Sie sind Philosoph». Tanizakis japanisches Gehirn war aus dem Leim gegangen, als er versucht hatte, die Vorstellung eines Philosophen hineinzustopfen, der Gelder veruntreute. Er war eine treue Seele, und in jenem Augenblick tat er mir leid. Zur allgemeinen Unfähigkeit der Japaner, irgend etwas zu begreifen, das weiter als fünf Meilen vor Japans Küsten liegt, kam bei ihm noch die gar nicht so seltene Fehleinschätzung hinzu, Philosophie bestehe gewissermaßen aus ethischen Trimm-dich-Pfaden. Er hatte mich in der Hoffnung zur Rede gestellt, ich könne möglicherweise mit einer unbegreiflichen, aber allumfassenden Erklärung aufwarten, die eine lange und chaotische Unterschlagung in eine ausgeflippte Form von Buchhaltung verwandelte. Ich belog ihn nicht, weil es (a) noch vor dem Mittagessen und also viel zu anstrengend war, und weil es (b) die Unannehmlichkeiten nur um ein paar Tage oder Wochen hinausgezögert hätte.

An der Art, wie er mir die Beweise für die verschwundenen Gelder präsentierte, war das eigentlich Bemerkenswerte, daß er sich schämte, sich für mich schämte. Ich spielte mit dem Gedanken, ihm eine Beteiligung anzubieten, denn dadurch hätte ich ein bißchen Luft bekommen, und man weiß ja nie, wann die Erde von einem Schwarm planetozider Asteroiden eins übergebraten bekommt, wodurch mein akademisches Abgreifen zu einer rein akademischen Frage geworden wäre. Aber mir war klar, daß ihm allein der Vorschlag in die Knochen gefahren wäre. Schon bei meiner Einladung, ihm einen Drink zu holen, krümmte er sich vor Entsetzen, da er offensichtlich fürchtete, ihm würden damit noch ein paar Stiftungskröten mehr durch die Finger glitschen.

«Warum?» fragte er, was mich überraschte, denn ich war stets der Auffassung, dem Diebstahl von Geld könne eigentlich bloß der Wunsch nach Geld zugrunde liegen. Es gibt zwei Helfershelfer, die ich zu meiner Entlastung gern verpfeifen würde: Erstens beschuldige ich die Ärzteschaft, die mir wiederholt versichert hat, meine Grasbeißmuskulatur befände sich in ausgezeichnetem Zustand. Das rückte mögliche Konsequenzen in ein etwas anderes Licht.

Zweitens habe ich nie verstanden, warum die haarsträubend dämlichen Berufe wie Immobilienmakler, Fernsehmoderator, Steuerberater, Modedesigner, Doppelfenstervertreter, Nachtclubbesitzer und Stukkateur die einzigen sein sollen, die mit großen Lappen auf Duzfuß stehen. Meine Bedürfnisse waren stets bescheiden, aber zum Ausgleich dafür wurden meine Ansprüche immer kostspieliger. Ein altes Geschöpf braucht immer stärkere Kicks.

Ähnlich wie im Fall meiner Gesundheit blieb ich bei der Veruntreuung der Stiftungsgelder weit länger ungeschoren, als ich angenommen hatte. Jahrelang waren Tanizakis Vorgänger herübergekommen, hatten meine Buchführung nickend zur Kenntnis genommen und ihre Energien darauf konzentriert, sich Golfschläger und Whisky der richtigen Marke anzuschaffen. Einer Ironie des Schicksals zufolge würde man

Tanizaki den Hintern zaibatsülzen, weil er tüchtiger gewesen war als sie.

In jüngeren Jahren hätte ich vielleicht redlicher gehandelt. Der Idealismus, in meiner Branche ein siamesischer Zwilling des Glaubens, ging in dem Augenblick über Bord, als ich Profi wurde; Engagement und Ehrgefühl wurden noch vor dem Endspurt von dem Wunsch überrundet, von einem Balkon aus Barem über die Welt hinwegzublicken. Vielleicht hätte ich mein unwürdiges Verhalten gezügelt, wenn mir ein Körnchen Vertrauen geblieben wäre, daß es in der Branche noch anständige Schneisen zu schlagen gäbe. Aber im Lauf der Jahre war das ferne Donnergrollen – daß ich als Denker bloß noch den Museumslakaien spielte, hier ein paar Gedanken abstaubte, dort ein paar Exponate umräumte – zu einem ohrenbetäubenden Tosen angeschwollen.

Ich wäre vom Beweis des Gegenteils entzückt. Es wäre einfach herrlich, wenn irgendein Genie des Weges käme, das in der Geistesgeschichte mal so richtig aufräumte und uns uffen ließe, indem er uns zeigte, wie die Puzzlestücke zusammengehören. Aber ich fürchte, man kann nur noch einige bittere Scharmützel in den Fußnoten ausfechten, ein paar Satzzeichen herumschieben und sich Feuergefechte in Leserbriefen liefern.

Vor etlichen Jahren entdeckte ich mehrere Arbeitsfelder, die noch niemand beackert hatte, aber bei denen stellt sich irgendwann heraus, daß es (a) nichts zu beackern gibt, daß (b) der Boden unfruchtbar oder (c) die Ernte schon eingefahren ist, nur hat man es nicht mitbekommen, weil man beim erstenmal schlampig recherchiert hat. Als Spezialist für die Geschichte der Philosophie darf ich Ihnen ferner versichern, daß es keinen einzigen Gedanken gibt, auf den die Griechen nicht das Urheberrecht haben; sie haben schon lange vor Christus alle Konzepte in ihren Korral getrieben. Das ist ein Standpunkt, den man ohne Not verteidigen kann. Und allen anderen Kranialkreaturen, deren die Griechen Ihrer Meinung nach nicht habhaft werden konnten, sind hundertprozentig schon die Franzosen, Deutschen und Briten mit Feudel und Wischeimer zu Leibe gerückt.

Sollten Sie allerdings glauben, es sei leicht, eine Vertrauensstellung zu mißbrauchen, dann probieren Sie es nur. Verlogenheit kann harte Arbeit sein.

Ich werde es an meinem Lieblingsforscher, dem brillanten John Smith (recherchieren Sie erst mal den Namen) veranschaulichen, dessen einsiedlerhafte Existenz im Nu Legendenstatus erhielt. Eine legendäre, einsiedlerhafte Existenz, die notwendigerweise legendär und einsiedlerhaft war, weil John Smith nicht existierte.

Wenn ich sage, daß er nicht existierte, benutze ich das Verb im barbarischen Laiensinn. Er existierte beispielsweise nicht in dem Sinne, daß er eines schönen Tages an meiner Tür hätte aufkreuzen können, um auszurufen: «Schick deine Mutter zum Zeitgeist, ich will das Geld, das mir die Stiftung so großzügig überwiesen hat und das immer auf einem Konto landete, das ausschließlich von dir abgeräumt wurde.»

Als Profi möchte ich betonen, daß John Smith, bloß weil er in puncto Stoffwechselfunktionen ein bißchen schwach auf der Brust war, keineswegs weniger wirklich war als meinetwegen Montaigne.

Die Leute haben John Smith' Werk gelesen, angeblich sogar mit Vergnügen. Sie haben seine Dokumentation gesehen. Er besaß ein Zimmer im College (von mir eingerichtet und von den Putzfrauen für seine Sauberkeit gelobt). Die Leute hatten deutliche Erinnerungen an ihn. Sie unterhielten sich über die Sitzungen, an denen er nicht teilnahm, Arbeitsessen, die er auf geheimnisumwobene Weise in letzter Minute mittels bizarrer Formen indirekter Kommunikation absagte. Und selbst wenn er nachgerade ein Gespinst meines zerebralen Webstuhls war, wo enthielt das Bewerbungsformular denn die Klausel, man müsse ein Bett zum Knarren bringen können?

Und natürlich gab es da noch Bona-fide-Zettisten (für andere elektromagnetisch wahrnehmbar), die die Schalen der finanziellen Früchte abbekamen. Irgendwer wird mir garantiert vorwerfen, ich hätte junge Talente daran gehindert, die Sache der Branche voranzutreiben. Gut, ich bin froh, wie die Politiker immer sagen, daß Sie darauf zu sprechen kommen. Genau das habe ich getan. Ein dreijähriges Philosophiestudium ist für einen gesunden Menschen mehr als genug.

Hmmmm

Also, eine Warnung vor überstürzten Folgerungen.

Freundlich betrachtet: Uns bleibt nicht viel anderes übrig. Wir müssen davon ausgehen, daß Wasser auch beim nächsten Versuch bei hundert Grad kocht, daß die alte Dame, die auf uns zukommt und wie unsere Mutter aussieht und die Sachen unserer Mutter anhat, unsere Mutter ist und nicht der verkleidete Ministerpräsident von Zaire, daß wir in zehn Sekunden noch immer Menschen sind und nicht entgegen jeder Erwartung eine Metamorphose zu Zalambdodonten in einem zweifelhaften Zoo durchmachen.

Unfreundlich betrachtet: die komfortablen Kissen, die unser Lehnsherr Faulheit sich für seine vier Buchstaben erkiest.

Auf jeden Fall eine Warnung vor überstürzten Folgerungen zur Moral von Philosophen und zum Kapital von Touristen.

«Sie sind Tourist», resümierte mein bewaffneter

Angreifer zum drittenmal, als sei dieses Faktum ein unförmiges Paket, das er durch einen schmalen Briefkastenschlitz stopfen wolle, «und Sie haben kein Geld.»

Ich sagte bedauernd, ich hätte gern etwas Geld gehabt, um es mir von ihm entwenden zu lassen, aber dies sei nun mal der Stand der Dinge. Zum Glück zeigte er keine Gewaltbereitschaft, lediglich die Gereiztheit und Resignation von Leuten, denen aufgeht, daß sie im falschen Zug sitzen.

Der Knarrenmaxe bedrohte mich nicht, verschwand aber auch nicht. Er setzte sich, beugte sich vor und stützte mit der Faust die Stirn, wodurch sein Kopf wie ein mutierter Golfball auf dem Tee aussah. «Nein, nein, nein», sagte er. Langsam. Mit gleichmäßigen Zäsuren. Ich wußte nicht, was ich tun sollte. Eine weitere beklagenswerte Lücke unseres Bildungssystems. Die Waffe ruhte in einem unbewachten Winkel in seinem Schoß.

«Sollten Sie mit der Wumme nicht besser aufpassen?» fragte ich.

«Sind keine Patronen drin», sagte er ganz leise, mit der Stimme eines Mannes, dessen gesamte Familie gerade bei einem Autounfall ums Leben gekommen ist (eine Familie, die er liebte, sollte ich hinzufügen).

«Ich könnte mir auch gar keine Patronen leisten», erhellte er und kaute auf der Düsternis herum.

Ich wollte gerade sagen, er habe meine Gastfreundschaft jetzt lange genug in Anspruch genommen, aber da ich ihn genaugenommen nicht eingeladen hatte, wäre es wohl präziser gewesen zu sagen, er habe die Tür, mit der er ins Haus gefallen war, jetzt lange genug in Anspruch genommen. Wie geht ein Philosoph aus gutem Hause mit einem bewaffneten Einbrecher um, der versagt hat? Inzwischen verschweige ich meinen Beruf gerne, denn in der Art, wie er aufgenommen wird, liegt oft genug die Bitte um Gratisberatung (wie man wahrscheinlich Ärzte außer Dienst mit Einzelheiten über nervöse Zuckungen und lästige Wehwehchen belämmert) und die Bereitwilligkeit zu Offenbarungen: ein Erguß von Vertraulichkeiten, auf den man bedenkenlos verzichten würde. Der Bewaffnete ging indes unverzüglich dazu über, mir alles zu erzählen, ohne vom Anreiz eines philosophischen Zuhörers zu wissen.

«Er wollte mir die Knarre nicht verkaufen. Ich hatte nur die Hälfte der erforderlichen Summe. ‹Aber›, hat er gesagt, ‹Hubert, weil du gerade erst entlassen worden bist und weil eine halbe Knarre nicht besser ist als gar keine, werde ich dir einen Gefallen tun und deinen Schulden Einhalt gebieten.›»

Ohne meinerseits Interesse zu bekunden, bekam ich sodann eine reichlich bemessene Portion seiner Lebensgeschichte aufgetischt. Er war am selben Morgen erst aus dem Gefängnis entlassen worden und hatte das Geld für den Neuanfang darauf verwendet, eine seiner Beschreibung nach enttäuschend kleine Waffe zu erstehen. Anschließend habe er sich nach einem geeigneten Opfer umgesehen, was er nicht persönlich zu nehmen bitte.

«Freut mich zu hören, daß ich so wohlhabend aussehe», warf ich ein, um ihm zu zeigen, daß ich nicht nachtragend war.

«Ich habe eine Menge nachzuholen», sagte er, legte aber keines der Zeichen an den Tag, die man landläufig mit dem Prozeß des Aufbrechens in Verbindung bringt, und zystoideenmäßig wich er keinen Fingerbreit. Ich wollte ihm einen Drink anbieten, da der Raubversuch jetzt hinter uns lag und wir uns der Herzausschüttung widmeten. Ich wollte auch mir einen anbieten, doch leider gab es im Zimmer keine Minibar.

Er warf mir einen prüfenden Blick zu, und was ich für Schielen gehalten hatte, erwies sich als linkes Glasauge.

Dann fiel seine rechte Hand runter und prallte mit handfestem Tock auf den Boden.

«Das macht sie ständig», sagte er ohne jegliche Anstalten, sie zu bergen, und tat auch sonst nichts, was seinen Abschied angekündigt hätte. Sein Fluchtplan war genauso lausig wie seine versuchte Wegelagerei.

«Und Sie?» sagte er. «Ihr Französisch ist gut. Was sind Sie von Beruf?»

Ich wappnete mich wie ein Profi. «Ich bin Philosoph», sagte ich und kontemplierte die Zeitform. Es würde sehr spät werden, bevor er ging.

«Aha. Kann man damit Kohle machen?»

«Kommt darauf an.»

«Kommt worauf an?»

«Was für ein Philosoph Sie sind.»

«Sie gehören wohl nicht zu der reichen Sorte. Oder hat Sie jemand ausgenommen, bevor ich an Sie rangekommen bin?»

Ich machte ihn mit den weniger peinlichen Ereignissen des Tages vertraut.

«Sie hatten auch Eltern, nehme ich an?» fragte er, sprunghaft das Thema wechselnd.

«Wie die meisten Menschen.»

«Ich nicht.»

Wir frönten dem Schweigen, das ich nicht durch vorgeschütztes Interesse an seinem Stammbaum brechen wollte.

«Und wie gefällt Ihnen Frankreich?» nahm er neuen Anlauf, zu guter Letzt der eifrig bemühte Gastgeber.

Ich strebte einen Bericht im Brühwürfelformat an, seine Aufmerksamkeit war jedoch bereits bumerangartig zu ihm selbst zurückgekehrt. Ich kam in den vollen Genuß der «Ein Abend mit Hubert»-Show. Offensichtlich wurde er nirgends erwartet.

Hubert: kurzes Strafregister, lange Knastkarriere. Das Pech war sein Stammgast, funktionierende Körperteile waren Zechpreller.

«Ich kam auf die Welt und war schon beschissen worden», sagte er. «Eine Hand war im Arsch. Hat man mir erzählt.»

Seine Kindheit: Er war auf ungeklärte Weise in einer Mülltonne ausgesetzt worden und kam ins Pflegeheim. «An die Mülltonne haben sie mich immer wieder gern erinnert.» Eine Infektion brachte ihn um sein linkes Auge. Er ersparte mir die Einzelheiten des Pflegeheims in der Annahme, ich würde als selbstverständlich erachten, daß es die Hölle war.

Während ich mir sagte, wie jammerschade es war, daß ich keine Methode kannte, mit Zuhören Geld zu verdienen – im Gehörschenken scheine ich recht freigebig zu sein –, übersprang er den Teil bis zum achtzehnten Lebensjahr und kam zu seinem Debüt als Verbrecher großen Stils. Zusammen mit einem Komplizen, der in der Hierarchie der Abgreifer zu den Senioren gehörte, hatte er sich an einen stadtbekannten Geizkragen und Unternehmer herangepirscht. Als sie ihm in seinem Appartement auflauerten und ihn fesselten, war seine erste Reaktion unverhohlenes Entsetzen, denn er nahm an, Hubert und sein Partner kämen von der Zasterfahndung des Fiskus. Als ihm aufging, daß sie stinknormale Gesetzesbrecher waren, gluckste er bloß, während sie ihn mit Füßen bearbeiteten und mit Messern bedrohten, um die Kombination des Safes zu erfahren.

«Von mir erfahrt ihr gar nichts», hatte er hämisch gesagt. Daraufhin wurde der Benzinkanister, den Hubert auf Anweisung hin mitgebracht hatte, über den gefesselten Knickstiefel ausgegossen. Dann zündete sich Huberts Spießgeselle ostentativ eine Zigarette an und gab sich verwirrt, was er nun mit dem noch brennenden Streichholz anfangen sollte.

Der Geizkragen redete. Er redete so flott, daß Hubert und sein Mentor die Einzelheiten gar nicht so schnell mitschreiben konnten, wie er sie rasant wiederholte, bevor er kenterte und von dannen infarkte. «Juristisch ist das ein interessanter Aspekt», hatte Huberts Kumpel bemerkt, «ich bin gespannt, womit sie uns belangen wollen.» Sie waren mit leeren Händen abgezogen, von ein paar Briefmarken abgesehen, die Hubert auf dem Küchentisch entdeckt hatte.

Danach hatte sich Hubert überlegt, es sei vielleicht an der Zeit, sich selbständig zu machen. Er zog ins Arrièrepays, um bei der Weinernte zu helfen, in einem Schuppen zu schlafen und über den Benzinkanister zu grübeln, den sie mit seinen Fingerabdrücken übersät am Tatort zurückgelassen hatten. «Und», so stellte er fest, «ich mußte das Benzin von meinem eigenen Geld bezahlen.»

Nach einer Erholungspause tastete sich Hubert an eine beschauliche, kleine aber fette Bank heran, deren Personal ihn kolossal hochnäsig behandelt hatte, als er einen Kredit aufnehmen wollte, um sich eine prestigeträchtige Schußwaffe zuzulegen (eine, die die Aufmerksamkeit auf ihn lenken sollte).

Fachmännisch stahl er ein Fluchtfahrzeug. Mit einem Gewehr im Anschlag, das den größten Teil seines Rebenleselohns verkörperte, betrat er die Bank und stellte fest, daß Raubüberfälle kinderleicht waren, so leicht wie das Atmen (leicht, solange einem der eigene Gesundheitszustand nicht das Luftholen erschwert, etwa durch Abschnüren der Luftröhre, was, wie ich gern zugebe, das Atmen unterbinden kann – was übrigens auch der Fall ist, fällt mir gerade ein, wenn man sich weit unterhalb einer Wasseroberfläche befindet, mit den Füßen in einem Zementblock; auch die Torturen der Luftresorption in großer Höhe muß man außer acht lassen, ganz zu schweigen von den Atemschwierigkeiten in geringer Höhe, wenn einem dämmert, daß man soeben erwürgt wird).

Hubert glaubte, seine Berufung gefunden zu haben, nahm das Geld, räusperte sich und verkündete dem kleinen Häuflein von Bankangestellten und zwei algerischen Klempnern: «Meine Damen und Herren, ich bitte um Ihre Aufmerksamkeit. Sie sind soeben in den Genuß meiner Antrittsvorstellung gekommen. Sie werden in der Achtung Ihrer Enkelkinder steigen, weil Sie dabeigewesen sind; allein dafür werden sie Sie lieben und ehren.»

Und dann zischte er mit der Sore aus der Bank, bloß um festzustellen, daß sein geklauter Fluchtwagen geklaut worden war.

Er hatte die Tür offen und den Zündschlüssel stekken gelassen. Ein Zamzummiter von Ärgernis, aber hätte er ruhig Blut bewahrt, wäre ihm bestimmt eine Alternative eingefallen, seine körperliche Präsenz aus der unmittelbaren Umgebung zu entfernen – ob nun durch das Kapern des nächsten Wagens oder sonst etwas. «Ich bin ausgerastet.» Er lief weg. Die Polizei folgte einer Reihe von Zeigefingern, die sie zur Tiefkühlabteilung eines Supermarktes führten, wo sich Hubert im vergeblichen Versuch, die Sichtbarkeit seiner Körperoberfläche einzuschränken, hinter gefrorenen Erbsen zusammengekauert hatte. Er ergab sich auf Aufforderung und ließ die Waffe fallen, wobei sich ein Schuß löste, der einem Polizisten ins Bein fuhr.

Und hier, behauptete Hubert, wendete sich sein Schicksal aufs drastischste, denn er wurde nicht an Ort und Stelle erschossen, sondern zu zehn Jahren verknackt. Das Gefängnis war besser als die Erziehungsanstalt. «Niemand tat so, als wäre man frei.» Und:

«Ich wußte, daß ich eine zweite Chance kriegen würde.»

Nacht. Ich bot an, runterzugehen und für vier Franc etwas zu essen aufzutreiben. Die Brüderschaft der Hungerleider. Hubert war einverstanden. Er gab mir seinen Franc und meinte, ich könne die Pistole mitnehmen, falls ich wolle. «Ich will heute abend nicht noch einen Flop riskieren.» Ich fand einen spätabends noch geöffneten Lebensmittelladen, wo man bereit war, mir für fünf Franc ein paar Baguettes zu überlassen. Nachdem sein Hunger etwas besänftigt war, schnappte sich Hubert (nicht ohne zuvor höflich um Erlaubnis zu bitten) eine Bettdecke und ein Kissen und gab die Senkrechte für heute auf.

????????????????????????????

Mehr Bewußtsein

Ich wachte jetzt jeden Tag auf und wußte, daß mein Aufwachen einer bedrohten Art angehört. Im Bewußtsein, daß es Zeit war aufzustehen und loszulegen, wenn ich die Zivilisation an die Kandare nehmen wollte. Aber eigentlich war ich weder zetetisch aufgelegt noch willens, tektonisch aktiv zu werden und eine geistige Kontinentaldrift einzuleiten.

Mir war mehr danach, eine Frittenschmiede in Leytonstone aufzusuchen, wo das Fritieröl genau richtig ist. Keine x-beliebige Fettschleuder, sondern Leytonstone. Es ist eine der furchtbarsten Foltern, einer der grausamsten Schläge, die die Kontingenz uns antun kann, dieses Verlangen, etwas zu verzehren, das es nur Hunderte von Meilen von dem Ort entfernt gibt, an dem man der Sehnsucht erlegen ist.

Als ich einmal in Cambridge über einen Hof ging,

zerriß mich ohne jede Vorwarnung ein Heißhunger auf *Moules bonne femme*. Nicht irgendwelche *Moules bonne femme*, nicht die gut zubereiteten *Moules bonne femme*, die einem in etlichen erstklassigen Freßtempeln serviert werden, allesamt per Taxi erreichbar, sondern die *Moules bonne femme* eines ganz bestimmten kleinen Restaurants in der Nähe von Le Levandou.

Wenn man umgekehrt in Le Levandou ist, bedrängt von der besten Küche der Welt, was passiert dann? Ein nagendes Bedürfnis überfällt einen, der verzweifelte Appetit auf die Mousse au chocolat, die ausschließlich in einer abgelegenen Gourmet-Boutique in South London existiert. Jetzt mag der eine oder andere einwenden: Zisch ab und kauf dir 'ne Tafel Schokolade, du verfaselter fetter Versager, Schokolade ist Schokolade. Ich entgegne, wenn man diese Mousse ißt, dann weiß man, daß es einen Gott gibt, denn man hat sein Antlitz geschaut. Bei dieser Mousse ist er ein Muß. Etwas so Gutes könnte unmöglich in einem Universum existieren, das einfach nur so als Universum durch die Welt schippert.

Hubert lag friedlich auf dem Boden; es sah fast gemütlich aus. Sein Atem verriet mir, daß er ebenfalls wach war und genausowenig Lust hatte, den Tag anzugehen. Warum sich der Senkrechten aussetzen, wenn man's auch waagerecht haben kann?

Der Tag hatte einige Pröbchen durch die Vorhänge an die Decke geschickt. Mich konnte der Sonnenschein nicht beeindrucken. Auf den alten Trick fiel ich nicht rein.

Huberts Einzelteile schmückten das Zimmer. Sein Hörgerät thronte auf seiner Lederjacke. Die Beinprothese lehnte auf eine Art, die ihrer Beinheit Hohn sprach, an dem Relikt eines Stuhls. Die Hand lag auf dem Waschbecken, hatte gewissermaßen einen Vorsprung und wartete auf den Startschuß, für die morgendlichen Waschungen den Hahn aufzudrehen. Angesichts dieser Sammlung verstand ich, daß Hubert nicht direkt hochschnellte; zweifellos grübelte er darüber nach, wie er seinen Platz auf der Weltrangliste vom Boden abkratzen sollte.

Ich hatte mich ebenfalls festgefahren. Mit meinen Plänen, mich ins Jenseits zu verflüssigen, saß ich ohne anständige, wenn nicht ungeheure Geldmengen auf dem trocknen. Irgendwann gerät man an einen Punkt, an dem man das Recht einfordert, sich um Dleg keine Sorgen mehr machen zu müssen. (Ein paar Anstrengungen in der Jugend, okay, das macht sich gut.) Ich hatte diesen Punkt erreicht.

Ein paar Universalien

Ich mag mich irren, aber ich habe den Eindruck, in einer minimal entwickelten Zivilisation verspürt jeder oder jedenfalls fast jeder dann und wann Neigungen nichtfleischlicher Natur.

In lockerer Folge: das Buch. Ich gehe mit der Ansicht d'accord, daß in den meisten Menschen ein Buch steckt. Viele sind barmherzig genug, es lebenslänglich unter Kopfarrest zu stellen. Ob es sich um Memoiren, Fiktionen, Liebesgefiepe oder Reiserouten durch Zululand handelt, die meisten Leute spielen mit dem Gedanken, ihre Hirnabdrücke zu hinterlassen. Zum Glück für Verleger und diejenigen unter uns, die gezwungen sind, mit Lesen ihren Lebensunterhalt zu verdienen, erreicht nur ein Bruchteil autorial die Ziellinie. (Manche Leute schaffen es freilich, aus ihrem Buch eine Karriere zu machen, indem sie regelmäßig den Titel ändern.)

Der zweite gewöhnliche Geistesblitz: das Restaurant. Wer hätte nicht gern einen Heiermann für jedesmal, wenn ein Kollege beim Essen mit der Idee ankommt, man müsse ein Restaurant, Café oder irgendeine Art Partyservice aufmachen? (x) es kommt einem nicht besonders schwer vor, (y) wir alle essen gern, (z) die meisten Leute zeigen sich bei Tisch von ihrer besseren Seite.

Der dritte unerfüllte Wiedergänger: Bankraub. Der Reiz ist offenkundig. Fast alle leiden wir fast immer an – oftmals akuter – Kneteknappheit. Die Lösung: Kohleabgreifstätten sind selten weiter als ein paar Schritte entfernt. Man bummelt rein und rennt wieder raus, alle Hände voll mit dem Wundermittel in Reinkultur. Die Haarnadelkurve des Glücks. Die Peep-Show der Piepen, nur Glas zwischen dir und den dünnen, bunten Lappen Freiheit. Ein paar Pfund Pfunde, ein paar Kilo der örtlichen Galionsfiguren, diesen Hosentaschenportraits, und augenblicklich fühlt man sich wieder hoch zu Roß.

Auch was außergesetzliches Tun in Verbindung mit langen Haftstrafen angeht, hat sich der Bankraub wenig vorzuwerfen. Banken haben offensichtlich mehr Geld, als sie brauchen – es liegt da doch bloß rum. Und jeder Hans und Franz haßt (a) Banken und (b) Banker. Hört sich doch ziemlich opferfrei an. Natürlich müssen die Leute zahlen, die den Bankraub nicht begehen, aber sie zahlen fast unmerklich. Obendrein ist wegen (b) die Idee ungeheuer attraktiv, Bankern Schreckensschauer durch die unteren Regionen ihrer Verdauungstrakte zu jagen.

In der Regel bedeutet unsere Zurückhaltung weder Ordnungsliebe noch Kumpanei mit ethischem Raisonnement. Nein, uns hemmt die Aussicht auf Bestrafung – die Furcht spannt uns in den Block. Darüber hinaus ist es, pragmatisch gesprochen, unwahrscheinlich, daß man mit einem Bankraub ausgesorgt hat; was er bringt, ist zwangsläufig von kurzer Dauer. Vom

Bankenausrauben wird man nicht reich. Das große Geld und die kleinen Strafen finden sich naturgemäß bei der Unterschlagung, denn wenn man Glück hat, merkt niemand, daß eine Straftat begangen wurde. Aber die Unterschlagung ermangelt jeder Direktheit, ihr fehlt die schnörkellose Schönheit des Bankraubs.

An verschiedenen Scheidewegen meines Lebens, die ich nur mit dem Bettelstab erreicht hatte, wandelte mich die Versuchung an, aber erst jetzt, da Huberts Gegenwart ihr Vorschub leistete, lud ich sie auf einen Drink ein, bat sie, sich zu setzen und mir alles haarklein zu erzählen. Ein weiterer Vorteil des Bankraubs ist, daß er auf dem «Das kann ich auch»-Feld kräftig Punkte macht. Spektakulärer Bankraub mag Flair und Feuereifer erfordern, doch nicht der simple Bankraub.

Ich brauchte nicht nur Schotter, ich war auch neugierig … und mir fiel keine Alternative ein, wie ich sonst zu Geld kommen sollte. Es bestand kein großer Bedarf an einem aufgedunsenen englischen Philosophen, der an einem Freitagmorgen mit seinem sechsstelligen Weltranglistenplatz in Montpellier herumgammelte. Meine Kumpels waren nicht zu erreichen, und außerdem mochte ich meine Freundschaften nicht durch ungerechtfertigte Anforderungen an ihre Liquidität liquidieren. Ich wollte mein Adreßbuch tunlichst in Schuß halten.

Die letzte Wahrheit: Auf Beutegang

Wie Wasser, das am Abfluß Strudel bildet, flossen meine Betrachtungen zu einer Idee zusammen. Um die letzten Hemmungen zu überwinden, kommt nichts dem am Horizont aufragenden Tod gleich. Und die Zetetiker knufften mich, die noch unerforschten Winkel des Daseins abzuklappern.

An der Armut stört mich am meisten, daß sie so langweilig ist und einen einfach wegschmirgelt; ich hatte lange genug das Vergnügen. Armsein ist überall gleich. Beim Reichsein bin ich mir nicht so sicher: Meine Unterschlagungen hatten mich nur flüchtig in diese Höhen katapultiert. Aber ich war entschlossen, weitere Ermittlungen anzustellen. Ich hatte wenig zu verlieren, so wenig, daß ich es nicht erkennen konnte. Auf mich wartete ohnehin der Bau, aber solange ich draußen war, wollte ich Geld verpulvern.

Auf geht's

Ich hatte Glück, da das Pech mir jene Zutat zu einer Bankraubausrüstung beschert hatte, die am schwierigsten zu bekommen ist: eine Waffe. «Reich mir die Wumme, Hubert. Ich glaube, ich zieh mal los und überfall 'ne Bank.»

«So einfach geht das nicht, Prof.»

Zuständigkeitsbereich. Gewerkschaftszwang. Eingeweihte mögen keine Außenseiter, die glauben, sie könnten mir nichts, dir nichts entscheiden, daß sie ab sofort dazugehören.

«Ich hab auch nicht gesagt, daß es einfach ist, aber irgendwann kommt der Punkt, da muß man losziehen und eine Bank überfallen.»

«Anders kommst du nicht an Geld ran?»

«Nein, ich hab keinen Penny. Und ich bin auf der Flucht.»

«Auf der Flucht? Vor den Bobbies? Scotland Yard? Prof, als ich dich zum erstenmal gesehen hab, wußte ich schon, daß du was Angenehmes an dir hast. Und angenehme Leute auszurauben ist viel angenehmer.» Von meinem Vorschlag angespornt, schnallte sich Hubert sein Bein an. «Ich hab nicht viel Erfolg gehabt, das ist wahr, aber ich schlage vor, mit Touristen anzufangen. Ein Mißerfolg bei einem Touristen ist besser als ein Mißerfolg bei einer Bank. Aber kannst du nicht philosophieren oder so? Wie hast du dich denn bisher durchs Leben geschlagen?»

«Ich könnte philosophieren, aber ich glaube nicht, daß uns das ein Mittagessen einbringt.»

Den ganzen Weg zur Bank versuchte Hubert, mir die Idee auszureden. (Der Portier sagte etwas von «Doppelzimmerzuschlag», als wir das Hotel verließen.) Er bestand darauf, mich zu begleiten, obwohl ich durchblicken ließ, bei meiner Bankraubfähigkeit werde es seiner Freiheit eher abträglich sein, mit mir in Verbindung gebracht zu werden.

«Was würdest du sagen, Prof, wenn ich beschließen würde, Knall auf Fall Philosoph zu werden, hä?» sagte Hubert immer wieder und strich meinen Mangel an Hintergrundwissen heraus. Ich wußte in der Tat nicht, woran ich eine definitiv beraubbare Bank erkennen sollte; ich war versucht, Hubert nach Rat auszuhorchen, wollte aber nichts zur Schau stellen, was nach Wankelmut ausgesehen hätte. Ich drehte ein paar Runden und begutachtete Banken. Hubert verstummte und wußte es zu schätzen, daß ich mir die Mühe machte, die Ware erst einmal unter die Lupe zu nehmen.

Aber mir wurde klar, daß ich immer Grund zum Zögern finden würde: Die ideale Bank existierte in Montpellier einfach nicht. Platon würde hinzufügen, nirgends in dieser Welt. Ich hätte nach einer Bank in größerer Entfernung vom Hotel suchen können, ich hätte bis zum Nachmittag warten können, wenn weniger Kundschaft da war, ich hätte ein Dutzend weiterer Überlegungen hinzuziehen können, aber über einen Bankraub nachzudenken macht ihn nicht einfacher, und einen Mittag ohne Mittagessen hätte ich nicht verkraftet.

Ich entschied mich für die Zweigstelle einer Bank, die mich früher einmal besonders beleidigend und abweisend behandelt hatte. Was tut man, wenn man in einer Bank besonders grob behandelt wird? Man geht zu einer anderen Bank. Die über dieselben Zinssätze, denselben Service, dasselbe Abc der Grobheit verfügt. Banker bilden ein Kartell der Verachtung, treffen Absprachen, alle Kunden, die nicht ausgesprochen reich sind, wie den letzten Dreck zu behandeln; zweifellos ihre Rache dafür, als Banker ihr Leben fristen zu müssen.

Beim Bankraub muß man als erstes die Entscheidung treffen, wo man seine Waffe versteckt. In einem Akt von immenser Symbolkraft hatte ich die Bücher aus meinem Koffer geräumt und die Kanone hineingelegt. Die zweite Entscheidung, der man sich gegenübersieht, ist, ob man sich den großen Auftritt gönnt oder Schlange stehen will. In der Bank standen drei ausgebrannte, schlecht gekleidete Gestalten (mit Frisuren, die vor einigen Jahrzehnten aus der Mode gekommen waren), Lehrer, hatte ich den Eindruck, die sich einen Tag Urlaub von ihren Krisen gönnten, um Finanzgeschäfte zu tätigen.

Eine Frau hatte eine ganze Anzahl zeternder Kleinkinder mitgebracht, die sie herumkrabbeln und den Raum erobern ließ – sie sah nicht so aus, als wäre sie untröstlich, wenn eins davon abhanden käme. Hubert zeigte einigen von ihnen ein paar Tricks mit seiner abnehmbaren Hand. Ein anderes sah neugierig an mir hoch; vielleicht erwartete es Interessebekundung, vielleicht hatte es auch noch nie einen Philosophen gesehen, der sich für einen Bankraub in Form bringt.

Ich beschloß, die Kunden ihren Geschäften nachgehen zu lassen; ich sah nicht ein, warum ich ihnen den Tag versauen sollte. Die Bank hatte zwei Kassierer. Der eine war ein grauhaariger Veteran, der sich fatal der Kahlheit näherte, seine wenigen verbliebenen Strähnen zügellos verwöhnte und sie zu absurd langen Ringeln wachsen ließ, die die Dürftigkeit des Haarschopfes nur betonten. Er bewegte sich hektisch, mit gezwungener Heiterkeit, als wolle er sich und uns davon überzeugen, welch ein Genuß es sei, Banker zu sein, und daß er tue, was er immer schon tun wollte.

Der andere Kassierer war eine Frau. Sie hatte dieses *Je ne sais quoi.*

Ich weiß. Es ist erbärmlich. Immer noch Sklave. Da stand ich nun: pleite, in den besten Jahren über Bord gegangen, die Karriere an die Leitplanke karriolt, ein freudiger Anblick für jeden Bestattungsunternehmer, und suhlte mich in Niedertracht. Fand trotzdem noch Zeit, über die Möglichkeit nachzudenken, meinem Esktasespezialisten was zu tun zu geben. Statt sich auf die Beute zu konzentrieren, wurde mein Wahrnehmungsapparat von amourösem Verlangen überlaufen.

Ich stand in der Schlange und betete, daß ich den Herrn der Strähnen bekam und nicht die Aphrodite. Ich denke oft, daß es falsch ist, das Zentralorgan des Menschen im Gehirn anzusiedeln: Bei Männern zumindest liegt es eher in der Körpermitte, unten im weichen, baumelnden Kopf mit den losen Hemisphären, Bannmeile des heimlichen Regierungssitzes. Was auf dem Hals sitzt, ist bloß Fassade.

Der Mann verliert erst dann sein Interesse, wenn er (a) tot ist oder (b) so gut wie tot. Eingesargt in der Monade der Gonaden. Für mich war es immer eine gute Faustregel, um zu beurteilen, wie schlecht es mir ging – wenn die Vorstellung einer spärlich bekleideten jungen Blondine mein Blut nicht mehr zum Gackern bringt, weiß ich, daß es Zeit wird, den Arzt zu rufen.

Es war komisch; ich wollte ihre Bekanntschaft, aber im selben Augenblick konnte ich mich des Eindrucks nicht erwehren, daß ein Überfall auf ihre Bank vielleicht nicht die beste Methode war, ihr meine Aufwartung zu machen.

Als Vernunftkrämer stieß mich überdies die Idee ins Kreuz, ich müsse doch in der Lage sein, die Leute ohne die banale Unterstützung einer Waffe davon zu überzeugen, daß dies ein Bankraub war. Als Gruß an meinen Weltranglistenplatz. Es gab eine Videokamera, wie ich sah. Hubert erledigte sie mit seinem breitesten Lächeln. Der Kassierer, der nur ein paar Haaresbreiten vor der Glatze stand, schnappte sich die Großfamilie.

Ich trat an den anderen Schalter.

«Guten Morgen, Madame», sagte ich. «Dies ist ein Überfall.» Ich wäre wenig überrascht gewesen, wenn sie mich an den anderen Schalter verwiesen hätte.

«Ein Überfall?» Das schien sie nicht zu jucken. Weder lustlos noch hysterisch: eine Stoikerin. Als hätte ich nach der Uhrzeit gefragt. Jenes gewisse Etwas war noch da, wie um den Mund verschmierte Marmelade. Es gibt Frauen, die können die Zeit für dumm verkaufen.

«Sind Sie sicher?»

«Bin ich», sagte ich und öffnete mein überdimensionales Halfter, um ihr den bargeldhungrigen Schlund und die Lochmache zu zeigen. Sie fing an, Dlegbündel in den Koffer zu schmeißen, weder langsam noch schnell. Ich legte die Pistole auf den Schalter.

«Möchten Sie auch die Münzen?»

«Nein danke.»

«Genau, lassen Sie uns was übrig», sagte eine gereizte Stimme hinter mir. «Ich bin heute morgen extra in die Stadt gefahren, um Geld abzuheben. Es gibt nämlich auch Leute, die arbeiten müssen, wissen Sie.»

Quasikahli nebenan hatte noch gar nicht geschnallt, daß ein Bankraub im Gange war. Die polyzygotierte

Frau und er stritten sich um irgendwelche Kniffligkeiten im Zusammenhang mit Zahlungsanweisungen.

Meine Wohltäterin packte mir alles Bargeld in Reichweite ein und legte dann einen kleinen Zettel dazu, auf den sie etwas gekritzelt hatte. «Das ist alles. Mein Kollege kann Ihnen aber sicher weiterhelfen.»

«Nein, bemühen Sie ihn nicht», sagte ich. Das wäre gierig gewesen. «Haben Sie herzlichen Dank. Entschuldigen Sie, daß ich Sie aufgehalten habe. Schönen Tag noch.»

«Danke gleichfalls», sagte sie und wandte sich dem nächsten Kunden zu. Hubert und ich gingen hinaus, Hubert ganz gebläht vor Bewunderung; ich spürte, daß er seinen Senf dazugeben wollte, aber er hielt sich zurück, weil es unangebracht oder unprofessionell gewirkt hätte.

Draußen sah er mich gespannt an und wartete darauf, daß ich die Führung übernahm. Er dachte sichtlich: Und was machen wir jetzt? Ich erinnerte mich, daß es in der Nähe ein hervorragendes Fischrestaurant gab. Dorthin lenkte ich unsere Schritte. Hubert flüsterte nervös: «Sollen wir nicht ein bißchen rennen?»

«Nein», sagte ich. Hubert hatte offensichtlich nicht kapiert, daß ich (a) zu alt, (b) zu fett und (c) zu faul zum Laufen war, und sollte mich die Polizei am Schlafittchen kriegen, wollte ich mit der angemessenen Würde geschnappt werden.

Die Polizei war langsam. Wir überflogen bereits die Horsd'œuvres und schlürften einen Aperitif, als der erste Streifenwagen vorbeirauschte. Von unserem Tisch am Fenster hatten wir den besten Ausblick.

Der Ober kam mit Hubert nicht besonders gut klar. Mir schwante, daß Hubert zum erstenmal in einem exquisiten Fischrestaurant saß, und der Ober war zu derselben Einschätzung gelangt. Für ihn war es gar keine Frage, daß Hubert auf ein offenes Feld unter Napalmbeschuß gehörte.

«Darf ich Ihnen die Empfehlungen des Tages vorstellen?» erkundigte er sich.

«Nein, ich will von Ihren Empfehlungen nichts wissen», sagte Hubert, «ich will die Zarzuela. Wir sind nämlich keine Touristen, wissen Sie.» Das bekräftigte er mit einem Zähnefletschen, das man mit sehr aggressiven Hunden kurz vor dem Zuschnappen assoziiert.

Man bat uns an einen anderen Tisch, als eine größere Gesellschaft eintraf. Hubert wurde das falsche Gericht gebracht, und er mußte viermal nachhaken, bis er sein Bier bekam. Uns, Sünder in einem sündhaft teuren Restaurant, behandelte man wie den letzten Dreck, obwohl der Laden bloß halbvoll war und ich nach meiner Kapitulation als Friedensangebot eine Tagesempfehlung bestellte, ungeachtet auch der Tatsache, daß wir ein kleines Vermögen vertranken. Das ist wieder so eine herzzerreißende Erfahrung im Leben: Egal wie gut oder teuer ein Restaurant ist, über kurz oder lang fällt man der Lässigkeit des Personals zum Opfer. Der Ober vervollständigte das Bild, indem er Hubert über und über mit gelbbrauner Sauce begoß. Ich dachte, Hubert wäre drauf und dran, ihm eine zu langen, aber statt dessen bestand er darauf, ein Trinkgeld in Höhe der Rechnung zu geben.

«Das wird ihm eine Lehre sein», sagte er.

«Ich kann dir nicht ganz folgen.»

«Er hält mich für einen Dummklumpen, und nichts ist so nervend wie ein Dummklumpen mit Geld, nicht mal eine Ohrfeige.»

Unter dem Geld fand ich den Zettel, den sie dazugelegt hatte. In großer Handschrift, so aufregend, daß jeder Buchstabe tausend Bilder wert war, stand der Name Jocelyne und eine Telephonnummer. Ich zeigte

Hubert den Zettel. Auch ihm war das gewisse Etwas nicht entgangen.

«Puh!» sagte er und schüttelte die nicht abnehmbare Hand, als stünde sie in Flammen. «Also, da hast du mal eine Frau… eine Frau, die schwer zu schocken ist.»

Auf dem Weg nach draußen nahm Hubert eine fremde Mütze vom Garderobenhaken und reichte sie mir. «Wir müssen's ja nicht drauf anlegen», sagte er, während ich meinen Kahlkopf vermummte.

Die Polizei versuchte, ihre vorherige Abwesenheit durch um so zahlreichere Anwesenheit wettzumachen, schaute ernst drein, sprach in Funkgeräte und führte sich auf, als gäbe es Schwerwiegendes abzuwägen und zu tun. Wir schwoften mitten durch und blieben nur kurz stehen, als Hubert einen motorisierten Greifer, der an seinem Bock lehnte, fragte, was denn passiert sei.

«Banküberfall.»

«Haben Sie sie erwischt? Oder wenigstens eine ordentliche Täterbeschreibung?» fragte Hubert mit seiner von Gemeinsinn triefenden Stimme.

«Die werden nicht weit kommen», bekam er zu hören.

«Was sollte das?» fragte ich, als wir außer Hörweite waren.

«Reine Routinesache.»

Wieder im Hotelzimmer angekommen, kickte Hubert ein Kissen gegen die Wand.

«Ich wüßte bloß gern, ob du echt so ein Genie bist», brach es aus ihm heraus. «Oder ist das der praktische Nutzen der Philosophie? An einem einzigen Vormittag nimmst du eine Bank aus, erfindest den Flucht-Lunch und läufst Gefahr, von einer Frau drainiert zu werden, die die Zuidersee mit einem Strohhalm aussaugen könnte. So was hab ich ja noch nie gesehen.»

Wer kann bei Lobgehudel schon nein sagen, egal wie unverdient? Dennoch hatte der Raub meiner inneren Leere nichts anhaben können. Es war, als höbe man ohne die Belastung durch ein Scheckheft Geld ab, und ich war überrascht, daß ich aus der Sache rausmarschiert war, ohne die Zetetiker zum Einsatz gebracht zu haben.

Da ich jetzt Geld hatte, bestand das Problem darin, daß ich mir keine Sorgen mehr über Geldmangel machen konnte. Es gab keine pekuniären Engpässe mehr, die mich davon abgehalten hätten, an die Pandekten zu gehen, an das letzte Wort, den großen Auftrieb, das $E=mc^2$ des Geistes. Eine Universalgeschichte analog der Chronik von Johannes Zonaras (der hatte es leicht als byzantinischer Bürokrat im 12. Jahrhundert) schwebt mir vor; gleichwohl eine Universalgeschichte in einem Satz. Vielleicht zwei (damit die Leute den Eindruck haben, sie bekämen etwas für ihr Geld).

Jammerschade, daß ich mein Leben so wegkarafft habe. O meine Jugend, als das Zet noch gut war. Man behält es im allgemeinen für sich, aber ich ging voller Zuversicht an die Universität, daß ich dem Wissen der Menschheit gewachsen war, daß ich der Zeb werden konnte, der Platzhirsch, der Riesenrammler der Branche, das Übliche halt. Vergiß den Traum von der Nummer Eins. Heute muß ich froh sein, wenn ich's überhaupt auf die Anzeigetafel schaffe.

Der Bruch ergab nicht mehr als das Monatsgehalt eines Bankdirektors, aber es reichte, um meinen Kontakt mit den Sommeliers eine Zeitlang nicht abreißen zu lassen (für einen anständigen Wein sollte man sich schon ins Zeug legen, finde ich).

Grob geschätzt die Hälfte des Geldes gab ich Hubert

(ich bin aus dem Alter raus, wo man Geld zählt). Schließlich gehörte ihm die Waffe, die mir über die Hürde zwischen Bedürftigem und Dleg-Sammler hinweggeholfen hatte.

«Dann werd ich mal Shopping gehen, wenn's dir recht ist, Prof», sagte er, um mich auf dem laufenden zu halten, «das Gespräch über Philosophie müssen wir verschieben.»

Ich teilte Huberts Optimismus nicht, was das Ergebnis eines Anrufs bei Jocelyne anging. Einfach so verhaftet zu werden, war nicht so schlimm, wohl aber, mit nacktem Achtersteven verhaftet zu werden: Wer bringt die Petermänner schon gern zum Wiehern? Mich überfielen Bilder des schallenden Gelächters vor Gericht, wenn vorgetragen würde, wie ich in der Hoffnung auf Lendenkollisionen bei Madame X angerufen hatte, wo mich die Polizei schon erwartete; doch dann schwebten jene Zonen vor mein inneres Auge, an denen ich anlippen wollte. Ich griff zum Hörer.

Niemand nahm ab. Vielleicht noch bei der Arbeit, oder sie wurde noch von der Polizei vernommen.

Schert uns das?

Also, ich schreib's jedenfalls auf.

Wenn man außer Kontrolle gerät, gerät man eben außer Kontrolle. Später wurde abgehoben. Seit Jahrzehnten war ich beim Telephonieren nicht mehr so beklommen gewesen.

«Hallo.» Ein Wort. Die Klangprobe einer Stimme, gelassen, selbstsicher, bedächtig; eine einzige Äußerung, die alle Eigenschaften ihrer Erzeugerin im Gefieder führte.

«Ich hoffe, Sie wissen noch, wer ich bin», sagte ich, aber ihre Stimme klang so fern, führte so viele Gespräche, daß ich mich verpflichtet fühlte, jeden Zweifel darüber auszuräumen, wer ich war, «ich habe heute Ihre Bank überfallen.»

Sie ließ sich Zeit mit der Antwort. «Ach, richtig. Natürlich erinnere ich mich. Wir hatten heute nur einen.»

«Falls ich Ihnen Unannehmlichkeiten bereitet haben sollte, so würde ich mich dafür gern entschuldigen.»

«Ich hatte gehofft, daß Sie anrufen. Ich nehme an, Sie arbeiten heute abend nicht.»

Wir verabredeten uns für das, wie mir versichert worden war, beste (und teuerste) Restaurant der Stadt.

«Sind Sie sicher? Die haben gesalzene Preise, und soviel haben Sie, ehrlich gesagt, auch wieder nicht erwischt.»

Ich hatte noch Zeit, mir anständige Klamotten zu kaufen. Selbstdarstellung ist mir in letzter Zeit Jacke wie Hose. Einer der wenigen Vorteile eines Surplus an Tonsur ist, daß man sie (x) nicht waschen, (y) nicht kämmen und (z) sich keine Sorgen machen muß, ob die Frisur auch der letzte Schrei ist. Eine Spiegelkuppel erspart einem Stunden pro Woche, Wochen pro Jahr, Jahre pro Leben (falls man's schafft, lange genug am Ball zu bleiben). Auch die beachtlichen Einsparungen beim Shampoo sind nicht zu verachten.

Vielleicht hatte mich die Vorsehung bis auf die Wurzeln heruntergeschoren, damit ich keine Zeit damit verplempern mußte, über die Verschönerung meiner Schädeloberfläche nachzudenken, und mehr Zeit hatte, mit meinen Gedanken Gassi zu gehen. Pech gehabt, Vorsehung.

Ich reflektiere auf meine Reflexionen 1.1

Nachdem ich mich vergewissert hatte, daß mein Reflexionsvermögen noch in Schuß war, logisierte ich, daß einer der wenigen Vorteile extrem fortgeschrittener Jugend (oder loshumpelnden Alters) darin besteht, einem keinerlei Zweifel zu lassen, daß der Madensack nicht mehr so leicht in ein paar Stunden auf Vordermann zu bringen ist (jede Gottheit bräuchte eine Woche allein zum Retuschieren); Befriedigung ist nur zu erlangen, wenn man auf Fans verbrauchter Philosophen stößt.

Das Mahl 1.1

Ich trudelte spät ein, weil ich mir sagte, wenn die Polizei mich schon eintüten wollte, dann konnte ich mir wenigstens den Spaß gönnen, sie warten zu lassen (obwohl eine En-route-Festnahme immer reizvoller aussah – vielleicht brächte sie mich in Stimmung, meine abgeschriebene Laufbahn durch Schreiben wieder zum Laufen zu bringen).

Sie saß bereits am Tisch – und als ich nicht länger dem Gedanken an Verhaftung verhaftet war, fing ich an, die Verheißungen des Abends richtig zu genießen.

«Ich heiße Eddie.»

Auf der Suche nach der verlorenen Mahlzeit

Ich setzte mich ihr gegenüber und sah, wie ein Spiegel, der einen Spiegel spiegelt, eine ganze Reihe identischer Paare, speisende Paare, die sich in kaum wahrnehmbarer Ferne verloren. Plötzlich wurde mir bewußt, (x) wieviel Geld ich für Frauen in Restaurants ausgegeben hatte, (y) wie wenig Vergnügen daraus erwachsen war, und (z), daß ich zum Poussieren zu alt und zu müde war. Aber es kam gar nicht zum Abfeuern verbaler Vakua (Wörter mit nichts darin), wie man sie von Terrainsondierungen auf dem Gesellschaftsparkett kennt, wenn niemand etwas sagen möchte, aus Angst, den anderen zu verscheuchen.

«Es ist total eintönig», sagte sie und sah mich an wie der Feldwebel einer Sex-Armee. «Ich arbeite kaum je am Schalter. Ich bin die stellvertretende Filialleiterin. Aber ich bin froh, daß ich heute da war, es ist so schwer, interessante Menschen kennenzulernen.»

Gesellschaft

In Wahrheit ist es selbst für die unternehmungslustigsten Menschen knifflig, Leute kennenzulernen, die man wiedersehen möchte. Selbst in der Jugend gehört das m/h (Menschen pro Stunde) zu den allerwichtigsten Überlegungen; aber im Alter bekommt man nicht bloß die Quittung für verhutzelte, zusammengeschrumpelte Jahre, die Uhren schlagen auch zuviel (den Eindruck haben jedenfalls wir Realitätsjunkies, die immer größere temporale Volumina brauchen, um denselben Effekt wie als Jugendliche zu erzielen), und viele Erfahrungsebenen sind uns verbaut, die großen Haftmittel: gemeinsame Schulzeit, gemeinsames Studium, erste Jobs, erste Lieben, erste Wohnungen, erste Reisen. Freundschaften brauchen den Wechsel von engem Kontakt und taktvoller Distanz, um intakt zu bleiben.

Manchmal hat man Glück. An einer Bushaltestelle in Taipeh stand ich mal neben einem Miteuropäer, und seine fiese Visage tutete mir kund, daß wir über dieselben Witze lachen würden, über dieselben Ärgernisse aufbrausen und überhaupt beim Startschuß schon einen Vorsprung von fünf Jahren hätten. Aber wenn ich nicht zugezwitschert oder pupslochgierig klingen wollte, konnte ich schlecht sagen: «Hey, wir werden tolle Freunde werden.» Ein Bus buste ihn von dannen.

Das Mahl 1.2

«Überfallen Sie hauptberuflich Banken?» fragte sie und schien sich nicht übermäßige Sorgen zu machen, wie die Antwort ausfallen könnte.

«Sehr selten. Ich bin Philosoph.»

«Ist es so schwer, damit über die Runden zu kommen? Mußten Sie ein paar neue Ideen einkaufen? Oder hat Sie die schiere Gier zu uns geführt?»

«Gier ist ein Pläsier. Die Polizei hat zu lange gebraucht.»

«Stimmt, ich war so aufgelöst, daß ich vergessen habe, den Alarm auszulösen.»

Verblühende Männer, verduftende Frauen

Zu den Fährnissen der Philosophie, den Vorhersagen des Vollzeitverfalls, die durch meinen mentalen Hangar brausten, und den vibrierenden Konversationsturbinen gesellten sich noch Überlegungen darüber, wie es wohl unter dem Kleid meiner Tischgefährtin aussah (in meinem Alter hat man davon eine gewisse Vorstellung, aber die Neugier läßt einen nie so ganz los). Trotz meiner zweifelhaften Vitalität und einem Weltranglistenplatz vergleichbar dem eines pickligen Studenten, der ein halbes Taschenbuch über Zenonismus gelesen hat, konnte ich nicht umhin, ihr die Schnecke schlecken zu wollen. Die Vorstellung, ich könne es so weit bringen, tat ich umgehend als Geseier meiner Eier ab: Wer würde mich schon mit nach Hause nehmen? (Außer die Ionier faszinierten sie.) Jocelyne mochte ausgefallene Unterhaltung bei Tisch, das war alles.

Zzzzzzzs treffen nicht immer zu

Aber irgendwann kommt der Augenblick, wenn das Begehren aus der Deckung der Liebenswürdigkeit hervorbricht.

«Wo bleiben Sie heute nacht?» fragte sie, als ich sie zum Wagen begleitete. «Ich wohne ziemlich weit außerhalb der Stadt. Ich finde, wir haben lange genug gewartet, Sie nicht auch?» Das ist die Wendung, nach der man sich mit zwanzig verzehrt und mit dreißig sehnt, aber man erwartet sie nicht, wenn man mit einem halben Jahrhundert auf dem Buckel, fett und wuschig auf einem Parkplatz in Montpellier steht und die Gendarmen einen in ihre Fangarme schließen wollen.

Ich erwartete einen Handschlag, bekam einen Schwanzschlag (und befürchtete einen Herzschlag).

Moral: Schreiten Sie weit in die mittleren Jahre, setzen Sie Ihre Karriere auf Grund, unterschlagen Sie immense Summen, setzen Sie sich ins Ausland ab, um sich zu Tode zu karaffen, überfallen Sie eine Bank, und Ihr Liebesleben wird sich bis zum Gehtnichtmehr erholen.

Um ehrlich zu sein, ich war immer überrascht, wenn Frauen mir anvertrauten, daß jetzt Vertraulichkeiten anstünden. Selbst als ich noch höher im Kurs stand, war mir das *Warum?* immer groß zwischen die Ohren geschrieben; allerdings verfügen Frauen über dieses großartige Kontingent an Güte.

Hol die Liebschaften raus 1.1

Als ich England hinter mir ließ, habe ich nicht viel aufgegeben. Die letzten warmen Umarmungen kamen von einer französischen Sekretärin aus der City of London, die sich am Wochenende sporadisch ihren Weg nach Cambridge bahnte. Sie redete stundenlang, schmähte das Wetter, das Essen, die Leute und ihre Wohnung (wobei ich weder Grund noch Gelegenheit fand, Einspruch zu erheben), bevor wir uns ans Werk der Weltverbesserung machten. Im großen und ganzen hatte ich den Eindruck, daß sie diese Audienzen hauptsächlich ihres auditorialen Aspekts wegen gewährte. Wie macht sich das? Diskutieren Sie diese These unter Bezug auf Ihr eigenes Leben.

Datenblatt Jocelyne

1. 35
2. Zweimal geschieden.
3. Möglicherweise tödlich für Philosophen mit überlebter Leber.

Vor dem Hotel standen zwei harte Jungs, und ich hätte sie fast gebeten, mitzukommen und mir Hilfestellung zu leisten, da ich Angst hatte, eine Weltverbesserung mit Jocelyne könne mich das Leben kosten. Der richtige Tod ist wichtig für Ihre Karriere. Seien wir ehrlich, Sokrates' Name wäre nie so oft gedruckt aufgetaucht, wenn er infolge einer verdorbenen Auster oder bösartigen Grippe den Geist aufgegeben hätte. An Bruno erinnert man sich einzig und allein wegen seiner prämortalen Kremierung, und Seneca entrann dem Vergessen, weil er sich in der Badewanne die Pulsadern aufschnitt.

Jocelyne entkleidete sich: nicht zu schnell und nicht

zu langsam. Egal wie sehr man im Faunendienst ergraut ist, jenes letzte Stück der Gewandung hat was, da werden gewissermaßen die Arbeitsflächen freigeräumt. Sie streifte ihren Slip ab, spannte sein Gummiband, ließ ihn durchs Zimmer schnellen und traf mich wie ein Scharfschütze an der Stirn (einer Stirn, über die mal einer gesagt hat, sie habe die ganze Strecke bis zum Nacken erobert).

Was nützen mir jetzt meine Jahrzehnte an Rhetorik, Eristik und Ideenprökelei? Ich konnte sie nur noch wie ein zirrhotischer Zesel angaffen und wie ein jagannathierter Frosch krächzen: «Nacht dir.»

Ich füllte mich sensationell sensuell.

Hol die Liebschaften raus 1.2

Ich habe bei Frauen nicht viel Erfolg gehabt. Was ein Single-Status aussagt, darüber läßt sich streiten, aber klar ist doch, wenn sie einen wollen, kriegen sie einen. Man wird indes immer adleräugiger dafür, an welchen Kojen man Bojen aufstellen kann und an welchen es sich nicht lohnt, wenn auch der Scharfsinn oft genug zur Räumung gezwungen wird, denn wenn die Hormone sprudeln, geht der Verstand baden.

Ich habe in Montpellier nicht gerade Erfolg gehabt, auch nicht vor einigen Jahrzehnten, als ich in der richtigen Beleuchtung gar nicht mal so schlecht aussah. Und ich erinnere mich an meine Erfolglosigkeit in Montpellier, weil sie ein Sturzflug war, der in puncto Vergessen eine Bruchlandung machte.

Es war dieses typische Stadium einer Party. Ich war zweiundzwanzig und bestens geeignet, um aus einem Ekstasespezialisten einen Zephanja zu machen, quasi der einzige ungepaarte, gewiß der einzige stehende und ungebundene Rammler.

Ich habe diese Verführungsstrategie oft angewandt:

Man muß natürlich immerzu trinken, sich aber oben halten, denn selbst Frauen, die willens sind, ihre Ansprüche wirklich weit abzusenken, werden kaum jemandem zu Willen sein, der ihnen ständig im Weg herumliegt.

Was ich bei jener Party gesagt habe, weiß ich nicht mehr; es dürfte kaum gehaltvoller gewesen sein als «kannst du mir mal das halbvolle Wodkaglas da reichen, aus dem keiner trinkt?», doch ohne Vorwarnung umhüllte mich plötzlich eine junge Dame mit ihrer Aufmerksamkeit; sie mußte enorme Phantasie gehabt haben, um aus meinen banalen Gesprächsbeiträgen so etwas wie Witz zu destillieren.

Der Raum war muffig, aufgeheizt von Erquickungen aller Art; viele meiner Zechgenossen waren gekentert, hatten sich zurückgezogen, um sich der Innenseite ihrer Schädel zu widmen.

«Draußen ist es kühler», sagte sie, stieg aus ihren Jeans und auf ein Fensterbrett. Panegyrable Schenkel: Sollte ich je hingerichtet werden, so könnte ich den Vorabend glückselig damit verbringen, mich allein von ihrer Vorstellung elektrisieren zu lassen.

Ich reckte den Hals aus dem Fenster und sah, wie sie über den Sims stolzierte und sich auf eine Fahnenstange schwang, die zum benachbarten Verwaltungsgebäude gehörte. Unserer kurzen Unterhaltung hatte ich entnehmen dürfen, daß sie eine eifrige Bergsteigerin war – ihr wetterwendischer Leib schwang in einem weißen Top (das ihre Bräune unterstrich) so mühelos durch die Luft wie ein Trapezkünstler oder eine menschliche Flagge.

«Komm her, Edouard. Mach's mir.»

Seit jenem Abend habe ich meine Vorbehalte gegen Frauen, die mich Edouard nennen. Die Jahre werfen einem Erleuchtung in kleiner Münze in die offene Hand, und man lernt, was klappt und was nicht.

Heute hätte ich betont, daß Fahnenstangen sich nicht zur Weltverbesserung eignen, und sie ermuntert, aus der Luft zurückzukehren.

Aber sie war weit schöner, als einem naiven Philosophen mit meinem Weltranglistenplatz zustand. Ich hatte noch keine betrüblichen Erfahrungen mit Fahnenmasten, ich war hochgradig betrunken, und wie die meisten Männer meines Alters hätte ich meinen Frontbürzel unter jedem Banner an die Front marschieren lassen.

Daß es drei Uhr früh war, rund fünf Meter über einem öffentlichen Platz, daß ich wiederholt als Orang-Utan bezeichnet worden war, ohne indessen einer zu sein, focht mich nicht an. Schwungvoll verschaffte ich dem Hyperhypo Auslauf und bemächtigte mich des Mastes.

Ich baumelte auf eine Weise, die einem Primaten alle Ehre gemacht hätte. Ungefähr sechs Sekunden lang.

Der Fahnenmast gab nicht nach, wohl aber mein Griff. Die kletternde Klette hatte mich mit ihren Beinen umwickelt, und ich spürte, wie sich auf ihrer Haut Wärme und Wohlgerüche rekelten. Ich war jedoch außerstande, meine erotische Ernte einzufahren, da die Empfindungen von Zerrung und Beschwernis, die in meinen Armen reiften, mich voll in Beschlag nahmen. Ich hatte keine Chance, ihrer Hitze einzuheizen.

Einen Augenblick lang durfte ich von unten ihre Muskulatur anhimmeln, einen kürzeren Moment lang denken, mit diesem Bild ginge ich womöglich in die himmlischen Heerscharen ein, und ein paar Chronons lang spielte ich mit dem Gedanken, was für einen Affen meine Triebe aus mir gemacht hatten (keinen besonders guten) (aber man soll Primaten ja nicht diskrimieren).

Wäre ich aus freiem Willen gesprungen oder hätte

mein Loslassen getimt, so hätte mich der Aufprall schwer verletzt oder mir das Genick gebrochen, aber da ich an der Erschaffung des Falls nicht beteiligt war, ging meine Wiedervereinigung mit dem Erdboden in aller Freundschaft vonstatten.

Sie lobbte mir rücksichtsvoll die Hose runter, und ich robbte wieder zu der Party rauf, aber Moment und Momentum waren Vergangenheit; zwei Möchtegernbrünftler, die am Fuße des Himmels in der Nacht verschwanden.

????????????????????????

Hubert kam herein, als unsere Lenden gerade eifrig kollidierten. Jocelyne sah ihn gespannt an, als wäre er ein unangekündigter Bestandteil meiner Technik.

«'tschuldigung», sagte er, «ich brauch die Knarre.» Ich nahm an, dies sei das letzte, was wir von ihm sähen, aber er verschwand nur bis zum nächsten Morgen, tauchte dann wieder auf und ertappte mich, wie ich das Bett zum Zetten nutzte, und Jocelyne, die sich anzog, um zur Arbeit zu gehen.

«Es war uns eine Ehre, Ihre Bank zu überfallen», sagte Hubert und packte Waffen aus einer Tasche, während Jocelyne die ihre packte.

«Freut mich, daß sie Ihnen gefallen hat», antwortete sie mit der Herzlichkeit eines Seziertischs (an Huberts Adresse gerichtet oder lediglich Teil ihrer Vorbereitung auf einen weiteren Arbeitstag?). «Sie haben zu tun, wie ich sehe. Sie wissen, wo ich zu finden bin.»

Frauen: Gottes letzter Schrei. Der zeb.

Hubert war richtig aufgeregt. Ich nicht. Er hielt ein kreisförmiges Magazin hoch. «Es ist Vollmond», sagte er. «Ich war bei meinem Waffenmeister und wollte

Munition kaufen, aber dann dachte ich mir, wozu löhnen? und hab mich mit dem Kram einfach so eingedeckt. Er hat mir schließlich auch nicht den Rücken gekratzt, als es gejuckt hat.»

«Man sollte meinen, ein Waffenmeister, der bewaffnete Banditen bewaffnet, wäre auf solche Kundschaft vorbereitet.»

«Frédéric ist ein gerissener Hund. Ich konnte mich erst bedienen, als er einen Moment nicht aufpaßte.»

«Was hat ihn denn so lange abgelenkt, bis du das alles eingesackt hattest?»

«Zwei Flaschen Pastis, auf den Schädel.»

Hubert wirbelte seine Waffen herum. «Ach, und ich hab uns 'ne Wohnung besorgt.» Kurz darauf dämmerte mir, daß dies seine Methode war, mir mitzuteilen, er habe auch den Rest meines Geldes aus dem Koffer eingeheimst. Als ich mich erhob, um den Kampf gegen das Universum aufzunehmen, entdeckte ich, daß ich wieder einmal über genau vier Franc verfügte (wenn auch andere). Mein Verbrechen hatte dem Leben zwei anständige Mahlzeiten abgeluchst, und auf absehbare Zeit hatte ich ein Dach über dem Kopf.

Auf meinem Weltranglistenplatz tummeln sich die Fliegen.

«Wir haben Vollmond», sagte Hubert und ließ ein Magazin mit beängstigend großen Patronen in einen beängstigend großen Revolver einrasten. «Bei Vollmond rauben Bankräuber.»

Immer noch Montpellier

Mir hat noch nie eingeleuchtet, warum Platon so sehr auf das erforschte Leben steht. Daß ein Leben ohne Selbsterforschung nicht lohnt, sei dahingestellt, aber vom erforschten Leben ließe sich dasselbe sagen. Man zettet sein Leben und durchschaut es als dampfenden Haufen Scheiße: Die Wertlosigkeit der eigenen Existenz einzusehen, den Finger in den Seelenglibber zu tunken, ist das eine, Verbesserung zu bewirken, das andere. Es ist nun einmal leichter, ein Bankett in Fäkalien zu verwandeln, als Fäkalien schmackhaft zu machen. Oder das Orakel von Delphi: Erkenne dich selbst. Was ist, wenn man sich als jemand entpuppt, den man lieber nicht kennen würde? Vor den Spiegel zu treten und sich das eigene Gesicht entgegenzuschleudern, ist nicht jedermanns Sache. Wir sind gezwungen, im eigenen Saft zu schmoren, ob wir die Gewürze nun genau analysieren können oder nicht.

Bild ohne Heimat:

Wir waten durch Fragen und Antworten, die uns bis zur Hüfte reichen; so viele haben die Welt überflutet, daß es schon ganz ordentlich ist, wenn wir ein paar davon miteinander verkuppeln können. Und bedauerlicherweise harte Arbeit.

Immer noch Montpellier

Der Morgen hatte etwas Unheilschwangeres. Der Ziegenkäse, von dem Hubert schwärmte und auf den ich mich zum Frühstück gefreut hatte, war größtenteils verschwunden, offensichtlich weggeknabbert worden. Hubes Höhle lag in der Altstadt – die Tapete hatte eine stumpfe Patina, die von freudlosem und unbedeutendem Leben und Sterben sprach, abblätternde Elendskrusten, die weit entmutigender waren als unverputzte Wände.

Hubert versuchte weiterhin, über Philosophie zu sprechen, etwa so wie meine Studenten, und ich hatte etwa so wenig Lust darauf wie damals.

Außerdem bedrängte er mich, noch so einen Coup zu landen. «Wir haben schließlich einen Ruf zu verteidigen. Wir sind unbesiegt.» Ich wollte (x) widersprechen, (y) zu Mittag essen und (z) Huberts Zeit nicht verschwenden, indem ich mich von ihm erst groß überreden ließ.

Banküberfälle können zur Gewohnheit werden.

Wir hätten weiter weggehen können, aber es war schon elf Uhr, und ich hätte die Mittagszeit nur ungern mit der Suche nach einer Eins-a-Bank überzogen, wo wir doch wußten, daß direkt um die Ecke eine Filiale lag.

«Nach welcher philosophischen Methode wollen wir vorgehen?» wollte Hubert immer wieder wissen.

«Du meinst das wirklich ernst, was?» fragte ich, als er ein Notizbuch herauszog. Ich überschlug, was ich ihm auf den zehn Metern zur Bank verklickern konnte. «Na gut. Wir werden uns auf die Schule des gesunden Menschenverstands stützen. Ein völlig unterschätztes Zetetikerknötchen. Die Jungs haben sie totgeschwiegen, weil die Branche sonst arbeitslos geworden wäre. John Locke, 1632–1704, ist da ganz groß eingestiegen. Das Werk von Thomas Reid, 1710–1796. Ich rede von Reids *Inquiry into the Human Mind on the Principles of Common Sense*. Später bestätigt von Mendelssohns ‹Gemeinsinn› in den *Morgenstunden*. Glaub mir, ich könnte stundenlang so weitermachen. Der gesunde Menschenverstand befiehlt uns, mit einer großen Knarre reinzugehen und das Geld rauszuholen.»

Vom rechten Ablinken

Wir hatten bei dieser Nummer zwei gar nicht das Gefühl von etwas Besonderem.

Eine kleine Schlange erwartete uns schon, aber als

wir an die Reihe kommen sollten, hastete jemand an uns vorbei. «Tut mir leid, hab's furchtbar eilig.» Das war keine Entschuldigung, nicht einmal der Versuch einer Entschuldigung; der Unterton der Bemerkung wetzte sogar mit derartigem Karacho in die Gegenrichtung, daß eine echte Grobheit im Vergleich dazu schmeichelhaft geklungen hätte.

«Wo wollen Sie denn hin?» fragte Hubert und schnappte den Zig am Arm.

Er war klotzig, man hätte aus ihm zwei Huberts kneten können und noch genug für einen achtjährigen Hubert übrigbehalten. Er sah auf Hubert herab, körperlich und moralisch. Er trug einen Protzanzug, der von Hochfinanz zeugte, während Huberts Äußeres das Armenhaus hinausschrie.

«Ich hab's eilig», knurrte er, starrte Hubert mit einer Abscheu an, als kröchen ihm Skorpione aus den Nasenlöchern, und wandte sich an die Vettel auf der anderen Schalterseite: «Ich wollte die Dollars holen, Madame Robert.»

«Kann ich Ihnen mal was zeigen?» erkundigte sich Hubert, als der Drängler seinen Griff wie Regentropfen abzuschütteln versuchte. Hubert blieb ruhig, sein Griffling wurde ruppig. Man hatte den Eindruck, sie folgten einer modernen Choreographie (von einer dieser Gruppen, die mit Erfolg öffentliche Gelder in ihre Taschen umleiten, ohne Gefängnisstrafen zu riskieren). Komischerweise drohte der Mann damit, die Polizei zu rufen, als Hubert ihn mit einem schnellen Tritt Richtung Eierheim wie einen Klappstuhl zusammenfaltete.

«Kann ich Ihnen mal was zeigen?» Hubert entblößte die Waffe. «Sehen Sie die hier? Haben Sie auch so eine? Falls nicht, ist das heute nicht Ihr Tag.»

Wir nahmen seine Dollars und seinen Anzug.

«Wann haben Sie den Alarm ausgelöst?» wollte

Hubert von der Scheinehirtin wissen, die sich echauffierte, als hätte sie gerade einen Wecker verschluckt. «Keine Angst, ich möchte bloß ihre Zeit stoppen.»

Wir lustwandelten hinaus, peripatetische Beutemacher, umweltverträgliche Übeltäter; wir liefen einen Wohnblock weiter und warteten auf die Sirenen.

«Zehn Minuten», rief Hubert aus. «Ja, ist denn das die Möglichkeit? So eine Frechheit. Schlau von mir, keine Steuern zu zahlen.»

Hubert machte sich auf die Socken, um noch ein bißchen zu shoppen, ich rief Jocelyne an.

Haben Sie was gelernt?

Unter den dürftigen brauchbaren Daten, die ich tags darauf meiner Internierung in diesen Eddie Coffin kollationiert habe: Selbst wenn sie den Tausend-Schwänze-Blick draufhaben, gibt es nur wenige Frauen, die (w) Blumen, (x) Einladungen in piekfeine Restaurants, (y) ich-lecke-du-juchzt-Spiele und (z) beflissene Anrufe nicht zu goutieren wissen.

Immer noch Montpellier

Nachdem ich hausbekocht worden war, kehrte ich am nächsten Tag in die Wohnung zurück und fragte mich, für wie viele Paare des 21. Jahrhunderts die kulinarische Erfahrung wohl das höchste Stadium der Hörigkeit ist.

Hube empfahl nachdrücklich, ich solle vom wieder aufgestockten Ziegenkäse kosten. Als ich den Kühlschrank öffnete, sah ich mich einer Ratte gegenüber, die den Käse fraß. Meine Kenntnisse im Umgang mit Nagern und besonders jenen, die als Schädlinge etikettiert werden, waren begrenzt, aber soweit ich wußte, lief es darauf hinaus, daß der Mensch, der

Boss, der Schützer der Schöpfung, der Namensgeber, auftauchte und die niederen Kreaturen die Mücke machten.

Die glänzende Ratte, die es sich so gemütlich gemacht hatte, als säße sie in einem Zendo, war in Einwickelpapier gehüllt und nahm vom Mampfen keinen Abstand, als ich vor ihr aufragte. Ich starrte sie an und wartete auf ihren Abgang, aber sie ließ sich von nie gewesenen Philosophen nicht einschüchtern.

Ich rief nach bewaffnetem Beistand: «Hube!» Nun geruhte die Ratte zu reagieren, aber auf eine Weise, die mich daran erinnerte, wie Hubert am Tag zuvor nach der Alarmanlage gefragt hatte: Die Ratte putzte sich den Schnurrbart, schlurfte gemächlich ins Hintere des Kühlschranks und türmte durch ein kleines Loch, bevor Hubert aufkreuzte und Terz machte, weil wieder ein Käse weg war.

Er verbrachte den größten Teil des Tages damit, Möbel zu verrücken, die Wände mit einem Glas zu auskultieren und Dielenbretter herauszureißen, und nachdem er einen Schalldämpfer aufgeschraubt hatte, gab er sogar ein paar Schüsse in einen Teil des schäbigen Mauerwerks ab.

Es wurde Zeit für die Entscheidung, die Zivilisation auszukultieren oder etwas trinken zu gehen. Hubert schlug seine Stammkneipe vor und versicherte, ich würde dort Blanche de Garonne bekommen.

Fusel

Man sagt, Alkis können es aufstecken; ich sage, wenn sie es aufstecken können, sind sie keine. Wenn man erst einmal ein Gefangener der Flasche ist, kommt man nicht mehr raus. Die wahre Ehe.

Ich war der Verzweiflung nah, nicht weil ich ein Saufloch war (so schlimm ist es ja gar nicht in den Niederungen der Erniedrigung, man kann sich ja unauffällig mit kleinen Teichen ertränken), sondern weil ich nichts dagegen tun konnte.

Da ich meinte, es könne auch nichts mehr schaden, habe ich mal an einem Treffen teilgenommen, wo man sich ermunterte, darüber zu sprechen, was mich am Alk so anmachte. Ich muß sehr zungenfertig vom Fusel gefaselt haben, denn danach haben wir alle ein Lokal lokalisiert.

Immer noch Montpellier

Huberts Stammkneipe sah genauso aus, wie man sich das vorstellt: abwaschbare Wände, knorrige, spinnerte Knauser, die sich an dem Drink festklammerten, der Lohn und Preis ihres Tages war.

«Hier kennt man mich», sagte Hubert stolz.

Da ich nicht zu Hause an den Pandekten saß, wurde ich genötigt, ein paar Bier zu trinken. Da mir das Trinken Schuldgefühle einflößte, trank ich noch ein paar. Sie hatten ein Lager von Trappistenbier, das, wenn man nicht gleich mit dem Kopf gegen die Wand rennen will, das wirkungsvollste Verfahren ist, den erforderlichen Abstand fürs Meditieren zu gewinnen.

Hube hatte recht, was seine Berühmtheit in dieser Herberge anging. Als er aus den keramischen Kemenaten zurückkehrte, versperrten ihm vier Schläger den Weg, hefteten ihn mit den Jackenaufschlägen an die Wand und filzten ihn. «Einmal darfst du raten», sagte der Führerähnliche, «Frédéric will sein Zeug zurückhaben. Unser Angebot: Du gibst uns alles zurück und außerdem dein Geld – wir brechen dir nur das Bein. Kein Zeug, und wir brechen dir alle Knochen.» Er riß Huberts Hand ab und warf sie über die Schulter. «Du gehst wirklich leicht aus dem Leim, Hubert. Hat dir das schon mal wer gesagt?»

Kneipenschlägereien

Damit hatte ich nie viel am Hut. Ich finde, das Wort «Schlägerei» impliziert Geben (oder zumindest den Versuch dazu) ebenso wie Nehmen, aber ich stand immer nur am Empfang.

Natürlich gibt es in London gewisse Bezirke, wo man mit dem Drink auch gleich die Schlägerei bestellt. Durch ein Versehen der Verwaltung sind diese Zonen nicht beschildert worden, und daß man in eine reingestolpert ist, merkt man erst, wenn man neben den Fluppen am Boden liegt und rücksichtsvoll versucht, bei den Stiefeltritten nur nach innen zu bluten.

Ich weiß noch, wie ich mal in Catford auf dem Gehweg lag (die Polizei hatte mich aus einem Pub geschleift und dort abgelegt), zusah, wie die Schneeflöckchen des Heiligen Abends herunterwirbelten, und dachte, wie schön sie doch waren und daß ich ihren Anblick in nüchternem Zustand gar nicht hätte würdigen können, weil meine Würde und meine Schmerzen mich viel zu sehr in Anspruch genommen hätten.

Ich habe mich nur ein einziges Mal eingemischt (in beratender Funktion), als Zak auf einem Flipper gewürgt wurde. Zak gehörte zu diesen Amerikanern, die es nicht nach Hause zurück geschafft haben. Er hatte in Vietnam gedient (während seine gesamte Familie bei einem Autounfall ums Leben gekommen war), drehte drei Dienstrunden und war zuletzt Ausbilder im Nahkampf.

Sein Gegner schien keine Ahnung davon zu haben, daß Zak eine Autorität im Töten mit bloßen Händen war, denn er hatte offenbar keine Schwierigkeiten, ihn zu erdrosseln. Ich hatte mich zurückgelehnt und genoß das Spektakel, denn in Cambridge bekam man solche Bambule nicht alle Tage geboten, außerdem freute ich mich schon darauf, wie Zak ihn auseinandernehmen würde.

Als Zak nach einiger Zeit blau anlief, schwante mir, daß seine Selbstverteidigungstechniken sich den Abend freigenommen hatten und daß ich eingreifen sollte. Ich tippte dem Würger auf die Schulter. «Ich glaube, es ist nur fair, wenn ich Ihnen mitteile, daß mein Freund hier ein Meister im Kampf Mann gegen Mann ist.»

Dem Würger war zweifellos entgangen, daß meine Anteilnahme lediglich warnenden Charakter hatte. Aus heiterem Himmel roch ich eine gebrochene Nase. Um mir die Fresse zu polieren, verlor indes der Gurgelgriff seine Vollkommenheit und gab Zak die Chance, ihn unter strenger Mißachtung der ehernen Regeln des Boxsports krankenhausreif zu schlagen.

Immer noch Montpellier

«Ich warne euch», sagte Hubert gedämpft durch seinen Jackenaufschlag, «ihr macht einen Fehler.» Das Quartett lachte. Kein falsches Lachen. In ihrem Gewerbe gehörte dieser Satz unkennbar zu den Evergreens.

Meine Philanthropie war vom Bier angeschwollen, ich war der festen Überzeugung, ich könne jedermann dazu bringen, sich zu setzen und der brüderlichen Liebe zu frönen. Der Anführer schien mir sogar ein ganz famoses Haus zu sein. Sicher hatte er Familie. Seinem Lieblingszeitvertreib entsprach das Ganze sicher nicht. Sicher machte es ihm keinen besonderen Spaß, den ganzen Abend auf der Suche nach Leuten herumzuziehen, die er bedrohen und nach dem Abreißen ihrer Prothesen verdreschen konnte. Er hätte sicher lieber zu Hause gesessen und ferngesehen oder seinen Kindern bei den Schularbeiten geholfen.

Ich ging hinüber, um einzuschreiten, aber meine Beine hatten eine komische Form angenommen, so daß ich länger brauchte als geplant und nicht den besten Eindruck machte.

«Ich glaube wirklich nicht, daß das nötig ist», gab ich mit meiner fröhlichsten Stimme zu bedenken, als sie meiner Gegenwart gewahr wurden.

«Jungs, wir sitzen in der Tinte», sagte der Anführer. «Da kommt der Rausschmeißer.» Quietschfidel blieb ich dabei, das sei doch nicht nötig, während der Anführer sich zu der Ansicht bekannte, das sei nötig, und seine Zigarette auf meinem Kopf ausdrückte.

«Deine drei Freunde werden deine Zähne auch nicht retten können», sagte Hubert, der immer noch auf halber Höhe zwischen Fußboden und Decke an der Wand klebte. Der Anführer fand das sehr lustig und schob seine Spießgesellen beiseite, um Hubert einen Wurstfinger in die Rippen zu bohren. «Was willst du machen, Krüppel, auf mich draufbluten?» Sein Atem ging bei dieser Frage stoßweise, was für jeden von uns, der mit dem Tavernengeplauder von Rowdies vertraut war, auf baldige Keile hindeutete.

Hubert sah den Barkeeper an. «Tut mir leid, Jean», waren seine Worte.

Sie hatten einen Fehler gemacht. Sie hatten ihm eine Hand gelassen.

Hube war unglaublich schnell. Er schnappte sich eine Flasche von dem Metalltisch und zerschlug sie auf seinem Schädel. Er war so schnell, daß es eigentlich kein Problem gewesen wäre, sie statt dessen, sagen wir, dem Anführer auf die Rübe zu knallen. Ich hatte genau wie alle anderen den Eindruck, daß Hubert etwas mißverstanden hatte. Die Flaschenscherben fielen herab, und ein Oktopus aus Blut breitete sich über seine Brauen aus.

«Bravo», keckerte der Anführer und lief Gefahr,

sich naß zu machen, «brichst du dir als Zugabe auch noch selbst das Bein?»

«Ich habe etwas sehr Tödliches, sehr im Trend Liegendes, das durch Blut übertragen wird», sagte Hubert. Gekonnt wartete er ein paar Sekunden, um die Bemerkung einwirken zu lassen. Dann machte er einen Satz und rammte dem Anführer seinen Kopf ins Gesicht. Es war die Kopframme eines weltberühmten Kopframmers, mit dem charakteristischen Geräusch eines sich zerknautschenden Gesichts und einem Oberstübchen, in dem es zappenduster wurde. Bei richtiger Anwendung ein hübscher Tribut an die Fähigkeit des Geistes hinter einer wuchtigen Stirn.

Die anderen liefen nicht davon. Reflex, nehme ich an.

Sie waren stramme Gesellen, und hätten sie zugeschlagen, hätten sie Hubert windelweich geprügelt. Taten sie aber nicht. Einer schlug mich, konnte gar nicht genug davon kriegen, aber ich war froh, durch die Gegend getreten zu werden, während Hubert sich um die beiden anderen kümmerte. Der eine sackte jaulend zusammen, als Hube mit einem Taschenmesser in seinem Schenkel herumstocherte und eine Arterie traf (sie hatten ihn nicht nachdrücklich genug gefilzt). Der zweite erhielt zwei Finger in die Augäpfel und Zonula ciliaris zinnii, tiefer hinein, als man gemeinhin passabel findet, plus Hubes Zähne in den Hals. Meinem Angreifer wurde die Nase abgebissen, und anschließend erhielten er und seine Komplizen, die mit ihren Schmerzen beschäftigt waren, Hubes Stiefeltherapie, die ihre Sinneswahrnehmungen vorübergehend aus Montpellier hinauskatapultierte.

«Ihr dürft nicht vergessen», sagte er, «ich hab bei den Langstrafern gesessen.» Dieser zusätzliche Denkzettel war nicht mehr nötig.

Selbst in Bestform stand es um Hube nicht zum

besten. Jetzt sah er ziemlich scheußlich aus, blutüberströmt und keuchend vor Wut, ein gutes Beispiel dafür, wie beim Amateurboxen der gewinnt, der die Erstschlagkapazität ausreizt.

Er half mir auf die Beine, und der Barkeeper reichte ihm seine Hand. Im Spiegel fiel mir auf, daß weniger ein blaues Auge als ein blaues Gesicht im Entstehen begriffen war. Ich stand nur halb: ganz aufrichten konnte ich mich nicht. Der Boden sah gut aus.

«Ich hab sie gewarnt», sagte Hubert. «Er hat mich übers Ohr gehauen. Deswegen hab ich ihn ausgenommen. Erinnerst du dich an die erste Knarre, die ich von ihm hatte? Die funktionierte nicht. Hat er mir verraten, als ich zurückkam und Munition haben wollte.» Er schmiß dem Barkeeper ein Bündel Scheine zu.

Verprügeln und verprügelt werden kann einen wirklich schlauchen. Wir zogen uns zurück und überließen es anderen herauszufinden, welches Blut zu wem gehörte.

????????????????????????

«Verrat mir gleich die Kurzfassungen», schärfte mir Hubert immer wieder ein.

Bloß weil wir immer behaupten, Philosophie müsse man jahrelang an der Universität studieren, damit wir nicht auf der Straße sitzen, muß das noch lange nicht stimmen. Wenn man irgend etwas weiß, sollte man wirklich in der Lage sein, es in einem Vademecum zum Sonderpreis unters Volk zu bringen.

Freundlich betrachtet: Eddies edle Edikte, Eddies Edukationen, die besten im Westen, teilentrahmt.

Und freundlich betrachtet: Silvester-Knallbonbons, Kinkerlitzchen, Gartenzwerge der Geistesgeschichte.

Ich kann mich des Eindrucks nicht erwehren, daß

bei den heutigen Beschränkungen unserer freien Zeit eine Tüte im Flachmannformat mit den Top-Ten-Philosophenhits ein einträgliches Unterfangen sein müßte. Ich kritzelte die hervorstechendsten Prosifizierungen hin:

1. «Hoc Zenon dixit.»: tu quid? (Seneca)
2. On ne saurait rien imaginer de si étrange et si peu croyable, qu'il n'ait été dit par quelqu'un des philosophes. (Descartes)
3. ... καὶ πάντα εἶναι 'αληθῆ (Protagoras)
4. Stupid bin ich immer geweßen. (Hamann)
5. Σκεπτόμεθα (Sextus Empiricus)
6. Themistokles, der in der Blütezeit der Branche in einer von vier Kurtisanen gezogenen Quadriga über die Athener Agora fuhr.
7. Wenn ich nicht das Alchemisten-Kunststück erfinde, auch aus diesem – Kothe Gold zu machen, so bin ich verloren. (Nietzsche)
8. I dine, I play a game of backgammon, I converse and am merry with my friends; and when after three or four hours' amusement, I would return to these speculations, they appear so cold and strained and ridiculous, that I cannot find it in my heart to enter into them any further. (Hume)
9. Infirmi animi est pati non posse divitas. (Seneca)
10. For how few of our past actions are there any of which we have memory? (Hume)
11. Gott weiß alles. (Ibn Chaldûn)
12. Secundum naturam vivere. (Seneca)
13. Si fallor, sum. (Augustinus)
14. La lecture de tous les bons livres est comme une conversation avec les plus honnêtes gens des siècles passés. (Descartes)
15. Impera at dic, quod memoriae tradatur. (Seneca)

Da haben wir den Sturmtrupp, den ich zurechtstutzen muß. Es ist eigenartig, daß Seneca unter den Spitzenreitern so oft auftaucht. Als Denker eine Niete, an der Front für neuen Grausaft ein Etappenschwein, aber eins muß man ihm lassen, als Kommentator und Ideenverkäufer ist er unschlagbar.

1. Das dürfte die Spitzensentenz der Branche sein. Die Maximalmaxime. «Solches hat Zenon gesagt, aber wie steht es bei dir?» Man kann vielleicht nicht entscheiden, welchen Zenon Seneca meinte, aber das Wesentliche fängt diese Frage fraglos ein. Nicht die Erleuchtung zählt, sondern das Dabeisein. Die großen Schwergewichtler der Antike sind nicht zur Bewunderung da, sondern um aufgehoben, um vom eigenen Hirnschmalz in den Ring gefordert zu werden. Andernfalls haben die Prosifizierungen der Großen nicht mehr Zweck als Hanteln, die man unters Bett legt, statt sie zu stemmen.

4. Stupid bin ich immer gewesen: Hamann spielt Sokrates (und erinnert en passant daran, daß selbst Grips in Hülle und Fülle einen nicht vor Blödheit schützt), und falls man nicht das Glück hat, eine ausgewachsene Eitelkeit mit sich herumzuschleppen, eine ganz alltägliche Erfahrung, die Augustinus in 13. auf den Punkt bringt (Ich finde mich mit einem Nilpferd im Bett, also bin ich) und die René später so erfolgreich coverte, daß er eins der besten Bonmots aller Zeiten prägte. Das Monostichon muß man im Griff haben. Die Nachwelt akzeptiert nichts, was nicht auf einen Bierdeckel paßt. Man braucht einen Slogan. Für die T-Shirts.

12. Lebe nach der Natur. Der paßt zu jeder Jahreszeit. Das begegnet einem auf Schritt und Tritt: Das Problem besteht darin, sich zu entscheiden, was Natur ist. Finden Sie jemanden, der es Ihnen erklärt, und geben Sie ihm Ihr Geld. Große Allzwecksprüche, die

Blender aus aller Herren Länder parat haben. Außerdem resümiert dieser Senecaismus die Phil alter Schule und ihr Versprechen, einen echten Mann aus einem zu machen, das Leben zu entmartern, einem ein Tonikum einzuflößen, im Gegensatz zu Ludwigs geleasten Lehren à la «Denn nur wo Aufklärung draufsteht, ist auch Aufklärung drin».

11. Gott weiß alles. Seit jeher eine beliebte Flunkerei, die man stets griffbereit haben sollte, um der Steinigung zu entgehen, nicht ans Kreuz genagelt oder von einem MG durchsiebt zu werden und so weiter, außer man lebt in einer Gesellschaft, wo die Geistlichen auf Sozialarbeiter machen. Eskortieren sollte man diesen Satz mit «audacter deum roga» – Seneca. Berufen Sie sich beherzt auf Gott, ein Schachzug, der sich schwerlich auf praktizierende Weisheitstriefer beschränken läßt, sondern den meisten von uns die letzte Zuflucht bietet. Das Verblüffende an der Branche ist, daß man sich trotz des Herumfuchtelns mit der Rationalität, des Wieherns über Beweise und der Bravourstücke des Nous in der Philosophiegeschichte kaum umdrehen kann, ohne über Mystizismus, von Geistern verkleisterte Geister und Geblök nach himmlischen Mächten zu stolpern, die in unserer verrätselten Welt für Ordnung sorgen sollen.

6. Themistokles, der in einem Streitwagen mit vier Hurenstärken über die Agora zischte. Hat natürlich nicht die Bohne mit Philosophie zu tun. Aber allein die Vorstellung!

?????????????????????????

Immer noch Montpellier

Der einzige Rat, den ich Ihnen anbieten kann, sollten Sie eine Zeitung erwerben, bevor Sie richtig wach sind, und auf der Titelseite eine wohlgeratene Photographie Ihrer selbst entdecken, die Sie als Hardcore-Missetäter ausweist und alle gesetzestreuen Bürger anweist, Sie zu verpfeifen, lautet, rennen Sie nicht gegen einen Laternenpfahl (wie ich es tat). Provinzzeitungen gegenüber sollte man die Contenance wahren.

Ich hätte gern gewußt, wie sie an das Photo gekommen waren. Es war alt, und ich sah geradezu schneidig aus (für meine Verhältnisse). Um die Augen herum konnte man noch den Hoffnungsschimmer erkennen, mich in der Etappe zu etablieren. Die Zuversicht hatte sich noch nicht restlos verflüchtigt. Ein Kopf, der noch gescheit und nicht gescheitert aussah.

Ich erkannte schnell, daß es das Umschlagbild meines Buches war. Mein Verleger muß sich diebisch gefreut haben, den Schnappschuß rausrücken zu können.

Pack die Schreibneurose ein 1.1

Das Autorenspiel. Der Nachteil einer Karriere in der Philosophie ist die Erwartung, daß man papiert: Man ist, was man schwarz auf weiß ist. Qualität schadet nicht direkt, aber was zählt, sind Regalmeter. Die Statur wächst, wenn man sich Papier unter die Füße legt.

Eines Montags kam ich aus London nach Cambridge – zurückrückrückrückrückrückrück[10] und fand einen Umschlag vor, der den Vertrag für eine von mir zu schreibende Geschichte des Denkens enthielt. Verdattert nahm ich an, ich müsse auf einer Party jemanden beeindruckt haben. Damals verbrachte ich viel Zeit damit, auf Parties Geschwätz abzulassen. Geld, ein Zamzummiter von Vorschuß für eine Unterschrift?

Es zeichnete sich zwar schnell ab, daß man mehr von meinem Stift erwartete als bloß meinen Namen, aber ein Schnelldurchwaten philosophischer Blutbäder im Wandel der Zeiten? Mit links.

Der Vorschuß auf das Buch war ungewöhnlich hoch und rief unter meinen Kollegen ergötzliche Ressentiments hervor, Featherstone allen voran. Ich kaufte mir eine Kiste 61er Château Lafite und lagerte sie zwei Tage lang ein (die Ironie ist, daß ich Château Lafite gar nicht mag; sonst eigentlich jemand?), dann trank ich ihn schnurstracks aus (wenn auch am Ende nicht mehr schnurgerade). Ich verpißte das ganze Geld – größtenteils auf meinen besten Anzug. Ich wurde zum angejahrten Heim für die Nöte der Welt, die mich heimsuchten.

Fusologie

Warum trinkst du? bin ich gefragt worden. (a) Weil ich es mag und (b) weil das Aufhören schwerfällt. Wenn man in der Patsche sitzt, kann man nicht zum nächsten Tante-Emma-Laden gehen und um ein paar Pfund Lebenssinn bitten, eine Packung Panazeen, eine Dose Auswege. Eine Lösung für Kummer ist schwer zu finden, Lösungen hingegen nicht. Man kommt doch keine hundert Meter weit, ohne auf eine Sammelstelle für zymologische Lösungen zu treffen: Getränkemärkte, Gaststätten, Kaufhäuser, Restaurants. Zivilisation ist eine ausgeklügelte Konstruktion zur Produktion und Distribution von Alkohol.

Zweitausendfünfhundertneunundsiebzig Jahre, Tendenz steigend. Eine lange Zeit, wenn man nichts zu trinken hat oder auf den Bus wartet, aber kaum ein Blinzeln für den Planeten, unseren Gastgeber. Nicht mal eine chaldäische Periode. Für mich fiel im Jahre 585 v. Chr. der Startschuß, als Thales den Ioniern eine Sonnenfinsternis vorhersagte.

Thales mit der Ausweisnummer eins, Bürger Milets an der ionischen Küste, der erste Mensch, den die Nachwelt beim systematischen Denken ertappte, der erste Philosoph. Natürlich mopste er seine Ideen bei irgendwem; einfach so kommt keiner aus den Startlöchern, aber wir haben keine Beweise. Egal, was die Keme, die Mesopotamier, Indusvölker und Schlitzaugen im Schilde führten, ohne Mittelsmann haben wir es nicht bekommen. Die gesamte Branche hat das von ihm hingehaltene Staffelholz weitergetragen, ob sie nun zu ihm aufschaute oder nicht. Und den vergessenen Arbeitern im Werk des guten Grausafts sei ins Stammbuch geschrieben: Sorgt für bessere Publicity oder haltbarere Schreibmaterialien.

Obwohl auch 776 v. Chr. ein guter Kandidat wäre: die ersten Olympischen Spiele. Viele Städte, eine Sprache, Konkurrenz. Lohn für die Sieger, Hohn für die unter ferner liefen. Wettstreit und Bosheit schüren die Zivilisation. Konkurrenzkampf von den Auen des Olymp bis zu den dürren Feldern des Monds. Griechen und Perser. Athen und Sparta. Rom und Karthago.

Falls all das einen Höhepunkt gehabt haben sollte, hab ich ihn vergessen.

Der Verleger gabelte mich schließlich auf und fragte nach dem Buch, wie es darum stünde, wo es zu finden sei. Ich konterte mit der Forderung nach mehr Geld, einfach damit ich etwas sagen konnte außer, ich kann die Schreibmaschine nicht finden, und selbst wenn ich sie finden könnte, fehlt das Farbband, und das a und das z klemmen.

Ich weiß nicht, ob ich unwissentlich die Gabe habe, charmant zu klingen, oder ob ich zum Parasiten eines verschwenderischen Verlegers geworden war, jedenfalls wurde mehr Geld geschickt.

Ich kaufte mir zehn Kisten Tequila, die wahre Gehirnwäsche, die das Leben aus mir fortgespült hätte, wäre nicht eine Kohorte ungeladener Zechbrüder bereit gewesen, das Wochenende mit mir in einem Ferienhaus bei South Zeal zu verbringen.

Es ist keine Tatsache, die reißenden Absatz findet, aber an jenem Wochenende haben wir auf nicht einmal vierzig Quadratmetern über etliche Stunden intergalaktisches, euphorisches, ewiges, brüderliches und gerechtes Teilen zustande gebracht.

Das Dumme bei einer Vertragsunterzeichnung ist, daß es die Leute zu der Annahme verleiten kann, man habe sich auf etwas verständigt.

Unter Bezugnahme auf ihre Schreiben knurrte ich immer gröber nach mehr Geld. Ich baute darauf, daß sie meine Faxen irgendwann dicke haben würden, aber nein, die Schecks gingen unvermindert bei mir ein.

In einem gewissen Ausmaß hatte ich mir das selbst zuzuschreiben. Ich war schwach geworden und hatte ihnen ein Exposé geschickt (das mir eine entzückend junge Forschungsstipendiatin zusammengeklotzt hatte). Daraufhin schickten sie mir ihren Katalog, der mein in Kürze erscheinendes Buch ankündigte. Das Eintreffen des Katalogs wurde zum alljährlichen Ritual. Ich mache die Leute nun einmal gerne glücklich, und wenn sie fragten, ob das Buch fertig würde, sagte ich «ja» und gewährte ihnen eine Ära des Wohlbehagens.

Abwechselnd mit den Katalogen kamen Anrufe verzweifelter Frauen, manche brachen in Tränen aus, manche bedrohten mich mit jenem gedämpften, verknoteten Haß, der normalerweise fieberhaftem Drauflosstechen mit einem hochwertigen Küchenmesser vorangeht. Meine Schuldgefühle nahmen derart überhand, daß ich mich nach vier Jahren in die Unibibliothek setzte und ein paar Seiten aus einem Werk des 19. Jahrhunderts über die Geistesgeschichte des Mittelalters von irgend einem Kanzellümmel abschrieb, wobei ich eine Reihe von Verben modernisierte.

Eines Tages erhielt ich einen Anruf von einer schottisch klingenden Stimme, die sich als meine neue Sachbearbeiterin vorstellte. «Was halten Sie davon, wenn wir mal einen trinken gehen?» Eine Frau, die halsstarrige Philosophen zu nehmen weiß, dachte ich.

Also betrat ich die Büroräume, um mich zur Zielscheibe jener Blicke zu machen, die einem nur zuteil werden, wenn man mit der Abgabe eines Buchs seit sieben Jahren überfällig und der Begünstigte kleiner, aber zunehmend obszöner und ruinöser Vorschüsse ist.

Daß ich beim Verlag ankam und ein Glas Zinfandel in der Hand hielt, blieb eine Zeitlang meine letzte brauchbare Erinnerung. Mnemonisch muß ich ein ganzes Stück Zeit verlegt haben. Ich erinnere mich dunkel, daß ich mich fragte, warum Flächen eigentlich immer zu heiß oder zu kalt sein müssen, und an noch nebligere Eindrücke von Unbehagen und Orientierungsmangel.

Mein Körper reichte weitere Berichte von Kälte und Unbehagen ein, und als mein Bewußtsein sich eingehender damit befaßte, übermittelten mir meine Sinne das Bild meiner Wenigkeit, in einem leeren, weißgestrichenen, cottageähnlichen Gebäude mit Handschellen an die Heizung gefesselt. Die Handschellen sahen nach einer offiziellen, Philosophen zähmenden Apparatur aus, daher nahm ich an, daß ich mich in einem rückständigen, mittellosen Knast befand. Ich überlegte, wie das nächstgelegene britische Konsulat wohl auf mich reagieren würde.

Dann kam die junge Dame herein, die meine damalige Lektorin war.

Sauftouren – unfreundlich betrachtet: Eine der zahlreichen Bußen, die man für Sauftouren auf sich nehmen muß, ist die Unannehmlichkeit, daß man leicht gekidnappt wird.

Sauftouren – freundlich betrachtet: Es läßt sich nicht bestreiten, daß man beim Kampftrinken der Leistungsklasse etwas von der Welt sieht, oft genug von Plätzen, für deren Besichtigung man nie im Leben eine Fahrkarte gelöst hätte.

Ich hab mal mit einem Geflügelhändler aus Glasgow auf der Zürcher Bahnhofshalle («auf» im Wortsinne) gefrühstückt, und bevor uns die Polizei verscheuchte, rühmte er die weltenbummelnden Effekte spezieller Gebräue (in meiner Rückübersetzung in die Hochsprache): «In der Klemme sitzt du erst, wenn du nüchtern wirst; dann ist es mit dem Gratisreisen aus. Und wenn du nach Hause willst, kann das 'ne Weile dauern, das stimmt schon. Aber wenn du weitertrinkst, kommst du irgendwann an.» Er hatte Kreuzfahrten auf dem längsten Strom der Welt hinter sich, dem Fusel, der durch alle Städte der Welt fließt, und er war in Oslo, Tanger, Suva, Alice Springs und Venedig von Bord gegangen.

Sauftouren dienen der Völkerverständigung: Auf einer Party in Seoul, wo die Leute, die mich eingeladen hatten, entweder nicht gekommen waren oder gar nicht dort wohnten, nahm mich ein Gentleman in Beschlag, schleppte mich in die Nachbarwohnung und fing an, mir seine Elektrogeräte zu zeigen (er hatte Radios, Wecker und Kassettenrecorder in rauhen Mengen), dann öffnete er den Kühlschrank und wies auf den reichlichen Vorrat des dort eingelagerten Fleisches. Seine Frau sah fern. Ich weiß nicht, ob er wußte, daß ich kein Wort von dem verstand, was er sagte, denn auch er war abgefüllt bis Oberkante Unterlippe. Ob seine Rede sich aus ökonomischen oder philosophischen Quellen speiste, kann ich nicht sagen, aber ich war so betrunken, daß ich ihn fesselnd fand.

Dann fuhren wir in zwei Stunden mit Vollgas in eine andere Stadt, wo er mich mitten in der Nacht stehen ließ, ohne Geld, ohne etwas zu trinken, ohne die geringste Ahnung, wo ich mich befand, und ohne ein Wort Koreanisch. Sein Lächeln bei der Abfahrt verriet, daß er glaubte, mir einen Gefallen getan zu haben.

Auf Sauftouren schließen Sie Freundschaften: Auf einer Parkbank in Kilburn habe ich mal einen Nobelpreisträger kennengelernt. Es ging um den Nobelpreis für Chemie oder Physik irgendwann in den 1920ern, ausgestellt auf den Namen Zsigmondy, glaube ich; mein Bankgenosse hatte ihn beim Kartenspiel gewonnen. «Falls nach meiner Scheidung noch irgendwer nach Frankreich geht, bring ich ihn um», sagte er unter anderem und gab seinen Lippen wiederholt die Gelegenheit, sich um den Hals eines Methylcontainers zu schließen.

Es war der reine Sumpf: Mir war, als wäre ich nach freiem Fall aus tausend Meter Höhe aufgeprallt, und gern akzeptierte ich einen Schluck von dem Gaumennapalm, spuckte ihn aber sofort wieder aus, bevor er sich auch nur auf der Zunge verteilt hatte. Ich ärgerte mich über mich selbst, sowohl weil ich probiert hatte, als auch weil ich nicht hatte schlucken können. Das akademische Leben, wo ich Zegabenus über das Z las, hatte mich, wie mir jetzt aufging, zu saft- und kraftlos gemacht, um als echter Schluckspecht durchzugehen. Der Preisgewinner bot mir eine Vitamin-C-Tablette an: «Hast wohl Probleme mit der Gesundheit, was?»

Handschellen kontra Philosophie

Gar keine Frage, in «einen Philosophen an die Heizung ketten»-Situationen obsiegen die Handschellen; sie sind das ultimative rhetorische Mittel, einen manuellen Chiasmus zu erreichen.

Gekidnappt

Wenn einem das bevorsteht, empfehle ich eine attraktive junge Frau als Kidnapperin, doch tunlichst eine, die nicht so erpicht darauf ist, daß man ein Buch schreibt.

Griffel beim Büffeln

Da saß ich also, hatte nix zu schlucken, war in einem Cottage eingesperrt und entbehrte der Hyperraumflüssigkeit, die mir das Gratisreisen ermöglicht hätte.

«Dr. Coffin, Sie sind arbeitsscheu... rücksichtslos... genußsüchtig... verachtenswert.» Ich wartete auf den richtigen Augenblick, auf ein Wort, dem ich widersprechen konnte, aber in ihren Schmähungen tauchte nichts auf, das ich mit Recht hätte bestreiten können.

«Sie befinden sich auf Barra. Der nächste Getränkemarkt ist meilenweit weg, selbst wenn es Ihnen gelingen sollte, sich zu befreien. Sie haben ein Problem: mich. Und ich habe ein Problem: Sie. Wir können uns entproblematisieren. Ich liebe die Arbeit im Verlag, aber Sie behindern, um nicht zu sagen bedrohen meine Karriere. Ich kenne niemanden, der je so widerspenstig gewesen wäre wie Sie, wenn es um das Papierschwärzen ging, und niemanden, der so bereitwillig Gelder eingestrichen hätte. Nun ist es meine Pflicht, ein Buch aus Ihnen herauszuholen. Ich hab mich nicht darum gerissen, aber mein Job hängt davon ab. Ich hab's mit Freundlichkeit versucht, ich hab's mit Strenge versucht, ich hab versucht, Sie in Ruhe zu lassen, ich hab versucht, Sie zu belästigen –»

«An das In-Ruhe-Lassen kann ich mich erinnern, aber momentan komme ich nicht auf die Belästigung...»

«Ihr Gedächtnis ist äußerst selektiv.»

«Jedes Gedächtnis ist äußerst selektiv», sagte ich und versuchte, meinen Hals aus der Schlinge zu ziehen, «sonst wäre das Ganze ein heilloses Durcheinander; das Gedächtnis ist dazu da, sich nicht zu erinnern, sonst würden wir Telephonnummern mit uns herumschleppen, Zähneputzen, Zouk, Naseputzen, Zimmerdecken, Möbel, Einkäufe, Warten auf öffentliche Nahverkehrsmittel, unsere Arbeit...» Meine Rede verlief sich im Sande, der Versuch scheiterte kläglich, vom Fußboden aus einen rhetorischen Blitzkrieg zu starten.

«Lassen Sie mich auf die Gefahr hin, Ihr Gedächtnis zu überfordern, die wichtigsten Fakten zusammenfassen. Sie hatten sieben Jahre und den größten Vorschuß, den wir je gezahlt haben. Wir haben dreißig miserabel getippte Seiten mit dreifachem Zeilenabstand, die nicht besonders viel Sinn ergeben.»

«Wir können doch jemanden damit beauftragen,

ein paar Illustrationen zur Strecke zu bringen... damit läßt es sich etwas auspolstern.»

«Dr. Coffin, wir, und ganz besonders ich, brauchen ein Buch. Bücher fangen bei der vierfachen Länge dessen an, was Sie vorgelegt haben.»

«Wir könnten etwas Besonderes sein.»

«Nein, wir können uns hinsetzen und schreiben. Zehn Seiten pro Mahlzeit. Sobald Sie zweihundert geschafft haben, können Sie der Heizung Lebewohl sagen.»

Ich habe meine Fehler (es gibt wenige, die ich nicht habe), aber in vielerlei Hinsicht bin ich besonnen und die Ruhe selbst. Gutgelaunt hatte ich vom kalten Fußboden aus, entführt und und an einen Heizkörper gekettet, einen Meinungsaustausch geführt. Vielleicht war meine Persönlichkeit nicht eingeschaltet worden; plötzlich tobte jedenfalls mein Ego aus seiner Hundehütte heraus und bellte. Ich lief Amok und zeterte mir einen ab.

Wissen Sie eigentlich, wen Sie vor sich haben?

Das ist ein heikles Unterfangen. Wie beim Fallschirmspringen muß man sicher sein, daß es klappt, anderenfalls vervielfältigt man die eigenen Molesten aufs greulichste. Dies war das einzige Mal, daß ich eine gewisse Wichtigkeit beanspruchte; mein Kampf um Würde nahm ein würdeloses Ende.

Wenn man andererseits sowieso all seine Würde verliert, sich völlig lächerlich macht, aller Attribute der Kultiviertheit verlustig geht und aufs erbärmlichste vor sich hinschwafelt, ist kaum ein Ort besser geeignet als ein Cottage auf Barra und ein Publikum von nur einem Menschen, um es hinter sich zu bringen.

Jeder von uns kennt diese Momente, die er am liebsten mit Betonklötzen an den Füßen in tiefstes Vergessen versenken würde. Wenn ein Video meiner Erdentage vor einer Jury in irgendeinem Leben nach dem Tode noch einmal abgespielt würde, dann möchte ich hier gern vorspulen (genau wie bei dem Vorfall in meiner Pubertät, bei dem es um eine Wassermelone ging, nachdem man mir versichert hatte, es gäbe noch romantische Liebschaften).

Griffel beim Büffeln

Ich schäumte vier Minuten lang. Dann war ich zu geschlaucht zum Bramarbasieren und erledigte in fünf Minuten soviel Schmollen, daß es für eine ganze Kleinstadt gereicht hätte. Das Verlangen nach einem Drink kam volle Kanne näher. Ich verlegte mich aufs Verhandeln. Es fruchtete nichts.

«Ich habe Sie nicht gekidnappt, Dr. Coffin. Niemand würde Ihnen abkaufen, daß eine halbe Portion Frau wie ich einen Heerführer der Gelahrtheit, einen Mann mit einem Vorleben voller Gewalt wie Sie zu irgend etwas zwingen könnte. Es gibt Dutzende von Zeugen, die gesehen haben, wie Sie mit einer Flasche Malt in der Hand geflissentlich hierhergereist sind.

Ich kann Sie nicht zum Schreiben nötigen, aber ich warne Sie, ich habe zwei Wochen Urlaub vor mir, und für einen Mann in Ihrer Lage ist das eine ganz schön lange Zeit.»

Ich wog Für und Wider ab: Welche Weggabelung war mit «Faulpelze hier entlang» beschildert, kapitulieren und krakeln oder krakeelen und dichtmachen und dulden? Vielleicht war das hier die Weheneinleitung bei der Geburt eines mächtigen Opus.

«Vergessen Sie das Essen», sagte ich heroisch stoisch, «her mit 'nem Drink.»

Wir arbeiteten einen neuen Vertrag aus. Ich verharrte auf dem rauhen Fußboden und versuchte, mit einem Band des *Shorter Oxford English Dictionary* (Marl – Z) als Unterlage, die Whiskyflasche vom anderen Zimmerende zu mir herüberzuschreiben, beschwerlich, wenn man das Gefühl hat, man hockt zehn Meter unter Wasser.

Mit großen Wörtern und großen Buchstaben und einer Unmenge von Wiederholungen war ich so gut wie in Reichweite von Seite zehn gekommen, als sie wieder ins Zimmer trat.

«Da haben Sie die Renaissance», sagte ich und zeigte ihr mürrisch die Seiten, «Flasche bitte.»

Ich sülzte sie voll, während sie die Seiten untersuchte. «Das kann ich nicht lesen», gab sie kund, «kein einziges Wort, außer einem, das wie ‹Geranie› aussieht und das kann ja wohl nicht stimmen.» Ich warf mich auf dem Boden hin und her, schlängelte mich in ungeahnte Tiefen der Erniedrigung hinab und erinnerte sie daran, daß von zehn *lesbaren* Seiten nie die Rede war. Sie holte eine Schreibmaschine und einen niedrigen Tisch.

Ich bekam meinen nächsten Zamzummiterkoller, weil mich die Aussicht nicht besonders reizte, die zehn Seiten abzutippen, und noch mehr erschütterte mich die Erkenntnis, daß auch ich meine Handschrift nicht lesen konnte. Ich spurtete über die Seiten, denn egal womit man gerade beschäftigt ist, das Bedürfnis nach einem Drink kann sehr hartnäckig sein.

Mein Gestank setzte mir allmählich zu, aber sie stand da und las das ganze Zeug gewissenhaft durch.

«Und das ist Ihr Broterwerb? Sollte ich mich geirrt haben, als ich annahm, Sie hätten sich auf Philosophiegeschichte spezialisiert?»

Aber da war auch der Bodensatz meiner Würde längst aufgebraucht, und ich sackte einfach in mich zusammen, wie man das bei Menschen in Katastrophengebieten sieht, die wissen, daß sie sich nie wieder verlustieren werden.

Die Nacht brach herein, und ich erhielt eine Schale Haferschleim und eine Banane. Die ganze Nacht lang wütete ich vor mich hin wie ein gepeinigter Primat und fand mich schließlich damit ab, auf Barra vergehen zu müssen. Aber als sie am nächsten Morgen mit ein paar Scheiben Toast wieder auftauchte, reichte sie mir ein Kapitel.

«Was halten Sie davon?»

«Das ist äußerst luzide», lautete mein Gutachten.

«Prima», sagte sie und löste die Handschellen. «Ich nehme an, Sie haben keine Einwände dagegen, daß ich Ihr Buch für Sie schreibe?»

«Mit solchem Falsch kann ich unmöglich gemeinsame Sache machen, Sie gäben mir denn die gußeiserne Garantie, daß ich sämtliche Tantiemen bekomme.»

?????????????????????????

Komm ruhig rein, Montpellier

Wenn die eigene Visage einen von der Titelseite einer Zeitung begrüßt, sollte man außerdem dafür sorgen, daß das Make-up aus Blutergüssen in allen Formen und Farben richtig sitzt (wie bei mir). Ob es nun an der Effizienz meiner Veilchen lag oder dem Mangel an Bürgersinn in unserer Nachbarschaft, ich gelangte jedenfalls unbehelligt in die Wohnung zurück, wo ich Hubert mitsamt einer Schachtel Hohlspitzgeschosse vorfand, wie er mit einem gespannten und mit Schalldämpfer versehenen Revolver Rattenwache hielt, die Zimmer übersät mit Hügelgräbchen aus Ziegenkäse.

Ich kam zu dem Ergebnis, daß es keine besonders gute Idee war, Hube allein zu lassen. Ich warf ihm die Zeitung zu.

Wenn man auf sein sechstes Jahrzehnt zusteuert, hat man das Gefühl, außer ein paar Kleinsäugern und einem Haufen Zweiflüglern (Zünsler, Zwiebelfliegen und dergleichen) habe man alles gesehen, und egal was für Probleme einem noch in den Weg träten, die Überraschung werde einem nicht gleich einen Satz heiße Ohren verpassen. Wie recht Solon doch hatte, als er meinte, das Spiel sei erst vorbei, wenn man wieder in der Kabine säße. Ich hätte die nächsten zehn Jahre damit verbringen können herauszufinden, was passiert war, ohne es zu erraten.

«Ist doch gut geworden», lautete Huberts Urteil. «Die ganze Seite.»

«Wie sind die an meinen Namen gekommen? Und was soll dieser Kram von wegen ‹Denkerbande›?»

«Hab ich ihnen gesteckt.»

Manchmal hat man trotz der allgemeinen Verläßlichkeit der Ohren Schwierigkeiten, bestimmte Dinge seinem Fassungsvermögen einzuverleiben.

«Hast du ihnen gesagt?»

«Ja.»

«Hast du ihnen gesagt.»

«Ja. Ja.» Das lief den Prinzipien guten Beutemachens zuwider, wie ich sie verstand. Hubert agierte unter einem seltsamen kategorischen Imperativ:

«Ich hab sie angerufen, nachdem du gegangen bist. Ein guter Start ist unheimlich wichtig. Wenn ich nicht Bescheid gesagt hätte, daß wir zwei diese beiden Jobs über die Bühne gebracht haben, hätten sie eins und eins vielleicht gar nicht zusammengezählt. Und wenn du keinen Namen lieferst, erledigt das eben die Polizei oder die Presse. Da sollten wir uns diese Freiheit herausnehmen.»

«Die Denkerbande?»

«Genau. Ich habe ihnen gesagt, daß eine philosophische Koryphäe uns berät, wie man Banken ausraubt, ohne daß man das Risiko eingeht, geschnappt zu werden.»

«Und du hast ihnen meinen Namen genannt?»

«Ehre wem Ehre gebührt, Prof. Außerdem hast du gesagt, du wärst sowieso auf der Flucht.»

Ich hatte den falschen Part eines sokratischen Dialogs erwischt. Hubert hatte definitiv überzeugende Argumente vorzubringen, aber ich wurde den Eindruck nicht los, die französischen Behörden könnten größere Anstrengungen unternehmen, einen bewaffneten Banditen einzufangen als einen ausgerissenen Philo mit angeschlagenem Zet.

«Reg dich ab», ermahnte mich Hubert. «Wir sind keine Touristen.»

Aufgrund der Beschleunigung der Ereignisse bewegungsunfähig, stellte ich mir vor, wie sie oben im großen C die Zeitungen lasen. «Wie ich sehe, hat Coffin beim Franzmann ein paar Banken überfallen.» – «Ja ja, er war seit jeher gezinkt wie ein Zet, aber er hat noch immer nichts von Bedeutung veröffentlicht, oder?» Gekicher in der Runde. Wenn man das Schreiben ernst nimmt, besteht das Problem darin, daß es einem um so schwerer fällt, je ernster man es nimmt. Vielleicht nehme ich das Schreiben ernster als irgendein anderer Mensch vor mir. Das würde eine ganze Menge erklären. Lieber ganz kurze Sachen. Das wäre nett. Schnell rein, schnell wieder raus.

Was werden die Leute über mich sagen? Die meisten gar nichts. Oder: War das nicht der Typ, der Banken ausgeraubt hat? Oder: Das war dieser Kerl, der in unheimlich teuren Restaurants unheimlich viel gegessen und unheimliche Mengen unheimlich teuren Weins getrunken hat – und öfter flachgelegt wurde als sonst bei logischen Positivisten üblich.

Vielleicht sollte ich gar nicht so in Harnisch geraten. Schließlich hat es in der Branche schon früher böse Buben gegeben. Schauen Sie sich bloß Dionysius den Renegaten an. Sein Einzeiler: Genuß ist das Ende der Tat. Und als gefallener Stoiker stand er dabei nicht auf Pipifax à la sich in Kontemplation suhlen oder bloß Schmerzen vermeiden. Er frequentierte übelbeleumdete Häuser, gab sich ohne jede Tarnung allen anderen Ausschweifungen hin und wurde achtzig Jahre alt. Da haben Sie mal jemanden, den Sie gern bitten würden, am Samstagabend vorbeizukommen – aber selbst der schaffte noch ganze Wälzer.

Obwohl ich dem Gefängnis mit einiger Gleichgültigkeit entgegensah, entschloß ich mich, mir einen Bart stehen zu lassen; in der Antike war ein Rauschebart schließlich das Gütesiegel des engagierten Geistesringers und ist heute noch die erste Zuflucht des entschlossenen Flüchtlings.

Und vergessen wir nicht das mustergültige Verhalten des unsterblichen Agrippinus, dem meiner Meinung nach einzigen Römer, der wirklich etwas in die gemeinsame Kasse einzahlte. Als er hörte, der Senat beschäftige sich mit seinem Fall, nahm er ein Bad. Als er hörte, er werde ins Exil geschickt, lautete seine einzige Frage: «Haben Sie mein Hab und Gut beschlagnahmt?» Hatten sie nicht... also machte er Mittag.

Ich wurde zu seinem Schüler.

??????????????????????????

Ich hab ja versucht, Hilfe zu bekommen.

Einmal habe ich sämtliche Tripos-Fragen eines Jahrgangs gestellt. Als ich im Institutssekretariat Schreibpapier für ein Buch über Zenotaphe klemmen wollte, aus dem dann nie etwas wurde, trieb mich der Prof in die Enge. Sein Lieblingsgespräch mit mir wäre: «Tut mir ja so leid, daß Sie Ihre Stelle los sind, Eddie.» Seine Lieblingsform, mit mir Kontakt aufzunehmen: er in einem großen, extrem stabilen Auto ohne Bremsen, das mit der doppelten Geschwindigkeit des Tempolimits dahinsaust, ich davor.

Er war jedenfalls einem Millionär auf den Fersen und brauchte jemanden, der ihm pronto die Aufgaben formulierte. Mein Ja erstaunte mich ebenso wie ihn seine Frage. Es war dann aber gar nicht schwer. Weit gefehlt. Für Philosophieklausuren setzt man lediglich Fragezeichen dahinter. Hinter alles. Moral. Moral? Platon. Platon? Und eine gewisse Unverständlichkeit, eine Prise Undurchsichtigkeit gilt in Philosophieklausuren sogar als schick. Zaire? Doppelmagnum? Zitwerwurzel? Schließlich zählen die Antworten und nicht die Fragen.

Ich habe die Klausuren dann auch benotet. Einem

Ondit zufolge werfen die Prüfer ihre Klausuren diese reizenden Treppenhäuser in Cambridge hinab und benoten sie dann nach der Stufenhöhe. Grundsätzlich habe ich nichts gegen diese Methode, aber die verstreuten Zettel wieder einzusammeln klang mir zu beschwerlich. Ich blätterte sie durch (ohne sie zu lesen, denn das dünkte mich wertend und unfair den Faulen und Minderbehirnten gegenüber) und bewegte mich mechanisch durchs Notenspektrum von vier bis eins bis vier. Damals betete ich noch darum, gefeuert zu werden, aber niemand focht meine Notenpraxis an.

Bei den Ethikfragen hatte ich mir sogar richtige Mühe gegeben:

«Kann ein abgebrannter, klappriger, fetter Philosoph ein Recht auf Selbstachtung haben?»

Da traute sich niemand ran. Selbst Fadheit wäre willkommen gewesen.

«Wenn Sie ihrem Prüfer, Dr. E. Coffin (1 Tennison Road) fünfzig Eier rüberschieben würden, um Ihrer Note auf die Sprünge zu helfen, würde das Ihr Leben unglücklich machen?»

Keine Rückläufe.

«Wenn es den Suizid nicht gäbe, hätten wir uns doch alle längst umgebracht?»

Keine Anläufe.

?????????????????????????????

Hier ist Montpellier

Der Nachteil beim Mittagessen ist, daß man täglich nur eine begrenzte Anzahl schafft. Etwas Zeit zum Denken bleibt. Ich mach mir ein paar Notizen auf der Serviette, greife nach der Doppelmagnum und werde meiner Korpulenz gewahr.

Doch beuge ich mich Hubes Soufflieren in der Hoffnung, ein wenig frische Luft könne meinen Selbsthaß lindern, und in einer Bank ließe sich vielleicht etwas Zetierbares finden.

Unter einem von Hubes Pseudonymen mieteten wir einen Wagen (er sammelte gefälschte Ausweise genauso schnell, wie er Schußwaffen kaufte).

Auf dem Weg nach Frontignan im herrlichsten Sonnenschein erklärte er, wie die Philosophie sein Leben veränderte, als er Frédéric einen Besuch abstattete.

«Ich wollte ihn erschießen. Ich wollte ihm die Beißerchen wegknallen. Aber dann denk ich auf einmal philosophischer. Ich denk mir, würd ihm das denn wirklich eine Lehre sein?

Und als er dann aufwacht und sieht, wie ich mit den Zementsäcken dasitze, macht er sich in die Hose. Es stimmt, der Mensch hat am meisten Angst vor dem Unbekannten. Er wußte, daß mein Ballermann ihn allemachen konnte; die Vorstellung gefiel ihm nicht besonders, aber sie war ihm auch nicht neu. Nur mit dem Zement, damit kam er einfach nicht klar.

Er hatte null Checkung, warum er sich sämtliche Haare abrasieren sollte, Brust, Augenbrauen, alles. Hat ganz schön gedauert, das kann ich dir flüstern. Mit dem Haar hätte man locker ein Sofa oder zwei ausstopfen können. Er verstand nicht, warum er den Zement in der Badewanne anrühren sollte. Aber wir konnten uns ein paar Stunden lang unterhalten, während der Zement um ihn herum abband, und da hab ich ihn ins Gebet genommen, ihm erklärt, das würd ihn zur Raison bringen, sein Haarverlust wär 'n Symbol seiner Wiedergeburt, und daß ich hoffen würde, der neue Frédéric würde ein besserer Mensch.

Zur Auflockerung hab ich ein Quietsche-Entchen mitgebracht. Dann bin ich runter an die Bar und hab die Leute auf einen Drink in sein Badezimmer eingeladen. Er hat geschäumt vor Wut. Ich sag: ‹Frédéric, schnallst du denn nicht, wo du falsch liegst? Hilft dir irgendwer von deinen Freunden? Siehst du denn nicht ein, daß du ein so verdorbenes Leben geführt hast, daß keiner der Anwesenden hier bereit ist, dich rauszumeißeln? Sie rühren deinen Martini, aber keinen Finger.› Ich hoffe, er spricht darauf an.»

Ich hatte da so meine Zweifel.

Unsere Technik, die richtige Bank zum Aufreißen zu finden, bestand darin, so lange zu fahren, bis wir eine Bank fanden. Hube bestand darauf, vorher noch eine Philpille einzuwerfen, und nach den entsprechenden Instruktionen machten wir einen auf Sokrates.

«Wohlan, Hubert, wonach trachtest du?»

«Ich trachte nach ehrlicher Arbeit.»

«Und was, o Hubert, dünkt dich das Motiv hierfür?»

«Das Streben nach Geld.»

«Sage mir also, ob es im Bereich des Möglichen liegt, daß du, ein talentarmer Nichtswisser, und ich, ein talentarmer Vielwisser, uns in einem Gewerbe verdingen möchten, in dem vernünftige, mehr noch, unvernünftige Einkünfte zu erzielen sind?»

«Das dünkt mich wieder nicht.»

«Wäre es also nicht wirksamer, wir suchten diese nahegelegene Bank auf und erleichterten sie um ihre irdischen Güter? Denn ist Wohlstand nicht ein unerläßliches Rüstzeug, so man der Güter höchstes zu erlangen strebt, als da wäre ein Leben der Kontemplation?»

«Soll ich noch ein bißchen widersprechen?»

«Reicht völlig. Ran ans Zet.»

Allmählich wurde es fast Gewohnheit. Wir stellten uns gar nicht erst an, sondern latschten rein, und Hubert verkündete, was Sache war. Ein Kunde begrüßte ihn.

«Hubert! Dich hab ich ja seit Jahren nicht gesehen! Was machst du denn jetzt so? 'tschuldigung, ich bin dir doch nicht peinlich, oder?»

Sie schüttelten sich die Hände, und Hubert klönte, während er von einer höchst charmanten jungen Kassiererin unser Dleg bekam.

Im Auto beurteilten wir unsere Vorstellung. «Eine Minute 27 Sekunden für den Job und 20 Sekunden für die Zusammenfassung der letzten zehn Jahre meines Lebens», grübelte Hube.

«Man sollte meinen, zehn Jahre im Bau wären ganz schön erinnerungsträchtig.»

«Waren Sie auch, besonders mit Emile.»

«Emile?»

«Der saß in meinem letzten Gefängnis, Les Baumettes. Er wurde der König der Langstrafer genannt. Aber ach, man kann gar nicht erklären, was all diese Dinge bedeuten. Und selbst wenn man es könnte, wollte man es gar nicht.»

Seine Stimme versagte. Ich piesackte ihn wegen der Sahneschnitte, erkundigte mich, warum er sich nicht ihre Telephonnummer habe geben lassen.

«Komm schon, sie sah klasse aus.»

«Sie sah klasse aus. Aber ich suche ein Mädchen ohne alles. Selbst ohne Aussehen.»

Die Polizei riß sich am Riemen. Auf einer engen Küstenstraße kam uns ein Zarp-Wagen entgegen. Ich nehme an, man war hinter uns her, denn das Blaulicht leuchtete uns heim. Es war ein ungleicher Kampf – sie wollten leben. Als ich auf sie zuhielt, signalisierten sie diesen Wunsch, indem sie in den Graben lenkten.

Ich hatte es nicht geplant, aber im nachhinein merkte ich, hätten sie nicht gekniffen, hätte ich das Lenkrad bestimmt nicht herumgerissen. Die Polizei kehrte nicht in die Welt meines Rückspiegels zurück. Wir jagten zum Stadtrand und fuhren von dort mit dem Bus nach Hause.

?????????????????????????

Bei Jocelyne klingelte oft das Telephon.

«Du wirst noch richtig berühmt», sagte sie, nachdem zum zweitenmal an diesem Tag um ihre Hand angehalten worden war.

Ein Streifendjango, erklärte sie, Experte für Bandenbekämpfung, Korse, war auf uns angesetzt worden, um sicherzustellen, daß die Denkerbande ihrer gerechten zaleukischen Strafe zugeführt werde. Er hatte unsere Tatorte besichtigt und sich sehr viel Zeit genommen, Jocelyne zu vernehmen. Man konnte ihm das nicht vorwerfen.

«Ich mag dich», sagte sie. «Du erzählst mir nicht, daß du mich liebst.»

Ich war bei Jocelyne ziemlich schweigsam, weil das (a) die Gefahr senkte, etwas zu sagen, das sie reizen und unsere Verbindung auf der Richterskala absacken lassen konnte, und weil (b) mein Schweigen sie vielleicht zu dem Glauben verführte, ich dächte die richtigen Dinge.

Der neueste Stand bei Jocelyne:

1. Kam als Model zu Geld, modelte mehr ihren Leib als ihre Wäsche. Ging dann ins Bankwesen, «weil ich dachte, Finanzgeschäfte wären ganz interessant». 2. Ihre Vorgesetzten versagen ihr der ersten Karriere wegen echte Macht. «Sie versuchen, mich aus dem Metier zu langweilen.» 3. Erster Ehemann. «Er war lang-

weilig. Ich hielt ihn für höflich. Aber er war zu dämlich für Grausamkeiten. Er hat immer darum gebeten. Männer sollten nicht jedesmal bitte sagen.» 4. Zweiter Ehemann. «Der hat nie um was gebeten. Er hat nie ‹bitte› gesagt. Er hat nie ‹danke› gesagt. Er ist nie nach Hause gekommen. Ich wollte das totale Gegenteil, und das hab ich auch bekommen. Zuerst war er ja ganz faszinierend, aber selbst absolute Arschlöcher werden irgendwann langweilig.»

5. Das Band der Ehe riß, als sie mit dem besten Freund ihres Mannes ins Bett ging – auf Wunsch ihres Mannes. «Das gefiel ihm. Was ihn nervte war, daß es mir auch gefiel.»

Der lange Schwanz des Gesetzes

Die Türklingel dringte.

Jocelyne hielt nicht viel von Kleidung. Sie ging in einem langen Unterhemd an die Tür, das eher säumig war, die Pflichten zu erfüllen, die man von Gewändern erwartet.

Wie wäre es wohl gewesen, hätten wir uns kennengelernt, bevor wir beide so verkokelt und semikremiert waren? Sie jedenfalls war ein zu disziplinierter Mensch, im Frausein zu erfolgreich, als daß sie sich groß mit mir abgegeben hätte. Gegen ein bißchen Mütterlichkeit haben die wenigsten Frauen etwas einzuwenden, aber wer möchte denn gleich die Sechslinge an Problemen adoptieren, die ich verkörpere?

Jocelyne sprach ruhig und sachlich, nicht ganz so kurz angebunden wie mit Jehovas Zeugen oder einem Staubsaugervertreter, aber auch nicht so herzlich, wie das einem Freund oder Bekannten zukäme.

Ich trat ans Fenster und sah hinunter.

Da stand ein Zig, der krampfhaft versuchte, Jocelynes Torso nicht mit seinen Blicken vollzusabbern.

Ich wußte auf Anhieb, daß es der Korse sein mußte. Man konnte ihn wie einen Speckstreifen brutzeln hören, obwohl Jocelyne wieder den Seziertisch raushängen ließ.

Er war am Feuern: «Wissen Sie, ich hab da ein Problem, Jocelyne, ich soll eine Reihe extrem gefährlicher Krimineller aufspüren, aber Sie gehen mir einfach nicht aus dem Kopf. Meine Arbeit ist schwerwiegenden Behinderungen unterworfen. Als unbescholtene Bürgerin sollten Sie mir helfen.»

Jocelyne blieb graniten: «Ich hab's Ihnen doch schon gesagt. Ich bin bereits vergeben.»

«Niemand ist vollkommen», versetzte er. Ich konnte vor seiner Chuzpe und seinem Stehvermögen nur den Hut ziehen. «Sie sollten mich bedauern. Bevor ich etwas anstelle, womit ich mich blamiere.»

Ich merkte, daß der Moment des Türzuschlagens kurz bevorstand. Er war nicht einmal unattraktiv, und ich fand es komisch, daß er aus dem Rennen ausschied – eines ältlichen Ziphiiden von Philosoph wegen, dessen Weltranglistenplatz im Vergleich mit einer Tiefgarage der Ebene 20 mit Ölpfützen entsprach.

«Sie zwingen mich, nach Hause zu fahren und eigenhändig mit Ihnen zu schlafen.»

«Mein Freund wartet oben auf mich», sagte sie mit einer Stimme, die wie die Säge eines Gerichtsmediziners klang.

«Ein andermal», sagte er, unbeeindruckt von seinem Mißerfolg, einen Fuß in die Tür zu bekommen.

«Nein fällt mir dazu als erstes ein», sagte Jocelyne und ließ die Tür den Abschiedsgruß entbieten.

«Ich weiß nicht, ob ich so gut für dich bin», bemerkte ich, treuer Begleiter der Katastrophen, als sie wieder hochkam.

«Endlich was zu diskutieren», meinte sie lächelnd.

??????????????????????????

Dies ist ein brillanter philosophischer Text, der sich als ein Satz vermummt.

??????????????????????????

Zu Hause lag Hubert in einem riesigen Koffer unter einer Decke auf dem Fußboden, wie ein Großwildjäger im Versteck. Die Nagerkolonne war des Nachts wieder zum Dienst erschienen, hatte mein Trüffelpaté verspeist, das von Hubert aufgetischte Rattengift verschmäht und ein paar Stoffwechselsouvenirs verschenkt.

Seine Buschtelegraphen hatten Hubert bereits darüber in Kenntnis gesetzt, daß sich der Korse an unsere Fersen geheftet hatte. Er wurde wütend, als er erfuhr, daß dieser sich bei Jocelyne herumgetrieben hatte, denn (a) fand er das dilettantisch und (b) hatte er in einem der Kostüme, mit denen sein Schneiderkumpel ihn versehen hatte, beim Polizeipräsidium nach ihm gesucht.

«Warum?»

«Weil ich Lust hatte, ihn kennenzulernen. Ich wollte wissen, womit wir auf der Gegenseite zu rechnen haben.»

«War das nicht etwas gewagt?» Ich machte mir keine Sorgen, dieses Stadium hatten wir hinter uns – Sorgen waren etwa so sinnvoll wie Wasserflaschen am Grunde des Ozeans – ich wollte bloß Huberts Verhalten erzetten.

«Wir sind die Untouchables. Wir sind unschlagbar.»

«Bis uns die Stunde schlägt. Die Regel ist trotzdem, daß die Polizei uns jagt, nicht wir die Polizei.»

«Mehr Bücher», sagte Hubert und gab seine Dekkung auf. «Ich fühle mich noch nicht gebildet genug. Ich spüre, wie meine Dummheit wächst.»

Ich war nicht sonderlich versessen darauf loszuziehen, aber dann fiel mir ein, daß ein paar schwere Bände Hubert hübsch einsperren, seine Händelsuche und seine Banküberfälle etwas drosseln würden. Hubert las sehr langsam (aber sehr sorgfältig – man sah jetzt schon, daß er sich in einen jener gefährlichen Studenten verwandelte, die einen zum Arbeiten bringen wollen).

«Such du mir was aus», sagte er, als wir in den Buchladen traten. Ich verwendete mich für Diogenes Laërtius – der würde ihm das Maul stopfen. Aber es war ein kleiner Buchladen mit einer Menge Bücher über Schlankheitskuren, Memoiren von Politikern und Schauspielern, und ein paar Romane mit Frauen auf den Titelbildern, barfuß bis zum Schlüsselbein.

Hube überflog die Regale und glitt dann zum Verkäufer hinüber, der wie ein frischgebackener Soziologiedozent aussah.

«Ich kann die Philosophie-Abteilung nicht finden», sagte Hube mit einem schwachen Unterton dessen, was ich allmählich als seine Stänkerstimme durchschaute.

«Gibt auch keine», antwortete der Verkäufer, äußerst wenig hilfsbereit und minimalistisch in seiner Entgegnung, da er voll und ganz in eine Zeitschrift vertieft war.

«Wo finde ich dann Diogenes Laërtius?» erkundigte sich Hubert, und darin schwang die leise Hoffnung mit, DL möge sich keinen unvermuteten Auftritt leisten. Der Verkäufer stand hinter einem niedrigen Tresen, und plötzlich wurde mir klar, daß ich vielleicht mit eigenen Augen Zeuge des vielgerühmten Tresentritts würde.

«Gar nicht.»

«Wollen Sie damit sagen, Sie haben keinen Diogenes Laërtius?» fragte Hube, stocksauer und frohgemut zugleich. Erfreut ob der Aussicht, dem anderen ein blutiges Auge übers Chemisett kullern zu lassen.

«Wer hat den schon?» stellte der Verkäufer die Gegenfrage, lupfte weder die Pupillen von der Zeitschrift, noch brachte er seine Worte mit einer Politur des Bedauerns zum Glänzen. Auch bot er nicht an, den DL zu bestellen oder einen Laden in der Nähe zu empfehlen, der ihn vielleicht vorrätig habe, sondern befleißigte sich eines Tons, der Rückfragen oder Gesprächsversuchen die Zufahrt verbarrikadierte. Ein Kennzeichen des Spätkapitalismus besteht darin, daß er in der Regel über ein Personal verfügt, das sich wenig darum schert, etwas zu verkaufen – was zu den Bescherungen einer Gesellschaft gehört, in der man, Gott sei's geklagt, nicht mehr verhungert, wenn man auf der Straße sitzt.

Neben uns stand ein ganzer Zamzummiter von Diätbüchern.

«Wie nehme ich ab, Prof?»

«Weniger essen, mehr Trimmdich.» Im Grundsätzlichen kenn ich mich aus.

«Haben Sie das gehört? Beim Wissen weiß dieser Mann Bescheid. Warum schaffen Sie den Müll hier nicht raus und besorgen sich ein paar Bücher? Wenn die Leute Tips zum Abnehmen brauchen, sagen Sie einfach diese Faustregel auf, die ist ja leicht zu behalten. Damit erweisen Sie sowohl Ihren Kunden als auch der Literatur einen größeren Dienst.»

«Es verkauft sich.»

«Sie nennen das hier also einen Buchladen?»

Hier spitzte der Verkäufer die Ohren. Seine Augen schweiften neugierig umher. «Sieht mir ganz nach einem aus.»

Ich war sprachlos, daß er die Gefahrensignale nicht erkannte: Hubert hatte inzwischen den Blick eines Gassenköters: hungrig, aber die Schnauze voll.

Ich nehme an, der Tresentritt war fällig. Hubert hatte mir auseinandergesetzt, wie er Jahre seiner Haftverbüßung damit verbracht hatte, ihn zu vervollkommnen. Die Eleganz des Tritts besteht im wesentlichen darin, daß die Leute hinterm Tresen den Stiefel im Sprechschlitz einfach nicht erwarten. Ich freute mich offen gesagt darauf, obwohl ich dem Verkäufer gegenüber ein Plus von zwei Jahrzehnten Fehlverhalten und Faulheit im Beruf in die Waagschale werfen konnte. Jahrelanges Einkaufen kann einen sehr grausam machen.

«Sie haben Augen im Kopf, hab ich recht?» sagte Hube und griff in seine schmuddelige, aber geräumige Lederjacke. «Ich möchte Sie etwas fragen. Stimmen Sie mir zu, wenn ich das hier eine Waffe nenne?» Er hatte eine Maschinenpistole hervorgezogen, die 9 mm Mac-10, richtete sie auf die Diätbücher und verschlankte sie nebst den angrenzenden Schlacken, indem er mit einem Tempo von 1100 Schuß pro Minute 32 Schüsse aus seinem Zytel-Magazin abgab (für meine Philpillen bekam ich hier echt was geboten). Seine Hand zitterte unter den Rückstößen. Die Bücher hampelten herum wie Hampelmänner in zweifelsfreier Hampellaune.

Nichts kommt an die Gefahr ernsthafter Verletzungen oder mannigfaltigen Todes heran, wenn man die Aufmerksamkeit seiner Mitmenschen auf sich ziehen möchte, schon gar nicht an einem tristen Dienstag in einem kleinen Buchladen in Montpellier.

«Sie haben vollkommen recht», sagte der Verkäufer mit, das muß ich ihm lassen, unglaublich alerter und außergewöhnlicher Speichelleckerei, die sich urplötzlich eingestellt hatte, mit Mach 10 beflügelt von der

Mac-10. «Rechter als recht.» Gefolgt von: «Ich kenne niemanden, der so recht hätte wie Sie.»

«Draußen steht Buchladen dran», predigte Hubert. «Wenn da Scheißeladen stünde, wär's mir scheißegal. Aber die Menschen, die hier hereintreten, erwarten etwas. Schönheit. Wahrheit. Flucht vor dem Alltag. Sie verkaufen geleimte Seiten, keine Bücher. Ich möchte Ihnen nahelegen, Ihr Sortiment zu ändern oder beträchtlich zu erweitern. Sie brauchen eine Philosophie-Abteilung. Etwas, um das Herz erbeben und den Skalp erglühen zu lassen.

Wir werden uns überzeugen. Und zwar nicht nächste Woche, nicht, wenn die Polizei grad in der Gegend ist, nicht, wenn Sie es erwarten. Und wenn sich die Lage bis dahin nicht gebessert hat, werden nicht die Bücher die Löcher bekommen. Das macht dann tausend Franc für Munition und Beratung.»

In der Kasse waren fünfhundert, aber der Verkäufer hatte nur dreihundert dabei, also schnappte sich Hube noch seine volle Einkaufstasche und ein Wörterbuch.

Wir evakuierten uns mit etwas weniger Schwung als nach einem Bankraub, aber rasch.

«Wir hätten mehr berechnen sollen», wußte Hube es hinterher besser, «Stars wie wir sollten nicht für ein paar Zerquetschte arbeiten. Dieser Schwachkopf wird sich beim Breitblöken der Geschichte die Zunge ausfusseln. Wir haben ihm gerade den aufregendsten Augenblick seines Lebens verschafft.» Ich merkte, daß Hube drauf und dran war, zurückzugehen und eine wöchentliche Ratenzahlung zu vereinbaren.

«Wenn die Leute für etwas nicht bezahlen müssen, wissen sie es nicht zu schätzen. Nur Drohungen können umsonst sein. Die kosten nichts, funktionieren aber trotzdem.»

Ich hatte das merkwürdige Gefühl, daß ich etwas

erreicht hatte, daß meine Sperenzchen ausnahmsweise dem Guten Vorschub geleistet hatten. Hube hatte die Aktion nicht befriedigt. «Es war zu leicht. Jeder Affe hätte den Abzug betätigen können.» Er entfernte das Magazin, leerte die Kammer und pfefferte die Waffe in den nächsten Mülleimer. «Wir müssen darüber einige Gedanken denken... wie wir denselben Effekt ohne Kugeln erzielen.»

Wir gingen weiter. «Ich fühl mich absolut nicht wohl», sagte er.

??????????????????????????

Immer noch Montpellier

Ich bin bedenklich gesund. Ich muß wirklich krank sein, wenn ich mich nicht krank fühle.

Sogar die Ratte habe ich erwischt.

Hube kam herein und verkündete, wir müßten die Beine in die Hand nehmen. Frédéric, der sich anscheinend immer noch Zement zwischen den Zehen herauspulte, hatte ein beispielloses Kopfgeld auf Hubes Schädel ausgesetzt, nein, im Grunde auf all seine Körperteile. Da die Leute in der Nachbarschaft Hube inzwischen um Autogramme baten, sah er endlich ein, daß einiges für die althergebrachte Technik sprach, sich zu seinen Problemen immer auf Abstand zu halten.

«Aber ich ziehe nicht aus, bevor ich nicht die Ratte erwischt habe», beharrte er.

«Nun sei doch nicht so nachtragend, Hubert. Warum willst du Frédéric denn ohne Not den Rest deines Lebens ausliefern? Wir hätten uns schon vor Ewigkeiten verdünnisieren sollen.»

«Die Ratte erinnert mich an Emile», sagte er.

Ich beauftragte ihn damit, abzuschwirren und ein Auto zu mieten. Während seiner Abwesenheit stellte ich mir zur Belustigung einen Käfig auf, den uns der Vormieter, ein Papageibesitzer, hinterlassen hatte. Der Vormieter hatte dem Zygodaktyl offensichtlich gestattet, die ganze Heimstatt zu durchflattern, denn überall lagen Federn und Vogelkot herum, meist an Stellen, wo man Papageienfedern oder -kügelchen nicht finden möchte.

Ich stellte den Käfig in klassischer Fallenform auf, mit Köder und langem Bindfaden versehen. Ich ging ins Nebenzimmer und hatte just in Betracht gezogen, an die Pandekten zu gehen, als ich Trippelgeräusche im Käfig hörte. Ich zog an der Schnur und hörte das Wupp von Käfig auf Teppich.

Die Ratte zeigte keine Reue und sah stinksauer aus, weil sie auf einen so billigen Trick reingefallen war. Sie wußte ja auch nicht, daß ich noch viel saurer war, als der Gedanke mir auf den Buckel sprang, daß dieser zufällige Streifzug als Rattenfänger zu den erfolgerzielendsten Augenblicken meines Lebens gehörte. Ich servierte ihr eine Henkersmahlzeit aus frischem Roggenbrot.

Als Hubert zurückkam, überreichte ich ihm die eingesperrte Ratte zum Wegpusten, damit wir aufbrechen konnten.

«Nein, das geht nicht. So kann ich sie unmöglich erschießen», protestierte Hubert. Ich hielt dagegen, wir hätten keine Zeit, ihn hinter der Ratte herjagen zu lassen. Ich schlug vor, wenn er ihr denn eine faire Chance geben wollte, sollte er ihr entweder ein Schießeisen reichen oder sie mitnehmen, um später eine geeignete Umgebung aufzusuchen, wo er sich um sie kümmern könne.

«Wußtest du, daß es in Indien Menschen gibt, die Ratten verehren und die sie als Schutzengel ansehen, als Träger des großen Loses?» Indien hat einiges mit New York gemeinsam; man findet alles, was man sucht.

Das verschlug Hubert die Sprache. Wir packten unsere bewegliche Habe, wir packten die Ratte (stets auf der Hut vor Zoonose) und fuhren los, ohne daß Hube die Welt mit seinen Gedanken tüpfelte. Er kaute auf der Unterlippe herum und schleifte sein Augenlicht über die vorbeiziehenden Straßen.

«Anfangs hab ich geglaubt, du hättest meinem Schicksal seine Wende gegeben, Prof. Aber weißt du was, es änderte sich schon mit dem Mieten dieser Wohnung. Dich hab ich erst danach kennengelernt.»

«Ich dachte, du hättest die Wohnung nach unserem ersten Ausflug gemietet.»

«Ich habe nach unserer Premiere dafür bezahlt, aber unterschrieben hab ich vorher. Deswegen war ich ja unterwegs, ich mußte die Kaution auftreiben. In Les Baumettes gab es einen, der hatte eine Wüstenspringmaus als Maskottchen. Auf den ist eine Wand gekippt, nachdem Emile die Springmaus im Kaffee gekocht hatte.»

Auf diese Weise nistete sich bei Hubert die Idee ein, die Ratte könne unseren Erfolg rattifizieren. Sie wurde Thales getauft.

Triptychon

Es hat natürlich keinen Sinn, weite Strecken hinter sich zu bringen, ohne unterwegs bei ein paar Banken reinzuschneien.

Während wir auf Marseille zudüsten, genoß ich den Urlaub vom Ganoventum.

«Ich bin froh, daß wir uns ein bißchen schonen können», bemerkte ich. Hube sah auf eine Weise aus dem Fenster, die verriet, daß er nicht nur aus dem Wunsch, aus dem Fenster zu sehen, aus dem Fenster sah.

«Ich mußte nach Frédéric schauen», sagte er. Das war seine Art, mir mitzuteilen, daß er (x) den Kies entdeckt hatte, den ich im Kofferfutter versteckt hatte, (y) zwanzig Gramm Heroin erworben und Freds Toilettenspülkasten untergejubelt und schließlich (z) das Augenmerk der Polizei auf seine Existenz gelenkt hatte.

«Falls es dich beruhigt, Prof: Ich hab ein paar Minuten gebraucht, um deine Sore zu finden.»

«Wieviel haben wir denn noch übrig?»

«Zum Mittagessen reicht's. Ich hab keinen großen Hunger.»

Ergo zausten wir auf unserem Weg nach Marseille drei Banken.

Angewandte Methoden

Ich fing an zu schludern, das gebe ich zu.

1. Marxistisch: «Du entscheidest, daß du die Vorhut des Proletariats bist, und dann machst du, was du willst, weil die Geschichte dir recht geben wird.»
2. Stoisch: «Ganz ruhig bleiben.»
3. Positivistisch: «Überzeugung positiv, daß ich diese Bank ausrauben will.»

Die Umverteilungen liefen lahm, bis auf Nummer drei in Arles, die genaugenommen kein Banküberfall war; das Wort dafür ist noch nicht erfunden.

Wir hatten einen schlechten Start. Hubert verspürte ersten Blutdurst angesichts der blutroten Bluse einer Kassiererin: «Wie können Sie in so was bloß zur Arbeit kommen? Das ist doch krank.» Die Kassiererin war gerade erst von der Schule abgegangen und hatte nicht den blassesten Schimmer, wie man mit einem Beutemacher umging. «'tschuldigung, sind Sie Bankräuber oder Modejournalist? Ihre Jacke hat mich getäuscht, die ist aus echtem PVC, stimmt's?»

Die Einnahmen waren zuviel für Hubert, nämlich viel zu wenig: viertausend Franc.

«Ich will sofort den Filialleiter sprechen», forderte er entrüstet. Der tauchte pflichtschuldigst von der Rückseite des Schaltersaals her auf.

«Passen Sie mal auf, Ihre Angestellten sind ungehobelt und schlecht gekleidet.»

Die Kassiererin schnitt ihm das Wort ab: «Hey, mein Großvater ist blind und nie aus seinem Dorf rausgekommen, aber so einen Scheiß würde der nie im Leben anziehen. Und in Afrika verhungern Leute, die geschmackvollere Plünnen haben als Sie.»

«Ich bin Bankräuber, okay? Das ist meine Arbeitskleidung. Wie können Sie so tun, als ob das hier 'ne Bank wäre, wenn Sie nur über viertausend Franc verfügen? Da hab ja selbst ich mehr dabei.»

«Sie hatten uns nicht eingeweiht, daß Sie kommen würden. Heute ist Markttag.» Der Filialleiter hatte Wackelpudding in den Beinen und machte einen auf Zombiezesel, aber die Kassiererin weigerte sich, vor Hubert zu kneifen, der daraufhin explodierte.

«Wissen Sie was? Sie können Ihr Geld behalten. Wir würden es nicht mal stehlen, wenn Sie uns dafür bezahlen würden. Es ist ein Privileg, von der Denkerbande bestohlen zu werden. Ein Privileg, haben Sie gehört? Ihre beschissenen Filialen werden wir nicht mit der Feuerzange anfassen. Aber diesmal werd ich Ihnen noch unter die Arme greifen», sagte Hube und schmiß ihnen ein paar Tausender hin.

Wir kamen nach Marseille. Bevor wir uns trennten, verabredeten wir verschiedene Treffen auf den Perrons des Hauptbahnhofs: Nummer eins um eins am Montag, Nummer drei um drei am Mittwoch und so weiter, falls einer von uns irgendwann nicht auftauchen sollte. Hube war begeistert.

Mein Lexikon fehlt mir.

Beste Anschaffung aller Zeiten

Als ich *Liddell and Scott's Intermediate Greek-English Lexicon* gekauft habe. Ein Superzet.

Die größte Gefahr für einen begabten Menschen besteht darin, daß er unter Umständen nie lernt, sich anzustrengen. Nicht daß ich mich für begabt hielte, aber ich habe nie nachvollziehen können, daß es manchen Menschen so schwerfällt, Sprachen zu lernen, die Grammatik zu verdauen, die Wörter zu pauken. Ich habe meine Prüfungen immer spielend gemeistert, das war mein Problem.

Ich weiß noch, wie ich endlos Zeitungen austragen mußte, bis ich das Geld zusammenhatte. Man hat mich natürlich gefeuert, aber erst als ich genug gespart hatte.

In Macclesfield konnte man das Lexikon nicht kaufen, man mußte es bestellen. Das war schon das halbe Vergnügen.

Schlimmste Anschaffung aller Zeiten

Ich war dreizehn. Als das Lexikon geliefert wurde, hatte ich gerade erst die Grundlagen des Griechischen gemeistert. Aber ich rannte mit dem Buch nach Hause, blieb bis in die Puppen auf und verschlang es. Meine Klamotten stopfte ich vor die Türschwelle, damit meine Eltern das Licht nicht entdeckten, bei dem ich bis zum Morgengrauen las. Ich fühlte, daß ich hier etwas bekam, das ich sonst nirgends bekam und von dem sonst kaum jemand wußte. Ein Wort gab das andere. Ein semantischer Kreis. Ich konnte nicht aufhören. Meist saß ich in der Schule und dachte – klasse, bald kann ich nach Hause und mich über das Lexikon hermachen.

Diese Besessenheit legte den Grundstein zu meiner Karriere; meine Doktorarbeit über den ionischen Wortschatz war halb fertig, bevor ich überhaupt an die Universität kam. Ich erreichte beim Griechischen ein solches Tempo, daß ich, selbst als ich den Fuß vom Gas genommen hatte, noch an die Begrenzungsmauer der Universitätsbildung krachte.

Sklaven

Ihre Kontrolle ist wie jede effiziente Kontrolle für die Masse unsichtbar.

Aber überall haben sie ihre Kolonien. Sie haben die Römer kolonialisiert, die Araber, die Perser, die Inder. Hinter den Fassaden anderer Sprachen operieren sie inzwischen weltweit. Sie waren der erste und sie sind der größte Multi. Ihr Staub hat sich gleichmäßig über den Erdkreis gelegt.

Jede Universität zählt zu ihren Gründungen. An allen Ecken und Enden der Welt kraxeln Augen über Alphas und Betas, Zetas und Etas; überall behelfen sich Wissenschaftler mit Psis und Omegas.

Kein Schwachsinniger, kein Straßenräuber, kein Arzt und kein Politiker, egal wo auf der Welt, kann den Mund aufmachen, ohne daß ab und zu Pidgin-Griechisch herauspurzelt.

In all meinen Jahren, wo Halbwissen auch nur eine Viertelrolle spielte, ist das Lexikon nie verunziert worden. Nie auch nur verunziert worden.

?????????????????????????

Jocelyne griff sich meine Ausgabe von Lamettries *L'art de jouir* vom Bett. Ich fand ja schon immer, daß *les philosophes* irgendwie verdorben wurden, weil jenes Monster, jener Zamzummiter von Sex und Gewalt namens Revolution, ihnen die Laufbahn ebnete; aber Lamettrie habe ich stets bewundert, weil er aus seinen Exzessen eine Berufung machte und aus seiner Erotik Bücher; ein dämonischer Eudaimonist, der sich zu Tode futterte und mit dem Besteck in der Hand den Löffel abgab.

«Darum geht es. Die Theorien sind Theorien. Das wahre Geheimnis des Universums liegt in der Frage, wie man es genießt. Das genießt, was man hat. Damit läßt sich der Himmel erstürmen.»

Wir stürmten und himmelten, was wir konnten.

Sie war bereits zur Tür hinaus, da blieb sie noch einmal stehen und musterte mich, als steppten meine Krähenfüße. Dann schallerte sie mir eine.

«Was soll das?»

«Das ist ein Vorschuß. Du wirst etwas anstellen, womit du mich enttäuschst, und dann bist du für Backpfeifen vielleicht gerade nicht greifbar.»

?????????????????????????

Man liegt im Bett und denkt, eigentlich sollte ich auf Achse sein und mich zu Tode trinken.

Ich gebe mich dem Gedankenspiel hin, daß ich eine unverwüstliche Leber habe, die noch jahrhundertelang der Medizin den Atem raubt und die noch lange nach dem Dahinschmelzen meiner sonstigen Erdenreste wie ein Familienerbstück von Patient zu Patient weitertransplantiert wird.

Also raffte ich mich auf und stellte mich dem Stelldichein mit Hubert.

Wir gingen in eine Kneipe, die er empfohlen hatte. Ich verstand nicht, wie jemand sie empfehlen konnte, sie schien aus dem Fels herausgesprengt worden zu sein und hatte dieselbe dürftige Einwegeinrichtung wie die letzte Bar, wo ich Senge bezogen hatte.

Hube war in Hochstimmung wegen der Pässe, die er besorgt hatte. Er reichte mir einen Ausweis. «Noch handwarm vom Touristen. Der paßt garantiert zu dir.»

Es war keine Bar, die kugelförmige Philosophen mit schwindsüchtigen Weltranglistenplätzen willkommen hieß. Als ich zwei Bier weit gekommen war, hörte ich ein Zischen hinter meinem Kopf und spürte ein feuchtes, ameisenartiges Kribbeln im Nacken.

Ich drehte mich um und sah eine Sprühdose mit blauer Farbe in der Hand eines mickrigen Nordafrikaners; die Farbe war auf die unberührte Leinwand meines Schädels aufgetragen worden. Der Sprayer fand qualifizierten Beistand bei sechs weit größeren, glucksenden Freunden. Der Zwerg steht auf den Schultern von Riesen und macht den Faxenmaxe.

«Ich male», erläuterte er. «Hast du ein Problem?»

Unsterbliche Angebote 1.1

Das ist bekanntlich ein Klassiker des Genres. Vom ersten Augenblick an, als in einem x-beliebigen Tal der erste Hominid bei einer Keilerei zum Faustkeil griff und die erste Rübe zu Mus zermatschte, bis zur schicksten Tank- und Schankstelle in irgendeiner Großstadt von heute war und ist dieser Satz stets zur Stelle.

Eingedenk der Kriege, der Hungersnöte, der Berge von Niedertracht, die unseren Himmelskörper übersäen, ist das Geschmier, das ein Schmuddelkind einem auf den Denkkasten verpaßt, unbedenklich.

«Kommt drauf an, was du malst»: Zuflucht zu philosophischen Ausflüchten.

«Blaue Haare. Sieht hübsch aus.»

«Wir sind keine Touristen», intervenierte Hubert mit der, wie ich im Gegensatz zu den anderen erkannte, letzten Reserve fürsorglicher Zurückhaltung.

«Und du», erklärte der Kleckser und betüpfelte Hubert zettig das Gesicht, «du brauchst einen frischen Teint.»

Hubert griff nach einer Flasche auf dem Tisch, während die sieben für die nächste Keilerei in die Startlöcher gingen.

«Ich hab da eine Krankheit, sehr tödlich, sehr im Trend», sagte er, zerschlug die Flasche auf seinem Schädel und ging zu Boden. Es wurde schnell deutlich, daß seine beschleunigte Bekanntschaft mit dem Fußboden keinem ausgefeilten Plan entsprang, sondern darauf zurückging, daß er die Flasche überdosiert hatte.

Unvermittelt lag ich neben Hube, der Realität leider noch verhaftet. Sollten Sie gezwungen werden, eine Rolle als Fußball zu übernehmen – immer erst einen über den Durst trinken.

Über das Einstecken von Tritten

Schmerz ist, wie der Name schon sagt, schmerzhaft.

Unsere Karriere als Tanzparkett bekam einen Knick, und unsere Angreifer verschwanden, um sich einen Drink zu genehmigen; in diesem Etablissement regte man sich nicht unnötig über wohlgetretene Kunden auf, die den Boden verdreckten.

Sie überließen mich einem Fangeisen mit Extraschmerz, so oft ich mich bewegte. Ich überlegte, ob die antiken Kaltblüter dem Einstecken von Tritten wirklich so cool begegnet waren.

Die Etikette forderte anscheinend, daß man die Bezwungenen heimlich, still und leise in ihre Pfützen ausbluten ließ. Die Meute schien wenig gewillt abzuziehen. Es dauerte einige Zeit, bis ich zu Hube hinüberkriechen und in seiner Jacke nach dem Erwünschten tasten konnte. Dann brauchte ich ein paar Minuten, bis ich an Vertikalität gewonnen hatte und Hubes Knarre von den Fuselmanen optisch registriert worden war.

Ich hatte tatsächlich noch nie die köstliche Vorfreude verspürt, großen Schaden zuzufügen. Ich sinnierte, was große Lehrer wie Zoroaster, Konfuzius, Sokrates oder Jesus Christus an meiner Stelle getan hätten, aber selbstredend stand keinem von ihnen eine Desert Eagle .50 Magnum zur Verfügung (Standard Black Oxide, Polygonprofil, um die Liderung zwischen Kugel und Lauf zu verbessern – hey, bis zum Filmriß hab ich ein photographisches Gedächtnis) inklusive sieben 20 g-Patronen ummantelter Hohlspitzmunition, die, wie Hubert mir erklärt hatte, beim Austreten aus dem Körper so riesige Laibungen ins Fleisch riß, daß die Ärzte reflexartig nach ihren Kameras griffen.

Rufen Sie einen klassischen Lehrsatz auf

Demokrit: Ungesühnte Sünde ist doppelte Sünde.

Gewalt hat eine schlechte Presse. Von der richtigen Seite der Kanone aus ist sie gar nicht so schlimm, macht sogar Spaß, was wahrscheinlich ein Gutteil ihrer anhaltenden Beliebtheit erklärt.

«Mmmmppff schiii siis kkkuhntts ji ghhhad», sagte ich und war kaum überrascht, daß sie mich nicht verstanden. Meine Zähne waren weit verstreut worden; mein Mund nahm die halbe Bar ein, wenn man seine Grenze dental markierte. Als ich mich schlitzäugig in einem Spiegel ausmachte, hatte ich eine Brille aus violetten Brötchen auf, und meine Lippen hatten sich in ein Rettungsfloß verwandelt. Dieser Anblick, in einem Gespann mit dem zunehmenden Schmerz, radelte mich nicht gerade dem Verständnis und der Versöhnungsbereitschaft entgegen, die einem sowieso den ganzen Spaß verderben können.

Gestisch wies ich den Barkeeper an, etwas zu holen, das Hubert wieder zu sich brächte.

Während er noch an seinem zertretenen Hörgerät herumbosselte und eine weitere, kleinere Pistole enthalfterte (die indes nicht minder zum Seelendeporteur taugte), übernahm er die Leitung des Zeremoniells.

Unser unfreiwilliges Publikum stellte den «Ach hätt ich doch heute die Knarre dabei»-Blick zur Schau.

Hubert fummelte an seinem kaputten Hörgerät herum, obwohl jedem Anwesenden auch ohne die geringste Hörgeräte-Design-Kompetenz sonnenklar war, daß die Zukunft für die Trümmer alles mögliche bereithalten mochte, bloß Hörgerätefunktionen zählten nicht dazu. Es war eine Pantomime über den irreparablen Zustand unserer Beziehungen.

«Du da», sagte Hubert schließlich und deutete mit dem Pistolenlauf auf den Performance-Künstler. «Hattest du eine schlimme Kindheit? Deprivation? Mißbrauch? Chancenungleichheit?»

«Ja», kam die verzagte Antwort.

«Na bitte», sagte Hubert, «das ist doch ein Anfang. Wir werden heute abend ein kleines Experiment durchführen; wir werden zetieren. Meine erste Frage lautet: Wer hat die Zähne meines Freundes zur Räumung gezwungen?»

Schweigen. Entschlossenheit? Unbedarftheit? Kollektivschuld?

«Ah, ist das Loyalität? Ist das Freundschaft? Lobenswerte Tugenden. Stellen wir sie auf die Probe.»

Auf Huberts Bitte hin besorgte der Barkeeper Hammer und Nägel. «Okay, das Spiel läuft so – ich fordere dich auf, jeweils eine Lippe deiner Freunde an den Tresen zu nageln. Weigerst du dich als getreuer Freund, dann bin ich von deiner Loyalität beeindruckt und blas dir den Schädel weg. Beim geringsten Zögern schieß ich dir ins Bein.»

Unser grausiges Äußeres (ich sah aus wie ein triefnasiger Union Jack auf Acid und Hubert noch schlimmer) verlieh diesem Prolegomenon einiges Gewicht. Als Hubert den Maler anwies, sich ans Werk zu machen, scheute ein Mitglied des Septetts zurück, und Hube mußte ihn ins Bein schießen.

«Das solltest du verbinden lassen, am Ende verblutest du noch», bemerkte er.

Die Nägel wurden eingeschlagen. Schließlich war nur noch der Maler übrig, der so besorgt aussah, wie sich das für einen Mann gehört, der soeben die Lippen von sechs sehr viel größeren und, wie eben erst zur Schau gestellt, aggressiven Personen an einen Tresen genagelt, ihre Gesichter blaugesprüht und ihnen die Zähne herausgeschlagen hat, die doch jegliche Öffentlichkeitsarbeit zu tragen haben, und der sich dann noch Sorgen um einen Schießwütigen wie Hube machen muß.

«Gut», sagte Hube zusammenfassend, «kannst du mir jetzt noch einen guten Grund nennen, warum ich dir nicht den Schwanz wegknallen sollte?»

«Das würde viele Frauen sehr unglücklich machen», wagte der Maler, was ich unter seinen Umständen ziemlich zungenfertig fand.

«Tut mir leid. Ich kann dich nicht hören», sagte Hubert und schoß ihm ins Gekröse. «Ich bin sicher, deine Freunde werden sich um dich kümmern.

Du bist ein sehr gefährlicher Mann, Prof», schmeichelte er mir beim Hinausgehen.

«Nnnahh Khuull agg Krahr.»

«Schon, aber eine ungeladene Knarre ist nicht sonderlich gefährlich. Die haben gesehen, daß du etwas angespannt warst.»

«Ngggaakk sluup purr zaapur.»

«Deswegen war die Knarre ja auch nicht geladen. Es fällt mir nicht im Traum ein, mit einer geladenen Wumme eine Bank zu überfallen – das Ding könnte doch losgehen. Wir sind Philosophen, keine Kriminellen. Die andere hab ich nur zur Selbstverteidigung dabei.»

Ich winkte ein Taxi heran. «Uah wschii idock bima. Sdanii Ssaanarst.»

«Zeit für dich, um dir neue Methoden zu überlegen? Glorreich.»

«Haassu echt Ehds ggrodscht?»

«Sagen die Ärzte jedenfalls. Könnte glatt auf 'n landesweiten Medizinerstreich rauslaufen.»

???????????????????????????

Jocelyne war von meinem Gesicht begeistert. «Wenn das eine Verkleidung ist, dann ist sie brillant. Ich hätte dich nie erkannt.»

Nach der Weltverbesserung ging sie in die Küche und zauberte eine Flasche Zédé hervor.

«Gratulier mir zum Geburtstag.»

«Wenn ich das gewußt hätte, hätt ich dir was mitgebracht.»

«'n bißchen Weisheit wäre prima.»

«Glaub mir, wenn ich welche hätte, würd ich mich mit Händen und Füßen dran festklammern.»

«'n bißchen kriegt jeder ab. Ich hätte mit sechsundzwanzig anfangen sollen, meinen Alterungsprozeß umzukehren. Dann könnte ich jetzt als Sechzehnjährige volle Arbeit leisten. Heute weiß ich schließlich, woran man einen guten Mann erkennt und wie man ihn an Land zieht.»

Sie fing an, sich die Nägel zu lackieren. Die hatten sich beim Überfall auf ihre Bank in meinem Gedächtnis eingenistet. Jeder Nagel hatte eine andere Farbe. Am meisten hatte mich der schwarze beeindruckt, aber mir war aufgefallen, daß sich seine Position jede Woche änderte. «Ich hab für meinen ersten Freund damit angefangen», sagte sie. «Ein aufgewecktes Kerlchen – er starb, bevor ich einen Grund fand, ihn nicht mehr zu mögen, bevor er mich verletzen konnte. Er wurde so eine Art bedrohliches Ideal. Ich beschloß, ein Teil von mir solle seiner stets gedenken und ständige Trauer tragen. Nach und nach habe ich die anderen Farben hinzugefügt, das gesamte Spektrum: rot, orange, gelb, grün, blau, indigo, violett und weiß. Als Erinnerung daran, daß es im Leben noch andere Dinge gibt, und weil es meinen Chef auf die Palme bringt.»

«Und der unlackierte Nagel?»

«Man könnte sagen, der beweist, daß keine Theorie alles abdecken kann. Man könnte auch sagen, der trägt die Farben, die man nicht sehen kann.»

Die Waffen der Lauscher

«Nach meiner zweiten Scheidung entschloß ich mich, den Umgang zwischen Mann und Frau zu studieren. Du kennst die Bedeutung der Zahl drei; du weißt, was es heißt, wenn einem drei Ehen den Bach runtergehen. Deswegen werde ich nie wieder heiraten, selbst wenn mir damit was Brauchbares durch die Lappen geht.

Aber ich wollte mich nicht auf meine eigenen Erfahrungen beschränken, ich wollte die Sache ernst nehmen und richtig studieren. Ich brauchte das Privatleben anderer, um Vergleiche anstellen zu können. Deswegen habe ich eine Pension aufgemacht.»

«Was hast du gemacht – alle Zimmer verwanzt?»

«Genau.»

«Hast du was Interessantes herausbekommen?»

«Eher selten. Die größte Lehre war mir, wie schwer es ist, die Leute im Auge zu behalten. Es überrascht mich nicht im geringsten, daß die meisten Polizeistaaten sich an den Bettelstab bringen. Es ist so *anstrengend*. Die Ergebnisse waren so langweilig. Diese zwei Jahre machten mir erst richtig klar, wie erpicht Ehepaare aufs Streiten sind, bei der geringsten Kleinigkeit fliegen die Fetzen. Du kannst ohne weiteres hundert streitende Ehepaare auf einem Stecknadelkopf unterbringen. Und dann erst die Badezimmer; man kommt aus dem Staunen gar nicht raus, in welchem Zustand die Leute das Bad hinterlassen.»

Sie ging zu einer Kommode hinüber, zog einen gehefteten Papierstoß aus einer Schublade und reichte ihn mir.

«Aber nach dieser Sache hab ich's aufgesteckt. Ein Paar in den Zwanzigern. Franzosen, würd ich sagen. Aber sobald sie ihr Zimmer betraten, schalteten sie auf eine andere Sprache um.»

«Und was für eine?» fragte ich und blätterte die Papiere durch, bei denen es sich um eine phonetische Transkription handelte.

«Ich habe keine Ahnung, und interessanterweise konnte mir auch niemand weiterhelfen. Ich habe die Kassette und die Transkription an Universitäten in aller Welt geschickt. Egal welche Linguistikfakultät dir einfällt, ich habe sie ausprobiert. Von Albanien bis Zaragoza. Niemand hat auch nur einen blassen Schimmer.»

«Wie sah das Paar aus?»

«Wie ein junges französisches Ehepaar. Sie blieben eine Nacht lang. Durchschnittliche Aktivitäten. Ich habe Nachforschungen bei der Adresse angestellt, die sie mir dagelassen haben, kam aber auch nicht weiter als bei ihrer Sprache.»

«Schabernack?»

«Engel.»

«Gut romanisierte Außerirdische.»

«Ein Pauschalpaar. Ein Land mit zwei Staatsangehörigen.»

Weitere Enthüllungen

«Nebenbei bemerkt, als ich dich in der Bank gesehen habe, fand ich dich völlig fehl am Platz.»

«Nein, als ich dich in der Bank gesehen habe, fand ich dich völlig fehl am Platz.»

Sie ging wieder zu der Kommode hinüber. «Hier hebe ich mein ganzes Leben auf.» Das glaubte ich ihr gern; sie war ein ordentlicher Mensch. Sie fischte ein Bild heraus. Ein schlichtes Viereck, ein Schwarzweißphoto aus dem Automaten: eine aus dem Mittelpunkt verschobene Visage, das Gesicht eines jungen Typen, rund, unrasiert, verrutschter Kragen, die Augen auf vier Uhr, die Wulstlippen leicht grinsend – interessanter Härtefall.

«Das ist er. Brauste mit dem Motorrad ins Jenseits und ließ mich unbefriedigt mit anderen Männern zurück. Als ich dich in der Schlange sah, wußte ich, daß du zwar älter, fetter und Ausländer bist, aber zu mir zurückgekommen warst.»

Meine telephonisch nicht mehr erreichbaren Freunde 1.1

Mein Bewußtsein stützt sich auf das Telephon. Ich hebe den Hörer ab und vernehme sein elektronisches Schnurren.

Mir wird zunehmend klar, daß nur meine Freunde mir wirklich fehlen werden. Neben der Sintflut des Entsetzens, die mit der Aussicht einhergeht, zum Kadaver zu werden, stört mich am meisten die Vorstellung, die Handvoll Leute zu verlieren, mit denen man ein anständiges Gespräch führen kann. Man braucht ein ganzes Leben, um sie sich anzuschaffen. Der eigene Tod ist einfach, aber ihr Verlust ist schlimm.

Der Ton des Telephons ändert sich, wird ungnädig ob der mangelnden Nutzung.

Her mit den Päpsten 1.1

Es gibt (meines Wissens) keinen Schutzheiligen der Bankräuber. Sankt Calixtus (der im Jahre des Herrn 222 unter Ablassen von Luftblasen das Zeitliche segnete) böte sich an. Leitete eine Bank, und als deren Kapital sich verflüchtigt hatte, floh er aus Rom. Aber trotz dieses Malheurs übertrug Papst Zephyrinos ihm die Leitung eines bei Roms Ex-Bischöfen besonders beliebten Friedhofs. Zu gegebener Zeit entriß Calixtus ihm den Krummstab und wurde selber Pontifex Maximus. Moral: Lange Finger verhindern nicht unbedingt, daß man im Leben vor und nach dem Tode sein Ziel erreicht.

Her mit den Päpsten 1.2

Es gibt (meines Wissens) keinen Schutzheiligen für verlorene Posten. Sankt Zosimus böte sich an. Während seines Verscheidens war er so still, daß man ihn schon mehrmals im Sarg hatte, bevor er sargbar war. Moral: Wenn's so aussieht, als wär's vorbei, muß es noch lange nicht vorbei sein.

Mit den Päpsten klappt das nicht. Ich habe entweder nichts oder zuviel zu sagen; nichts auf Lager, was in einen Anruf paßt. Zusätzlich zu dem Gefühl, sie oder ich wären auf einen anderen Planeten versetzt worden.

Ich lege den Hörer wieder auf die Gabel. Ein Sorgen-Z bleibt mir im Halse stecken.

??????????????????????????????

Beutegang hat einiges für sich – man kann seine Arbeitszeit selbst einteilen und jederzeit kontrollieren, ob das Bett noch funktionstüchtig ist. (Wenn man dabei bloß nicht immer langjährige Haftstrafen in der Gesellschaft von Leuten riskierte, die mit Exkrementen zu vergleichen für die Exkremente extrem unfair wäre.)

Nachteile des Im-Bett-Bleibens 1.1

Mach ich schon fünfzig Jahre und hab noch keinen gefunden. Sagen Sie Bescheid, falls Ihnen einer einfällt. Die Faulheit bekommt selten, was ihr gebührt. Ich nehme an, ihre Jünger sind einfach zu faul, um Panegyriken zu ihren Ehren zu komponieren. Man will sie gratis, das läßlichste Laster. Grenzenlos, unentgeltlich, unerschöpflich, die Kaltfusion der Erniedrigung. Die Zeb. Man kann ihr überall frönen, und wenn man's richtig anstellt, bekommt auch keiner mit, daß man ihr frönt. Alles andere braucht Zeit, erfordert Material, kostet Geld. Faulheit gibt es, wie ein paar Ideen Gottes, überall. Und man kann sie nicht übertreiben.

Nachteile des Im-Bett-Bleibens 1.2

Ich gebe zu, man kann im Bett nicht trinken; außer wenn man am Tropf hängt. Die Belohnung dafür, den ganzen Tag auf der faulen Haut zu liegen (in der Hoffnung, daß sich brillante Ideen den Weg in die Welt durch den eigenen Geist bahnen), besteht darin, sich beim Aufstehen tugendhaft zu fühlen, weil man noch nichts getrunken hat.

Ich habe den Verdacht, die meisten Süchtigen wollen gar nicht aufhören (schließlich ist es unwahrscheinlich, daß man nach etwas süchtig wird, das man nicht mag), sondern suchen eine intakte Beziehung, jenen Kompromiß, den jedwede langfristige Partnerschaft braucht.

Ich mache einen Abstecher barwärts, zum Zouave. Wenn man einen Drink braucht, hilft nur ein Drink und nichts als ein Drink.

Als ich mich der Bar nähere, komme ich an einem Rettungswagen mit Blaulicht vorbei, der mitten auf der Straße steht. Eine ansehnliche Menschenmenge hat sich versammelt. Auf dem Asphalt wird jemand in eine Decke gehüllt; der Tod spritzt nur so heraus. Aus fünfzig Metern Entfernung und ohne abgeschlossenes Medizinstudium weiß man, daß das Opfer nicht durchkommen wird.

Ich traversiere den Bogen der Schaulustigen, werfe einen Blick auf die fußgängergetönte Windschutzscheibe eines Autos und ein paar Polizisten, die sich

Notizen machen. Nieselregen fällt, aber die Gemeinde rührt sich nicht vom Fleck.

Ich verstehe nicht, warum man jene, die bei solchen Vorfällen Klumpen bilden, oft als leichengeil geißelt. Darum geht es überhaupt nicht. Verstümmelte Körper haben wir alle schon gesehen – sie haben wenig Faszinierendes. Es liegt auch nicht am Lockruf der Zermatschten: Nein, niemand wird gern zum Zeugen, wie auf dem großen Stoßstangenaltar ein weiteres Opfer dargebracht wird. Nicht rumstehen – beistehen! Das gehört wie Wegweisen und Feuergeben zu den Gefälligkeiten, die man selbst Fremden nicht versagt.

In der Bar kein großer Heckmeck, einen doppelten Zamoyski. Die Innenausstattung ist schummrig, aber Kerzen auf den Tischen verbreiten romantisches Licht.

Ohne jegliche Präambel nimmt meine Seele den Expreßfahrstuhl in den minus vierzigsten Stock. Meinen Frohsinn habe ich weit zurückgelassen.

Ein Gedanke

Ein Gedanke hüpft mir im Schädel auf und ab: Bitte, bitte, bitte verrat mir, was hier abläuft, ich flehe dich an.

Man sollte meinen, nach ein paar tausend Jahren Hochleistungsdenken der heißesten Hirnschalen müßte die Branche langsam Fuß gefaßt haben. Aber wir stehen immer noch fassungslos vor der Fassade, seihen das Seiende. Dieselbe Flamme brennt für mich wie einst für Thales; wir haben die Ologien – Teleologie, Alethiologie, Eschatologie –, aber wir haben nicht den Fliegenschiß eines Beweises für das, was hier vor sich geht. Märchen alter Weiber, Traktate alter Philosophen, Predigten alter Geistlicher, ein paar abgelegte Anschauungen.

Zut alors

Ich starre in die Kerze. Sie wirkt so wirklich. Ich wirke so wirklich. Eine kleine Flamme, aber ausgelassen und zuversichtlich. Eines Tages stutzt mich vielleicht eine solche Flamme mitsamt einigen hundert Artgenossen auf meinen echten Wert zurecht. Staub, der den Kniff verlernt hat, mehr als Staub zu sein. Ztumhcs. Vielleicht sollte ich Anweisungen zu meiner Beseitigung hinterlassen, aber was mit meinen Überbleibseln geschieht, ist mir so egal wie das Schicksal eines zairischen Präriehunds. Daß ich vielleicht keinen Körper mehr habe, in dem ich aufwachen kann, das verdrießt mich.

Was sind die wahren Maßeinheiten? Wie praktiziert man geistige Liegestütze? Wie tut man Gutes, und wie weiß man, daß man es tut? Die Zwei trifft die drei Nullen, und immer noch haben wir die Wahl zwischen Selbstverleugnung durch die Nöte der anderen (Gefängnisse besuchen, Bäume pflanzen, Leprakolonien und Hochbetagtenheime gründen, Kinder erziehen), Selbstverleugnung durch Weltbilder im Sonderangebot – jenen Männern abgeluchst, denen der Himmel etwas ins Ohr flüsterte –, oder man entscheidet sich für einen Ismus.

Seit ihrer Neugründung im Jahre 1883 trafen sich die Pariser Zutisten in der Rue de Rennes 139 (gewöhnlich am Donnerstagabend). Sie waren Lyriker, die alles Zut nannten. Alle Ismen sind Zutismen; Synapsenjapser, die einem Antworten für jede Situation liefern, Füllwörter.

Trotzdem können es die Klinkenputzer Gottes in neun von zehn Fällen mit den Vernunftknaben aufnehmen, wenn es darum geht, den Geist zu isolieren, gegen Furcht abzudichten, gegen Abdichtung abzudichten. Offen gestanden, der Gedanke, Gott habe es gefallen, sich Anno Domini in einer Zimmermannsfamilie in Judäa zu inkarnieren oder einem Kameltreiber etwas zu verklickern, ist auch nicht verrückter als die subatomaren Scherze der Z-Bosonen.

Seit die Zivilisation enthüllt wurde, damals, als die Leute die letzten Frostbeulen aus der Eiszeit kurierten, seit dem Holozän lautet die Frage – wenn man die kultivierte Sprache abpellt –, was zum Zet ist hier eigentlich los, und was können wir dagegen tun?

Sind wir bloß Zauberstaub? Primus der Primaten? Ich finde, das Universum wäre verdammt viel Aufwand für reinen Schabernack.

Was haben wir Ideenjockeys bei unserem Begriffetraktieren herausbekommen? Es sind die Spinoffs der Philosophie, die Mathematik, Astronomie und Biologie, die Boden gewonnen haben und uns zum Trost gereichen. Weisheit hat noch nie über eine Lebensspanne hinausgereicht. Aber Tatsachen vermehren sich nach dem Schneeballprinzip. Nehmen Sie 10^{83}, angeblich die Zahl der Elektronen im Universum. Nehmen wir an, man hat sich verzählt, runden wir auf 10^{100} auf. Ein runder Googul. Kann die Branche eine Zahl vorweisen, einen Krakel, der so überwältigend, so allumfassend wäre? So wahr. So wohlgestalt. Wir kennen vielleicht ein paar Kniffe, aber wir kneifen vor ihrer Anwendung; unsere Warum-Fortsätze sind leer. Und sollte Zubiri mit seiner These recht haben, daß jene, die Physik betreiben, die Atomzertrümmerer und Stäubchenrabauken, uns metaphysisch aushungern, dann kann ich seiner Annahme nicht folgen, ausgerechnet unsere Branche hätte die Snacks im Angebot.

Im Gegensatz zu denen, die sich infolge von Trauer, Verlust und Scheitern ins Innerste der Welt vertiefen, wurde ich dafür bezahlt, das Ganze zu untersuchen. Ich bin heilfroh, daß es keine Instanz gibt, die das Geld zurückfordern kann. Viel hab ich nicht vorzuweisen: einen Stapel Bücher und das älteste Klischee der Welt: Was haben wir hier zu suchen? Doch Klischees sind ja oft die Wahrheiten, die uns langweilen.

Damit kann man sich befassen, bis der Verstand streikt; man kann auch einen Eimer hochheben, in dem man steht.

Wir kriegen es raus.

Ich sitze in dieser Bar voller Unglücklicher, die sich aufführen, als wären sie glücklich. Ich könnte mich dafür verbürgen, daß dieser Augenblick stark genug ist, um die Ewigkeit zu zermürben. Wird er nicht, heißt es. Vielleicht ist das Ganze bloß ein Jux. Vielleicht drehen sich plötzlich alle um und sagen: Ätschbätsch, Eddie! Wir spielen doch bloß, daß du sterblich bist. Wir haben deiner Unsterblichkeit nur die Augen verbunden.

Gegenwart 3.1 (oder irgendwo um den Dreh) Die Rückkehr der Vorschlaghämmer des Gesetzes 2.2

Der einzige Rat, den ich Ihnen anbieten kann, sollten Sie wieder mit Drehschwindel in einer fremden Wohnung aufwachen, wieder mit einem gut durchwachsenen Kater, wieder ohne sonderlich viel am Leib, wieder ohne jede Erinnerung daran, wie Sie dorthin geraten sind und warum, während die Polizei wieder mit dem Vorschlaghammer auf die Tür losgeht und Sie umgeben sind von Stapeln krummer Dinger, die es nie zur Rechtmäßigkeit bringen werden, während Sie sich auf dem Höhepunkt Ihres Renommees als der Bankräuber des Geistes befinden, lautet: (x) Sie werden feststellen, daß der Gedanke an die Teebeutel Sie nicht mehr so umtreibt, (y) Sie dürfen nicht versuchen, die statistische Wahrscheinlichkeit zu berechnen, daß dasselbe zweimal geschieht, weil Sie davon bloß Kopfschmerzen bekommen, und (z) es tröstet Sie zu wissen, daß so was in einem endlichen Universum unmöglich wieder passiert.

Ich ging natürlich davon aus, daß die Reihe von Banküberfällen sie zu mir geführt hatte.

Der Trupp war wohlerzogen. Sie schubsten mich eher halbherzig herum, allerdings nehme ich an, daß ich auch keine große Bedrohung darstellte: schlaftrunken, alt, beleibt, schmuddelig, für einen ernstzunehmenden Ruf zuwenig Veröffentlichungen, eine Baseballkappe auf dem Kopf (aus der seitlich eine Hand ragte, die einen Stoffhammer auf den Scheitelpunkt der Kappe niedersausen ließ) und eine Unterhose, die mit Kinderbuchzebras bedruckt war.

Ich weiß, ich bin spät dran damit, noch groß über Würde nachzudenken, aber die Kinderbuchzebras machten mir zu schaffen. Wenn man das Ende seines Weges erreicht hat, will man nicht dumm dastehen, genauer gesagt, wenn man schon dumm dasteht, will man nicht allzu dumm dastehen. Die Unterhose war mir auf geheimnisvolle Weise aus dem Trockner eines Waschsalons in die Hände gefallen, und wissen Sie, im Grunde habe ich ja nichts gegen Kinderbuchzebras, es kann durchaus sein, daß man mal auf modische Kinderbuchzebras stößt, aber das hier waren blöde Zebras von einem blöden Designer in blödem Druck. Wenn man auf Dauer in den Bau wandert, möchte man nicht, daß die festnehmenden Beamten einen wegen der Unterwäsche auslachen. Man hat mich wahrlich schon mit mancherlei Epitheta bedacht: der Fusologe, der ungesellige Elefantenbulle in der Archäologie des Wissens, der philosphische Hardliner, aber der Träger mißglückter Kinderbuchzebraslips war bislang nicht dabei.

Dann sprachen mich die Polizisten auf deutsch an.

Der philosophische Hardliner 1.1

Das meiste, was einem als Verdienst angerechnet wird, hat man gar nicht verdient. Bei anderen wird das von Dingen aufgewogen, die man sich als Verdienst anrechnet, die aber nie zur Kenntnis genommen werden; ich für mein Teil kann mich an keine im dunklen gebliebenen, unbejubelten Heldentaten erinnern, bin jedoch für Hinweise jederzeit dankbar. Mein Ruf als Raufbold der Ionier beruht auf reinem Zufall.

Der Ort des Geschehens war Oxford, die Zeit das verlängerte Wochenende einer Konferenz über die Philosophie des klassischen Altertums, die mit einem Vormittagsseminar über den Wandel und die Ionier zu Ende ging (Thales, die Anaxe, Heraklit). Mich ausgenommen, konnten alle den Zusammenstoß kaum erwarten, denn Zwanziger lief Sturm gegen meine (eher dürftigen) Thesen. Ob man's glaubt oder nicht, solche Sachen können die Leute bei einer Philosophenkonferenz auf Trab halten. Heraklits Fluß: ich für Entwicklung, Zwanziger dagegen. Das gehört zu den beliebtesten philosophischen Spektakeln, die subtile Form des «Ist er wohl!» – «Ist er gar nicht!» Der akademische Straßenfeger.

Am Vorabend, auf dem Weg zu meinem Zimmer, grübelte ich darüber nach, ob ich mir erst die Koksstraße reinziehen und dann den russischen Wodka wegrüsseln oder mich lieber vorweg mit einem Joint aufwärmen sollte, und wie sich wohl eine Flasche Wein harmonisch in dieses Ensemble einpassen ließe. Tief in diese Träumereien versunken, stieg ich die Treppe empor und durchschritt eine Brandschutztür (meinen Informationen zufolge dienen Brandschutztüren der Verbesserung der öffentlichen Sicherheit). Aufgrund meiner Berechnungen, welche Stimulantien mir am Vorabend eines Seminars über den Wandel am besten bekämen, ging ich nicht der Frage nach, was mit der Brandschutztür geschah, nachdem ich sie geöffnet hatte.

Nachdem ich sie geöffnet hatte, kehrte die Brandschutztür in ihre Ausgangsposition zurück und knallte Zwanziger eins vor den Latz, der direkt hinter mir ging und als Betthupferl auf einem Tablett ein Fünftel Dundee-Torte und eine Kanne heißen Tee balancierte. Zwanziger zog meine Aufmerksamkeit auf sich, als er in Begleitung der zerbrechenden Teekanne kreischend die Treppe hinunterstürzte. Ein Schädelbasisbruch, ein gebrochener Arm, ein gebrochenes Bein und ein verbrühtes Gemächt waren die Folge seines doppelten Rittbergers treppabwärts.

Während er zum Krankenwagen geschoben wurde, fand Zwanziger noch Zeit, mich zwischen Schmerzensschreien ziemlich taktlos als Auslöser seiner Verletzungen anzuprangern. Das Interessanteste dabei waren die Blicke, die mir die anderen zuwarfen, während Zwanziger abtransportiert wurde. Sie waren keineswegs tadelnd oder vorwurfsvoll, sondern voll des Staunens und der Bewunderung: Wer dem eigenen Thema in die Quere kommt, den knöpft man sich vor und zerlegt ihn in seine Einzelteile. Nicht lange fakkeln. Junge, hab ich Einladungen zu Konferenzen bekommen.

Vorschlaghämmer des Gesetzes in der Gegenwart 2.21

Als der Chefzarp mich auf deutsch anredete, wurde ich nervös. War ich auf meiner Sauftour wirklich bis nach Deutschland gekommen? Ich replizierte mit einigen teutonischen Grunzern vom Fußboden. Ich fragte mich, ob sie im Knast wohl Sachen von Schiller oder Hölderlin hatten, denn ich war nie dazu gekommen, die beiden zu lesen.

Aber als ich in die Sonne Marseilles hinausgeschleift wurde, noch immer nicht ganz Herr meiner Verstandesprozesse und der hereinflutschenden Sinnesdaten, wurde mir klar, daß ich von Franzosen hopsgenommen worden war, die aus unerfindlichen Gründen ihre Deutschkenntnisse perfektionieren wollten.

Auf den Gedanken, ich könnte aus Gründen festgenommen worden sein, die nichts mit meinen ungenehmigten Abhebungen bei französischen Banken zu tun hatten, kam ich gar nicht. Ich war richtiggehend erleichtert. Marseille wurde mir langsam zuviel. Ich freute mich regelrecht auf eine Zeit hinter Schloß und Riegel, da ich mich inzwischen zu der Schlußfolgerung durchgerungen hatte, daß ich ernsthaftes Schreiben nur per Einbuchtung schaffen würde.

Mir kam die Konversation entschieden zu früh am Tag. Auch meine Häscher waren nicht sonderlich gesprächig, fragten mich nur, wo sich ein gewisser Angoulême befinde. Ich beschränkte mich im wesentlichen aufs Grunzen, und dann widmete ich mich dem unorganisierten Erbrechen (in Handschellen doppelt abstoßend), eine vergleichsweise verspätete und fehlgeleitete Geste meines Körpers, sein Hopfengift zu evakuieren und meiner Leber eine Nachtschicht zu ersparen. Das Comeback der Drinks setzte unserem Disput einen Dämpfer auf und brachte die Kommunikation zum Erliegen.

Dafür daß ich offenkundig wie das alte Wrack aussah, das ich war, behandelten sie mich fast höflich. Nach und nach wurde ich soweit wach, daß ich Mitleid mit mir selbst, meiner Leber, meinem Weltranglistenplatz und (im Stil einer Krebshilfeschirmherrin) Flüchtlingen aus der ganzen Welt aufbringen konnte.

Weisheiten von Stukkateuren mit tätowierten Penissen:

Ich habe oben die Predigt vergessen, die mir mein Ko-Knacki im Knast von Mile End hielt. «Leg nie ein Geständnis ab. Verpfeif dich nicht. Die werden für ihre Arbeit bezahlt; also erledige du nicht ihren Job für sie. Und unterschätz nie ihre Dummheit. Wenn die ein Gehirn zwischen den Ohren hätten, würden sie ja nicht hier arbeiten, hab ich recht?»

Ich hätte fröhlich alles unterschrieben, nicht nur die Verantwortung für die Banküberfälle übernommen, sondern auch für den Zustand der englischen Küche, die Entnasung der Sphinx, den Südseeschwindel, die Schleswig-Holstein-Krise, die Flecken der Rohrkröte, die Brandstiftung in der Bibliothek von Alexandria und die finale Entsorgung Rasputins.

Was nur beweist, wie sehr man aufpassen muß, sobald man glaubt, man wisse, was Sache sei. Z. B.:

Weitere Vorschlaghämmer des Gesetzes in der Vergangenheit (ohne Aufpreis)

Der einzige Rat, den ich Ihnen anbieten kann, wenn die Polizei mit dem Vorschlaghammer auf die Tür losgeht (und Sie in keiner fremden Wohnung, sondern nüchtern und bekleidet sind und sich wie ein Genie an

Ihre jüngsten kriminellen Aktivitäten erinnern), lautet: Vergewissern Sie sich, daß die keinen plausiblen Grund, besser noch gar keinen Grund für ihren Gewaltstreich haben.

Die Polizei glaubte, sie habe einen plausiblen Grund. Sie hatte sich am Flughafen an meine Fersen geheftet. Ich war aus Kolumbien eingeflogen und hatte in einer präparierten Ausgabe von Diogenes Laërtius' *Leben, Ansichten und Aussprüche der berühmten Philosophen* vier Kilo Kokain dabei.

Zak, für den ich als Kurier tätig war, lieferte sich nur ein einziges Mal ein Scharmützel mit den Bullen, nachdem er das Gaspedal etwas übereifrig durchgetreten hatte, aber seine Gesetzesübertretungen hätten ihm bei sorgfältiger Addition ohne weiteres eine Million Jahre Sing-Sing eingebracht. Er sah aus, als hätte er einen kompletten Kormoran verschluckt, ungerupft und ungebraten.

Warum hatte ich das getan? Jedermann teilt seine Hobbies gern mit anderen, und Zak war scharf darauf, mich im Metier der Konterbande zu unterweisen (obwohl er Rauschmittel eher als die Niederungen des Gewerbes und die unvergängliche Dämlichkeit als größte Tugend des Kuriers ansah). Es waren Sommerferien, und noch war ich nicht bei der Stiftung wegen möglicher Unterschlagungen vorstellig geworden.

Ich war über das Auftauchen der Oberfilzer genauso erstaunt wie Zak, aber als sie mich zu Boden warfen, freute ich mich fast schon über sie, weil ich zuvor monumentales Unbehagen verspürt hatte, Zak irgendwann erklären zu müssen, daß ich die vier Kilo auf dem Weg zu seiner Wohnung in der U-Bahn verloren hatte.

Wenn ich «verloren» sage, kann ich den Verlust nicht authentifizieren. Die Einkaufstasche mochte gestohlen worden sein. Sie mochte sich zur spontanen

Selbstvernichtung entschlossen haben. Als ich im Lift zum Belsize Park stand und mit meinem Gepäck kämpfte, sah ich wie schon hundertmal zuvor nach unten, um zu prüfen, ob sie noch da war, aber sie war nicht mehr da. Die Tasche befand sich außer Reichweite meines ontologischen Spürsinns.

Angewidert machte sich meine Leichtgläubigkeit auf und davon. Korinthische Säulen der Skepsis schossen empor. Obwohl ich schon ein ganzes Leben mit mir verbracht habe, konnte ich es nicht fassen.

Die Polizei auch nicht. Kein Dielenbrett blieb unverrückt, keine Körperöffnung unausgeleuchtet. Zak konnte es auch nicht fassen. Später räumte er ein, meine Eskamotage, mir den Schnee vom Hals zu schaffen, ohne daß die Polypen es mitkriegten, hätte ihm die Sprache verschlagen: «Du bist ein Naturtalent.» Seine Dankbarkeit war grenzenlos. Ich wollte das bloß mal gesagt haben, denn wenn auch noch so viel Grips einen nicht vor Blödheit schützt, kann Blödheit einen doch gelegentlich vor den Greifern schützen (einer von Zaks Kontaktleuten hatte uns verpfiffen).

Vergessen wir nicht die Vorschlaghämmer des Gesetzes in der Gegenwart 1.1 oder

Wie man sich selbst aus dem Grab schaufelt 1.1

Da saß ich nun duselig und fuselig auf einem der schönsten Polizeireviere von Marseille und fand mich meinem Vernehmungsbeamten gegenüber, der soeben den Raum betreten und einen Paß auf den Tisch geknallt hatte.

Einen deutschen Paß. «Ihr vollständiger Name?» Da begriff ich, wie der Hase lief, und wechselte die

Gangart. Ich hatte soeben höflich werden und ihnen meine Glückwünsche zur Festnahme entbieten wollen, so viel Geständnis ablegen, wie sie verkraften konnten, danach wollte ich nichts als ein Nickerchen und ein paar Fressalien, oder ein paar Fressalien und ein Nickerchen, da war ich nicht pingelig.

Aber der Paß. Ich betrachtete den Paß und merkte, daß er mein Passierschein aus dem Knast sein konnte. Es fehlte nicht viel. Mein Verlangen, nachzugeben und dem Zig eine Karriere und sein Glück zu verschaffen, war kaum zu bremsen (weil ich halb schlief, halb tot und halb plemplem war und meiner gegenwärtigen Lage im Universum gleichgültig gegenüberstand). Ich hatte einen Kater, und der Versuch, mich hinauszubluffen, erschien mir grotesk.

Glücklicherweise war ein Drittel meines psychischen Triumvirats mit der Idee, hinter Gitter zu wandern, nicht einverstanden. Also nahm ich all meine Kraft zusammen, zeigte dem Drang zur Selbstaufgabe die kalte Schulter und log, wenn nicht ohne Mühe, so doch mit Erfolg.

«Mein Name ist Robert Oskar Krüger», antwortete ich.

Der Anblick des Passes genügte, um mir den Weg hinaus zu weisen, er war mein Ausreiseführer. Das fehlende Feixen meines Gesprächspartners, das Ausbleiben einer sarkastischen Grimasse oder eines Einspruch heischenden Mienenspiels ermutigten mich. Ich lehnte den angebotenen Übersetzer ab (ich wollte nicht, daß jemand aufkreuzte, der so gut Deutsch sprach, daß er mir als Pseudokrautfresser auf die Schliche kam) und rüttelte wie wild an ziemlich verklemmten Schubladen in meinem Hinterkopf, um herauszufinden, ob ich irgendwelches Belastungsmaterial bei mir gehabt hatte, als ich mich auf den Streifzug nach meinem Kasten belgischen Biers begeben hatte. Ich war sicher, daß ich einen meiner eigenen Pässe bei mir hatte (was den Spaß einigermaßen verderben konnte), aber vielleicht hatte ich ihn verloren.

Robert Krüger: ein gerade recht kommender Deutscher mit locker sitzendem Paß

Hubert hatte mir ganz aufgekratzt seinen Paß gegeben. «Noch handwarm vom Touristen.» Er war süchtig nach gefälschten Ausweisen. Und der bestgefälschte Ausweis ist natürlich der nicht gefälschte. Deswegen hatte sich Hubert über seine letzte Akquisition ja so gefreut, aus deutschen Taschen frisch auf den Tisch. Weil die Kennzeichen von Herrn Krüger genau auf mich paßten und Hubert zu Recht fand, daß er mir gut stand.

Freilich hätten mich die meisten alten, aufgedunsenen, calvitösen Deutschen doubeln können, und selbst wenn er kein Doppelgängermaterial gewesen wäre, hätte man angesichts meiner beiden Veilchen und des Barts, den ich mir hatte stehen lassen, eine Röntgenkamera gebraucht, um den Unterschied zu bemerken.

Unter ständigen Lobliedern auf mein Französisch rezitierte ich auswendig Krügers Personalien. Er war Zwilling wie ich. Ich gab seine Büroadresse und -telephonnummer in Zirndorf zu Protokoll, seine private Telephonnummer und sein Hotel in Marseille. Unregelmäßige Verben, Adressen und Telephonnummern waren schon immer meine Stärke.

Ich habe Etappen meines Lebens in einem Ausmaß verlegt, das manch einer beängstigend finden mag (1987 zum Beispiel ist eine harte Nuß), aber ich habe immer noch die Telephonnummer des ersten Mädchens im Kopf, mit dem ich ausgehen wollte. Ich erinnere mich an die Nummer und daß sie mich abblitzen ließ, nur ihr Name fällt mir nicht mehr ein. An ihre

Nummer erinnere ich mich hauptsächlich, weil ich im Lauf einer Woche sechs Siebtel davon zweihundertmal wählte, bevor ich den Mumm aufbrachte, die letzte Ziffer hinzuzufügen. Das wurde zu meiner unentbehrlichen Partyeinlage, etwas gezwungen, weil ich ständig die Adreßbücher, Unterlagen und Terminkalender verlor, in denen andere Leute derlei Informationen aufbewahren. Zur Verteidigung des Sitzes der Gelehrsamkeit, auf dem ich mir den Hintern plattgesessen habe, möchte ich hinzufügen, daß man in Cambridge unter Umständen einen Job bekommt, wenn man arbeitsscheu, verlogen, abstoßend, phantasielos, langweilig, ungeeignet, versoffen, verrückt, schlecht gekleidet oder übelriechend ist oder über eine beliebige Kombination dieser Charakteristika verfügt, aber nicht wenn man begriffsstutzig ist oder kein (zumindest periodisch auftretendes) gutes Gedächtnis hat.

Während mein Französisch weiterhin hymnisch gepriesen wurde, erklärte ich, wie ich vor ein paar Tagen zusammengeschlagen worden war (nein, ich hatte es nicht zur Anzeige gebracht – ich wollte die Polizei nicht damit belästigen, was stimmte), danach auf Kneipentour ging, irgendwo die falsche Abzweigung von der Realität genommen hatte (stimmte weitgehend) und keine Ahnung hatte, wie ich als Schausteller minderwertiger Kinderbuchzebras in dieser Wohnung gelandet war; anscheinend war ich unabsichtlich in schlechte Gesellschaft geraten, und es tat mir furchtbar leid, nicht weiter behilflich sein zu können.

Sie stellten mir allerlei Fragen nach Angoulême und der Sore. Dann fragten sie mich noch mal, nur um zu prüfen, ob ich es mir anders überlegt hätte. Damit fuhr ich ganz gut, denn meine Version war ein solides Nein, mit Nein gekrönt und einem Gratisnein als Souvenir. Ich selbst wäre mir meiner Wahlidentität nicht so sicher gewesen, aber die Zahlen schienen ihnen zu reichen. «Ach, ich arbeite jetzt freiberuflich und mische ein wenig im Bankwesen mit», hatte ich auf die Frage nach meinem Beruf gesagt, da Krügers Brieftasche keine entsprechenden Hinweise enthielt.

Der Anzug schrieb alles mit. Er war jung, elegant, und für den Anzug mußte er ein halbes Jahr gespart haben. Es war ein Anzug, der die Bewunderung all jener auf sich zieht, die (wie ich) wenig oder keine Zeit für Mode haben, ein Anzug, der nicht einfach getragen wird, sondern dem Vergessen eins mit dem Rohrstock überzieht. Der Mann sah insgesamt zu gut aus (mit seinem Profil hätte man Steine brechen können) und war zu breitschultrig für einen Polizisten. Der Anzug verriet ihn; wie die Armee zieht die Polizei Leute an, die mit Kleidungssorgen und -nöten wenig am Hut haben. Der Anzug wies einen Mann aus, der jeden Morgen aus einer anderen Richtung zur Arbeit kommt, aber all diesem Segen zum Trotz verhielt er sich dem pummeligen Philosophen, seinem deutschen Widerpart, gegenüber absolut comme il faut.

Der Anzug ließ sich seine Enttäuschung nicht anmerken, aber das ist der Segen eines gesunden Klimas; man kann sich nur begrenzt aufplustern. Wäre ich in Boulogne geschnappt worden oder sonst einer düsteren Stadt im Norden, die nur Hyetologen begeistert, hätte man mich ausgestopft und als Trophäe an die Wand genagelt. Sie waren nicht dumm, aber sie waren vom Sittendezernat, sie hatten ihre eigenen Anliegen, ihre Fensterscheiben wurden von anderen Zielen getrübt.

Ich stand ihnen Rede und Antwort. Es war einer dieser zweifarbigen Augenblicke, wo unglaubliches Glück und Pech vor den Augen durcheinanderwirbeln. Auf den ersten Blick ist es ein schwerwiegendes Mißgeschick, wenn man geschnappt wird, nur in Kinderbuchzebras gewandet, die man nicht einmal seinem ärgsten Feind wünscht; und die meisten würden daraufhin sofort der Flasche abschwören. Führt man sich hingegen vor Augen, wie emsig zwei Hundertschaften der Polizei meine Leibhaftigkeit suchten, durfte ich mich zur Avantgarde der Glückseligen zählen, als ich das Polizeirevier schließlich verließ.

Hätte jemand wirklich gut Deutsch gesprochen, dann wären meine Hoffnungen julienniert und in Scheiße sautiert worden.

Haftfiasko

Mich verblüffte so einiges: Man hatte meine Fingerabdrücke registriert. Na ja, die konnten sie ja nicht ordentlich überprüft haben. Warum wußten sie nicht, daß Krügers Paß geklaut war? Aus seinem Zimmer verschwunden. War es Krüger nicht aufgefallen? War er nicht dazu gekommen, den Verlust zu melden? Oder sorgte sich hier jeder nur um seinen eigenen Kram? Die Paßbrigade kümmerte sich um Pässe, der Anzug kümmerte sich um Angoulême, der Korse kümmerte sich um Bankräuber, und keiner erzählte dem anderen etwas? Die Fragezeichen hatten Betriebsausflug.

Obwohl ich über zwanzig Jahre lang eklatant darin versagte, meinen Job anständig auszuüben (meistens sogar, ihn wenigstens unanständig auszuüben), fand ich es einfach empörend, daß andere den ihren einsargten. Der Wunsch zu schreien, «ist es denn nicht sonnenklar, wer ich bin?», rüttelte an den Gittern.

Ich schätze, sie hätten die Nummern anrufen können, die ich ihnen genannt hatte, um die Existenz eines Robert Krüger zu bestätigen; sie hätten beim Hotel nachforschen können, in dem Herr Krüger wohnte, und wie auf Bestellung wäre Krüger gerade ausgegangen.

Vielleicht gibt es Tüchtigkeit nur in der Phantasie, wie das Einhorn oder den Ziphius; oder es handelte sich um eine Fata Morgana, die man nur von weitem sieht. Aber ich kann nicht verhehlen, daß ich ein bißchen enttäuscht war.

Zu Mittag aß ich ein leckeres Omelette. Als Beilage gab es zwei Portionen Salat, weil der Gast in der Nachbarzelle seine verschmähte. Als ich seine Ablehnung vernahm, bot ich unverzüglich meinen Magen als Bestimmungsort an. Ich brauchte einen zweiten Anlauf, um die Zusammensetzung des Dressings auseinanderzufieseln, und war fest entschlossen, den Koch nach seinen Tricks zu fragen, denn es enthielt etwas, das meine Geschmacksuntersuchungen unterlief und foppte. Während ich den Salat verspeiste, beobachtete ich eine Zebraspinne *(Salticus scenicus)* bei ihrer Suche nach einem Snack in meiner Zelle.

Als der Anzug und seine Trabanten eingesehen hatten, daß ich zu keinem Gerichtsverfahren taugte, behandelten sie mich sehr zuvorkommend. Sie boten mir die Fahrt nach Hause und einen Anruf bei meiner Frau an. Ich lehnte dankend ab und sagte, ich wolle einen Verdauungsspaziergang machen. Wir schieden voneinander, ich wurde ein letztes Mal für mein Französisch gelobt, und sie verliehen ihrer Hoffnung Ausdruck, meine Pechsträhne möchte mich nicht davon abhalten, den Rest meines Frankreichurlaubs zu genießen. Ich bedankte mich artig und ließ die Baseballkappe mit dem Vorschlaghammer liegen, damit ihr rechtmäßiger Besitzer sie abholen konnte.

Draußen

Ich hatte gemischte Gefühle, als das Tageslicht, die frische Luft und ich aufeinandertrafen. Meine Amnestie war so ungeheuerlich, daß ich sie im Falle einer weiteren Festnahme benutzen konnte, um mir den Weg in die Freiheit oder in ein komfortableres Gefängnis zu erpressen.

Aber während ich hinausspazierte, stiefelte mir ein anderer Gedanke durch den Kopf. Daß die Polypen nämlich gar nicht weggetreten waren, sondern ultra-aufgeweckt, und mich nur auf freien Fuß gesetzt hatten, um so auch die andere Hälfte der Denkerbande in die Finger zu kriegen: Hubert. Sie wollten mir folgen und uns beide kaschen. In meinem Ideenbrutkasten schlüpfte plötzlich die Befürchtung, ich würde verfolgt.

Eine prächtige Freitreppe führte zum Polizeipräsidium hoch, und während ich sie hinabschritt und noch mit dem Gedanken liebäugelte, ein Treffen mit Hubert unter allen Umständen zu vermeiden, denn es könnten Polizistenaugen mir über die Schulter limousinieren, fiel mir eine Gestalt ins Auge, die die Treppe heraufstieg und Hubert wohl deshalb auffallend ähnlich sah, weil es Hubert war, der einen für diese Hitze reichlich extravaganten Trenchcoat trug. Aus einer Tasche des Trenchcoats linste Thales heraus.

«Ich hätte wissen müssen», sagte er triumphierend, «daß dich kein Polizeirevier halten kann.»

Ich ging entschlossenen Schritts an ihm vorbei, tat so, als habe Hube keinerlei akustische oder visuelle Auswirkung gehabt.

Aber er stürzte sich auf mich. «Wie bist du ihnen entwischt, Prof? Ich wollte dich gerade rausholen», sagte er in einer Lautstärke und Deutlichkeit, die für einen gesuchten Bankräuber auf der Treppe eines großen Polizeireviers erstaunlich waren. Er öffnete seinen Trenchcoat und brachte ein kleines Waffenarsenal zum Vorschein. «Aber ich hätte mir gleich denken sollen, daß du ihnen über bist. Neben dir stehen die Langstrafer da wie alte Weiber.»

«Hau ab!» zischte ich, ohne den Mund zu bewegen.

Aber mein Versuch, mich von Hube zu distanzieren, fruchtete nichts.

«Was ist denn los?» fragte er.

«Scher dich zum Teufel», durch geschlossene Lippen.

«Das find ich ja nett», spielte er nun die Mimose. «Undank ist der Welt Lohn. Ich bin bereit, für dich mein Leben aufs Spiel zu setzen, und was hab ich davon? Ich werde weggeworfen wie ein abgebranntes Streichholz. Was ist denn los mit dir?»

«Gar nichts, du Schwachkopf! Ich versuch bloß, mich wie ein Profi zu benehmen», explodierte ich. Wir zeterten uns an, als ein fülliger Mann, der mich an Krüger erinnerte, die Treppe hochkam und dabei jenen großen Bogen um uns machte, mit dem man Menschen bedenkt, deren Hobby es ist, sich in aller Öffentlichkeit wütend anzuschreien.

Huberts Version

Als ich mich vormittags nicht zu unserem Rendezvous eingefunden hatte, war er in der Annahme zu Jocelyne gefahren, ich hätte mich dort verheddert und würde wie wild meine Scholle beackern. Jocelyne erklärte ihm, sie mache sich Sorgen, seit der Korse angerufen und nicht nur das Angebot aufgefrischt hatte, seine Lenden näher an Jocelynes heranzuschubbern, sondern auch hämisch verkündet hatte, man habe den fetten Briten ausfindig gemacht, der vom Angestellten einer denkerbandagierten Bank identifiziert worden sei. Er wohne in einer Pension und würde nach seiner Rückkehr dorthin dingfest gemacht. Die ganze Nacht lang war Jocelyne auf der Suche nach mir durch die Gegend gefahren, aber da ich selbst nicht wußte, wo ich war, war es kaum verwunderlich, daß auch sie mich nicht fand.

Nachdem er die Krankenhäuser abgeklappert hatte, telephonierte Hubert unauffällig herum, ob ich im Kittchen saß, und fand heraus, daß sich ein Krüger in Untersuchungshaft befand. Er beschloß einzugreifen. «Was hattest du vor?» – «Herausfinden, was passiert war.»

In seiner Umsicht hatte Hubert überdies meiner Pension einen Besuch abgestattet und die dort herumstreunenden Zivilbullen entdeckt.

Eddies Edifikationen

Am besten vermeidet man die Verhaftung durch jemanden, der große Sehnsucht danach hat, einen für laaange Zeit zu verknacken, indem man sich von jemand anders verhaften läßt.

«Wie lange, meinst du, warten sie?»

«Lange. Die Überstunden rechnen sich.»

Bankraub

Wir verspäteten uns, weil wir die Bank in der Vorstadt nicht finden konnten, die uns ein Freund Huberts als ausgesprochen pittoresk empfohlen hatte; außerdem war sein Schwager, den er von Herzen haßte, dort Filialleiter. «Ich sehe nicht ein, warum wir keine Wünsche erfüllen sollen», meinte Hubert. Banklos fuhren wir durch die Gegend; entweder waren wir vom Weg abgekommen oder die Bank.

Hubert fuhr; er bestand darauf, anzuhalten und sich auf einer Polizeiwache nach dem Weg zu erkundigen. Er betrat sie mit Thales in seinem maßgefertigten Käfig, während ich mich im Wagen zusammenkrümmte (noch immer wehleidig leidend vom letzten Körper-kontra-Stiefel-Wettstreit) und wußte, daß Protestieren nichts half. Trotz seiner kürzlich entdeckten Vorliebe für Vernunft war er so vernünftig wie ein Gutier aus der Zagros-Kette. Aber Hube kam zurück.

«Reine Routinesache. Mußte zehn Minuten warten, bis sie die dringenden Sachen erledigt hatten, Papiere aufschichten und nachsehen, ob der Kaffee durchgelaufen ist. Ich frage nach dem Weg. Sie haben keine Ahnung. Fragen die Kollegen. Telephonieren. Funken. Kritzeln kleine Kreise in der Hoffnung, die könnten ihnen die Antwort verraten. Erkundigen sich nach der Ratte. ‹Ein Experiment›, sage ich. Nach ausgiebigem Nachdenken schaffen sie einen Witz: ‹Und wir dachten, Sie wollten eine Fundratte abgeben.› Schließlich erfinden sie ein paar neue Himmelsrichtungen, weil sie mich loswerden wollen.

Ich postier mich neben meinem Fahndungsphoto. ‹Das bin ich›, sag ich. ‹Was kriege ich, wenn ich mich stelle?› frag ich. ‹Wir haben zu tun›, sagt einer und holt sich einen brandeiligen Kaffee. Und da sagt man immer, die Gefängnisse stecken voller Dummköpfe.

Wir sind unsichtbar. Unbesiegbar. Und unterwegs.»

Er gab Gas und warf Thales eine Schokoladenrosine zu. So ist das Leben – da zeugt man nun Wissenschaft und Philosophie des Abendlandes, und gut zweieinhalbtausend Jahre später taufen zwei Scherzkekse eine Ratte nach einem.

Wir stießen auf einen Mann mit zwei Kindern auf dem Arm, im Schlepptau zweier Frauen, die verdächtig nach Gattin und Schwiegermutter rochen. Er verriet uns den Weg zur Bank und fügte in verschwörerischem Flüsterton hinzu: «Falls es noch nicht zu spät ist: Egal, was ihr macht, Jungs, laßt das Heiraten.»

Wir hatten den Gebrauch des Wortes Sinnlichkeit bei Lamettrie diskutiert, und Hubert wollte den nächsten Boj *en philosophe* durchziehen, aber mir fiel kein anständiger Ansatz ein.

Für eine Firma, die sich einen solchen Namen gemacht hat, haben sie bei Lichte besehen sehr wenig zum Ideenhügel beigetragen. *Les Philosophes.* Ich weiß, bei einem Mann, der Schwierigkeiten beim Schreiben eines Einkaufszettels hat, klingt das etwas dick aufgetragen, aber es ist trotzdem rhaw.

Zozo Voltaire: ein Mann ohne einen eigenen Gedanken. Klar, er hat 'ne Menge Schauspielerinnen flachgelegt, war ein astreiner Salonlöwe, und man wird ihn noch lesen, wenn Eddie Coffin und sein Weltranglistenplatz längst vom Winde verweht sind. Rousseau: ein Mann, der aus reiner Bosheit Karriere machte und der einen Ballon zum Mars langweilen konnte. Was den Rest angeht: ein Haufen unfähiger Chemiebaukastenspieler, die es im Gegensatz zu Bacon leider nicht geschafft haben, sich umzubringen. Die einzigen, für die ich Zeit aufbringe, sind Diderot (weniger sein Denken als sein Stil) und Lamettrie, weil einer, der sich zu Tode futtert, einfach ernst genommen werden muß.

Und der Grund, warum die Jungs so populär sind, liegt ohne Frage nicht darin, daß sie soviel in unseren Ideengewölben eingelagert hätten, sondern weil sie die mutmaßlichen Produzenten einer der größten Shows auf Erden waren: der Französischen Revolution. Das weiß doch jeder Schriftsteller: Sex und Gewalt bilden eine zeb Kombination.

Historiker und Belletristen stehen auf Metzen, Met und Metzeleien, weil ihr eigenes Leben so trübe und tümplig ist. Und das Herumgurken zwischen Fete und Lethe wird ohne Frage noch pikanter, wenn alphabettelnde Kollegen, die Ideenjunkies der büchergebärenden Klasse am Ruder sitzen. Obwohl der Terreur die Epoche pachtete und auf sein Recht pochte, landeten doch bloß ein paar tausend Aristos und Advokaten unter der Guillotine: Warum bekommen wir nichts von den Abermillionen chinesischer Bauern zu hören, die schlichtweg verhungern?

Ganz einfach: (x) sie waren Bauern, (y) es wurde nichts archiviert, (z) es kamen grade keine Romanciers des Weges, und (zz) die Recherchen in einer Stadt mit guten Restaurants machen mehr Spaß.

Warum die Moderne (ein Wort mit nichts drin) so oft an das Jahr 1789 gepflockt wird, ist mir zu hoch (obwohl ich genauso gern in französischen Restaurants esse wie jeder andere Akademiker). 1776 ist ein viel besseres Datum. Da hat man doch mal ein Konzept, das aufgegangen ist: die Vereinigten Staaten von Amerika, der einzige Staat der Weltgeschichte, der die Armen importiert und die Behämmerten und Dissidenten hofiert hat, der einzige Staat der Weltgeschichte, der die Macht hatte, der Welt seinen Willen aufzuzwingen, und es nicht getan hat.

Enredom Welt

Es gehört nicht gerade zum gängigen Wissen, aber für mich wurde die Moderne 1759 in der ostpreußischen Stadt Königsberg (heute degeneriert und entgermanisiert) eingeläutet, in einem Wirtshaus namens Windmühle.

Ach ja?

Ja. In der Windmühle pflegten sich drei Krautfresser zu treffen: Hamann, Berens und Kant.

Gut neunzehn Jahre zuvor hatte Hume die *Abhandlung über die menschliche Natur* aus der Presse plumpsen lassen, gut sechzig Jahre zuvor Locke die *Abhandlungen über die Regierung* und *den Versuch über den menschlichen Verstand* abgeliefert. Ihre Spießgesellen in der Firma Britannica bereiteten sich darauf vor, in Amerika und Frankreich Bürgerkriege vom Zaun zu brechen. Beide sollten Revolutionen genannt werden, weil das Massakrieren unter diesem Namen leichter fällt.

Und Deutschland, das es leid war, von den Franzosen runtergemacht zu werden (Leibniz, sein Top-Ideendompteur, hatte gar französisch geschrieben), unternahm seine ersten Gehversuche, war von Hume und Locke mit Fernzündung in Gang gebracht worden. In besagter Schenke saß Hamann, ein neunundzwanzigjähriger Tagedieb, der just aus London zurückgekehrt war, wo er mit Herumhuren und großen Fressereien unendliche Geldsummen verbraten hatte (auf die Theologie also bestens vorbereitet war), die Berens ihm zur Verfügung gestellt hatte. Der war Geschäftsmann, wollte wie alle Spießer mit zuviel Geld etwas coolen Zeitgeist einkaufen und hatte Kant mitgebracht, den fünfundvierzigjährigen Philo und Bacchusjünger mit raketengleichem Weltrang, um Hamann bei ein paar Gläsern Zwetschgenwasser auf den rechten Weg zurückbringen zu lassen.

Das war nicht bloß ein Treffer dreier Schwengelschwenker; es war das Inhaltsverzeichnis unserer Zeit. Hamann schleppte sich mit dem Glauben ab, Kant war die große, mit Vernunft bewaffnete Spinne und Berens der Geschäftsmann, der für das ganze Unternehmen die Zeche zahlte. Absicht des Treffens war, Hamann den Klauen der Pietisten zu entreißen. Man geriet sich in die Haare: Hamann stritt dort wie später für den Glauben an den Glauben, Kant für die Erlösung durch Vernunft, und daß der Geist dem Universum eine lange Nase zeigt. Beide Strömungen schwemmten flußabwärts Sandbänke an, auf denen sich viele Pistolen auf viele Genicke richten sollten.

Die Händler haben für Wohlstand, Behagen und Abwechslung zu sorgen; die wahren Helden sind die, die in der Nachwelt keine große Rendite tragen, deren Namen bestenfalls ein paar Generationen lang an bombastischen Portalen protzen. Kümmern uns die Olivenhändler, Winzer und Sklaventreiber Roms oder Griechenlands etwa einen feuchten Dreck?

In der Antike hatte Vernunft vor allem den Reiz des Neuen, sie war ein Zweig der Unterhaltungskultur; erst im 18. Jahrhundert kam sie allmählich für ihren Unterhalt auf, indem sie einen schneller von London nach Edinburgh brachte. Damit bekamen die Jungs in Newtons Kielwasser zusätzlichen Pep. Zum erstenmal sagten die Denker: Treten Sie bitte zurück, wir klären die ganze Sache. Die zeb Theorie steht unmittelbar bevor. Diesmal haben wir die Nuß geknackt.

Seither wurde alle paar Jahre aufs neue verkündet, die Labors könnten dichtgemacht und die Bunsenbrenner endgültig eingepackt werden.

Die Vernunft hatte ihre Sternstunden, als es darum ging, wie man von London nach Edinburgh kommt (und wie man die bei einer solchen Reise auftretenden Beschwerden lindert). Weniger gut steht sie bei der Frage da, warum man überhaupt fahren sollte. Wir sind auf derselben Straße wie Hamann und Kant unterwegs – bloß ein Stück weiter. Wir dürften immer auf ihr langgelaufen sein, ohne es zu merken. Die Vernunft hat die Cray-Computer hervorgebracht, womit uns die Qual der Wahl bleibt. Booten oder Beten.

Und bezeichnenderweise waren sowohl Hamann als auch Kant, Ideensurfer extraordinaires, trotz ihrer Seitenhiebe gegen die Triebe Anhänger der Kehlenschmierung. Wir sind schwach, Baby. Die meisten Leute sind Flaschen, wenn sie von der Flasche lassen sollen. Als Trinker befindet man sich in bester Gesellschaft.

Bank bereitet sich auf Raub vor

Als wir an der verlorengegangenen Bank vorfuhren, teilte Hubert zwei Haarteile aus. Ich scheute davor zurück: Irgendwie schien es mir absurd, unter einer Perücke eine Bank zu überfallen und das dann auch noch jemandem als Beweis meiner philosophischen Muckis anzudrehen.

Ich schnauzte Hubert an: «Mach dich doch nicht lächerlich.»

Hubert rückte den Schopf zurecht, setzte eine Sonnenbrille auf und bewunderte sich im Rückspiegel. «Das ist die verdammte Aufklärung.»

Ich blieb schmollend im Wagen. Aber die formallogische Analyse meines Dilemmas dauerte ungefähr so lange wie die Beweisführung, daß ich meine Zeit als Philosoph hinter mir hatte, ob ich beim Bankraub nun Pferdehaar trug oder nicht. Quengeln nützt nichts, wenn man zur Absurditätsmetropole der Galaxis geworden ist. Genauso gut könnten sich die Weltmeere über die Tränen von Zeiformen und anderen Fischen beschweren.

Hubert schlenderte zur Bank hinüber. «Verschließen Sie sich nicht der Aufklärung», brüllte er einen Mann an, der eben die Tür abschließen wollte, als Hubert zu ihm aufschloß. Er schloß die Tür vielleicht mit etwas mehr Verve als erforderlich, um dem Perückenverrückten die letzte Eintrittschance zu nehmen. Es wäre sein gutes Recht gewesen, Hubert lediglich seines anomalen Äußeren wegen den Zutritt zu verweigern, statt dessen (nicht daß es ihm etwas genützt hätte) zeigte er auf ein Schild, demzufolge die Bank um 17.00 schloß, wohingegen Hubert protestierte, diesen Zeitpunkt habe das Universum noch nicht erreicht; und wahrlich stand mein Zeiteisen auf 16.56.

Huberts Beteuerungen wurden vom Schließer nicht

akzeptiert oder waren ihm egal. Er führte sich auf, als wäre es 17.00, und gab sich alle Mühe, die Tür mit dem Rücken zu schließen, was ihm nicht gelingen wollte, da ihr Mechanismus nicht darauf eingerichtet war, Huberts Fuß zu bewältigen. Es kam zum Gerangel, als Zeiten und Schultern tjostierten. Hubert verkündete: «Ich wette fünfzig Franc, daß ich Sie überreden kann, die Tür zu öffnen.»

Der Schließer schüttelte standhaft den Kopf, ließ das Türzudrücken jedoch unverzüglich bleiben, als Hubert das unfehlbare Türöffnungswerkzeug zum Vorschein brachte, den Doktorhut des Banditen.

«Langsam hab ich's satt, mir von diesen Leuten auf der Nase rumtanzen zu lassen», bemerkte er, als er wieder in den Wagen stieg und die Reisetasche auf den Rücksitz warf, wobei ihm ein 50-Franc-Schein aus der Jackentasche lugte. «Sie sind so unprofessionell.»

Mehr unverhaftete Zeit

Wir sahen zu, wie der Korse herausschoß und den Motor aufheulen ließ. Sein Arbeitseifer war rührend anzuschauen, erst recht so früh am Tag. Hubert hätte einen guten Detektiv abgegeben – er hatte den Wigwam des Korsen durch Nachschlagen im Telephonbuch aufgespürt.

Den eigentlichen Wink verdankte er Jo.

Mit militärischer Präzision konnte ich weibliche Dienste anfordern, sobald ich ein Basislager aufgestöbert hatte (ein Bett mit ausreichend Spielraum). War eine geeignete Liebesgrotte (von Fremdenverkehrsamts Gnaden) gefunden, machte ich mich an die bewährte Hund-und-Knochen-Nummer, und im Verlauf weniger Stunden stand eine stellvertretende Bankfilialleiterin in der Tür.

Jo war unverwüstlich. Hätte man mich zu einem Tagwerk gezwungen, wäre ich danach völlig geschlaucht gewesen, sie aber kam kreuzfidel herbeigereist, um einem philosophischen Bankräuber beim Entspannen zu helfen. Wenn man sich alles in allem anschaut, wie Männer Frauen herumkriegen und wie Frauen Männer, wirkt das Ganze eher unfair. Die Nullipara steht auf den Ständer der Nullität.

Die Hartnäckigkeit des Korsen gefiel mir. Jocelyne kam aus der Bank spaziert und traf unweigerlich auf den Korsen, der ihr mit der nächsten Einladung zum Essen aufgelauert hatte oder sie nach Hause eskortieren wollte, um ihr die verschiedensten Dienste anzudienen. Ihr erster Impuls hatte darin bestanden, ihn wie einen widerlichen, knirschenden Sechsfüßler zu zertreten, aber das hatte sie sich dann verkniffen. Ihr war der Gedanke gekommen, es könne sich lohnen, seine Verbalergüsse zu verbuchen, da sie womöglich Informationen enthielten, die der Bewegungsfreiheit von Raubphilosophen förderlich wären. «Für jemanden, der angeblich so viel zu tun hat, ist er wirklich voll bei der Sache.» Aber sie konnte nicht genau sagen, ob er auf Grund von eingebauter Lust einen zygitenmäßig ächzenden Kommentar zu ihr abgeben wollte oder ob ihre Abfuhren seine Aufmerksamkeit anstachelten. «‹Nein› ruft bei manchen Männern schrulligste Reaktionen hervor.»

Unter den von Jo protokollierten Datenbüscheln befand sich auch der Stadtteil, in dem er wohnte (einschließlich der Empfehlung, das sei eine legendäre Gegend für Lustgymnastik aller Art).

Nachdem Hube die Adresse ausbaldowert hatte, war er Feuer und Flamme, hinzufahren und die Wohnung auf den Kopf zu stellen. Das «wir» paßte mir gar nicht in den Kram, und als ich dann noch erfuhr, welche Tageszeit er für diese Spritztour vorschlug, war ich

(a) perplex und (b) stocksauer. Aber am Vorabend hatte ich einen Kasten Trappistenbier aufgetrieben (neben St. Aug die höchste Errungenschaft des Katholizismus), und da ich ahnte, daß die Klientel an diesem Schankort einem solchen trüben Wunderwerk nicht gewachsen war, besann ich mich auf die Methode jener selbstlosen Dons von Cambridge, die zu Kriegszeiten unsäglich entsagungsvoll die Weinkeller der Colleges geleert hatten, um zu verhindern, daß Bordeaux und Jahrgangsport in Feindeshand fielen, und arbeitete im Schweiße meines Angesichts, um die Flüssigkeit in zungebefeuernde Erinnerungen oder flächendeckenden Gedächtnisverlust zu verwandeln.

Wir kneipten die ganze Nacht. Die ganze Nacht wurde Kneipe. Die Sperrstunde wurde eingehalten, indem man um eins die Tür verriegelte. Es muß an der Hefe gelegen haben, jedenfalls hatte ich Mühe mit dem Einschlafen. Es fällt mir leicht, im Bett zu bleiben, die Matratzion hat keineswegs an Charme eingebüßt, aber ich habe immer größere Schwierigkeiten, einen stärkenden Schoppen Schwärze einzunehmen und die Denke zu verdunkeln.

Vielleicht ist es lediglich eine natürliche Begleiterscheinung des Alterns oder (was vielleicht auf dasselbe hinausläuft) das Gefühl von Erde im Schädel, die bevorstehende dauerhafte Finsternis.

Da ich mich (trotz meiner Schlaflosigkeit) nicht sonderlich prämortal fühlte, hoppelte ich heimwärts und fand Hube vor, der sich gerade auf die Socken machen wollte. Ich hatte nichts weiter vor, als ein Bett durchzuliegen, und fand den Gedanken daher attraktiv, mich auf Zet zu bringen.

Die Wohnung des Korsen lag in einem Neubaublock, hell, nicht gerade billig, aber auch kein Palast. Hube kümmerte sich um die Schlösser, wenn nicht geschwinde (er war etwas aus der Übung), so doch ohne viel Lärm.

«Es ist eine Schande, daß ein hochrangiger Polizeibeamter so schäbige Sicherheitsvorkehrungen trifft», bemerkte Hubert, «er hätte auch gleich eine Einladung in Neon über die Tür hängen können.»

Die Wohnung wies die Ordnungsliebe des Langstreckensingles und Untersuchungsbeamten auf, tadellos sauber, obwohl nicht gut durchdacht. Es gab zwei Bücherregale mit der zu erwartenden Anzahl Klassikern (Schullektüre), wahrscheinlich um zu bestätigen, daß er früher mal Bücher gelesen hatte. Immer verräterisch. Während ich die Wälzer überflog (an ihren Dichtern sollt ihr sie erkennen), merkte ich, daß Hube in der Küche verschwand und an der Kaffeemaschine hantierte.

«Trinkst du 'n Kaffee mit, Prof?»

«Hattest du nicht gesagt, du wolltest ihm ein paar Sachen klauen?»

«Schon, aber man will doch nicht als gemeiner Krimineller dastehen. Entspann dich, krieg dich ein, laß die Seele baumeln.»

«Was ist, wenn er zurückkommt?»

«Ich nehme an, er bleibt den Rest des Tages weg. Aber man muß dem Leben zeigen, wer die Hosen anhat. Wenn er zurückkommt, ist das übrigens auch okay. Ich hab ein paar Takte mit ihm zu reden.»

Hube griff nach der Zeitung (von gestern) und legte sich aufs Sofa. Wenn er Däumchen drehen wollte, konnte ich mich auch ins Bett hauen und Gedänkchen drehen. Der Korse mußte optimistisch gewesen sein, denn das Bett war frisch bezogen, schwarz und chic; also packte ich mich in die Poofe. Hinlegen kommt mir immer gelegen.

Am Ende war das Wort

Trotz meiner weißen Nacht konnte ich mein Bewußtsein nicht über Bord werfen. Es bedarf sowieso gewisser Anstrengungen, in einem fremden Bett einzuschlafen, aber sie sind, selbst wenn man Zebras zählt, hundertmal so groß, wenn es dem Mann gehört, der einen zur Strecke bringen soll.

Stimmen: unfreundlich betrachtet

Vielleicht ist es ja zu hart von mir, aber immer wenn Leute davon reden, sie sähen Dinge oder hörten Stimmen, die nicht da sind (d. h. die andere nicht wahrnehmen), und solange keine eindeutigen Beweise vorliegen, daß starke Halluzinogene im Spiel sind, Fliegenpilze oder Mutterkorn, kritzle ich mir hin: Wahnsinn oder Täuschung, mit Wahnsinn um Längen vorn. Im Laufe der Kulturen und Jahrhunderte riß es die Leute gemeinhin nicht vom Hocker, wenn man auf Dinge hinwies, die andere nicht ausmachen konnten – das Streben nach Heiligsprechung und spiritueller Wegweisung ist ein gefährliches Unterfangen, denn zu den Dingen, an denen nie Mangel herrscht, gehört der Zunder für den Scheiterhaufen von Leuten, die aus der Reihe tanzen.

Obwohl ich dieses Wissen nicht gleich zum Patent anmelden möchte, habe ich, ehrlich gesagt, ungeäußerte Äußerungen unter äußerstem Bockmist aufgelistet. Spitzenmumpitz.

Deswegen war es ein ziemlicher Schock, als ich eine Stimme hörte, eine Stimme, die nicht die meine war, aber chez moi sprach, intrakranial, medias in meiner res cogitans, eine Stimme, die in meinem Kopf Quartier bezogen hatte, eine Stimme, die ohne die Hilfe von Lauten sprach.

Das Gehirn:
links und rechts, Hemi und Semi

Unser Verstand tritt paarig auf, was auch ein Grund sein mag, warum Paare in den vergangenen Jahrtausenden so viele Triumphe gefeiert haben. Man denke bloß an die Großen der Menschheitsgeschichte: Adam und Eva, Kain und Abel, Romulus und Remus, Romeo und Julia, Djoser und Imhotep, Laurel und Hardy. Unser Oberstübchen beherbergt zwei Sprecher, als gut und böse kostümiert, als er und sie konzipiert, vielleicht weil Gegensätze die Grundlage unserer evolutionärrischen Eskapaden bilden. Wir kennen diese Stimmen (und ihre Zweitbesetzungen), wir kennen diese Berater, auch wenn einer stärker ist als der andere.

Aber das hier war keine Nachricht aus dem Eigenbau, es klang nicht wie die üblichen Gedankenemissäre. Es war eine kristallklare Stimme, weitaus dreister als das gewöhnliche Ohr-zu-Ohr-Geplänkel, als wäre in meinem Kopf ein Radio abgetaucht, als hätte ich eine fremde Denkfrequenz eingestellt.

Ich war verschüchtert. Versteinert. Denn (x) Stimmenhören ist etwas anderes als Schnupfen, dagegen hilft kein Kamillentee, (y) es ist inwendig, kein Naevus oder anderer Makel der Epidermis, den man überschminken oder kauterisieren kann, (z) ich hatte keine Kontrolle darüber. Es war aus eigenem Antrieb da, einfach reinspaziert, und (zz) ich drehte durch.

Das machte mir ziemliche Sorgen. Grauste mich grauslich. Entsetzte mich entsetzlich. Solche Angst hatte ich nicht mal, als in Afghanistan ein sowjetischer Kampfhubschrauber über mich wegbrauste. Körperlich aus dem Leim zu gehen war irgendwie nicht so schlimm, solange ich es bemerkte und ein Wörtchen mitreden konnte. Ich konnte immer noch Nephalist werden und Lattich essen, das wirkte bestimmt, auch wenn es damit vergleichbar war, gegen eine Mauer zu spucken, um sie zum Einsturz zu bringen; aber daß ich möglicherweise nicht mehr mitbekam, was Sache war... das brachte meine Drüsen zum Düsen.

Die Stimme sagte folgendes:

«Hallo.»

Nur nichts anmerken lassen

Ich stand auf, folgte den Diktaten der Mittagszeit und schickte meinen Appetit auf eine Zickzacktour durch den Kühlschrank, bis er ein paar scharf gewürzte Hühnerlebern fand, zubereitet und mit einer Notiz aus einer Zeit versehen, als auf Kalligraphie noch Wert gelegt wurde; eine ältliche Verwandte erläuterte Schritt für Schritt, wie sie zum Höchstgenuß aufzuwärmen seien.

Wir befolgten die Anweisungen und aßen Leber auf frischem Baguette; die beiden verkehrten so herrlich miteinander, daß es eine wahre Wonne hätte sein können, wäre mein Appetit nicht von der Furcht abgeregt worden, daß meine letzten grauen Zellen über den Küchenboden kullern könnten.

Wir kippten uns zwei Flaschen Sabbelwasser hinter die Kiemen, nicht ganz so gut wie die Kehlbeize, an die ich mich gewöhnt hatte, seit ich Vollzeitverbrecher geworden war, aber der Unterschied spielte keine große Rolle, da ich aus Angst vor dem Schaden, den das Trinken anrichten mochte, am Ende sowieso nur anderthalb Flaschen trank.

Die Stimme hatte meine gute Laune getrübt, Hube dagegen barst vor Vorfreude auf die Demütigung seines Gegenspielers. Das alte «nous avons νοῦς» hatte ihn in die Stratosphäre katapultiert.

Danach sahen wir uns Videos des Korsen in Aktion

an, die Hubert zutage gefördert hatte, als er die Wohnung während meines mentalen Einwurfs bis in ihre letzten Ecken und Winkel durchwühlt hatte. Sie ließen die Unbeholfenheit des Amateurs erkennen, aber der Korse war zweifellos der Ansicht gewesen, sein Lendenwerk verdiene elektromagnetische Verewigung. Die Kameraführung war statisch, da man den Apparat sich selbst überlassen hatte und Kameras nicht unbedingt für Autokinese bekannt sind. Die Beleuchtung gab auch nicht viel her, und es war ohnehin praktisch vom ersten Augenblick an eine langweilige Weitwinkelperspektive auf das Hinterteil des Korsen, das halbverdeckte und verrenkte Frauen stümperhaft pimperte. Selbst der Soundtrack war bräsig und dösig, mit ungeduldigem Keuchen, männlichen und weiblichen Japsern und gelegentlich dem zunehmend entnervten «Kommst du?» des Korsen, der in seinem Bemühen, bei seiner Bettgefährtin Begeisterung zu entfachen, mit dem Becken herumwackelte.

«Goldmedaille. Gar keine Frage», lautete Huberts Urteil.

Wenn man sich dabei filmen will, wie man den Swimmingpool torpediert, sollte man als Kameramann einen engen Freund einladen, wahlweise ein Heidengeld für Dutzende von Kameras ausgeben. Bei den Szenen, wie er sich einen Präser auf die Nase pfriemelte (augenscheinlich der humorige Versuch, einen Elefanten nachzuahmen), schwarze Strumpfhosen und Strapse trug (darüber befindet die Jury noch), hatte sich der Korse vielleicht zu sehr geniert, um einen Nachbarn einzuladen. «Gold, vierundzwanzig Karat», urteilte Hubert.

Hubert war peinlich genau dabei, sämtliche Kassetten im Schnelldurchlauf anzusehen, damit er auch ja nichts verpaßte. Was mich anging, hatte ich vom Korsen mehr als genug erfahren. Hubert war über seinen

Kontostand informiert, hatte ein rosa Quietsche-Nilpferd sowie das Photo einer attraktiven jungen Frau gefunden, die am Strand lag und Busen und Zahnfleisch zeigte. Hubert hatte mit forensischem Fachverstand festgestellt, daß es die Schwester des Korsen am Strand für Flitterwöchner war.

Zu dieser Zeit war das Telephon schon seit vier Stunden mit der japanischen Zeitansage verbunden (Spitzentarif). Hubert hatte mir das Telephon für Ferngespräche ans Ende der Welt angeboten. Ich fand die Idee recht verlockend, mich mit der Stiftung in Verbindung zu setzen. Wie würde man dort wohl reagieren, wenn ich anrief und ihnen alles Gute wünschte? «Ah, Coffin-San, Sie sind jetzt in Frankreich und überfallen Banken?» Japanische Etikette und Sprache haben weitläufige Nuancen (obwohl ich nicht weit gekommen bin – nur bis zu fünfhundert Kanjis) und verfügen über verschiedene Anredeformen für Wasserträger und Mitglieder der königlichen Familie; ich war gespannt, ob das Spektrum auch jemanden abdeckte, der mit großen Geldsummen durchgebrannt war und zwischen zwei Beutezügen aus Südfrankreich anrief.

Stiftungen: Wie man ihnen die Knete abknöpft

Ein Klacks. Man sucht sich einfach eine Stiftung, die einem Unmengen Geld geben will, geht damit stiften und verwöhnt sich nach Strich und Faden. Die Welt wimmelt von Pfeffersäcken, die am Rotieren sind, wen sie mit ihrem Dleg dotieren sollen; leider sind es meistens auch Schnarchsäcke, die mit Dezimalstellen zu Geld gekommen sind und die zwar selber null Faszinationskapital haben, aber trotzdem Arm in Arm mit Epitheta wie «tief» und «bezaubernd» dastehen wollen (ich nehme an, sobald wir uns die Bäuche vollgeschlagen haben, wollen wir das alle ein Stück weit). Der Unterschied ist, daß sie es sich kaufen können. Das einzige Problem ist, ihnen den Gedankenpfad zu versperren und sich an die Fersen ihres Scheckbuchs zu heften. Das erfordert einige Übung.

Eins der Hauptprobleme beim Alkoholproblem ist, daß die Leute dazu neigen, einen zu behandeln, als hätte man ein Alkoholproblem. Das wurde mir sonnenklar, als Featherstone...

Featherstone 1.1

...der mich lange begleitet hat. Als Studenten waren wir Zimmernachbarn; ich beschwerte mich immer, daß er zu lautstark aufstand und mich weckte, weil er am frühen Morgen schon zu den ersten Vorlesungen mußte. Als Physiker muß man das wohl, genau wie Teilchenschubsen, in seinem Fall Zirkonium. Ich nehme an, im nachhinein fand Featherstone es ein bißchen gemein, daß er immer früh aufgestanden war, schwer gearbeitet und sich von heißen Feten ferngehalten hatte, bloß um nach dieser Ochsentour schließlich eine Stelle an einem College anzutreten, das auch einen gewissen E. Coffin beschäftigte, einen Mann, der unter Garantie noch nie früh aufgestanden war, schwer gearbeitet oder eine Fete versäumt hatte, oder Geld zurück. So wie er mit mir umging, vespürte ich eine Rankünе, die er kaum verbergen konnte. Er war...

Stiftungen beim Abknöpfen der Knete 1.2

...der geborene Millionärsstreichler (den gibt es an jedem College). Bei einer solchen Gelegenheit sprach er mich mit folgenden Worten an: «Kein trinki-trinki, Eddie, einen Abend lang nix Flasche. Dann viel, viel

Geld.» Das untermalte er mit jeder Menge Viel-viel-Dleg-Gesten, um seiner Mitteilung Nachdruck zu verleihen; da wurde mir klar, daß es schon ziemlich weit mit mir gekommen sein mußte, wenn ein Kollege es für nötig hielt, auf diese Weise mit mir zu parlieren.

Wie es seine Gewohnheit war, hatte Featherstone in Yachtclubs, bei Weinproben und in Opern herumgelungert und dabei einen Milliardär an den Haken bekommen, der (zu seinem Leidwesen) auf Philosophie stand. Von mir wurde erwartet vorbeizuschauen, ein bißchen Philosophie Light abzulassen, ein paar Schmeicheleien hervorzukramen und den Scheck einzustecken, wie in der Vergangenheit schon so viele mittellose Denkjockeys an den Tischtüchern der Betuchten gezerrt haben. «Der fiebert danach, als Philanthrop dazustehen; der schiebt uns mindestens 'n paar Millionen rüber... und dein Buch hat ihm gefallen.»

Featherstones Pidgin-Englisch ohne einen Funken Ironie verstörte mich ebenso zur Abstinenz wie die Aussicht auf unabsehbares Bares.

Fühl dich wie zu Hause

Vielleicht war genau das mein Fehler. Ich hätte mich genau wie sonst benehmen sollen. Wäre ich mit einer Flasche im Arm aufgekreuzt, hätte ich ihm bestimmt eine siebenstellige Summe ohne Quittung aus dem Kreuz geleiert. In der Woche vor dem Treffen trank ich keinen Tropfen. Die Welt sah komisch aus, allüberall neu und frisch gestrichen. Nachdem ich mich zwei Tage lang wie Nietenschiet gefühlt hatte, war ich vom Rauschmangel berauscht.

Ich kam in Hampstead bei den Longs an (hielt mich den Wänden, Ming-Vasen und Zoffanys sorgfältig fern, damit keine Unbezahlbarkeit es ausbaden mußte, wenn ich stürzte oder schwankte), wo Featherstone mich ängstlich in der Eingangshalle abfing und äugend zu ermitteln suchte, ob ich hacke war oder nicht. War ich nicht, aber das hinderte mich nicht daran, schnurstracks zu stolpern und in einer Kettenreaktion Mrs. Long dermaßen eins vor die Batterie zu knallen, daß sie hinfiel und sich den Arm brach.

«Das kommt in den besten Familien vor», versicherte Long mir großmütig.

Er reagierte mit verdächtiger Liebenswürdigkeit, als ich seine Frau krankenhausreif schlug. Der Chauffeur raste mit ihr zur Notaufnahme, und wir futterten drauflos, obwohl es mich etwas nervös machte, neben Featherstone zu sitzen. Er hatte dieses Funkeln in den Augen, als ob er einem im nächsten Moment ein Fischmesser ins Genick rammen wollte.

Mr. Long verlor seine Liebenswürdigkeit auch nicht, als ich mit Schmackes sein zeb Porzellan vollreiherte. Er war ein vollendeter Gastgeber, wenn man bedenkt, daß die überflüssig Begüterten üblicherweise die Manieren (und das Aussehen) von Warzenschweinen haben. Er hatte sogar noch Manieren übrig, als ich Würfel in Tunke hustete, nach Ost und West, nach Nord und Süd. In Erwartung einer Gratissättigung hatte ich nicht viel gegessen, aber es reichte für 360°.

Mr. Long geleitete mich in ein Zimmer, wo ich einige Zeit in aller Ruhe vor mich hin leiden konnte und ganz still dalag, um bloß keine Mauer zum Einsturz zu bringen oder das Haus in Brand zu stecken. Als ich mich wieder zu den anderen gesellte, hatte ich meine Selbstkontrolle zurück und war hochmotiviert, mich von meiner Schokoladenseite zu zeigen. Statt dessen trottelte ich zum Donnerbalken, da ich Eingebungen vom unsichtbaren Feind am anderen Ende verspürte.

Ich starrte sie an. Trotz des Vorangegangenen und noch mitgenommen von meinen Torturen, spürte ich, daß alles hiervon abhing: dieses Objekt loszuwerden. Egal was sie mir sonst noch an den Kopf werfen würden, ich hatte einiges dagegen, als nicht stubenreiner Philosoph bezichtigt zu werden. Ich bin wirklich kein Angeber, aber selbst ich verfüge über rudimentäre Selbstachtung und hatte das Gefühl, das hier könnte sie torpedieren. Bei allem Komfort des Hauses füllte sich der Spülkasten nur sehr langsam. Jeder Spülvorgang dauerte zehn Minuten. Ich hatte viel Zeit, über minderwertige Drainagen nachzudenken. Ich steckte eine halbe Stunde lang dort fest, bevor mich der Suchtrupp erreichte. Er bestand aus Featherstone, voller Hoffnung, nehme ich an, daß ich tot war oder zumindest im Sterben lag, so daß er es genießen und danach den Tragödientrumpf ausspielen konnte.

«Alles in Ordnung?» erkundigte er sich.

Das konnte ich bejahen. Aus irgendwelchen Gründen brachte ich es nicht übers Herz, ihm mitzuteilen, daß ich ein Monster erschaffen hatte, dem das Sanitärwesen des *Fin de Millénaire* und ich nichts anhaben konnten. Dummerweise gab es auch keine Klobürste, die den Haufen zum Antritt seiner Reise durchs Knierohr ermuntert hätte, und bei aller Verzweiflung war ich nicht bereit, die Angelegenheit selbst in die Hand zu nehmen.

Wäre ich im Gästeflügel oder einem entlegenen Teil des Herrenhauses gewesen, dann hätte ich die Sache selbstredend dem Personal überlassen, aber diese Anlage befand sich an der Hauptstraße. Ich stellte mir vor, wie Long hereinkam und den Fleiß meines Steißes in Augenschein nahm, und das kam mir irgendwie schrecklich verkehrt vor, selbst in einer Welt, in der

Kinder Hungers sterben. Ich blieb noch eine Stunde und versuchte, es in den Griff zu kriegen. Wahrscheinlich fürchteten sie allmählich, ich wollte einziehen, denn schließlich meldete sich der Chauffeur.

Wir bekamen die Asche nicht.

Aber als die Japaner auftauchten, da zogen wir allesamt mit den Chefzoris zu einer Schmuddelsause nach Soho, vertrieben uns mit Trinkspielen die Zeit und benahmen uns so unerhört, daß ich vergaß, daß wir im Vereinigten Königreich waren. Gegen drei Uhr früh wollte man uns an die Luft setzen, aber Hiroshi (der so reich ist, daß andere Millionäre in Ohnmacht fallen, sobald er den Raum betritt) kaufte den Laden (und gab ihn wahrscheinlich seinem Fahrer als Trinkgeld). «Japan und England sind beides Inseln», sagte er mir. Und das war's. Ich hatte den großen Zasterhahn aufgedreht.

Glühend vor Zorn streichelte Featherstone weiter. Er war nach Amerika geflogen und umwarb dort den nächsten Millionär. Da er ein Standby-Ticket hatte, mußte er in Heathrow einen Tag lang auf den Flug warten. Er wurde abgeholt und zum Haus des Krösus gefahren. Das Haus war eine Villa mit zwanzig Zimmern, von denen siebzehn unmöbliert waren. In seinem Zimmer gab es keine Heizung, und das im Januar (Nash dagegen, sein Gastgeber, hatte in seinem Zimmer einen Radiator). «Fühlen Sie sich ganz wie zu Hause», sagte er.

Featherstone erforschte die Küche, fand eine offene Tüte H-Milch und drei steinalte Schokoriegel. Die Abendessen stammten vom Pizzaservice: «Ich liebe einfache Kost, Sie nicht auch?» Als Nash einmal zum Mittagessen wegfuhr, «damit Sie zum Arbeiten kommen», stieß Featherstone in einer Schublade auf einen Stapel Pizzagutscheine.

Und dann die Gespräche.

«Ich bin von Studenten ja so einigen Stuß gewohnt, aber das hier, das war... unerträglich, eine nicht zu bremsende Lallbacke; nur die Aussicht auf Freigebigkeit oder Fressalien hat mich in seiner Gesellschaft gehalten; abgesehen davon konnte ich nirgends hin.»

Die Villa lag sechzehn Kilometer von der nächsten Futterzapfstelle entfernt, und Nash behauptete steif und fest, der Wagen wäre kaputt, er könne Featherstone aber ein Taxi rufen. Eines Tages kam dieser in die Küche und fand eine tote Ratte. «Und da ging mir ein Licht auf: Die Ratte war vor Verzweiflung krepiert.»

Nachdem er ohne einen Cent in der Tasche ausgerissen war, fand Featherstone heraus, daß Nash eine Serientrantüte war. Daß er Akademiker in sein Haus lockte, um Theorien über Geschichte, Ökonomie und amerikanische Außenpolitik vom Stapel zu lassen, die jene ertragen mußten, weil sie gestrandet waren oder weil sie vergeblich auf eine Zuwendung hofften. Nash hatte einen solchen Ruf weg, daß er inzwischen dazu übergehen mußte, die Leute aus London, Berlin und Zomba einzufliegen.

Featherstone mußte sein Taxi zum Flughafen selbst bezahlen; der Wagen war immer noch kaputt. Am Vortag war er die sechzehn Kilometer zum Einkaufszentrum sogar gelaufen. «Ich mußte einfach raus und Menschen sehen.» Entweder kommt man mit den Knetologen klar oder eben nicht. Man muß den Dreh raushaben.

Wir zerraufen unserm Korsen sein klein Häuschen 1.2

Hubert war nach unten gegangen, um ein paar Tüten aus dem Wagen zu holen. Ein Nachbar des Korsen half ihm bei einem prallvollen Sack Zement. «Wir nehmen bloß ein paar Änderungen vor», erklärte Hubert.

Es war eine Dreizimmerwohnung, und Hubert nahm es mit seinen Änderungen peinlich genau. Das Wohnzimmer wurde fünf Zentimeter hoch mit Tapirkot gefüllt. (Ein Mitglied aus Huberts Waisenhausclique leitete in der Bretagne eine Tapirfarm.) «Originalität ist das wichtigste.» Mit einer vorgefundenen Bohrmaschine versah er sämtliche Wände mit sehr großen Löchern. Er brannte die elektrischen Leitungen aus. Ein Orangenbaum, das Ergebnis langjähriger, liebevoller Pflege, der in einem Topf grünte und blühte, wurde mit Cognac begossen und als Opfer dargebracht. Toilette, Spüle und Waschbecken wurden auszementiert. Mehrere Möbelstücke leimte er an die Decke. Das war keineswegs feindselig; Hubert war vielmehr in bester Stimmung, während er die Wohnung auseinandernahm, aber so war er nun mal.

Ich blätterte einen Band mit frühen erotischen Photographien von Zipette durch, ein Hauch von Flitterkram des *Fin de Siècle* für ein *Fin de Millénaire*. Vom Kontakt mit der unerwarteten Stimme immer noch verstört, konnte ich nur noch ein paar blanke Podices entziffern (dabei besaß der Korse eine ganz vorzügliche Montaigne-Ausgabe).

Diese Photographien aus einer Zeit, da Paris noch weltweit als Hauptquartier für Titten und Ärsche galt, ließen mich in vollen Zügen die Sterblichkeit schlürfen. Dahin sind diese Frauen, die schönsten Podien der Befriedigung ihrer Zeit, für die die Männer zahlten, für die sie alles taten oder getan hätten. Der Nachwelt hinterbliebene Hinterteile, weder tot noch lebendig. Zeugnisse der Zeit wie ein kühles Lüftchen, selbst wenn man sein Mütchen zu Lebzeiten noch so sehr gekühlt hat. Ich hielt ihren Blicken stand und grübelte darüber nach, (x) daß es bei Gemälden der Künstler ist, der das Gewünschte herausfiltert, bei der Photographie aber das Modell stets Mitspracherecht hat. Ich kontemplierte die Armut unseres Wortschatzes für die Nomenklatur der Blicke, das Zusammenspiel von Mund und Augen, das Geflecht der die Gefühle preisgebenden Muskeln, und wie lohnend es wäre, über dieses Thema ein Buch zu schreiben, item (y) wie dünn die dem Höhepunkt vorbehaltenen Ausdrücke gesät und wie üppig die Bezeichnungen für die Utensilien der Ekstase sind, wie reich das Vokabular zu ihrer Verwendung und wie arm jenes für die höchsten Augenblicke des Verströmens ist, und wie lohnend es wäre, über dieses Thema ein Buch zu schreiben, und (z) wie ernst die Leute etwas nehmen, wenn man es nur lange genug liegenläßt.

Indes viviseziere ich mich und weiß, daß all das der Vergangenheit angehört. Vorbei die Pandekten. Pandekten nimmermehr. Niemand hat je behauptet, daß es leicht sein würde. Nies thciel edrüw se usw. Warum ich? Hci muraw. Das Zet peilen. Neliep tez sad.

Ich bin ein Zuspätzünder. Das Leben, die Dinge, die eigene Stellung schalten urplötzlich vom Zeitüberschuß, von zuviel Zeit auf gar keine um. Ich kann nicht sagen, wann Zeit je den richtigen Glanz gehabt hätte.

Wo mein Leben aus dem Ruder lief 1.1

In Momenten wie diesen bin ich unfähig, mich auf den Ursprung meines Absturzes zu stürzen, weil es mir vorkommt, als hätte ich meine Lebensbarke noch nie auf Kurs halten können; jedenfalls kann ich keinen Splitter Sinn herausfischen.

Ein Langstrafer läßt sich nicht unterkriegen

Mein Hirn auf Halbmast hinderte Hube nicht an seiner Kampagne. Er setzte sich mit einem Schreibblock neben das Telephon und fing an, sich Notizen zu machen: «Daß ich bloß nichts vergesse.» Dann hob er den Hörer ab, wählte und fragte zweimal nach dem Korsen.

«Salut! Ich bin's», meldete er sich, vermutlich nachdem man ihn zu unserem Gastgeber durchgestellt hatte. «Ich werd mich kurz fassen, denn ein langes Gespräch könnte meine Freiheit beeinträchtigen. Also, die Lage ist folgendermaßen: Wir haben das rosa Nilpferd und außerdem die dreitausend Franc, die Sie unterm Besteck versteckt hatten. Wir haben die Videos angeschaut und gewürdigt.

Nein... nein... das können Sie nicht sagen. Woher wollen Sie wissen, wer ich bin? Ich lebe nun schon seit dreißig Jahren mit mir zusammen, und ich weiß nicht, wer ich bin... also... gut, das können Sie meinetwegen denken, aber egal was ich bin, ich brauche jedenfalls keine zwei Stunden, um eine Frau glücklich zu machen. Spielt auch keine Rolle, weiter im Text. Wir haben Ihren Wein getrunken; ich fand ihn ganz okay, aber der Prof meint, für einen hochrangigen Polizeibeamten wär er doch etwas armselig... und wir haben das Photo Ihrer Schwester... schade, daß sie verheiratet ist... aber ich werde es genau unter die Lupe nehmen und dafür sorgen, daß jeder einzelne Langstrafer in Les Baumettes einen Abzug für die langen Winterabende bekommt... und der Versicherung schicken wir eine Artikelliste, also versuchen Sie gar nicht erst, Ihren Scheck mit irgendwelchen frei erfundenen Forderungen aufzuplustern. Und schließlich... wir mikturieren Sie weiterhin an... m-i-k-t-u-r-i-e-r-e-n Sie weiterhin an.»

Nach Hubes «Wiederhör'n!» verließen wir die Wohnung in Zebraseile. Erst im Wagen, während Hube das Photo der Schwester des Korsen in unrettbar kleine Schnipsel zerriß, fragte ich ihn nach dem Mikturieren.

«Stimmt, das wird er nachschlagen müssen. Nichts, aber auch gar nichts bringt einen Polizisten mehr aus dem Häuschen, als wenn jemand, der zehn Jahre lang im Bau war, ein gewählteres Vokabular hat als er.»

Marseille, ich muß dich lassen

Neuigkeiten vom Korsen erreichten uns nur mählich; Jocelyne merkte, daß er seiner Lüsternheit verlustig gegangen war, aber sie bekam eine Vorladung aufs Polizeirevier, weil man dort ein geständnisgeiles Individuum hatte, das sich als Eddie Coffin ausgab. Man ging davon aus, daß es sich bei seiner Mär um eine Schimäre handelte, bat Jo aber trotzdem vorbeizukommen, ihn sich anzusehen und ein verläßliches Nein abzugeben. Sie sagte, der Korse hätte über Nacht Rauhreif angesetzt; keine Manifeste der Fleischeslust manifestierten sich.

Sein Hab und Gut (zuzüglich einer aufblasbaren Gummipuppe – ein dementierbarer, gleichwohl den Ruf lädierender Gegenstand) hatte Hubert unserem handzahmen Journalisten bei der Stadtzeitung vorbeigebracht, wobei Kontoauszüge und der Mitgliedsausweis des Sportvereins dem Paket unbezweifelbare Authentizität verliehen.

Der Hochstapler versetzte Hube in Rage; er wollte sofort losziehen und die unbestreitbare Beschaffenheit eines Coups der Denkerbande auf dem Tablett servieren. Ich war unter der Bedingung einverstanden, daß wir uns aus dem Revier verpißten. Trotz unseres ungetrübten Glücks hatte ich das dumpfe Gefühl, ein Tapetenwechsel könne angezeigt sein.

Außerdem wollte ich Toulon wiedersehen, ein einfach einzigartiger Pißpott (und nicht mal besonders groß). Wahrscheinlich würde mich jede beliebige Erfahrung in einen melancholisch angehauchten Menschen verwandeln, aber eine Begleiterscheinung meines Älterwerdens ist, daß ich um jeden Preis etwas fühlen möchte, selbst wenn ich mich schlecht fühle.

Wir zischten nach Bandol runter (garantiert einer der besten Einträge im Bankraub-Baedeker), wo die Luft so klar und der Sonnenschein so sonnig ist, daß man ohne weiteres glaubt, hier müßten drei Sonnen Dienst schieben. Ich bin wirklich verblüfft, daß die Zivilisation ausgerechnet im Mittelmeerraum so einiges zuwege gebracht hat, denn ich persönlich wollte in der Sonne immer nur heiße Photonen horten und Oliven oder Weintrauben einwerfen. Die Heliasten lagen goldrichtig mit ihrer Anbetung der Sonne; als Idol macht sie was her, und was will man mehr. Die Stoiker gehörten zu den ersten Strandsäcken.

Strandszene

Doch Trauer lauerte in Bandol. Eins meiner Lieblingsrestaurants war verschwunden. Es gibt kaum etwas Betrüblicheres, als wenn ein gutes Restaurant dichtmacht oder (genauso verheerend, aber noch bösartiger) der Inhaber wechselt, der Chefkoch ausgetauscht wird. Es ist unvermeidlich, und trotzdem geht es einem jedesmal nah. Je mehr man sich entjüngt, jenseits der Vierzig oder so vollzieht sich ein Wandel im eigenen Sozialleben. Man verbringt immer mehr Zeit auf Beerdigungen (wenn man angesehene Bekannte hat, erdrücken einen obendrein die Gedenkgottesdienste), trollt sich zu längst verblichenen Restaurants und muß sich Mühe geben, wieder ein Etablissement zu finden, das die Kundschaft verdient hat.

Das Ärgerlichste am Menschen ist nicht die Trauer über sein Hinscheiden (das Verschwinden der Lieblingszeitgenossen), sondern die Plackerei, neue Informationen im Schädel zu verschnüren, neu zu lernen, neue Mitmenschen mit Leben zu erfüllen.

Ich war entrüstet, wie sehr die Innenstadt von Bandol auf der Kippe zur Unkenntlichkeit stand. Nichts kommt an diese Auswechslung von Städten heran, wenn es darum geht, einem das eigene Alter auf den Buckel zu hieven, einem das Zaqqûm der Entjüngung einzutrichtern. Ich wünschte, sie hätten soviel Feingefühl, bis zu meinem Tod zu warten, bevor sie meine Erinnerungen sanieren. Der Mensch mag das Maß aller Dinge sein, aber wir brauchen eine zusätzliche Elle, wir brauchen einen mnemonischen Maßstab. Sosehr wir Veränderungen zu schätzen wissen, wir brauchen diesen Maßstab, eine Hauptstraße, auf der die Bibliothek, das Restaurant, die Geschäfte und das Polizeirevier verankert sind; eine Heimat, wo die Erinnerung Bescheid weiß, wo die Menschen einen grüßen, selbst wenn man sich gegenseitig verabscheut, wo man Geld borgen kann, wo die eigene Abwesenheit stets anwesend ist. Der Souffleur, das Aide-Mémoire der verlorenen Jugend.

Reich wird man fraglos nicht mit Banküberfällen. Es ist eine einzige Schinderei, und heutzutage kann man nicht mehr als ein paar tausend pro Fischzug erwarten, weil gewöhnlich nicht mehr in der Kasse ist und weil es so lange dauert, die großenteils kleinen Scheine in die Tüten zu stopfen. Es ist ein ausreichendes Einkommen und sorgt für den Nachschub an Chablis, aber man kann nicht auf Dauer die Beine hochlegen und sich auf eine Weise zur Ruhe setzen, die die eigene Phantasie befriedigen würde.

Ironischerweise war ich dafür nicht in Stimmung; ich war stinkig wegen des Restaurants. Grundsätzlich läßt sich die Welt in zwei Gruppen von Menschen einteilen: Die einen haben eine mehrfach lebenslängliche Haftstrafe vor sich und die anderen nicht. Wenn man zur zweiten Gruppe gehört, ist es leicht, Gründe aufzubieten, warum man nicht über die nächstbeste Bank herfallen sollte; wenn man aber eh schon im Sumpf der Missetaten steckt, verkommen bis zum z-ten Grad, ist es nicht so einfach, sich rauszuschleimen. «Ich bin zu faul», klingt einfach weich und tadelnswert. Aber Huberts jugendlicher Elan riß mich (hinkend) mit.

Die Bank war so eine mit Summer an der Tür. «Ich krieg's nicht auf die Reihe, was die sollen», meinte Hubert. «Keiner beachtet sie. Paß auf, ich zeig's dir.» Er gab mir eine Baskenmütze, griff in die Tasche und zog zwei kleine Pistolen heraus, die er sich an die Ohrringe hängte, so daß sie dort wie der extravaganteste Ohrschmuck aller Zeiten baumelten. Die Desert Eagle klemmte er sich unter den Arm.

«Man erwartet einfach nicht, daß Exzentriker unseres Schlags über die Stadt herfallen. Schon gar nicht, in einem Flecken wie Bandol, wo schon 'ne Schlagzeile fällig ist, wenn man einen fahren läßt.» Er drückte auf die Klingel. «Die rechnen doch nie im Leben mit dem heißesten Philosophenduo diesseits von Zama. Nur Platon und Sokrates könnten uns noch ausstechen.»

Seiner Prophezeiung gemäß und obwohl wir fraglos bankräuberisch aussahen, stellte sich uns niemand in den Weg, während ich noch über Hubes Gourmandise in puncto Sophiaphilie nachdachte.

«Dies», promulgierte Hube, «ist ein neuplatonischer Banküberfall. Sie müssen gut aufpassen, damit

Sie den Unterschied zu einem platonischen Überfall erkennen. Wenden Sie sich an den Prof, falls Sie Fragen haben.»

Ich hege gewisse Zweifel, ob irgend jemandem neuplatonische Elemente auffielen (wäre ich hart bedrängt worden, hätte ich aber ein paar aus dem Hut zaubern können) oder wo der Unterschied lag und ob es irgendwen kratzte. Fragen kamen jedenfalls keine. Ein hinreißendes Mädchen sortierte die Scheine für uns, während Hube rumflachste: «Entschuldigen Sie, daß ich Sie damit überfalle, aber Sie sind so schön, daß ich Sie gern ein zweites Mal beehren würde.» Er mauserte sich zu einem richtig unterhaltsamen Kriminellen. Hätte es eine Abstimmung über den Bankräuber des Jahres gegeben, er hätte mit links gewonnen.

Der Filialleiter war selbst für meine Verhältnisse alt, obwohl er bestimmt mehr Jahrzehnte schaffen wird als ich.

«Ich nehme an, Sie kommen wegen des Geldes hinten», sagte er mehr als hilfsbereit.

«Nein danke, machen Sie sich keine Mühe», sagte ich. Unsere Erwartungen waren bescheiden, und die Bank war, offen gesagt, ein Witz, kaum über das Stadium hinaus, wo sie aus einem Schild «Bank» und einer Tür besteht, aber Hube hatte die Raubgier gepachtet. Er lachte:

«Sie können Gedanken lesen. Ein telepathischer Bankdirektor. Damit sollten Sie Werbung machen.»

«Es befindet sich in einem Safe, aber wenn Sie mich bedrohen, müßte ich ihn, natürlich nur unter lautstarkem Protest, für Sie öffnen.»

Man führte uns an einen Alkoven, in dem ein lachhafter Safe von Anno Tobak stand. Der Direktor, den schon unser aggressives Atmen einschüchterte, schloß ihn auf. Von meiner Warte aus bedurfte es einer Drohung in homöopathischer Dosis. «Bitte richten Sie

Ihre Waffe nicht auf mich», sagte er mit lauter Stimme und völlig unnötig, da wir nie im Leben so taktlos gewesen wären.

Im Safe lag eine schier unermeßliche Geldsumme in 500-Franc-Scheinen, die mit der Seriennummer Z. 341 50701 begannen; wieder ergriff uns die Erhabenheit des Bankraubs. «Das sind vier Millionen Franc», sagte er und heftete unseren Spekulationen eine Zahl an die Brust.

«Haben Sie öfter soviel Geld im Haus?» erkundigte sich Hubert.

«Nein. Eine solche Einzahlung hatten wir noch nie, allerdings hatten wir auch noch nie einen Bankraub. Ich arbeite hier seit dreißig Jahren. Und am heutigen Tage ist mehr passiert als in all den Jahren zusammen. So etwas ist mir noch nie untergekommen. Ein atemberaubender letzter Tag. Ich werde morgen pensioniert. Nicht daß ich wollte. Aber wann trägt man schon den Wünschen von Menschen Rechnung, die dreißig Jahre lang in treuer Ergebenheit gearbeitet haben?»

Der Mann war wirklich umgänglich. Ich hätte ihn am liebsten zu einem Drink eingeladen, aber wir hatten keine Zeit, deshalb sagte ich: «Ich hätte Sie gern zu einem Drink eingeladen, aber wir haben keine Zeit.»

Hubert griff in die Tasche und zog ein paar T-Shirts mit verschiedenen Slogans heraus («Vielleicht haben Ihre Kinder oder Enkel was dafür übrig»): «Meine fünf Sinne haben die Denkerbande erfahren» und «Ich raube, also bin ich», außerdem ein paar Buttons «Ich begehre zu wissen...» und «Das Zet ist super».

Wir verabschiedeten uns von ihm und fuhren weiter nach Toulon.

Die größten Schnitzer der Zivilisation

Vielleicht habe ich das Ganze falsch angepackt. Die beifälligen Schilderungen der Zivilisation kennt man ja, à la die größten Massaker der Menschheitsgeschichte, die Spitzenschlächtereien, die schlimmsten Brandschatzungen aller Zeiten. Oder: die schönsten Idiotien der Menschheit, die kurzweiligsten Aussetzer unter der Sonne; die herausgeschnittenen Szenen der Philosophie, die Rohrkrepierer des Wissens. Der Hintern der Hinterbliebenen.

Besserwisser

Das ist ein Gassenhauer. Die Sensation des «wir haben's gelöst». Diderot (*Pensées sur l'interprétation de la nature*, 1754) dozierte, die mathematische Forschung werde binnen kurzem zum Stillstand kommen. Dann kam Kant und fand, im Bereich Astronomie sei die Tinte getrocknet. Von Rutherford ganz zu schweigen, der zu Beginn dieses Jahrhunderts das Universum verhöhnte und behauptete, die Siebengescheiten hätten die Sache auf dem Boden der Newtonschen Physik geklärt. Die Physiker und Abaküsse sind immer noch am Ball. Allüberall auf Kathederspitzen sieht man Augen und Dolche blitzen. Der Horizont bleibt in greifbarer Nähe.

Jede Generation bildet sich ein, sie wäre der große Einschnitt, aber dann produziert sie bloß Durchschnitt. Das geht wie gehabt bei den Griechen los. Obwohl sie zugeben, daß es Dinge gibt, die noch etwas verschwommen aussehen, liegt der Zahltag doch schon in der Luft. Die Chiliasten und Seher und Milleniaristen, ebenso wie die Wannenfüller und Physiker und Abaküsse, alle sind sich darin einig, daß ES nicht mehr lange dauert, aber mit dem Wieso ist es nie so. Bei Zivilisationen ist das nicht anders als beim einzelnen, jeder verzehrt sich nach der Pointe, nach der Wahrheit hinter den Dingen; statt dessen fliegt einem die Schwärze ins Gesicht. Die Knochen der Zivilisation sind größer als die eigenen, aber die Enttäuschung ist die gleiche. Ich gebe zu, ich bin so beschwingt wie ein Zwickauer Prophet.

Die letzten Zehn

1. Johannes van Helmonts Rezept, wie man eine Maus herstellt. (Bewundernswert, sich damit zu bescheiden.)
2. Fouriers Schnapsidee, im heraufziehenden Zeitalter der Gerechtigkeit würden sich die Ozeane in Orangenlimo verwandeln.
3. Voltaires Verdammung Buffons (durch die er selbst als Buffo dastand) und seiner These, die Muscheln im Gebirge stammten von Picknickern und nicht von vorsintflutlichen Meeren.
4. Aristoteles' Ansicht, die Brust sei der Sitz des Verstandes.
5. Durets Entenmuschelbäume.
6. Das Rezept des Alchemisten Paracelsus, wie man einen Menschen züchtet. (Treib's mit 'nem Kürbis, laß ihn vergammeln, und du hast deinen Homunkulus.)
7. Gorgias der Supersophist, der erst erklärte, nichts existiere, und dann eine Statue von sich selbst aus purem Gold aufstellte.
8. Condorcet – *Esquisse d'un tableau historique des progrès de l'esprit humain* (1794). Seine Vorstellung des zehnten Zeitalters (seit 1789), die Abschaffung der Dummheit. (Wir haben's fast geschafft, in fünf Minuten sind wir soweit.)
9. Saint-Pierres *Projet de paix perpétuelle* (1713). Nie

wieder Krieg in Europa. (Die Lohntüte ist schon gepackt.)

10. Das Leben: einsam, armselig, ekelhaft, tierisch und kurz. Nein. Manchmal ist die Lohntüte sogar schon in der Post. Für Hobbes beispielsweise war das Leben anders; er benutzte Galilei, Descartes und Harvey als Leim. Hatte 'ne hübsche Pension. Wurde einundneunzig Jahre alt. Wenn sich überhaupt etwas für die Philosophie ins Feld führen läßt, dann, daß sie die Langlebigkeit zu fördern scheint.

Welche unserer Überzeugungen oder Praktiken werden wohl in Zukunft homerische Gelächter auslösen? Vielleicht hat die Zukunft auch gar keine Chance. Vielleicht geben wir ihr keine, und uns steht eine stupende Katastrophe bevor. Auch wenn es eine Menge Prügel einstecken mußte, so hat unser Jahrhundert doch viele Menschen reich bedacht. Eine kriegerische erste Hälfte, Müll und Gülle in Hülle und Fülle, Desaster, Seuchen, Zadrugas, die Zadrugas metzeln (die grausamsten Auseinandersetzungen finden stets unter Menschen statt, die für Außenstehende nicht zu unterscheiden sind), aber die Mistkäfer auf den Blumen des Bösen fühlen sich in all ihren schillernden Farben doch in jenen Ländern am wohlsten, die sowieso keine französischen Fünf-Sterne-Restaurants haben und ergo nicht ins Gewicht fallen; an der Apokalypsefront hat sich die Lage etwas entspannt, und das ist immer ein schlechtes Zeichen. rov githcädrev rim tmmok ehur eseid.

Première porte de guerre

Als wir die Peripherie von Toulon enterten, gab ich Hubert strikte Instruktionen: «Ich will in Toulon bleiben. Wenigstens für ein paar Tage. Ich will mich umsehen. Keine Überfälle. Keine Schwierigkeiten. Keine bedauerlichen Zwischenfälle. Keine Schlägereien. Nichts Erwähnenswertes. Keine Kopframmen. Keine Experimente. Du darfst ein bißchen fernsehen und einkaufen gehen.»

«Okay, Prof. Damit kann ich leben.» Eine Pause entstand, in der Hube seiner Zustimmung die gebührende Glorie verlieh. Das Geben und Nehmen unserer Partnerschaft herausstellte. Das war das Geben, dann kam das Nehmen. Er fuhr fort.

«Aber ich hab mir was überlegt. Wir müssen die Sache pikanter machen. Wir sollten unsere nächsten Überfälle vorher ankündigen. Dazu fahren wir nach Montpellier zurück. Wir kündigen an, daß wir an einem einzigen Tag fünf Jobs durchziehen werden. Legen der Dämlichkeit der Polizei noch eine dicke Kruste auf. Und obendrein geben wir noch eine Warnung aus: Wenn wir eine Bank betreten und uns als die Denkerbande zu erkennen geben und wenn sie dann mit einem Zitat der Meister reagieren, dann lassen wir die Bank in Ruhe. Unser Slogan: Nur Bildung schützt Sie vor der Denkerbande. Rufen Sie nicht die Polizei, lesen Sie die Klassiker. Kaufen Sie keine Sirene, kaufen Sie einen Zenon. Die Langstrafer werden die weiße Fahne hissen, wenn sie das zu hören kriegen.»

Vermutlich ist die ganze Menschheitsgeschichte mit diesem einen Gedanken gepflastert: Das kann doch wohl nicht sein. Nies thcin lhow hcod nnak sad. Die Hunnen. Der Schwarze Tod. Die Mongolen. Syphilis. Die Türken. Die Bombe. Die Konquistadoren. Die Deutschen, die wieder einmal Frankreich überfallen. Millionen Männer und Frauen erheben sich: Nicht schon wieder! Hatten die Dinosaurier ein saurisches Äquivalent, als der finale Felsbrocken aus dem Weltall zuschlug?

Ich jedenfalls hatte meinen gesunden Menschenverstand in einer anderen Galaxis verschusselt.

«Wir könnten sogar einen Philosophen des Monats küren», feilte Hube an seiner Idee weiter.

??????????????????????????

Toulon 1.1

Wir mieteten eine Wohnung in Strandnähe. Die Gegend sehnte sich nach Bürgerlichkeit, aber da sie in Toulon lag, würde sie es nie schaffen. Wir wohnten im Erdgeschoß, unsere Vermieter im ersten Stock.

Ich bin überrascht, daß die Banken noch keine Belohnung auf unsere Ergreifung ausgesetzt haben. Hube ist gekränkt, das merkt man deutlich, er gewährt Konstrukteuren von Rachsucht und Vergeltungsmaßnahmen Unterschlupf, aber er räsonniert dagegen an: «Sie haben gar nicht mehr genug Geld für Belohnungen, oder? Wir haben alles gestohlen.»

Ein Tapergreis fegte vor den Wohnungen. Er war so geriatrisiert, daß er kaum den Besen halten konnte. Es gab auch nicht viel zu fegen, und gestern hatte er auch schon gefegt. Aber er hatte wenigstens zu tun. Zuerst hielt ich ihn für einen verehrungswürdigen Familienangehörigen, den man vor die Tür geschickt hat, damit er etwas Auslauf bekommt, aber er machte hier Urlaub und hatte die Nachbarwohnung gemietet. Meistens saß er mucksmäuschenstill drinnen und sprang nur gelegentlich zu einem erfrischenden Hoffegen ins Freie.

Das alles erklärte mir Monsieur Thomas, als er mich herumführte. Von allen Franzosen, die ich je gesehen habe, war er der einzige, der mit Baskenmütze lächerlich aussah. So wie manche Leute einfach in jeder

Kleidung elegant aussehen, besaß er die Gabe, jeden Stil, der in einem Textil verborgen sein mochte, auszuradieren. Er hätte für Modefirmen arbeiten sollen, um die Kollektionen ihrer Konkurrenten zu zerstören. Das Antimodell.

Madame Thomas verpaßte mir ebenfalls eine enthusiastische Verkaufskanonade, nicht ahnend, daß ich die Wohnung nahm, weil sie mehr als drei Wände hatte und ganz oben auf der Liste stand, die man mir im Fremdenverkehrsamt in die Hand gedrückt hatte. Am liebsten hätte ich gesagt: «Ich bin Bankräuber, und Ihr neuer Duschkopf ist mir absolut schnuppe.» Sie eröffnete mir, meine Vormieterin, eine junge Zelinograderin, habe man an die Luft setzen müssen, weil sie alle Nase lang Seeleute mit aufs Zimmer nahm und im Bett mit ihnen den Doppelkopf machte. Ich fragte mich, woher sie das wußte, und falls sie zuschauen konnte, warum sie dann so ungehalten war.

Sie freuten sich, einen deutschen Professor (aus Tübingen) an Land gezogen zu haben, das verschaffte ihrem Ansehen einen Zocle. Die Tinte auf dem Mietvertrag war kaum dehydriert, da schneite Hubert herein, und explosionsartig brach ihre Angst aus. Er bot ihnen seinen verbrecherischen Raubtierblick dar und ließ sie um ihr Tafelsilber und ihren guten Ruf bangen. Allein seine Haltung verriet, daß er imstande war, ihnen das Dach über dem Kopf anzuzünden, bloß um sich die Hände zu wärmen.

Als dann auch noch Thales auf den Plan trat, waren sie entsetzlich hin und her gerissen zwischen dem Wunsch nach Unterstützung durch die Luftwaffe und dem Kohldampf auf Kohle (ich hatte mit Bargeld bezahlt, das nicht in den Steuerkreislauf eingespeist werden würde). Sie ließen sich geringschätzig über Nagetiere aus, derweil Thales sie verächtlich anglotzte. Ein Haufen Elefantenscheiße mit einer blauen Schleife geschmückt hätte sie kälter gelassen und wäre wärmer empfangen worden. Im Gegensatz zu den meisten wilden Tieren, die der Gefangenschaft angeblich unerbittlichen Widerstand leisten, wurde Thales, ein Schmarotzer großen Stils, zunehmend feist und zeigte echten Besitzerstolz gegenüber seinem Käfig, von dem er sich nie weiter als ein paar Pfotenlängen entfernte. Als hätte er Angst, man könne ihn dazu vergattern, nicht mehr hinter Gittern zu sitzen, sondern wieder als Ghettoratte sein Dasein zu fristen.

Ich stellte Hubert als Professor für Neurologie an der Universität Montpellier vor. «Ich muß mich für meinen Kollegen entschuldigen, aber Sie wissen ja, wie diese Neurologen sind.»

Jocelyne tauchte auf, nachdem Hube verschwunden war, auf meine Anordnung hin enteilt. «Wenn irgend etwas passiert, egal wie versehentlich oder zufällig, komm nicht hierher zurück. Ausreden werden nicht akzeptiert.» Ich händigte ihm einen Zettel gleichen Inhalts aus, damit er es schwarz auf weiß hatte und sich nicht darauf rausreden konnte, er hätte sich verhört oder es vergessen. Viel Unterschied würde es nicht machen, aber vielleicht dampfte es ihm ja eine dünne Schicht Diskretion auf.

Wir warfen uns in die Kluft der Lust.

Ich ließ ein Bad ein und riet zum Stapellauf. «Da passen wir doch nicht beide rein», sagte sie, aber natürlich paßten wir. Ihre Herrlichkeiten blieben unverwässert; das Wasser verlieh ihren Brüsten, ihren Küsten einen glänzenden Hof. «Das hab ich noch nie gemacht», sagte sie (und emittierte spritzende Zaghrata), ein Satz, den ich aus ihrem Munde nicht erwartet hätte.

«Was?»

«Mit einem Mann gebadet.»

Das erstaunte mich. Aber es gefiel mir auch. Mir

gefiel unsere Erstung, daß Eddie in einer Erfahrung Fuß gefaßt hatte, die noch kein Mann betreten hatte. Noch Jahre später würde sie, wenn sonst schon nichts, sagen müssen: «Ach richtig, Eddie, das war der Bankräuber in der Badewanne.»

J. wuchs mir zunehmend ans Herz. Zu den wenigen Gnaden der Entjüngung gehört, daß ich sowenig erwarte; ich kann die Dinge nehmen, wie sie kommen. Ein Abend mit Jocelyne. Selbst wenn ich sie nie wiedersehen sollte, läge ich immer noch mit 14400 Sekunden vorn. Das lernt man zu schätzen: gute Gesellschaft. Sie quengelte nie, ließ sich gern um den Mittelfinger wikkeln, wedelte nicht mit Verträgen und packte nicht das Verb *regeln* aus.

«Warst du mal verheiratet?»

«Ein Fehler, den ich ausgelassen habe. Das Leben ist zu kurz, um sie alle zu machen. Außer man arbeitet die Nacht durch oder steht sehr früh auf.»

Ihre Beine schienen zeitlos; sie warf sich in Pose, um mich in Positur zu bringen.

Ich tourte.

«Das Leben ist kurz, aber lang ist dein Schwanz.»

?????????????????????????????

Gérards Café

Ob Gérard wohl da wäre? fragte ich mich. Ob es eine gérardsche Tageszeit gäbe, zu der man ihn anträfe? Ich beschloß, einfach hinzugehen, warf mich dem spontanen Impuls in die Arme, ihn sehen zu wollen. Entweder wird man vom Kismet geküßt oder nicht. Nach so langer Zeit hatte der Wille zum Wissen keinen Sinn mehr.

Städte sind Leute; wenn Bordeaux Montaigne ist, dann ist Toulon Gérard.

Ich hatte seit über zwanzig Jahren nichts mehr von ihm gehört. Ihn seit dreißig nicht gesehen, trotz des Vergnügens, das mir seine Gesellschaft stets bereitet hatte.

Er war aus vielen Gründen sympathisch; obwohl er auf Gebieten brillierte, wo ich mich blamierte, gehörte er zu der Handvoll Menschen, die noch unordentlicher, noch unpraktischer, noch zerstreuter und noch leidenschaftlichere Fuselmanen waren als ich.

Erste Gérardung

Das war während meines Auslandsjahrs in Frankreich. Nachdem ich in Cambridge zwei Jahre meiner Studienzeit abgerissen hatte, flaute mein Glaube an die Branche ab, und Wilbur, mein Tutor, schlug vor, ich solle ins Ausland gehen, um meine Liebe zur Weisheit aufzufrischen:

«Nimm dir ein Jahr Urlaub vom Lesen und bring etwas Körperflüssigkeit unter die Leute. Mach, was du willst, aber laß dich nicht über Wahrheitsfindung oder ähnliches aus. Das fände ich unerträglich. Wenn du die Wahrheit hören willst, mußt du den Leuten Elektroden an die Eier klemmen. Dann kommen sie dir mit der Wahrheit wie ein geölter Blitz.»

«Du hast vielleicht ein Schwein», sagte er beim Abschied, «ich wünschte, ich könnte mich mal für ein Jahr aus diesem Dreckloch verdrücken.» Das verschlug mir kurz den Atem, denn Wilbur war mir immer als Inbegriff von Distinktion und Souveränität erschienen, branchenmäßig wie menschlich; damals war ich noch nicht dahintergekommen, daß man in allen langjährigen Beziehungen, egal wie sehr man liebt, den Rucksack mit Sorgen und Nöten auf dem Buckel hat.

Ich bekam also einen Job als Assistant am Lycée Zola in Toulon, ein Job, der genau das richtige für mich war, da ich eigentlich nur den Mund aufmachen und Teenager vollabern sollte, die daseinslahm durchs Leben hinkten.

«Ich mußte das Wochenende in der Normandie verbringen», erzählte mir Gérard fünfzehn Sekunden, nachdem ich ihm in der Mensa erstmals über den Weg gelaufen war. «Ich habe versucht, meiner Frau treu zu bleiben, aber es hat einfach nicht geklappt.» Gérard hatte damit Probleme. Nicht so große wie Nick (wer war das?), aber er entdeckte ständig irgendwelche nackten Frauen am Ende seines Ekstasespezialisten. Er führte an der Schule Aufsicht (wurde dafür bezahlt, die Teenager zusammenzustauchen, wenn sich ihr Daseinslahmen mal zu sehr erholte) und arbeitete an seiner Agrégation in Philosophie.

Am meisten beeindruckten mich die Genialität, mit der er Frauen die Klamotten vom Leib schwatzte, und sein unermüdliches Lesen. Er hatte alles gelesen, solange es kein ausgesprochener Ramsch war, schleppte immerzu französische, deutsche und englische Titel von beträchtlichem Ansehen mit sich herum, die für mich allesamt böhmische Dörfer waren, und hatte stets mindestens ein Buch auf Vorrat dabei, falls ihm mal der Lesestoff ausgehen sollte oder er zu dem Urteil kam, das Buch, das er gerade studierte, lohne die Lektüre nicht. Er war drei Jahre älter als ich und mit den Lockerungsübungen beschäftigt, um einer der großen französischen Philos zu werden. Ich halte mich für dialektisch halbwegs trocken hinter den Ohren, aber er brach mir das noetische Bein, überfiel mich aus dem Hinterhalt mit deutschen Mystikern, wrang verborgenen Grausaft aus den Ideologen, behämmerte mich mit Abschnitten amerikanischer Pragmatisten, von deren Existenz ich nicht einmal gewußt und die seit 1913 kein zweiter Mensch mehr gelesen hatte – und das alles in den Mittagspausen.

Zwei glorreiche Sophisten

Gérard hatte die sophistische Angewohnheit der Welschen, sich ausgefallenes Material zu suchen und ihm dann Beine zu machen. Im Gegensatz zum Boss Gorgias, der, nachdem er in seinem Enkomion auf Helena eine der meistverunglimpften Frauen des Altertums in den höchsten Tönen gelobt hatte, immerhin so höflich war, mit den Worten zu schließen «War doch bloß ein Scherz». Viele seiner Schüler gehen damit elliptisch um. Aber Gérard erreichte den Schluß stets mit einem Lächeln auf den Lippen.

Er war auch der einzige Mensch, an dem ich je diesen Blick gesehen habe, der mir gelegentlich auch in meinem Gesicht auffällt, wenn meine Augen in Trennung leben, das linke und das rechte in unterschiedlichen Zonen, seiend, aber nicht sehend. Auf Introspektion. Es sieht äußerst dämlich aus, und ich zerriß die Photos immer, auf denen dieser Blick sein Unwesen trieb. Aber ich habe ihn ein paarmal bei Gérard gesehen. Gelegentlich hielten Leute uns für verwandt (zugegebenermaßen nicht besonders helle Leute).

Letzter Versuch der Gérardung

Ziemlich lange her. Ich probierte die letzte Telephonnummer, unter der ich ihn vor zwanzig Jahren erreicht hatte, obwohl mir klar war, daß sie unglaublich untauglich sein dürfte. Zu guter Letzt palaverte ich wortreich mit einem erzürnten Vermieter, der mit einer Weitschweifigkeit sondergleichen betonte, nichts wäre ihm lieber, als Gérard aufzutreiben, denn die von diesem gemietete Wohnung hätte 'ne Biege gemacht und nur etwas rauchende Asche zurückgelassen. «Mir sind ja schon Leute untergekommen, die Besteck klauen oder Möbel mitgehen lassen, aber ich mußte noch nie die ganze Wohnung in den Wind schreiben.»

Vom Verlieren fremder Häuser

Es bringt einen mitunter in Verlegenheit...

Ich nehme an, irgendwann im Leben hat jeder von uns schon mal ohne qualifizierte Ausbildung ein Bordell in Amsterdam geführt.

Bei mir kam es rein aus Versehen dazu, als mir eines Sommers mitten in der Stadt ein herrliches Haus mit fünf Schlafzimmern anvertraut wurde. Ein niederländischer Chirurg verhalf mir dazu, damit ich in Ruhe ein Buch über Spinoza schreiben konnte; anscheinend habe ich die Gabe, Menschen ausgerechnet dann zu bezaubern, wenn ich es weder will noch brauche.

Aber beim Angebot einer Luxusresidenz griff ich zu. Im Café kam ich bei einer Doppelmagnum mit einer jungen Dame ins Gespräch, die, wie es der Zufall wollte, eine Bleibe suchte; galant bot ich ihr an, sich eine Zeitlang bei mir niederzulassen (neben der Galanterie machte sich in mir der Wunsch breit, meinem Gast unter die Gala zu gucken).

Obwohl ich völlig damit ausgelastet war, kein Buch über Spinoza zu schreiben (es hatte keinen Sinn anzufangen, solange ich den Titel nicht haarscharf getroffen hatte), kam ich nicht umhin, von der Schar junger Amerikaner Notiz zu nehmen, die nach dem Einzug im Haus aufliefen, sich nach der Bar erkundigten und ob noch Zapotes da wären. Philosophie schärft wirklich die Sinne. Auch mußte ich registrieren, daß die junge Dame, Olenka war ihr Name, eine Reihe von Freundeusen hatte, die ebenfalls um ein Schlafzimmer verlegen waren.

Na prima; ich mag verantwortungslos sein, aber völlig verantwortungslos bin ich nicht. Mir kam der Gedanke, daß die Leitung einer doppelmoralischen Anstalt meinem Weltranglistenplatz nicht unbedingt dienlich wäre und daß der Verschleiß priapischer Männer dem Haus, das sich bei meinem Einzug in schockierend makellosem Zustand befunden hatte, keinen Gefallen tun würde. Und dann beunruhigte mich der Bericht des einen Mädchens, deren Lieblingspraktik es war, ihren Freiern die Körperbehaarung mit einem Lötkolben wegzusengen.

Ich hatte eine Woche, vielleicht zehn, höchstens vierzehn Tage über der Entscheidung verbracht, daß ich mir am Tag darauf aber wirklich mal ernsthafte Gedanken machen müßte, was hier zu tun war (und wenn ich schon ein Mädchenhändler war, wie kam es dann, daß mir keine Provision in Form von Visionen zuteil geworden war, in denen spärlich bekleidete Frauen «Mach's mir, Eddie! Los, mach's mir!» stöhnten), da brannte das Haus ab.

Sollte Ihnen mal Ihr Haus niederbrennen, empfehle ich einen lauen Sommerabend, damit es nicht so ungemütlich wird, wenn Sie lediglich in einer Unterhose mit Union-Jack-Muster (aber das ist wieder eine andere Geschichte) im Freien stehen. Es ist wie ein Lagerfeuer, nur viel größer.

Ein Feuerwehrmann gab mir einen Joint, der lodernde Hurenkasten gab mir Feuer, und ich überlegte, was ich jetzt machen sollte. Für die Rückkehr nach England konnte ich in Amsterdam jederzeit ein Ruderboot kapern, meinen Namen ändern und in Dundee, Zakro, Zante oder sonst einem Ort, wohin es die Leute und besonders Rachebengel selten verschlug, einen Schnapsladen eröffnen.

Aber die Moral dieser Geschichte ist anders: Bloß weil man dafür verantwortlich ist, eine Stoßkaserne aufgemacht, die moralische Umweltverschmutzung gefördert, eins der schönsten Gebäude Amsterdams eingeäschert und sämtliches Hab und Gut verloren zu haben, bloß weil man in aller Öffentlichkeit mit einer lächerlichen Unterhose gesehen worden ist und in über zwei Monaten nicht eine einzige Zeile oder auch nur einen sehr sehr kurzen Satz über Spinoza zu Papier gebracht hat (ganz recht, man hat sich nicht mal einen Bibliotheksausweis besorgt, vom Ausleihen eines Buchs über Baruch ganz zu schweigen), heißt das noch lange nicht, daß man in der Bredouille sitzt.

Der Besitzer tauchte unvermutet auf und bekam noch die letzte Glut seines Eigentums mit. Was glauben Sie wohl, was passierte? Körperverletzung? Versuchter Mord?

Ich bekam drei neue Anzüge, eine Reihe zusätzlicher Kleidungsstücke, eine Fahrkarte erster Klasse nach Hause, einen großzügigen Scheck für weitere Forschungsarbeiten, einen Zylinder, das unbefristete Angebot von Gastfreundschaft und Verhätschelung in jedem beliebigen Teil Hollands und eine Entschuldigung für mir womöglich widerfahrenes Ungemach.

Falls Ihnen das zu hoch ist, hier das Gespräch:

Vandermoor: Um Gottes willen, ist Ihnen was passiert? Ich hab versucht, Sie anzurufen, um Ihnen zu sagen, daß ich zurückkomme, aber da war dauernd besetzt…

Eddie: Ähm.

Vandermoor: Das ist entsetzlich. Sie müssen ja Ihre gesamten Habseligkeiten verloren haben.

Eddie: …na ja.

Vandermoor: Und dann Ihre Arbeit! Was ist mit Ihrer Arbeit?

Eddie: …na ja.

Vandermoor: Was, drei Monate Arbeit in Rauch aufgegangen? Mein Gott, und ich bin an allem schuld…

Eddie: …tut mir leid…

Vandermoor: Ich bin an allem schuld. Ich hätte Sie vor meiner Abfahrt warnen müssen, aber ich hatte soviel um die Ohren. Wir hatten früher schon kleine Brände wegen der schlechten Leitungen… aber wer denkt denn gleich an so was? …Keine Angst, ich komme für sämtliche Schäden auf…

Motive der Sehnsucht nach Gérard

In Gérards Gesellschaft lief ich immer auf Hochtouren; ich tanzte zerebrale Zapateados, die Lorbeeren sprossen mir aus allen Ohren. Vielleicht konnte er ja noch in letzter Minute eine Verwandlung herbeiführen, mir zu der fehlenden Zutat verhelfen, mir etwas für die Jahrtausendwende geben.

Damit ich anläßlich der großen 2 was anstellen kann. Den wenigsten Menschen läuft eine Jahrtausendwende vor die Flinte. Und dann auch noch die zweite. Das ist doch die Marketing-Chance, die große Absahne. Eddie präsentiert den Gipfelpunkt der Geschichte. Man braucht seine eigene Spielwiese. Intellektuell kommt mir das Feld abgegrast vor, aber soweit ich sehe, hat es noch nie eine zweite Jahrtausendwende gegeben.

Außerdem mache ich mir Sorgen um Gérard. Seit er sein Problem hatte.

Ich gebe zu, meine Besorgnis war kaum weitergegangen, als hin und wieder die französischen Philosophiezeitschriften nach Lebenszeichen abzusuchen. Ich rechnete fest damit, er würde sich eine Stelle schnappen, aus der Deckung kommen und der Nanterre-Brigade eine Tracht Prügel verabreichen, Mannesmut vor dekonstruktivistischen Mullahthronen beweisen, im Collège-Team Backpfeifen austeilen. Aber er schwarz-auf-weißte nie, was mich erstaunte, denn er war gut und hatte einen zweistelligen Weltranglistenplatz, aber locker. Nach Nicks Selbstentlebung versuchte ich Wilbur zu überreden, G an Bord zu holen, aber Wilbur war von der Idee besessen, mich an die Angel zu kriegen, und Gérard machte sich unkontaktierbar.

Am alten Hafen, im selben Café (plusminus ein paar Schichten Farbe), wo wir uns früher rumgetrieben hatten, fand ich ihn dann. Das Café war so gut wie leer, und er saß in seiner üblichen Haltung allein an einem Tisch. Ich erkannte ihn sofort, obwohl er seine Physiognomie hatte hängenlassen, schlottrige Haut wie Porridge mit Rouge. Ein alter Mann. Ein zostierter alter Mann.

Bemerkenswerter als mein erfolgreiches Aufspüren war, daß er mich trotz Sonnenbrille und Käppi erkannte. Unsere Augen bohrten sich auf vier Meter Entfernung ineinander.

«Mein Bruder», sagte er, «du warst noch nie pünktlich, aber eine Säumigkeit von zwanzig Jahren ist schon phänomenal. Ich wußte freilich, wenn ich nur genug Geduld aufbrächte, würdest du irgendwann auftauchen und die Zeche zahlen.»

Beim Hinsetzen verdutzte mich am meisten die Bücherlosigkeit seines Tisches; auch an seinem Körper oder in seinen Jackentaschen waren keine Wälzer sicht- oder sonstwie wahrnehmbar. Früher pflegte er drei Bände auf einmal bei sich zu haben, über tausend Seiten am Leibe; an das Buch in seiner Hand hatte man sich so gewöhnt, daß man es für den nächsten Schritt der Evolution hielt. Ich erinnere mich, daß er einmal sagte, am meisten Angst habe er vor einem frei flottierenden Gedanken ohne Buch, in das er ihn versenken könne. Er konnte mit einem Text reden, gehen, alles tun; selbst seine Buhlschaften teilten das Kissen wahrscheinlich mit einem Buch.

Unsere Augen tauschten sich aus.

«Nein, kein Buch. Mir geht genug durch den Kopf. Es fällt mir ziemlich schwer, mich auf Literatur zu konzentrieren; das bringt das Sterben so mit sich.»

Gérardung: was für mich dabei herausspringt

Lektionen im Schlußmachen. Beendigungskurse. Kann man noch irgend etwas tun, außer die Ziboriumsschwenker hereinzubitten? Gérard war nicht viel älter als ich, aber er war älter, und er war brillant. Ich war gespannt darauf, was er sagen würde. Ob ich irgendwelchen Tiefsinn abkupfern konnte, ob er mir Tips zuschnipsen würde. Mich ärgert, daß ich nach so viel Bio immer noch nicht schlauer bin. Ich erwarte nicht viel, aber doch etwas.

Totenbetten 1.1

Kurz vor seinem Dahinscheiden erlangte Wilbur seinen Verstand zurück. Ich besuchte ihn. Er sagte nicht viel. «In diesen Momenten soll man immer denkwürdige, kernige, erhellende Sinnsprüche absondern.» Pause. «Ehrlich gesagt, mir ist nicht nach denkwürdig, kernig oder erhellend.»

Das war so ziemlich alles, was er in der halben Stunde meines Besuchs sagte. Dann: «Es steht außer Zweifel, daß wirklich gute Leute Quälgeister sind; die guten können gesittet und rücksichtsvoll sein; Gorgias hat eigentlich keinen wirklich vergrätzt. Aber Protagoras. Und Anaxagoras. Und Parmenides. Und so weiter. Über den wahrhaft Begnadeten wippt der Federbusch des Unfriedens. Aber bei dir kann ich bis heute nicht genau sagen, ob du nun ein talentierter Störenfried bist oder nur ein Störenfried.»

Auch das war jetzt da und rüpelte mir durch die Rübe, rempelte andere Gedanken beiseite: das gespannte Warten, ob Gérard mir ein Scheibchen Offenbarung zustecken würde, ob er an der Anzeigetafel aufgerückt war oder ob hier ein weiterer vielversprechender oder nochmehrversprechender Philosoph saß, der es nicht gepackt hatte.

Gérard am alten Hafen 1.2

Ich sah Gérard genauso an, wie wahrscheinlich auch ich seit Jahren angegafft werde: Ist da noch jemand zu Hause? Das Erstaunen darüber, daß sich jemand körperlich in so schlechter Verfassung befinden konnte, mit dem Menschsein derart abgeschlossen hatte. Abschätzig sah G zu, wie ich ihn abschätzte.

«Sprich mir nach: Gérard, du siehst scheiße aus, die meisten Leute sehen selbst bei ihrer Beerdigung besser aus. Finger weg vom Alkohol. Gérard, reiß dich doch zusammen. Das ist unter deiner Würde. Ich nehme an, das hast du alles selbst schon zu hören bekommen, Eddie. So, das hätten wir hinter uns, dann können wir ja was trinken.»

Die Lösung der Lösungen

Genau das ist das Problem: Für die meisten Probleme findet man keine Lösung, indem man einmal um den Block geht, aber in den meisten zivilisierten Gegenden kommt man keine hundert Meter weit, ohne auf eine auf Flaschen gezogene Oase zu stoßen, wo es das Lösungsmittel gibt, in dem man sich auflösen kann.

Gérard am alten Hafen 1.2

«Und, Eddie, wie läuft's bei dir? Ich hab deine Bücher gesehen; fand ich ganz amüsant. Wer hat die denn für dich geschrieben?»

Gerard ließ sich kein Z für ein U vormachen.

Weil ich meine Nutzlosigkeit ins Extrem trieb, mußte meine Lektorin das erste schreiben. Mein zweites Buch hatte meine kreativen Säfte ähnlich wenig strapaziert: als sein Testamentsvollstrecker stieß ich beim Entrümpeln von Wilburs Büro auf ein Manuskript, das er vergessen haben mußte, denn bis zuletzt hatte er steif und fest behauptet, er habe nicht mehr als einen Absatz hinterlassen.

Sein Thema waren die gefürchteten mittelalterlichen Logiker von Paris (1136 – ein Jahr bevor Kaiser Johannes II. Zangi zurückwarf – studierte Johannes von Salisbury dort Logik, und als er zwölf Jahre später dorthin zurückkehrte, erörterten sie nach wie vor dieselben Fragen wie bei seiner Abreise. Es würde mich überhaupt nicht überraschen, wenn ich erführe, daß sie heute noch in irgendeiner Mansarde hocken und sich in der Wolle liegen, so besessen von ihren unauslotbaren Subtilitäten, daß sie darüber das Sterben vergessen haben. Man muß schon bis nach Padua fahren, zu Aristotelikern wie Marcus Antonius Zimara oder Jacobus Zabarella und ihrem Ausknobeln der Unsterblichkeit der Seele, um ähnlich blühenden Blödsinn zu finden.)

220 S. Schönen Dank auch.

Ein Buch zu veröffentlichen ist gar nicht so einfach. Das Manuskript war zwar durchaus ansehnlich, aber kein Meisterwerk. Sein herausragendes Verdienst bestand darin, daß es getippt war. Meine spontane Reaktion nach der Entdeckung war, es sofort abzuschicken und Prestige und Penunzen einzustreichen, aber ich wurde weich und gab diesen niederen Beweggründen nicht sofort nach.

Erst verlegte ich es. Ein Jahr später fand ich es in meinem Sessel wieder. Brauchte vierzehn Tage, um das Titelblatt mit meinem Namen und meiner Adresse neu zu tippen, bevor ich es dem Verlag schicken konnte. Ein Wochenende unter Schuldgefühlen wegen der Freibeuterei, um die Prosa zu zambonieren und durch das Einfügen von ein paar Jargonverben einen eigenen Beitrag zu leisten. Einen Monat, bis ich einen Umschlag gekauft hatte, den ich prompt verschusselte. Etwa einen Monat Suchaktionen und einen weiteren für Anläufe, einen neuen zu kaufen, und schließlich noch einen vierten Monat, um ihn der Postbeförderung anzuvertrauen. Kurz und gut, ich hab's nie geschafft, das Manuskript abzuschicken. Ich vergaß es im Zug (nehm ich an), aber jemand war so gütig, es in den Briefkasten zu werfen, jedenfalls erhielt ich kurz darauf einen Vertrag. Wenn's drauf ankommt, kann ich sehr hartnäckig sein.

Featherstones Leichtgläubigkeit war bis auf die

Grundfesten geschleift. Sämtliche Philosophiestudenten und -doktoranden wurden zu ihm in die Wohnung eingeladen; sie verkasematuckelten Unmengen Räucherlachs und Rehbraten, füllten sich mit Champagner ab, und dabei führte er seine fruchtlosen Ermittlungen durch, um herauszufinden, wer da bestochen, erpreßt oder beschwatzt worden war, mir dieses Buch zu schreiben. Aber er nahm die falschen Zeugen ins Kreuzverhör; der Mann, der es wußte, hatte (a) alles vergessen und (b) den Löffel abgegeben.

Worüber ich nicht schreiben werde 1.2:

Gérard am alten Hafen 1.3

Gérard butterte mich total unter. Ich klärte ihn auf und rutschte dabei unruhig auf meinem Stuhl hin und her; er fuhr auf englisch fort.

«Keine hastigen Bewegungen, Eddie. Jederzeit können unsere Hosenböden von einem bodenlosen Schlund verschlungen werden. In die Hölle kann man jederzeit und überall ohne Zwischenlandung geraten. Ohne Vorwarnung. In der Arktis. Im tiefen blauen Meer. Hölle – für eine Person, von Kopf bis Fuß, wie ein Einzelzimmer, ohne daß dein Nachbar auch nur einen Schwefeltropfen abbekommt. Eine so infernalische Hölle wie die Wüste von Zungaria, ohne daß deinem Nachbarn auch nur ein Sandkorn ins Auge fliegt. Halts Maul, Gérard, halts Maul.»

Worüber ich nicht schreiben werde 1.3:

Gérard am alten Hafen

Dann schaltete er auf deutsch um. «Komm schon. Bestell was Teures. Bedenke, du bist ein Philosoph ersten Ranges und der Bankräuber des Tages.» Das überraschte mich etwas. Selbst in seiner unersättlichsten Lesephase hatte er für Nachrichten oder Zeitungen nie viel Zeit gehabt: «Falls es Folgen hat, landet es mit Sicherheit irgendwann in einem Buch.»

Als ich das letzte Mal von ihm gehört hatte, wohnte Gérard in einem Cottage landeinwärts, ohne Strom oder fließend Wasser, noch gleichgültiger gegenüber dem Fortschreiten von Geschichte und Zivilisation, ausschließlich in Gesellschaft von emsigen Traubenbluttransfusionen. Während unserer gemeinsamen Zeit in Toulon hatten wir beide an unserer Korpulenz gearbeitet. Jetzt bildeten wir krasse Gegensätze: Ich hatte den Gipfel der Körperfülle erreicht, und er sah (zootomisch) aus, als habe man ihn filetiert und das Fleisch in die Tonne getreten – oder vegetarisch ausgedrückt, er sah aus wie ein komplett abgenagter Apfel. In Fast-Food-Begriffen repräsentierte Gérards Auftauchen (oder mein Auftauchen, wenn Ihnen das lieber ist) Ihr Lieblings-Sandwich mit einer dicken Scheibe Freundschaft, aber auch dem Spritzer eines unbekannten (und unwillkommenen) Gewürzes.

«So, Eddie, du willst also in der Lohe eines juristischen Feuergefechts vergehen, ja? Es wird mir behagen, du zu sein.» Er befreite eine wiederholt zusammengefaltete Zeitung aus der Hosentasche (er hatte Zeitungen immer nur Kleinanzeigen genannt) und entfaltete sie zu einem Titelblatt, von dem mir die Nachricht unserer bevorstehenden Bankentour durch

Montpellier entgegenprotzte. «Die Hölle, Eddie, die Hölle paßt dir jederzeit 'ne Uniform an, maßgeschneidert.» Ich wollte bei seinem Problem nachhaken, aber statt dessen sagte ich: «Wie ich sehe, hast du immer noch deinen alten Tisch.»

«Stimmt, eine Welt, in der man seinen Tisch behalten kann, hat einiges für sich, trotzdem bist du ein Glückspilz, daß du mich gefunden hast. Ich habe mich nach langjährigem Lokalverbot erst vor kurzer Zeit wieder an meinen angestammten Platz begeben. Ein Plus der langen Lebe: derlei Bannflüche sitzt sie einfach aus. In Toulon ist jetzt eine neue Generation von Fouriermeistern und Tränkologen am Ruder, die nicht gleich bei der Polente anrufen, wenn ich den Kopf durch die Tür stecke, oder irgendwem 'n paar Franc zuschieben, damit er mir den Kiefer tiefer hängt.»

Er sah mich an: «Was ist? Willst du gar nicht fragen?»

Gérards Problem

Sein Problem: Er hatte einen Fehler gemacht. Seinen größten Fehler. Er hatte nicht mit einem Mädchen geschlafen. Er hatte keinen Ehebruch begangen. Er hatte den klassischen Fehler begangen: Anstand, Treue. Er hatte jung geheiratet, aber als Intellektueller von Welt in einem Land, dessen Ideenmänner gefeiert werden, bekam er mehr weibliche Bewunderung zu spüren, als ihm lieb war.

Seine Frau war bemerkenswert tolerant, aber sie hatte einen Draht dafür, seine Eskapaden rauszukriegen, manchmal war G auch einfach nur ein Unglücksrabe.

Auf freiem Feld hatte er soeben mit einer Begleiterin zur Weltverbesserung schreiten wollen, als seine Frau die beiden mit dem Fallschirm besprang, nachdem sie von durchgeknallten Zephyren sieben Kilometer von ihrem Zielgebiet weggetrieben worden war. Das war um so betrüblicher, als er seiner Frau das Fallschirmspringen überhaupt erst nahegebracht hatte (um sie sich vom Hals zu schaffen), und «die Strafe fällt nicht geringer aus, wenn man auf freiem Felde mit einer nackten Frau ertappt wird, die man nicht besprungen hat, als wenn man auf freiem Felde mit einer nackten Frau ertappt wird, die man besprungen hat, und ich mußte mich natürlich auf freiem Felde mit einer nackten Frau ertappen lassen, die ich nicht besprungen hatte.»

Man wußte sofort, wenn sie und Gérard Hickhack hatten. Er war dann blaß, sagte keinen Ton, hockte im stillen Kämmerlein und büßte alle Courage beim Courmachen ein, bis seine Frau zu ihm zurückgekehrt war, woraufhin er die Nase emporreckte und wieder brillant und unwiderstehlich für das schöne Geschlecht wurde.

Im Lycée trat eine neue Aufseherin ihren Job an. Gérard blendete sie mit seinen zerfledderten Taschenbüchern, seinen Aperçus, seinem Durchblick bei Hegel. Er lud sie ins Restaurant ein, füllte sie mit Austern ab und bot schließlich an, sie nach Hause zu fahren, wohl um ihr die feuchte Furche zu pflügen.

Später referierte er: «Ich sagte mir – nein, nicht schon wieder. Ich merkte einfach, wie sinnlos das Ganze war. Ich war wieder einmal drauf und dran, drei Menschen unglücklich zu machen. Und wofür? Für ein wohlvertrautes Vergnügen, das dem ehelichen so unähnlich nicht war. Darunter würde ich, sobald sich der Reiz des Neuen abgenutzt hätte, eine unvorteilhaftere Ehefrau finden. Vielleicht war ich erwachsen geworden; die Lieferungen von Lust und Leid hielten sich jedenfalls nicht die Waage. Und die Prinzipien erst: die sollte man sich stets vor Augen halten.»

Dann weiter: «Ich merkte, daß sie Lust hatte. Meine Eitelkeit hatte ihren Tribut empfangen.»

Er setzte sie an ihrer Straßenecke ab.

«Sie war baß erstaunt, als ich nicht mitkommen wollte. Aber ich stieg dadurch in ihrer Achtung. Er ist anders als andere Ehemänner, sagten ihre Augen. Er kann ein Abendessen ohne Hintergedanken genießen. Weißt du was? Das gefiel mir. Ich wollte nicht, daß sie herausfand, daß ich wie fast alle Männer bloß das Lebenserhaltungssystem für einen Phallus abgebe.»

Er fuhr nach Hause und gratulierte sich zu dem neugefundenen Kick. Am nächsten Morgen wurde sie in einer Garage in der Nähe ihrer Wohnung aufgefunden. Zeddiert. Ermordet. Vergewaltigt. Nach dem Befund des Polizeipathologen war der Tod eine halbe Stunde, nachdem Gérard sie abgesetzt hatte, eingetreten. Man hatte ihr die Kehle durchgeschnitten.

«Hast du so was schon mal erlebt, Eddie? Das ist trauriger, als man für möglich halten würde, die Trauer gerinnt. Dahinter bleibt alle Sprache zurück.»

Auftritt Afghanistan

Der einzige Rat, den ich Ihnen anbieten kann, sollte man Sie je einladen, in einen Krieg zu ziehen, lautet, brüllen Sie nein, und falls der Einladende kleiner ist als Sie und Gleiches voraussichtlich nicht mit Gleichem vergelten wird, verpassen Sie ihm eins aufs Maul, um ein für allemal auszuschließen, daß er Sie noch einmal fragt und Sie womöglich Ihre Meinung ändern.

Sollten Sie wissen wollen, wie Krieg ist, dann essen und schlafen Sie drei Tage lang nicht, wälzen Sie sich in einer Jauchegrube, besuchen Sie eine Leichenhalle, verbinden Sie sich sodann die Augen und überqueren Sie eine Autobahn (aber geben Sie sich eine Chance: tun Sie's um drei Uhr morgens); falls Sie überleben, war es billiger und leichter. Als Zak mich fragte, ob ich Lust hätte, nach Afghanistan zu gehen, lautete meine Antwort sinngemäß: «Warum nicht? Äh, reichst du mir mal das Salz?» Soviel zu einem ununterbrochenen Philosophiestudium; q. e. d. Selbst Grips in Hülle und Fülle schützt vor Blödheit nicht.

Warum Zak und ich miteinander klarkommen

1. Wir haben beide im Knast von Mile End gesessen.
2. Wir haben beide Vietnam hinter uns gebracht. Er als Dschungelhopser und ich als Lenkwaffenschmied (ein Ferienjob in Plymouth).
3. Wir interessieren uns beide für Philosophie.
4. Wir interessieren uns beide für die edlen Weine Frankreichs.
5. Wir interessieren uns beide für Engelsstaub aller Art.
6. Daher auch unser Projekt eines Postversandes teurer Ausgaben griechischer Klassiker aus Kolumbien mit Nasen-Naschwerk als versteckter Beilage.
7. Ich hatte noch nie Probleme damit, Leuten freundlich zu begegnen, die Schiffbruch erlitten haben.

Und was hat ein gestrandeter Philosoph wie ich in Afghanistan verloren?

Zak wollte Rubin-Shopping machen, denn Edelsteine spuckte Afghanistan sogar noch zu Kriegszeiten aus. Zak, müssen Sie wissen, nimmt die Dinge am liebsten von der allerhärtesten Seite.

Als wir einmal in der Schweiz Urlaub machten, stand er im Morgengrauen auf und erkletterte den nächsten Gipfel. Ich stand gegen Mittag auf, nahm die Seilbahn zur Bergstation, setzte mich in das teuerste Restaurant, das ich finden konnte, hielt Zak einen Platz frei und einen Band Platon in Bereitschaft (schließlich war ich als Privatlehrer da), während er sich ohne die Unterstützung durch Sicherheitsgurte oder anderen Klumpatsch, der das Risiko tödlicher oder sonstiger Verletzungen vermindert hätte, nach oben vorkämpfte.

Und was hat Afghanistan mit Gérards Problem zu schaffen?

Wir waren eine Woche dort. Ich verbrachte sie in einem Nebel aus Schrecken, Erschöpfung und Krankheit, so daß es mich nicht mal sonderlich juckte, als das Dorf, das wir gerade durchquerten, bombardiert wurde, denn meine Kapazitäten für Ängste waren erschöpft.

Am Dorfrand fanden wir ein Mädchen, das Wasser geholt hatte und jetzt neben ihren Eimern lag. Sie war elf oder zwölf. Sehr hübsch. Für die Tochter eines bettelarmen Bauern in einem ausgesprochen brutalen Kriegsgebiet geradezu bildschön. Sie sah gut aus, kein Blut, kein Dreck, keine Anzeichen einer Verletzung, einmal davon abgesehen, daß ihre Schädeldecke weg war; sie sah aus wie eine Photographie, an der jemand mit einer Schere zugange gewesen ist; ein hübsches Mädchen, zerschnippelt.

Ich knickte ein und weinte, schluchzte und schrie. Ich schrie und schluchzte und weinte und vergoß Tränen und plärrte und öffnete die Lakrimalschleusen und alles dazwischen; meine Gefühle troffen mir aus den Augen; Trauer im freien Fall. Ich weinte um das Mädchen, aber ich glaube, ich weinte auch um mich selbst, weil ich in einer Welt lebte, in der so etwas möglich war. Gérard hätte vermutlich die Ansicht vertreten, ich hätte ausschließlich um mich selbst geweint. Glauben Sie mir, auch bei Leuten, die ungleich härter sind als ich, tritt Würde meist bei Zimmertemperatur auf. Probieren Sie's lieber nicht selbst aus.

Gérards Problem

Diese unüberwindliche Trauer hatte Gérard also in Gestalt der abgeschlachteten Aufseherin kennengelernt.

Seine Frau verließ ihn. Nach diesem Zyklon erwies sich die Biosphäre der beiden als irreparabel. Gérard hatte ihr einen Bären aufgebunden, mit dem er zu der Zeit unterwegs gewesen sein wollte, als er in Wirklichkeit die Aufseherin im Restaurant verwöhnte. Sie nahm ihm die Beteuerung, es sei bloß ein netter Abend zu zweit gewesen, nicht ab, und erst recht konnte sie nicht glauben, daß keine Vereinigung stattgefunden haben sollte, weil ausgerechnet G vor einem Seitensprung zurückgeschreckt war.

Die Polizei reservierte ihm natürlich den Ehrenplatz des Hauptverdächtigen, aber sein Sperma bezeugte seine Unschuld.

Kurz darauf traf ich ihn in Paris. G war in schlechter Verfassung, aber ich logisierte, im Lauf der Zeit würde er die Sache schon auf die Reihe bekommen. «Hätte ich nicht aus heiterem Himmel diesen Tugendanfall bekommen, dann wäre sie noch am Leben. Meine Rechtschaffenheit sponserte ihren angst- und schmerzerfüllten Tod. Du hättest ihre Familie sehen sollen.» Die Polizei hatte keine Ergebnisse zutage gefördert. «Es war jemand von hier», sagte G, «ich weiß es einfach. Jemand aus der Gegend.»

Die Polizei trat weiterhin auf der Untersuchungsstelle. Keine Verdächtigen, erfuhr G von der Familie.

Also fing er selbst an, nach dem Mörder zu suchen, obwohl er keine Ahnung hatte, wie man das anstellte. «Komisch: Die ollen Griechen haben alles mögliche über alles mögliche geschrieben, aber eine Methode, wie man Mördern auf die Spur kommt, war nicht dabei.»

Gérards Vorgehen

Er brachte sich auf Zet und stellte seine eigenen Nachforschungen an. Er befragte all ihre Freunde und Bekannten. Nichts. Er sprach immer wieder mit ihnen und achtete auf jede Winzigkeit. Er beschattete ihre Exfreunde. Wohin geht man, wenn man ein Verbrechen aufklären will? Man geht zu den Verbrechern. «Ich hab in Bars rumgelungert und die zwielichtigsten Bekanntschaften gemacht; das ist viel, viel schlimmer, als es klingt.»

Mit der Zeit übernahm Gérard kleine Spitzeldienste für die Zarps, um sich ein Zubrot zu verdienen. Seinen Job hatte er im Zuge der Nachforschungen verloren, und aus Zeitgründen konnte er sich außer bei sporadischer Bararbeit nirgendwo länger halten. Er ermittelte bei allen möglichen Anschlägen, Vergehen und Todesfällen in der Gegend.

Gérards Auskunftsbröckchen ohne meine Stichworte à la «und was geschah dann?» oder «warum?»

1. Monate schlichen dahin. «Ein Jahr war vergangen, ohne daß ich etwas vorzuzeigen hatte. Ich sagte mir, Gérard, mach bloß nicht schlapp. Ein echter Philosoph sollte einer solchen Herausforderung gewachsen sein.»
2. Jahre stolzierten vorbei. «Jedes Jahr gab ich mir

noch ein Jahr. Wie an der Bushaltestelle: Wenn dir einer sagt, der Bus kommt erst in einer Stunde, dann läufst du weiter. Aber wenn du erst mal zehn Minuten gewartet hast, rührst du dich nicht mehr vom Fleck. Hätte ich nach drei Monaten aufgehört, dann wär's das gewesen. Aber je länger man am Ball bleibt, desto schwieriger wird es, die Finger davon zu lassen. Hätte ich nach einem Jahr den Bettel hingeschmissen, wäre das ein vertanes Jahr gewesen. Hätte ich's nach zwei Jahren aufgesteckt, hätte ich zwei Jahre zum Fenster rausgeworfen. Ich mußte einfach weitermachen; ich brauchte ihn bloß zu finden, und schon konnte ich meine verschwendeten Jahre für Aufopferung und Triumph in Zahlung geben. Hätte ich von Anfang an gewußt, wie schlimm das werden und wie lange es dauern würde, dann wär's mir Wurst gewesen.»

3. Er blieb hartnäckig: machte eine Bar auf und nahm den leeren Gläsern sämtlicher Gäste die Fingerabdrücke ab. Dann nahm er einen Job in einer Blutbank an und sah sich nach der Blutgruppe des Mörders um. «Ich stand mich gut mit der Polizei. Sie versorgten mich mit all ihren Informationen: jede Menge gar nichts.»
4. Sein Verdacht gegen einen Psychiater, der sich durch die richtige Blutgruppe verdächtig gemacht hatte, na ja, verdichtete sich. «Irgend etwas stimmte nicht.» Er ging dem nach. «Ich konnte nichts über seine Vergangenheit in Erfahrung bringen.» Gérard verfolgte ihn, observierte ihn, öffnete seine Post, durchwühlte seine Wohnung (fand etwas Zyclopentixol) und verwanzte sie. Geduldentleert, kidnappte Gérard ihn schließlich und prügelte ihm die Füllung raus. «Ich bin kein Bulle. Gerechtigkeit interessiert mich nicht die Bohne. Ich will bloß wissen, was passiert ist.» Nach anderthalb Tagen gestand

der Mackedoktor, daß er in seinem ersten Leben eine Frau gewesen war. Gérards Haftstrafe war überraschend kurz.

5. Gérard unterwanderte Bondage-, SM-Clubs und andere zwielichtige Zirkel und begann en passant, seine erfolgreichen Morde zu erwähnen, zitierte mal bekannt gewordene Fälle und mal solche, für die sich die Polizei noch nicht interessierte. «Ich dachte, damit könnte ich ihn aufstöbern. Echte Fans wollen ihre Begeisterung immer teilen.» Aber der Killer fühlte sich nicht zu ihm hingezogen.

   Dafür kam die Polizei, riß ihm sämtliche Dielen heraus, grub seinen Garten um, und ein ungelöster Mordfall hätte ihn in ernsthafte Schwierigkeiten bringen können, wenn er nicht das handfeste Alibi gehabt hätte, daß er zur Tatzeit wegen seiner Entführung im Gefängnis saß.

6. Nachdem er Toulon fünfzehn Jahre lang mit dem Schleppnetz abgesucht hatte, zog er aufs Land in ein altersschwaches Cottage, meilenweit entfernt von jeglicher Zivilisation. «Und die ganze Zeit über wußte ich, daß er da war. Aber in der Stadt waren zu viele Menschen, war zu viel Tohuwabohu. Ich mußte in die Einsamkeit, wo es leer war und ich ihn zu mir ziehen konnte. Eines Nachts hörte ich draußen Geräusche und wartete auf sein Eintreten, aber sie verklangen. Mit bloßem Willen konnte ich die Leine nicht einholen – nur eine Sekunde lang ergab ich mich der Vorfreude, und schon ging er mir durch die Lappen.»

Gérards Auskunftsbröckchen mit Eddies wiederhergestellten Stichworten

«Du hast also nie einen klaren Hinweis auf den Killer bekommen?» fragte ich.

«O doch. Er hat am Ende ausgepackt – vor zwei Monaten. Ein Geständnis auf dem Sterbebett. Er hat die Polizei gerufen – das erfolgreichste Verbrechen ist wertlos, wenn niemand davon weiß.

Ein Zimmermann. Häßlich wie ein Zobo. Er hat's nur einmal gemacht, was bei dieser Art Verbrechen eher die Ausnahme ist, hat man mir erklärt. Sie haben ihn nach dem Motiv befragt: ‹Anders wäre ich nie an so ein Mädchen rangekommen.› – ‹Warum sind Sie nicht zu einer Hure gegangen?› – ‹So ein Mädchen wollte ich nicht.› Er hatte einen Ring von ihr – der hatte ihm gereicht, er nährte sich von der Toten wie ein hibernierendes Insekt. Der Bulle fragte ihn, ob er sein Geständnis aus Reue ablege. ‹Nein, es war super. Sollten Sie auch mal ausprobieren.› Der Vernehmungsbeamte meinte, wäre der Zimmermann nicht schon drei Viertel hinüber gewesen und hätte er nicht sowieso nur noch wenige Stunden unter beträchtlichen Schmerzen zu leben gehabt, dann hätte er das ganze Magazin seiner Dienstwaffe auf ihn abgefeuert. Das Mädchen hat nur zwei Straßen von ihm entfernt gewohnt.»

Der Begriff «Problem» stammt aus dem Griechischen und bedeutet auch Schutzwehr.

Gérard und ich verließen den alten Hafen und wanderten ins Chicago, ein Labyrinth verwinkelter Gäßchen, Bars und Restaurants, wo sich die Wasserratten gern einen hinter die Binde kippten, gelegentlich ein paar Häuser in Schutt und Asche legten, und wo sich die Polizei niemals blicken ließ. Das Viertel lag seltsam still da; entweder war die Flotte ausgelaufen, oder in den Kasernen fand ein Hupfdohlenfestival von ungeheuren Ausmaßen statt. Wir taperten zu einer Spelunke, die wir in unserer Jugend oft heimgesucht hatten: Der Inhaber und die Kundschaft hatten gewechselt, die Verruchtheit war geblieben. Wir wärmten die Vergangenheit auf, tauschten Informationen über Leute aus, die jene Zeit bevölkert hatten, aber das dauerte nicht lange.

Leben heißt Streben, klar?

Gérards Blick fiel auf ein Mischlingsmädchen, das selbst für eine Prostituierte aus der Unterschicht grobschlächtig war: keine Reize, kein Charme, kein Geist, keine strahlende Festtracht. Sie trug Sandalen: Ihre schwieligen Füße starrten vor Schmutz. Ihr Lachen war wenig attraktiv.

«Es wird mir nicht behagen, sie zu sein», sagte Gérard. «Oder es hat mir nicht behagt. Nein, es wird mir nicht behagen und es hat mir nicht behagt, sie zu sein.»

«Hä?»

«Das ist mein einziger Aphorismus. Während der Suche nach dem Zimmermann spürte ich, daß ich ihn verstand. Die Eigenschaften, die ich ihm zuschrieb, waren vielleicht bloß meine Projektion; aber ich spürte, daß ich ihn verstand. Dann machte ich mir immer mehr Gedanken über frühere Leben, über Menschen, die sich daran erinnern, daß sie König Artus waren, ein ägyptischer Bierbrauer oder ein Zilladar. Genau so war das – als verfügte ich brockenweise über sein Leben. Ich konnte seine Frau sehen ... seinen Beruf ... seine Urlaubsreisen, nur ihn konnte ich nicht sehen. Es war wie ein schlecht erinnertes Leben, dabei war er mein entmenschter Mitmensch.»

Gérards Hirnabenteuer, denen ein Zuviel entweder an allgemeingültigen Wahrheiten oder an Fusel zugrunde lag, hatten zur Folge, daß er seine Vernunft wie ein Kinderspielzeug wegwarf und allen Sinneswahrnehmungen kritiklos hinterherdackelte. Ich sann darüber nach, wie schwer der Zurechnungsfähigkeit doch das Anheuern von Leibwächtern fällt, während er spintisierte, daß in keinem der zahlreichen Denksysteme der Vorschlag zu finden sei, es gebe nur ein einziges Bewußtsein: kein Kollektivbewußtsein, das sich so reichlich verteile wie Marmelade auf einer riesigen Brioche, sondern eines, das durch alle Epochen hin und her rase, das Zeiten und Kontinente durchquere; dieses Bewußtsein sei ein Hapax, etwas Einzigartiges. Es befinde sich in einem gigantischen Tunnel, der vom Leben aller Menschen gebildet werde.

«Du sitzt in Felle gehüllt in einer französischen Höhle im Vorsintflutlicht und bemalst die Wände mit Holzkohle», sagte er und kippte einen Zubrowka, «dann schlägt dir jemand den Schädel ein. Du düst nach San Francisco rüber und wirst Debugger in Silicon Valley; dann stirbst du, und obwohl du Veganer warst, wirst du Jäger im Neuguinea des 13. Jahrhunderts. Dann norwegischer Steißtrommler in einem kleinen Küstendorf im 19., gefolgt von einer Schicht als Seiler in China, bevor du in deine Schattenhöhle zurückkehrst, heranwächst und den Kohlemaler erschlägst. Was du Böses tust, das tust du dir selbst an.

Alles, aus jedem Blickwinkel. Es bedrückt dich nicht mehr so, denn wenn du ein hungerndes Kind siehst, einen frierenden Rentner, einen malträtierten Soldaten, dann weißt du, daß es dir zugestoßen ist oder zustoßen wird. Eine solche Erleuchtung fügt deiner Neugier ungeheuren Schaden zu, weil dir alles so detailliert zuteil werden wird, daß es den pedantischsten Buchhalter langweilen würde. Also, Eddie, mein Bruder, mein Zahnarzt und Blumenstecker, was hast du mir auf den Tisch zu legen?»

Ich nehme an, es war schon immer etwas knifflig, aus nächster Nähe zu entscheiden, ob man es mit einem Denker von atemberaubender Originalität zu tun hat oder mit jemandem, der nur noch mit den Augenlidern am gesunden Menschenverstand hängt.

«Nun», antwortete ich mit einer Floskel, die in den Top Ten von Eddie Coffins meistbenutzten Floskeln ziemlich weit oben stehen dürfte. «Ich spiele mit dem Gedanken, ein Buch über die Jahrtausendwende zu schreiben.» Und dann, mit dem Freimut, den man nur sehr vertrauten Vertrauten entgegenbringt, «aber ich habe nichts zu sagen.»

«Eddie! Es gibt soviel zu sagen», Gérard setzte sich ruckartig auf. Man kann nicht sein Lebtag als französischer Ideenjockey verbringen und von heut auf morgen damit aufhören. Außerdem (ein merkwürdiges Phänomen) ist es stets ein Kinderspiel, die Bücher anderer Leute zu schreiben. «Es gibt immer soviel zu sagen. In jeder Zivilisation gibt es eine große Kiste mit der Aufschrift: zu verschweigende Dinge. Du hast der Menschheit ins Gesicht gespuckt, Eddie, jetzt kannst du all die Dinge sagen, die jedermann denkt und weiß, aber nie sagt. Kapitel eins: Atombomben auf Griechenland. Früher lehrten uns die Griechen Philosophie, heute leeren sie die Mülleimer und stellen die widerlichsten Bürokraten in Brüssel, dieser Metropole widerlicher Bürokraten. Wenn wir in einer Welt lebten, wo Kultur und Bildung einem Respekt verschaffen, würden wir Griechenland ausradieren und darunter mit der eigentlich wichtigen und ernsthaften archäologischen Arbeit loslegen: Homers Schuhe und seine verlorengegangenen Manuskripte suchen.»

Dann zeigte er auf die Nutte. «Oder schau dir Sandrine an. Vier, fünf, sechs Kinder von verschiedenen Vätern. Und zwar vier, fünf, sechs Kinder, weil sie nie ganz genau weiß, wie viele ihrer Kinder vom Staat versorgt werden. Offiziell ist sie arbeitslos; ein höchst modernes Konzept, Leute fürs Nichtstun zu bezahlen, aber ihre inoffizielle Arbeit reicht aus, um sie mit Alk und Drogen zu versorgen.» (Ich konnte mir nicht helfen: Ich wurde das Gefühl nicht los, er spräche über mich.) «Ihre Kinder sieht sie eigentlich nur noch vor Gericht; sie regt sich auf, wenn die Kinder ins Heim müssen. So gesehen, ist sie eine gute Mutter.»

Sandrine ließ sich den Hals kreuz und quer von David abschlecken, der, wie Gérard erklärte, ihr Lebensabschnittspartner sei. Die beiden schmusten wie verknallte Teenager und nicht wie eine ausgeleierte Prostituierte und ein Raufbold. Es würde mir nicht behagen, er zu sein.

«Alle Jubeljahre haben sie mal ein Treffen, wo sie beide weggetreten sind. Das hält nie lange vor. Aber es ist erstaunlich, dieses Schnäbeln und Gurren, findest du nicht auch?» Gérard gab seine wenig schmeichelhaften Kommentare in einer Lautstärke ab, als studiere er Tiere im Zoo; das beunruhigte mich etwas, denn man sah David an, daß sein wichtigstes Kommunikationsmittel das Messer war. «Es ist schwer, die letzten Tropfen Menschlichkeit rauszuwringen, es ist schwer, dieser letzten Illusion den Garaus zu machen. Da hast du eine Romanze vor dir, die zwangsläufig schlimm, vermutlich tödlich enden wird. Fragt sich bloß noch, wo und wann.»

«Vielleicht haben sie deswegen soviel Spaß dran», bemerkte ich.

«Was macht man heutzutage mit den Nutzlosen? Heute haben wir nicht nur schutzlose Klassen, sondern gleich nutzlose Länder. Schau dir Afrika an: Wir ernähren – sie gebären. Unser Jahrhundert kann mit genausoviel Idiotie aufwarten wie jedes andere; sie ist bloß umverteilt worden. Glaub mir, das Leid der Welt läßt mich nicht kalt, ich will schließlich nicht irgendwann in einer afrikanischen Dürrezone auf dem trokkenen sitzen. Das wird mir gar nicht behagen.»

Er holte die nächste Runde, dann feuerte er beide Pupillen auf mich ab und sagte:

«Wir haben nicht viel Zeit, weißt du. Ich weiß nicht, warum man das Leben nennt; es besteht doch bloß aus flüchtigen Erinnerungen zwischen Begattung und Bestattung. Komm schon, Eddie, hast du gar nichts zu sagen? Nie über den Großen Vorhang nachgedacht?»

Die Rückkehr der Erdnußbutter schmeißenden Mudjahedin

Ich nehme an, wir standen alle schon einmal im Visier eines sowjetischen Kampfhubschraubers in Afghanistan: das war mein unmittelbarster Blick auf den Großen Vorhang.

Wir saßen in einem Laster, einem uralten Vehikel, das voller Sorgfalt so konstruiert worden war, daß es meine bereits verdorrte, zerfetzte und gequetschte Gestalt mit maximaler Grausamkeit mißhandelte. Zak und ich hatten uns aus den Augen verloren, ich wußte nicht, wo ich war, ich wußte nicht, wohin wir fuhren. Ich hatte ein Viertel meines Körpergewichts verloren. Niemand sprach irgendeine mir bekannte Sprache. Wir waren auf Achse, das reichte.

Die Mudjs bewarfen sich mit Erdnußbutterdosen. Damit waren sie wahrscheinlich von ihren Unterstützern versorgt worden, aber niemand zeigte auch nur das geringste Interesse, daraus zu essen, obwohl sie mit einiger Regelmäßigkeit Dinge zu sich nahmen, die in ganz Europa sofort in der Müllverbrennungsanlage gelandet wären. Ich hatte meine Armbanduhr, den einzigen übriggebliebenen wertvollen Gegenstand (von meiner Kleidung abgesehen, aber die wies sensationelle Löcher, Risse und Flecken auf und hätte auch ohne mich stehen können), gegen eine Flasche Coca-Cola eingetauscht, die einer meiner Begleiter tagelang mit sich herumgeschleppt hatte, bis er endlich die richtige Summe dafür bekam. Wenn man eine Flasche Coca-Cola lange genug durch Afghanistan schleppt, bekommt man irgendwann garantiert die richtige Summe dafür. Jemand hatte sie mir freundlicherweise mit den Zähnen geöffnet, als der Laster mit quietschenden Bremsen zum Stehen kam. Ich ließ die Flasche fallen (verschüttete dabei die Hälfte des schäumenden Inhalts), und alle drängten hinaus, schrien Zeter und Mordio und fuchtelten mit ihren Waffen auf eine Weise herum, die mich trotz meines kurz bevorstehenden Zusammenbruchs beunruhigte.

Ich bekam meine Flasche wieder zu fassen und schaute aus dem Laster, um zu sehen, was eigentlich los war: ein sowjetischer Kampfhubschrauber war los und flappte über uns.

Noch ein Wort zu den Mudjs. Auf der ganzen Welt findet man Großmäuler, die daherplappern, sie würden bis zum letzten Blutstropfen kämpfen, aber die wenigsten halten den Termin zum Aderlaß dann auch ein. Ich habe mich mit Mudjs unterhalten, die sich bis nach Moskau oder Novaja Zemlja vorkämpfen wollten, und das zu einer Zeit, als sie die mächtigste Armee der Welt mit einem Tinnef bekämpften, der kaum mehr bewirkte als Wasserpistolen. Obwohl sie für Geschützfeuer normalerweise nur Hohngelächter übrig hatten, wuselten sie jetzt in kleinen Kreisen winselnd durcheinander, weniger aus Angst als aus Frustration, ohne Gegenwehr zu sterben, denn damals konnte man gegen Kampfhubschrauber noch nichts machen.

Noch ein Wort zu den Kampfhubschraubern: Solange man nicht mit eigenen Augen gesehen hat, was die anrichten können, glaubt man es nicht. Die machen ganze Dörfer dem Erdboden gleich; wenn man nicht wüßte, daß da vorher Dörfer standen, sähe man es nicht; man läuft über Metallhülsen. Große schwarze Punkte.

Die Mudjs beschossen ihn, aber das Gehäuse war so undurchdringlich wie bei einem Panzer; sie hätten auch gleich winken können. Wir waren ihm ohne jede Deckung in der Wüste ausgeliefert.

An und für sich sah es schlecht aus. Den Trimesterbeginn hatte ich bereits um zwei Tage verpaßt. Ich steckte mitten in einer Wüste und einem Krieg fest, hatte meine halbe Coca-Cola verschüttet und keinen roten Heller in der Tasche. Mit meinem Körpergeruch hätte ich Möbel abbeizen können. Merkwürdige Bakterien und Protozoen nutzten meinen Dickdarm als Rennbahn. Amöben tröpfelten mir an den Beinen hinab. Mein Weltrang rasselte asthmatisch.

Kummervoller Philosoph kontra Kampfhubschrauber

Der Hubschrauber war so nah, daß ich den Piloten erkennen konnte.

Was dachte ich?

«O je», lauteten die Summa meiner Gedanken. Ich hatte nicht viel Angst, denn dazu fehlte mir die Zeit. Ich hob die Flasche zum Gruße, und der Kampfhubschrauber drehte ab.

Hintergedanken anläßlich eines Hind-24-Kampfhubschraubers

1. Verwunderung ob der Banalität meiner intellektuellen und emotionalen Reaktion.
2. Verwunderung darob, vorerst ohne Zenotaph aus-

zukommen. Ich mutmaßte, ihnen könne die Munition ausgegangen sein; ich brachte das bei einem VB in Peshawar zur Sprache. «Sie haben unvorstellbare Munitionsvorräte; aber Befehle hatten sie keine. In der sowjetischen Armee geht man von A nach B, und es spielt nicht die geringste Rolle, wie verführerisch C oder D leuchten. Ihr habt einfach nicht auf dem Programm gestanden.»

3. Ich wußte es damals noch nicht zu schätzen, aber ich war Zeuge des Endes eines Weltreichs geworden. Das war 1983. Von da an ging's bergab. Sie hätten mich wirklich wegpusten sollen. Ein Tip für Beobachter von verreckenden Weltreichen: Beobachten Sie von zu Hause aus. Eddie Coffin warnt: Splitter von Weltreichen gefährden die Gesundheit.
4. Der Trip war nicht ausschließlich gesundheitsschädlich. Ich war so wütend auf mich, weil ich mich in angetütertem Zustand von Zak zum Mitkommen hatte beschwatzen lassen, daß ich danach zwei Jahre lang nichts trank. Ganz recht, zwei Jahre. Ich hab's aber wiedergutgemacht.

Und wieder zurück zu Gérard

«Der Große Vorhang? Was ich dazu zu sagen habe? Egal was ich zu sagen habe, es wäre bloß Luftverschwendung. Kein Wissen. Wir wissen nicht einmal, was ein Würstchen ist, und am Ende kreisch ich garantiert nach 'nem Pfaffen. Aber du hast es ja gelöst.»

«Vielleicht irre ich mich. Ich bin mein einziges Beweismaterial. Die Leckerbissen gibt's drüben, wo die Antworten auf Halde liegen.»

«Seit Gorgias und seiner Behauptung, jede Frage beantworten zu können, ist es mit uns anscheinend ständig bergab gegangen.»

«Protagoras: alles ist wahr. Oder Gorgias: man kann alles wahr machen. Nein, o du mein konstitutioneller Amendeur, meine Platzanweiserin, meine Tanzlehrerin, wir müssen das menschliche Wissen hinter uns lassen; dort erst wartet die Lohntüte auf uns. Und es gibt nur einen Weg, dorthin zu kommen: geh hinter den Großen Vorhang. Und langsam wird es Zeit dafür.»

Do it yourself 1.1

Florence Justine North (1963–1982) war zu derselben Ansicht gelangt wie Gérard. Vielleicht warf es ein schlechtes Licht auf den Philosophie-Tripos in Cambridge, aber sie hinterließ einen Brief, in dem sie erklärte, sie fände die Systeme der Erkenntnis fesselnd, letzten Endes jedoch unzulänglich und absehbar, nur Worte statt Weisheit, und ich möge es nicht als persönlichen Affront oder eine Form von Respektlosigkeit auffassen, aber sie sei zu dem Schluß gekommen, sie würde nicht mehr an meinem Tutorium teilnehmen, und ihre einzige Zuflucht in bezug auf intellektuelle Genugtuung sei der Suizid (auf der Suche nach der Antwort zur letzten Seite vorblättern). Studierende mit solchem Engagement für die Sache der Gelehrsamkeit findet man nicht alle Tage. Sie hatte sogar ihre eigenen Beerdigungsvorkehrungen getroffen.

Ich wollte ihr als Zeichen meines Einverständnisses postum einen Doktortitel zuschmeißen, aber das hielt man für (x) tiefschlürfendes Gefasel, (y) geschmacklos und (z) Zuspruch.

Dann war da noch Nick. Wenige Tage, bevor sich meine Bankkarriere in die Lüfte schwang, bekam ich einen Anruf von Wilbur. «Ich mache mir große Sorgen um Nick.»

«Was ist denn los?»

«Weiß ich nicht genau. Ich wollte fragen, ob du nicht mal bei ihm vorbeischauen könntest. Er benimmt sich so komisch, dabei ist er erst seit zwei Tagen Junior Don; ich hab den Eindruck, er verliert den Verstand.»

Wie sich herausstellen sollte, hatte die Ironie dieses Satzes einen Zeitzünder, denn nur ein Jahr später schnabulierte Wilbur in einem abgeschiedenen Sanatorium regelmäßig die stärksten der Menschheit bis dato bekanntgewordenen Sedativa.

Grummelnd fand ich wieder Cambridge unter meinen Sohlen, denn eigentlich hatte ich mir geschworen, meine Schritte nie wieder dorthin zu lenken. Ich klopfte bei Nick an die Tür, und Stille ward mir zur Antwort. Seit Tagen hatte ihn niemand gesehen. Ich holte mir den Schlüssel vom Pförtner und ging hinein: dem eingepferchten Philosophen auf der Spur, hinter zugezogenen Vorhängen. Äußerst zaghaft drückte ich die Tür zum Schlafzimmer auf und fragte mich schon, ob ich wohl gleich auf einen entleibten Leib oder etwas ähnlich Unappetitliches stoßen würde, als der Fernseher, der oben auf der Tür gehockt hatte, meinen Kopf um Zorapteransbreite verfehlte.

«Ich hab ein Messer.» Ich hörte Nicks Stimme, etwas gedämpft, da er sich unter einem schützenden Matratzenhügel im Schlafzimmer unter einem Tisch versteckte.

Man hat mir (vornehmlich von weiblicher Seite) des öfteren extreme Gefühllosigkeit vorgeworfen, aber sogar mir war auf den ersten Blick klar, daß es Nick nicht besonders gut ging.

Es dauerte drei Stunden, bis ich ihn aus seinem improvisierten Bunker herausgelockt hatte, und dazu mußte ich die äußere Tür abschließen, Möbelstücke dagegen türmen und mich bis auf die Unterwäsche ausziehen, vorher war Nick nicht davon zu überzeugen, daß ich keine verborgenen Waffen oder Kommunikationsmittel bei mir trug. Er hingegen hatte nicht nur sein Buschmesser, sondern drei Küchenmesser (von der langen Sorte), ein Hackbeil, einen Baseballschläger (durch den er ein ganzes Sortiment Nägel getrieben hatte), benzingefüllte Milchflaschen, etwas Stolperdraht sowie eine Rolle Käseschneiderdraht.

«Wie sieht's aus, altes Haus, möchtest du irgendwas loswerden? Liegt dir was auf der Seele?»

Er saß in seinem Sessel, als raste der in 10 000 Metern Höhe mit 1000 Stundenkilometern dahin.

«Verrat mir eins, Eddie, hat es je einen glücklichen Menschen gegeben? Einen wahrhaft glücklichen Menschen, dem nie, nicht ein einziges Mal Unglück oder Pech über den Weg gelaufen wäre?»

«Die Geschichte schweigt sich bei dieser Frage weitgehend aus», räumte ich ein.

«Siehst du: Niemand, wirklich niemand kommt auf Dauer mit dem Glück davon. Du weißt doch, wie mein Leben aussieht.»

Ich wußte, wie Nicks Leben aussah. Jeder im College wußte das.

Nicholas Dexter Nebukadnezar McClanagan-Standish. Besser bekannt als Nick the Dick. Brillant, attraktiv, reich und gleichwohl charmant. Er hatte so unglaublichen Schlag bei den Frauen, daß man nicht mal neidisch werden konnte. Wohlstand, Witz, Wärme und Weltgewandtheit reichten auch nicht ansatzweise aus, um seinen Erfolg zu erklären. Er konnte jedes gewünschte Mädchen haben, außerdem ihre Mutter und ihre Freundinnen, notfalls auch alle auf einmal. Er brauchte bloß so etwas wie «Hallo» zu sagen, und standhafte Ehefrauen von höchster ethischer Integrität verließen Mann und Kinder. Die Welt war sein Zenana.

Und alle waren sie glücklich. Wie ein Mähdrescher durchlief er sie reihenweise, aber keine war je böse oder betrübt, wenn ihr nur Stunden, Tage oder Wochen beschieden waren. In seinem Kielwasser gab es keine gebrochenen Herzen. Sie verstanden, daß ein so außergewöhnliches Phänomen wie Nick allen Frauen zustand. Aus reiner Neugier (keinesfalls aus Wissensdurst oder dem Bestreben, es ihm gleichzutun) horchte ich eine junge Dame aus. «Er macht… alles», sagte diese Zwanzigjährige mit der Sanftmut einer Großmutter, die auf ihre entschwundene Jugend zurückschaut.

«Ich brauchte nicht zu arbeiten, um nach Cambridge zu kommen», fuhr er fort. «Andere mußten jahrelang pauken. Ich habe zwei Bücher gelesen, und schwupps hatte ich ein Stipendium. Ich fahre ein Auto, das sich zehn Philosophen nicht mal leisten könnten, wenn sie zusammenlegten. Ich brauche keinen Handschlag zu tun. Ich hatte noch nie 'ne schlimmere Krankheit als eine Kopfgrippe. Beim Rudern schaff ich olympische Rekorde. Ich habe noch nie einen Korb bekommen – unter uns gesagt: wenn ich nur eine im Bett habe, kommt es mir leer vor. Wilbur wollte, daß du diese Stelle bekommst, dein Mietlicht ist heller als meins, und was passiert? Du haust ab, also muß Wilbur mir den Posten überlassen, von dem ich geträumt habe, seit ich elf war. Ich glaube, ich bin noch nicht mal in einen Regenguß geraten, abgesehen von ein paar Malen im Sommer, wenn ich Lust auf einen Schauer hatte. Das ist doch einfach nicht normal. Also frage ich dich,

Eddie: Warum sollte ich mehr Glück haben als andere Menschen?» Zumbadoren der Panik umflatterten ihn.

Ich drehte die Frage um und schleuderte sie zurück: «Warum nicht? Warum solltest du nicht glücklich bleiben? Warum sollte es nicht einer von uns schaffen?»

«Das werd ich dir sagen: weil es noch nie einen durch und durch glücklichen Menschen gegeben hat und auch nie geben wird. Ich bin mir durchaus darüber im klaren, daß es Menschen gibt, die ein wenig bemerkenswertes Leben führen, die es ohne entsetzliche Schmerzen hinter sich bringen, die verschmäht werden, die ihre Handtasche verlieren, die einen schwierigen Chef haben – negligeable Unannehmlichkeiten – und die dennoch ein zufriedenes Leben führen, weil sie weise genug sind, sich mit dem ihnen Beschiedenen zu bescheiden. Aber wirklich glückliche Menschen sind, wie Solon dem Sinn nach sagte, nicht hier, Eddie. Ich bin nicht glücklicher als andere Menschen: Ich werde bloß für den Abschuß gemästet. Das alles soll mich bloß einlullen... für irgend etwas. Ich weiß nicht, was mir bevorsteht, aber ich weiß, daß es... einzigartig sein wird. Greif dir eine beliebige Biographie heraus, und du stößt auf Leute, die zwei Jahre lang Glück hatten oder meinetwegen zehn Jahre, aber es ist nie, nie, nie von Dauer. Auftritt der Heimsuchungen, Abtritt der Annehmlichkeiten. Wir sind umgeben von Kummer, auf allen Seiten, wie könnte ich eine Ausnahme darstellen? Immun sein? Die Zeche muß jeder zahlen, ob für Erkenntnis oder Vergnügen, und ich glaube, der mir drohende Rechnungsbetrag übersteigt meine Mittel.»

Mein Mietlicht half bei dieser Gelegenheit nicht viel weiter. Ich ließ Nick in seinem Kaninchenbau zurück und setzte Wilbur darüber in Kenntnis, daß er allen Grund hatte, sich um Nick Sorgen zu machen.

Worüber ich nicht schreiben werde 1.6:

Was ich bei Nick ausrichten konnte?

Drei Monate später kam ich nach Cambridge zurück und wurde im kontemplativen Leben festgeschnallt, übernahm Nicks Stelle, der seinen Ideentopf in einen Gasofen gesteckt hatte, was sein Karma ins Koma katapultierte. Seit Wilbur mir das Einstellungsgespräch zugeschustert hatte, führte er seinerseits lange Gespräche mit einsachtzig großen, zyanblauen Zahnbürsten von Zuben Elschenubi, die ihm in einem dieser Zimmer ohne spitze Gegenstände oder Möbelstücke, die die Schadenszufügung erleichtern, Lebensversicherungen andrehen wollten. Alles in allem kein Ergebnis, das die Philosophie besonders gut dastehen ließ, und viele meiner Kollegen (Featherstone allen voran) stellten zwischen Wilburs Dachschaden und meinem Stellenantritt keinen Kausalzusammenhang her.

Nachschlag an Gérard

«Woran denkst du?» fragte Gérard, als er merkte, daß sich meine Gedanken andernorts postierten.

«Ans Zechezahlen.»

«Gute Idee. Paß auf – du zahlst unsere Drinks, und wir machen einen Deal. Wenn ich hinter den Großen Vorhang gehe und Antworten aufgabel, die keiner erwartet hat, komm ich zurück (falls es keine Einbahnstraße ist) und diktier sie dir. Damit stehst du in null Komma nichts wieder an der Spitze. Damit wirst du's all diesen geleckten Philosophen, die weder Schnapsnasen noch Bankräuber sind, schon zeigen.»

«Okay, und ich mach's bei dir genauso. Ich geb dir

die Instruktionen, und du kannst das Buch schreiben und unter meinem Namen veröffentlichen.»

«Das wird allerhand arbeitsame Federschwinger ganz schön auf die Palme bringen. Gut, darüber sind wir uns also einig – wer als erster hinter den Großen Vorhang lugt, schiebt dem anderen die Infos drunter durch. Warum ist da bloß noch keiner drauf gekommen?»

Zechezahlen à la Afghanistan

Nick hatte recht, glaube ich, es wird einem nichts geschenkt. Umsonst bekommt man allenfalls Mutterliebe (und dafür muß man ständiges Genörgel an der Kleidung über sich ergehen lassen). Alles andere ist anstrengend oder kostspielig – selbst jene edelste aller körperlichen Wonnen (garantiert größer, als die meisten unter uns verdient haben) erfordert Nachdruck.

Ich erreichte Peshawar in einem Laster voller Verwundeter mit fehlenden Beinen und klaffenden Bauchwunden, die prämortal verfaulten. Ich stieg aus, und Wogen des Wohlbehagens überfluteten mich. Ich war in einem Stück, intakt aus einem Kriegsgebiet zurückgekehrt. Na ja, nicht ganz; ich hatte Hepatitis und eine Amöbenruhr, die mich monatelang ans Badezimmer fesseln sollte, aber ich ging dermaßen auf dem Zahnfleisch, daß ich das kaum mitbekam. Die wachen Stunden der letzten vier Wochen hatte ich mit Fluchen verbracht, hatte unaufhörlich die Welt und mich selbst verflucht. Ich hatte Dinge gesehen, die man niemandem zumuten will. In gewisser Hinsicht wogen diese vier Wochen genauso schwer wie, sagen wir, die dreißig Jahre, die ich mit professionellem Denken verbracht hatte, wenn nicht noch schwerer. Angst auf Landesebene.

Ich lehnte mich gegen den Laster, der Fahrer schlug

die Tür zu, hatte meine Hand am Türrahmen übersehen und brach mir drei Finger. Ich schrie und rollte auf der Erde herum, meine Ohren standen wie mein Mund sperrangelweit offen vor Schmerz. Die verwundeten Mudjs sahen mich völlig baff an. Für sie mußte ich entsetzliche Neuigkeiten erfahren haben, Nachrichten vom Tode der Lieben und Teuren, wenn ich aller Männlichkeit entsagte und mich wie ein Hund im Staub wälzte.

Es war eine Ermahnung: die Gebühr, die Zakat für das Erlernte.

Das Ärgerlichste war, daß das Ganze in Pakistan passierte, so konnte ich nicht einmal damit prahlen, ich wäre in Afghanistan verwundet worden.

Noch ein bißchen Gérard

Wir schritten in die Nacht hinaus. Eine Nacht. Etwas kühl. Wie tausend andere auch. Aber diese banale Nacht bedeutete mir zunehmend mehr als bloß eine dröge Nacht in Toulon; es konnte meine letzte Nacht sein. Vielleicht würde mir als allerletztes der Gedanke durchs Hirn rauschen: welch eine stille Nacht, und was für häßliche nichtssagende Gebäude die hier haben. Ich vernahm eine Eruktation aus den Laken meines Gripsbetts, mir wurde es einfach zuviel. Ich wollte aus dieser Welt austreten, mich vor dieser Prüfung, diesem Prozeß drücken, egal was da im Anzug war. Ich wollte, daß meine Mami sich darum kümmerte...

Freundschaften können überleben. Es gibt Langstreckenfreundschaften. Hand aufs Herz: Besonders groß ist die Auswahl im Leben nicht. «Ich würde gern sagen, man sieht sich, aber das halte ich als Philosoph und als Schluckspecht für unwahrscheinlich, also verkneif ich's mir. Wer hat noch mal gesagt, die besten Freunde sind die, bei denen man erst nach langer Zeit merkt, daß man sie nicht ausstehen kann? Na, ich natürlich, irgendwo, irgendwann.»

Er küßte mich. «Eddie... Eddie... Eddie.» Als er das sagte, durchzuckte es mich, das Sternchen einer Fußnote, der Gong einer Zildschanerzimbel. Ich erlebte das nicht zum erstenmal. Jemand sagte etwas, und ich spürte, daß ich sehr lange brauchen würde, um ihn richtig zu verstehen. Manchmal hört man Dinge, die erst nach zehn oder zwanzig Jahren ihre ganze Bedeutung entfalten. Oft sehr unschuldige Wörter, nüchtern noch und nöcher, aber sie kleben an einem wie die Kletten, und erst nach Jahren stolpert man über den Geheimgang, die Botschaft auf der Rückseite, genauso wie bei den Worten der Großen.

Fünf Dinger in Montpellier drehen und sterben

Und dann alle Tage wieder der Morgen, an dem man quälend früh aufstehen muß und in Montpellier fünf Banken aufbrechen soll. Bemerkenswert ist wahrscheinlich nur, daß mich an der ganzen Angelegenheit das Frühaufstehen am meisten verdroß. Insgeheim hatte ich gehofft, daß Hubert diesen seinen Plan vergessen oder ein anderes Steckenpferd satteln würde – hatte er aber nicht. Die Zeitungen hatten unser Vorhaben gemeldet, also würden wir es durchziehen.

Ich machte mit, hauptsächlich weil ich sonst nichts zum Mitmachen hatte.

Als Einstimmung auf den Tag schoß ich Hube ein Stück Seife aus der Hand, aus über sechs Metern Entfernung und durch die geschlossene Badezimmertür. Wäre elegante Schießkunst gewesen, wenn ich versucht hätte, ihm ein Stück Seife aus der Hand zu schießen, aber ich hatte bloß in einer Tasche nach einem Kamm gekramt, um die Reize der von Hube zurechtgelegten Perücke zu steigern.

«Du bist gefährlich, Professor. Du bist nervös. Ich verstehe nicht, warum sich die gesamte Polizei nicht einfach pensionieren läßt.» Ein unheilträchtiger oder vielversprechender Anfang. Ganz wie man's nimmt.

«Ich dachte, du hättest der Gewalt abgeschworen?» fragte ich.

«Ich schon, aber nicht die Leute, die mir den Plunder verkauft haben; die dachten, sie täten mir einen Gefallen, wenn sie mir einen Universal-Raubartikel mitgeben.»

Wir nahmen den Zug, schleppten riesige Koffer voller Kostüme hinter uns her (die für die Inszenierung von Zeamis gesammelten Stücken gereicht hätten) und trugen Thales im Tragekäfig mit (so einem Modell für Katzen und junge Hunde). Thales versetzte ein paar alte Damen in Angst und Schrecken, die im Käfig ein größeres, felines Pelzobjekt erwartet hatten. «Sie können ihn streicheln, wenn Sie möchten. Er ist ganz zahm», bot Hube an.

Hube selbst war aufgewühlt. Am Vorabend war der Korse im Fernsehen aufgetreten und hatte Fragen nach unserem bevorstehenden Bankraubsquintett beantwortet. «Ich prognostiziere diesen Herren eine verkürzte Karriere, falls sie sich morgen blicken lassen.»

Hube schäumte vor Wut, nicht nur über die Selbstsicherheit des Korsen (der, wie mir schien, graue Haare bekommen hatte), sondern auch über sein Vokabular.

«Prognostizieren? Ich *prognostiziere* eine verkürzte Karriere? Ich wette, der Mann kann das Wort nicht mal buchstabieren. Jetzt hab ich aber die Schnauze voll. Wir kaufen ein größeres Wörterbuch. Und bis dahin schiebst du mir noch ein paar Hochspannungswörter rüber.»

Bei der Polizei von Marseille herrschte Urlaubssperre, hatten wir von Hubes Spitzeln erfahren. Im Rahmen seiner Vorbereitungen hatte er einigen Bekannten Geld gegeben (einer mußte sich den Schädel scheren und ein paar englische Wendungen pauken), um sich denkerbändig aufzuführen und so argwohnerregend augenfällig vor ein paar Marseiller Banken herumzulungern, als sähen sie sich die Läden mal an. Damit wollte er Desinformationen über unsere Anwesenheit und unsere Absichten verbreiten.

Wenn er glaubte, ich sähe gerade nicht hin, sah auch Hubert ziemlich krank aus. Neben den Zikkuraten aus falschen Papieren, Schußwaffen, Kostümen und Klamotten fanden sich immer mehr Pillenröhrchen mit Zidovudin.

Wir bezogen ein Hotelzimmer im Zentrum von Montpellier. «Ich möchte nicht, daß du glaubst, die ganze Begriffsbildung bliebe an dir hängen, Prof. Heute erfinde ich die Fluchtsiesta.»

Wegen der Ratte gab es etwas Wind. Hube und ich hatten die Metempsychose durchgeackert, von Pythagoras bis Gérard. Dem Portier, der Thales naserümpfend ansah, erklärte Hube mit respekteinflößender Stimme: «Guter Mann, erstens sind wir keine Touristen. Zweitens ist das hier keine Ratte, sondern die gegenwärtige Inkarnation des geistlichen Oberhaupts einiger Millionen Menschen in Indien, einer Sekte, deren Namen ich hier nicht nennen will, da Sie eh noch nie von ihr gehört haben; wir bringen ihn in seine rechtmäßige Heimat zurück, wo er zu etlichen Grundfragen der Doxologie Stellung beziehen soll.» Huberts Ausbruch kam nicht besonders gut an, wohl aber einige dünne Lappen Freiheit.

Als wir in unser Zimmer kamen, stellte Hube fest: «Mir fällt gerade ein, daß wir tatsächlich nicht wissen, ob Thales nicht die Reinkarnation irgendeines Weisen ist.»

«Wenn er ein geistliches Oberhaupt mit der geringsten Bedeutung wäre, oder wenigstens ein geistliches Oberhaupt mit der geringsten Bedeutung und dem Wunsch, sich mitzuteilen, dann hätte er seine Botschaft längst in Morsezeichen an die Käfigstangen geklopft.»

Gewohnheitstiere, Nostalgietiere. Wir fingen beim Anfang an. Wir gingen zurück und überfielen noch einmal Jocelynes Bank. Zu meiner Erleichterung war Jocelyne nicht da, sie hatte ihren freien Tag oder arbeitete außer Haus. Ich stand für die Dauer dieses Tages unter Hubes Kommando (ein Zabuton für das Schicksal). Er war der felsenfesten Überzeugung, daß es Jocelyne gefallen hätte. «Sie lieben kleine Aufmerksamkeiten nun mal, weißt du.»

Wir gingen mit Nietzschemasken hinein.

Hubes Schneiderkumpel hatte sie angefertigt und sich für Nietzsche entschieden, weil dieser, so wage ich zu vermuten, zu den wenigen erkennbaren Philosophen gehört und weil die Maske dank des Klobürstenschnurrbarts nicht besonders schwer herzustellen ist. In der Branche ist es mit am wichtigsten, erkannt zu werden; das Markenzeichen ist genauso unabdingbar wie der Slogan. Diogenes: das Faß; Sokrates: der Schierling; Aquinas: fett; Kant: unbeschreiblich langweilig. Man hat ohnehin wenig Zeit, die Aufmerksamkeit auf sich zu ziehen, und deshalb verbeißen sich die Leute in Nietzsche: Das ist doch der mit dem Klobürstenschnurrbart. Die Masken hatten Glupschaugen, die goldrichtig waren; sollten Sie je Zeit finden, Philosophenportraits durchzublättern, werden Sie haufenweise Weiß finden, erschreckende Mengen hervortretendes Weiß.

Wir hielten ein improvisiertes Tutorium ab. «Was können wir über Nietzsche sagen?» erkundigte sich Hubert. «Er interessierte sich sehr für Masken», sagte ich, «er ist der Verwandlungskünstler der Branche. Aber wenn du was zum Grübeln brauchst, können wir uns auch der Frage widmen, ob nicht alles Wissen nur angeklebt ist.»

«Das gefällt mir», sagte Hube, «aber hilf mir mal auf die Sprünge; ich kann da doch nicht ohne einen gewissen Wortschatz reinplatzen.»

Kreiere einen Jargon, kreiere einen Lebensunterhalt.

«Guten Morgen, meine Damen und Herren, werden wir zetetisch und schauen wir mal nach, ob Sie nicht ein paar tausend Franc haben, die Sie nicht brauchen.»

Das Mittagessen kommt nie zu früh

Was blieb uns anderes übrig, als hinterher wieder in das Fischrestaurant zu gehen? Wenn es einmal klappt, dann macht man's wieder und wieder. Und wieder, bis man zum Nachdenken gezwungen wird.

Wilbur weigerte sich standhaft, irgendeine Routine oder irgendein Muster zu akzeptieren. Er pflegte jeden Morgen auf einem anderen Weg ins College zu kommen (sein Festhalten an dieser Regel verpflichtete ihn zu halbstündigen Umwegen, um die fünf bis zehn Minuten Entfernung zu überwinden). «Der Verstand ist jeden Moment zur Erblindung bereit.» Er weigerte sich, dasselbe Tutorium zweimal abzuhalten, was im Metier der Ideenjockeys Furcht und Bestürzung auslöste, aus Angst, sein Beispiel könne Schule machen oder zumindest einen unerwünschten Präzedenzfall schaffen. Er zog jedes Jahr um und packte also nicht nur ständig Bücherkisten ein und aus, sondern lernte neue Sprachen und legte sich neue Hobbies zu. «Der Verstand legt sofort die Beine hoch, sobald man einen Moment nicht aufpaßt. Denken ist der Verzicht auf die Anstrengung, dumm zu bleiben.» Am Wesen zu wesen, finde ich schon anstrengend genug.

Ich bestellte den Zander und sinnierte über die vielen anderen Gruppen von Verderbnis und Unredlichkeit, die der polizeilichen Aufmerksamkeit durch die Lappen gehen: Immobilienmakler, Politiker, Stukkateure, Vorsitzende multinationaler Konzerne, Zahnärzte – die üblichen Verdächtigen. Zweifellos würden wir in einer besseren Welt leben, wenn man beispielsweise sämtliche Gebrauchtwagenhändler auf einer Wiese zusammentreiben und über den Haufen schießen ließe; in akademischen Kreisen stoßen derartige Verfahren gewöhnlich auf wenig Gegenliebe, aber es ist eine höchst effiziente Ameliorisierung, solange man die richtigen Leute über den Haufen schießt.

Bei einem philosophisch organisierten Bankraub kommt niemand zu Schaden. Wir reißen mit. Wir unterhalten. Wir geben der Wirtschaft neue Impulse. Wir beschleunigen den Herzschlag. Wir fordern zum Denken heraus. Sicher, Bankraub ist eine Illusion. Man nimmt es mit, aber wo landet es am Ende? Auf einer Bank. Geld ist wie Wasser, in einem Kreislauf gefangen, es fließt von Bank zu Bank. Mit uns kommt es wenigstens mal an die frische Luft.

Nummer zwei und drei

Ich sag's nur ungern, aber nach einiger Zeit wird das Bankräubern einen Tick langweilig. Ein Zensho ist keine Show. «Probieren Sie mal, wieviel Geld in diese Tasche paßt.» Am packendsten fand ich die Umkleidepausen zwischendurch.

Niemand versuchte, uns mit dem Aufsagen von Philosophieschnipseln zu vertreiben. Ich glaube, Hube molestierte das etwas. Im Grunde hätte er ganz gern eine Bank unverrichteter Dinge verlassen, nachdem ihm ein Zitat einen Strich durch die Rechnung gemacht hatte. Ich war heilfroh, daß es nicht zur Probe aufs Exempel kam, denn was sollte ich machen, wenn ich das Diktum nicht erkannte oder mich nicht daran erinnern konnte? Ich hatte keine Lust auf einen Dialog à la «hat er wohl gesagt» – «hat er gar nicht gesagt».

Nummer vier und fünf

Wir preschten zum Hotel zurück, durch die Straßen heulten die Sirenen der Streifenwagen. Hube setzte sich vor die Glotze, und ich arbeitete mich durch die Minibar. Dann tauchte ein Mann auf, der ein Surfbrett trug und einen Schäferhund an der Leine führte. Hube schien ihn zu kennen, und die beiden tauschten Artigkeiten aus.

Ich entdeckte, daß das Surfbrett mir zugedacht war.

«Ich glaube, wir können sicher sein, daß die Polizei im Augenblick nicht in der Kantine sitzt und Karten spielt», sagte Hube, «also brauchen wir zusätzliche Deckung. Wir werden auf ihrer Erwartungshaltung herumklimpern.»

Der Schäferhund leckte mir freundlich die Hand, als wolle er sagen, Eddie, dein Weltranglistenplatz ist mir schnurzpiepegal. Früher hatte ich nichts als Verachtung übrig für jene, die (wie besonders die Engländer mit ihrer Zoolatrie) die Tierliebe übertreiben, aber je mehr ich in die Jahre komme, desto mehr entdecke ich die Wonnen des Mögens und Gemochtwerdens, selbst wenn es nur ein Hund ist, der für jeden mit dem Schwanz wedelt, der ihn nicht gleich mit Füßen tritt.

«Und wie?» fragte ich.

«Was denkst du, wenn du einen Mann mit einem Surfbrett siehst? Denkst du, schau mal an, der kommt gerade aus dem Urlaub zurück? Oder: Da fährt einer in den Urlaub, oder: Der Typ da packt bloß sein Surfbrett aufs Auto? Oder: Da bringt einer sein Surfbrett zur Reparatur – ich hätte Lust, ein Wochenende windsurfen zu gehen –, oder denkst du, da läuft ein fetter britischer Philosoph, der gerade eine Bank überfallen will und das Surfbrett bloß dabei hat, um uns an der Nase herumzuführen, also schauen wir uns besser mal seine Papiere an?»

«Und der Hund?»

«Wenn du einen Mann siehst, der einen Hund an der Leine hat, denkst du dann –?»

«– d'accord, gehen wir.»

Nummer vier war ein kynischer Handstreich. «Güter sind nicht gut. Geld ist überflüssig – also stopfen Sie's hier in die Tasche.» Ich ließ ihnen das Surfbrett da, weil ich immer mehr der Ansicht war, daß mir das Gefängnis guttun würde. Die Disziplin des Gefängnisses mochte mich zum Schreiben treiben. In der Nichtgefängniswelt gibt es schlicht und ergreifend zuviel Trappistenbier und Zander. Übergangslos gleitet man vom Büchernichtschreiben aus Geldmangel zum Büchernichtschreiben aus Geldüberfluß.

Auf dem Weg zu Ziel Nummer fünf lustwandelten wir durch den Botanischen Garten. «Das nenn ich ein Leben», sagte Hubert, «niemand will ewig leben, aber fünfhundert Jahre würd ich's glatt so aushalten.»

Die letzte Bank betrat Hubert mit der Zuversicht eines Alleinunterhalters, der der Star des Tages ist. Wir stellten uns gar nicht mehr groß in die Schlange, sondern rissen gleich das Regiment an uns.

«Sie brauchen nicht länger zu warten», verkündete Hubert, «hier sind wir. Also zum Zet; wir nehmen das ganze Geld mit, aber zunächst eine Lesung aus den Klassikern.» Ich hatte bloß ein paar Worte aus dem Gedächtnis rezitieren wollen, aber Hube war dagegen gewesen. Er meinte, man brauche ein Buch als Monstranz (egal was für eins), um dem Ereignis dieses gewisse Extra zu geben. Ich hatte meinen Diogenes Laërtius in der Loeb-Ausgabe dabei und gerade die erste Zeile über den Ursprung der Philosophie hinter mich gebracht, als ich merkte, daß einer der Herren in der Schlange, der sich an einem großen Blumenstrauß festhielt, die Zellophanverpackung aufriß. Erst dachte ich, er wolle Hubert oder mir aus perverser Anbetung ein Stengelchen anbieten, aber er suchte nicht nach Pusteblume, sondern nach Kugelpuste.

Er brachte eine häßliche doppelläufige Schrotflinte mit abgesägten Läufen zum Vorschein, während sein Nachbar in der Schlange losbrüllte: «Aus dem Weg, ihr Sackgesichter. Wehe, ihr faßt auch nur einen Sou an. Wir machen hier den Bankraub.»

Das fand ich nun leicht übertrieben. Hube lehnte sich an den Schaltertresen. Dieser unvorhergesehene Interessenkonflikt schien ihn zu amüsieren.

Das Sprachrohr des anderen Duos hatte ein ansehnliches Messer gezogen – das konnte den Lauf der Dinge kaum ändern, aber die Schrotflinte beunruhigte mich. Sie sah oft benutzt, übel und verrostet aus, und das borstige Subjekt, das sie in der Hand hielt, machte den Eindruck, als würde es den Abzug nicht nur dann betätigen, wenn es daraus wenig Nutzen ziehen konnte, sondern sogar dann, wenn diese Handlung für ihn die unangenehmsten Folgen hätte. Sein Gesicht krümmte sich nach innen, als habe er seit seinem sechsten Geburtstag alljährlich mit dem Golfschläger ein Pfund auf die Schmuseluke gedrückt bekommen. Falls Scheußlichnis Druck ausüben konnte, saßen wir tief in der Tinte.

«Wissen Sie, wer wir sind?» fragte Hube.

«Zwei Schwachköpfe, die sich die Radieschen gleich von unten ankucken, das seid ihr.»

«Wie schade, daß Sie so starke Gefühle wider uns hegen», entgegnete Hube. «Aber wir genießen hier Priorität. Wir haben diesen Überfall gebucht – wir haben schon vorige Woche reservieren lassen.»

Der Typ mit dem Messer war überwiegend rasiert;

er trug allerdings einen üppigen, ingwerfarbenen Spitzbart, nicht am Kinn oder unter dem Kinn, wie es die meisten Leute bevorzugen, nein, er ließ ihn aus unerfindlichen Gründen stoppelig aus dem Adamsapfel sprießen. Man soll ja nicht immer gleich werten und zoilitisch werden, man soll dem Geschmack und der Kultur seiner Mitmenschen Respekt entgegenbringen (auch ist mir durchaus bewußt, daß ich die Nadel eines Präsentierbarkeitsmessers kaum zum Erzittern bringen würde), aber er sah total scheiße aus.

Die Gegenüberstellung

Hubert mit dem Revolver und ich mit Loeb und Schäferhund auf der einen Seite, der verrutschte Spitzbart mit dem Messer und die Konkavfresse mit dem Feuerrohr auf der anderen. Wir waren ihnen auch insofern überlegen, als sie nicht auf die Reihe bekamen, ob bei Hubert das Mundwerk lose oder eine Schraube locker war.

«Das kann ja jeder sagen», sagte der Spitzbart, weil das ja jeder sagen kann. Er hatte eindeutig nicht viel Erfahrung mit solchen Diskussionen.

«Es stand in den Zeitungen», konterte Hubert.

«Das hab ich nicht gesehen.»

«Lesen Sie denn keine Zeitung?»

«Ich lese Zeitung.»

«Also wenn Sie Zeitung gelesen hätten, dann wüßten Sie es.»

«Das hab ich nicht gesehen. Wir nehmen das Geld», kreischte er und wirkte zittrig.

«Ich könnte es zwischen Ihnen aufteilen», bot ein Kassierer an. Aber niemand reagierte. In solchen Situationen hat es niemand eilig, irgend etwas als erster zu tun, da die Möglichkeit besteht, daß man stillgelegt wird, den Zugriff aufs Universum einbüßt.

«Wissen Sie», sagte Hubert, der immer noch am Schalter lehnte, «Sie wirken besorgt. Vielleicht sollten Sie sich mal an einem Freiluftjob versuchen, erbaulich und gesund.»

«Ich bin nicht besorgt», schrillte er in einer Stimmlage, die verriet, daß er es war. «Aus dem Weg!» Auch mir wurde jetzt unverblümt blümerant zumute. Ich hatte keine Lust, von einer Schrotflinte entzweigeblasen zu werden. Hat man vielleicht nie. Der Hüter der Schrotflinte und der vagierende Spitzbart strahlten keine Professionalität aus. Vielleicht bin ich ein Snob, aber ich sah nicht ein, warum ich mich von einem zutiefst dilettantischen Zozo zerstückeln lassen sollte. Als Veteran des Beutemachens war Toleranz nicht meine Stärke.

«Gut, zeigen wir etwas Sportsgeist», sagte Hubert, klickte seinen Revolver auf und leerte die Patronenkammer. «Wenn Sie mir beweisen können, daß Sie das Geld mehr verdient haben, daß Sie mehr gelitten haben als ich, dann sollen Sie die Piepen haben. Lassen wir ein Gottesurteil entscheiden. Möge der Bedürftigere gewinnen.» Er ließ fünf Patronen zu Boden fallen, nahm die übrigbleibende unter die Lupe, schob sie in den Revolver, schloß ihn und ließ die Kammer rotieren.

Dann steckte er sich den Lauf in den Mund. Drückte ab.

Ein Klick, leise aber unvergeßlich, ohne die ohrenbetäubende Detonation. Er schüttelte sich, als hätte er einen steifen Whiskey gekippt. «Ahhh, das macht Spaß. Ich glaube, ich genehmige mir gleich noch einen.» Gesagt, getan, dann bot er dem Spitzbart den Revolver an. «Probier das mal, alter Schuft.»

Langsam zeichnete sich für sie ab, wes Geistes Kind er war. «D-d-der hat einen an der Klatsche», verkündete der Schrotflintenheini.

«Sie müssen nicht mit leeren Händen abziehen», tröstete Hubert, «Sie können ein Autogramm haben.»

Sie wußten nicht, was sie tun sollten. Wie Buridans Esel blieben sie stocksteif stehen, weil sie Erfahrungen bewältigen sollten, zu deren Verarbeitung Mutter Natur ihnen die Arbeitsgeräte versagt hatte. Sie konnten nicht zurück, weil sie damit schißhasig dagestanden hätten, außerdem wären all ihre Zeit und Mühe, überhaupt herzukommen, vergeudet gewesen; brachten sie das Begonnene aber zu Ende, hatte das womöglich Blutvergießen und Zephyre im Darmhangar zur Folge. Die Zeit von Kammerleerung und Laß-die-Ballistik-ihren-Dreck-doch-alleine-machen rückte näher und achselnässend näher, als wir Sirenen hörten, die Schallherolde der Bullen.

Wir warteten, bis der Schrotflintenheini es herauspreßte. «Das ist die P-p-polente.»

«Klasse», sagte Hubert und blieb weiterhin ungerührt von der allgemeinen Unrast, «dann kann die ja entscheiden, wer die Bank überfallen darf. Bin gespannt, wen sie festnehmen.»

In ihren Verhandlungen mit Hubert hatten sie vielleicht nicht so gut abgeschnitten, aber jetzt erwachte das Paar schlagartig zum Leben und lief wie mit Siebenmeilenstiefeln zur Tür, die sich ihnen partout nicht öffnen mochte, und in der Überzeugung, sie wären einer Sicherheitsvorkehrung in die Falle gegangen, forderten sie sofortige Bestrafung und schlugen mit beiden Läufen auf die Tür ein.

Nach geraumer Zeit nahmen sie davon Abstand, die Tür aufstoßen zu wollen (vielleicht hatten sie das Schild «Ziehen» gesehen) und emittierten sich. Unmittelbar darauf hörte man Schreie und blaue Bohnen, die ins Schwarze trafen.

«Schön», sagte Hubert und machte sich wieder an die Arbeit. «Wir nehmen etwas Geld sowie die Hintertür.» Auch von dort vernahm man noch das Spektakel und sporadischen Schußwechsel. Wir promenierten in die Richtung von fort. Hube zog die Patrone hinter dem Ohr hervor, die im Revolver hätte stecken sollen.

«Ich saß mit einem Taschendieb in der Zelle, oder einem Straßenmagier, wie er lieber genannt wurde. Da hat man massenhaft Zeit, Tricks einzuüben. Ganz offensichtlich liebte unser Mitstreiter das Leben viel zu sehr. Er hat die Bank nur des Geldes wegen überfallen. Die Langstrafer hätten ihm im Handumdrehen den Arsch aufgerissen.»

?????????????????????????

Als wir wieder im Hotel waren, entschied Hube, wir sollten zu Jocelynes Bank zurückgehen und einen Teil des Geldes auf ein Konto einzahlen. Wir hatten soviel Geld, daß wir richtig zu schleppen hatten. «Sie waren so gut zu uns; wir sind ihnen ein Geschäft schuldig.» Er zog wieder los, als Araberin mit vollem Tschador verkleidet. Vermutlich tat er das nicht, weil es das Risiko verkleinerte, erkannt zu werden, obwohl auch das der Fall sein mochte, sondern weil er's zum Schreien fand. Ich legte mich aufs Bett, dachte an Zenobia und ihre Generäle Zabbay und Zabda.

Als wir den Bahnhof erreichten, hatte unser Zug eine knappe Stunde Verspätung, und Hube wollte unsere schweren Koffer bei der Gepäckaufbewahrung abgeben. Ich befürchtete, das Personal könne einen Blick riskieren und unsere Bankraubutensilien entdecken. «Papperlapapp», schnaubte Hube. «Wir sind Sendboten des Schicksals. Wir sind unbesiegbar. Wir sind unsichtbar», sagte er und brüllte aus Leibeskräften durch die volle Bahnhofshalle: «Wir sind die Denkerbande! Nehmt uns fest!»

Wir wurden nicht festgenommen (vielleicht schützte uns die magnetische Anziehungskraft, die Bahnhöfe auf alle Durchgeknallten und Schreihälse ausüben), und so schlenderten wir herum und besuchten einen Sexshop neben dem Bahnhof (anscheinend auch so eine unvermeidbare Begleiterscheinung).

Ehrlich gesagt, obwohl ich der Branche einiges zu verdanken habe, fällt mir doch auf, daß jene Amourosität nicht mehr in mir auflodert, die Paare bei der Paarung in jüngeren Jahren bei mir hervorzurufen pflegten. Mich beschleicht das Gefühl, ich hätte schon alles gesehen (außer irgendwelchen Zantedeschia oder Johannesteijsmannia), so daß sich mein Faible fürs Schmökern in Grenzen hält. Gleichwohl ließ ich die entblößten Rillen vor meinen Pupillen langwandern, falls etwas auftauchen sollte, das ich noch nicht kannte: Man sollte sich nie weismachen, man hätte schon alles gesehen.

Aber ich lernte nichts dazu. Mehr noch, während meine Augäpfel über die Zeitschriften kullerten, konnte ich mich des Gedankens nicht erwehren, daß sich die Veranschaulichung körperlicher Vereinigung seit den korinthischen Medaillons des vierten vorchristlichen Jahrhunderts, als noch Popossen der Verkaufsschlager waren, nicht groß weiterentwickelt hat.

Sexueller Triathlon... kleinere Orgien

Der Nachteil flotter Dreier ist selbstredend die Verdopplung der statistischen Wahrscheinlichkeit, daß man an jemandem herumrubbelt, den man nicht mag oder nicht sonderlich attraktiv findet. Derlei Begebenheiten sind keine Beweise meiner amourösen Erfolge; sie stellen eigentlich auch keine erotischen Siege dar, eher das Gegenteil... aber das Erzählen veredelt die Dinge.

Portrait des jungen Eddie als Hälfte eines Schauspielerinnensandwiches

Eines Winterabends, da Cambridge von Nebelschwaden durchwabert ward, standen Trixy, Arthur, der lachhaft schlechte Lyriker, und meine Wenigkeit an der Ecke der Silver Street. Ich war vielversprechende zwanzig Lenze jung, pfirsichhäutig, und Locken umringelten mein Antlitz. Trixy warf ein Sixpence-Stück in die Luft, um nach einer länglichen Party herauszufinden, wen sie mit nach Hause nehmen sollte. Dies war einer der ersten Abende, an denen ich meine «Bleib auf der Party stehen und irgendwer wird schon vorbeikommen»-Technik zur Anwendung brachte.

Trixy war de jure Studentin, de facto Schauspielerin, und ganze Generationen von Studenten werden nur zu gut wissen, was das heißt und warum die Kirche sehr einsichtig handelte, als sie Schauspieler nicht in geweihter Erde beisetzen ließ, bis in jüngster Zeit auch dort sämtliche Sitten verlotterten.

Ich erweise den Affen und ihren Schreibmaschinen alle Reverenz, aber es gibt lachhaft schlechte Lyriker wie Arthur, von denen sich binnen fünfzehn Sekunden unbestreitbar sagen läßt, daß sie nicht nur nichts gedichtet haben, das für irgendwen irgendwelchen Wert hätte, sondern daß sie auch nie und nimmer, unter gar keinen Umständen irgend etwas von Wert dichten werden (nicht einmal aus Versehen), und die ihr gottverlassenes Leben in Armut fristen werden, auf der erbarmungslosen Suche nach Zuhörern, die sie foltern können.

Nicht so Arthur – der machte mehrere Vermögen (im Wert ganzer Scharen von Stiftungsunterschlagungen) mit Songtexten für West-End-Musicals. So schlechte Songs, daß man die Polizei rufen wollte. So schlechte, aber so lukrative Songs, daß ein für allemal feststand, daß wir durch ein Universum tigern, in dem Wahrheit, Gerechtigkeit und Geschmack bestenfalls Statistenrollen bekommen; wo sie nicht mehr Bedeutung haben als Kleinplaneten wie Zachia, Zerlina oder Zeissia.

Arthur war überdies ein Zwitterion, jemand, dem es egal war, wo sein Schwanz steckenblieb, vorausgesetzt, das Ziel nannte einen Blutkreislauf sein eigen, und diese Charakterisierung machte ihm auch nichts aus. Obendrein schrieb er Kinderbücher. Es wird mir ganz und gar nicht behagen, er zu sein, auch nicht mit all dem Geld.

Aber an dem in Rede stehenden Abend warteten wir beide auf die Entscheidung, wer den Tauchsieder spielen durfte. Das Sixpence-Stück wurde aus der Luft gegrapscht und verschwand unbesehen in einer Tasche. «Nein, es hat keinen Zweck, ich will mit euch beiden ins Bett.»

Zuerst hielt ich das für einen Scherz, aber es war keiner. Obwohl ich die Szene jahrelang rekonstruiert habe, habe ich nicht herausfinden können, ob es ein spontaner Entschluß war oder ob sie es von vornherein darauf angelegt hatte. «Ich will faszinierend werden», hatte sie mir einmal mit jener Betonung erzählt, mit der andere Leute Arzt, Kaufmann, Banker oder Zoologe sagen.

«Ein Philosoph und ein Lyriker», leckte sie sich die Lippen, «welch eine Kombination.» Wieder einmal wurde ich auf eine Rolle festgelegt, aber viele gebildete Frauen machen eine Phase durch, in der sie sich ein paar Wochen lang der Illusion hingeben, Philosophie wäre wichtig; man braucht also nur das richtige Timing. Komischerweise fand ich den Vorschlag nicht besonders verlockend (vielleicht wegen Arthurs Lyrik), aber ich war in einem Alter, in dem man nicht nur vor keinerlei Form von Befriedigung oder Dekadenz zurückscheuen durfte, sondern sich ihr geradezu in die Arme werfen mußte.

Ich lag ganz unten, und als ich mich zurücklehnte, war mein einziger Gedanke, daß Arthurs Lyrik ihm hierfür eigentlich die Lizenz entziehen sollte. Trixys Aura verströmte Genuß, aber sie war ja auch eine aufstrebende Schauspielerin. Mein Mangel an Ekstase wurde als ausgepowerter Schwanz mißverstanden. «Du bist so cool, Eddie, wahrscheinlich machst du das die ganze Zeit.»

Wir warten immer noch auf den Zug

Ich ließ meinen Blick vom Gewimmel der Beine, von den fleischigen Spinnen, dem angiportalen Gedränge auf das Stückchen Babylon am Handgelenk wandern. Uns blieben nur noch wenige Minuten bis zur Abfahrt.

Hubert hatte sich ebenfalls umgesehen, fand sich aber immer wieder zu derselben Zeitschrift hingezogen (von der zahmeren Sorte, die man an jedem Kiosk und in jedem Buchladen findet: Solodamen), herabgesetzt, remittiert, für etwaige Kunden, die auf herkömmliche, schmucklose Weise den Dübel bei der Wurzel packen wollen. Das Cover-Mädchen war naßforsch, unausstarrbar. Wie es scheint, werden Männer verlegen, wenn der Schwengel ihnen blaue Flecken an die Knie haut, wohingegen Frauen direkt ins Objektiv schauen und selbst bekleidet nackt aussehen (egal, was dieser Miesepeter Schopenhauer über die weibliche Physis sagt). Hube ließ seinem Bewußtsein viel Zeit, um das Cover aufzunehmen, dann stellte er das Heft träge ins Regal zurück.

Auf halber Strecke zum Gleis sagte er, «wart mal 'n Augenblick», lief wieder in den Laden und kam mit der Zeitschrift zurück. «Es sind ihre Augen.»

Ipsation

Cheiromanie. Selbstbedienung. Schäferstündchen mit unsichtbarem Schäfer. Der Trostpreis der Schöpfung. Die Arme haben dafür genau die richtige Länge.

Der Fluchtzug

Ganz Montpellier wurde von Straßensperren abgeriegelt. Hube winkte ihnen vom Abteil aus zu. Sirenen. Die Polizei erlag wohl dem Eindruck, es müsse gesehen und gehört werden, daß sie in Aktion trat. Unerklärlicherweise dachte ich daran, wie die Zaporogen 1641 Asow eroberten. Die Fahrt nach Toulon dauerte drei Stunden, also holte ich meinen Loeb raus und fing an zu lesen.

«Es war ein fabelhafter Tag», bemerkte Hubert, «aber der Nervenkitzel nimmt ab. Es artet immer mehr in Arbeit aus.»

«Außerdem gehen die philosophischen Methoden zur Neige. Falls wir uns nicht einfach welche ausdenken.»

«Nur noch einen. Wir müssen einen sauberen Schluß hinlegen. Die ganz große Raushole. Wir müssen Banküberfälle zum Abschluß bringen. Nur noch einen, der das Thema endgültig erledigt. Wir brauchen ein solches Finale, daß niemand mehr auf die Idee kommt, uns überbieten zu wollen. Vielleicht sollten wir die Krönung unserer Show in Paris abhalten. Danach kann ich was anderes machen.» Langsam nickte er ein. Ich hatte ihn lange nicht mehr schlafen gesehen.

Ich widmete mich wieder dem Loeb. Normalerweise packe ich einen Teubner oder die Oxford-Ausgabe ein (warum sich mit Pfusch abgeben?), aber als ich die Biege machte, konnte ich die Oxford-Ausgabe von Diogenes Laërtius nicht finden und mußte mit dem Loeb und seinem Staubtoupet vorliebnehmen. Beim Lesen flatterte ein Dankeschönzettel heraus.

Noch unübertretene Gesetze?

Das beste Verfahren, ein junges, zartbesaitetes Mädchen, das aus seiner Provinzheimat durchgebrannt ist und ohne einen roten Heller durch London irrt, davor zu bewahren, von skrupellosen und niederträchtigen Schändern verdorben zu werden, besteht darin, die Sache selbst in die Hand zu nehmen.

Eine junge Frau zu zephanieren hat den Vorteil, daß man dabei (a) immer genau weiß, wo sie ist, so daß sie sich nicht klammheimlich wegstehlen und, ehe man sich's versieht, in schlechte Gesellschaft geraten kann, und (b), sie läuft nicht Gefahr, von jemandem, den man für eine Mesalliance hält, für einen feschen Fasching weggefischt zu werden, denn der würde einem ja vom ersten Moment an auffallen, da er mit von der Partie wäre; es ist wirklich eine narrensichere Methode, die Tugend eines Mädchens zu schützen.

Jeder kennt doch diesen Augenblick, wenn man die erotische Kommunikation mit einer jungen Frau (liebreizender und schöner, als einem von Rechts wegen zusteht) genossen hat, sie gerade unter die Dusche gehüpft ist und man sich ihren Personalausweis angelt und anschaut (ich lese alles, selbst Cornflakes-Pakkungen); man entdeckt etwas, das man zunächst für eine Seriennummer oder so halten möchte, das faktisch aber ihr Geburtsdatum ist, und nachdem man die Zahlen dreimal auf Papier und mit dem Taschenrechner nachgeprüft hat, geht einem auf, daß man nicht nur etwas Unmoralisches getan hat – damit kann man leben –, sondern auch etwas Illegales, und da wird's schon schwieriger.

Ich konnte mir lebhaft vorstellen, wie die Staatsanwältin mich mitsamt meinen Beteuerungen zur Schnecke machte: «Soso, Dr. Coffin, Sie haben ihr aus reiner Menschenfreundlichkeit eine Fahrkarte nach Cambridge gekauft und auf unbegrenzte Zeit Kost und Logis angeboten; was sind Sie doch für ein selbstloser Mensch!»

Eigenartigerweise schämte ich mich auch; es waren nur noch ein paar Monate bis zum Beginn der Jagdsaison, aber ein paar Monate können einem das Strafregister völlig über den Haufen werfen.

Sie blieb übers Wochenende. Wir diskutierten die Ionier und widmeten uns ausgiebig dem ältesten erhaltenen Fragment der ionischen Philosophie, der griechischen Philosphie überhaupt, unmittelbar aus des Phils Munde. Anaximander, Buch eins, Kapitel eins, Zeile eins, Spruch Nummer eins: live und in Farbe direkt aus Milet, circa 550 v. Chr.; Anaximanders Fragment müssen die, die immer von der Klarheit der Zeus-Boys schwärmen, einfach übersehen haben.

Sein in Simplikios eingebettetes Fragment bildet ein Herzstück der klassischen Philosophie: «... gemäß der Schuldigkeit. Denn sie leisteten einander Sühne und Buße für ihre Ungerechtigkeit, gemäß der Ordnung der Zeit.»

1. Schlitzorama: wendet sich gegen Thales, seinen Lehrer und Vorgänger, und verarbeitet ihn zu Kleinholz. Kritik bildete die Quintessenz des Griechentums, im Gegensatz zu anderen Wissen hortenden Kulturen, die sich mit dem Ipsedixitismus begnügten, also sprach Zarathustra, Konfuzius sagt, Pythagoras sagt. Als die Kritik (Ideenrennen, Konzeptkämpfe, noetische Keilereien) ins Hintertreffen geriet, brach das Mittelalter über uns herein. Ein bißchen Galle an der Küste Ioniens, und schon sind wir unterwegs zu den Sternen.

2. Erbfolge. Es gibt nur ganz wenige Philosophen außerhalb einer Nachfolge. Es gibt autodidaktische Lyriker, Maler, Schriftsteller und Wissenschaftler, aber es gibt so gut wie keine autodidaktischen Philosophen. Man muß Gewerkschaftsmitglied sein, dann kann man bis in den Hafen von Milet zurück.
3. Sei eine Spur vage (oder, falls du's wagst, gnadenlos obskur). Dann können andere deinem Werk die eigenen Ideen und Vorurteile zuschreiben; schließlich arbeiten wir in einer Branche, in der die Leute die Kaninchen am allerliebsten aus deinem Hut zaubern. Wenn du zu einleuchtend schreibst, wird das Lesen zum Ja-Nein-Spiel. Sei interpretenfreundlich.

Während des ganzen Wochenendes bekam ich keinen Bissen runter, meine Ängste trieben meinen Appetit nach Zacapoaxtla. Meine Besucherin genoß ihren Aufenthalt, pikiert nur über meine Exegesen. Bevor sie mich verließ, zerschnitt sie ein Blatt Papier in kleine Rechtecke und versteckte sie, nachdem sie überall mit knalligen Buchstaben «danke schön» draufgeschrieben hatte, an den entlegensten Stellen, in Büchern, in Schubladen, im Inneren meines Staubsaugers (dauerte fünf Jahre, bis ich den Zettel fand), in meiner Schreibmaschine; Stück für Stück stolperte ich darüber, wie jetzt über den, der aus dem Loeb ausgestiegen war.

Jenes Wochenende umfaßte die Gesamtheit unserer gemeinsamen Sinnesdaten. Ich war sehr erleichtert, als weder entrüstete Eltern noch grienende Polizisten über meine Schwelle traten (nicht über meine und nicht deswegen). Ich bekam von ihr drei Episteln: als sie ihr Philosophiestudium an der Universität aufnahm, als sie ihren Abschluß machte und als sie ihren Doktortitel in Papyrologie erhielt.

Ich habe ihr nie geantwortet. Beim Briefeschreiben bin ich ungefähr genauso saumselig wie bei Büchern.

Aber Schecks: Da sind Sie bei mir an der richtigen Adresse.

??????????????????????????????

Hube kaufte sämtliche Zeitungen. Als ich ein paar Tage später eins der Lokalblättchen überflog, stieß ich auf eine Anzeige, nach der Gérard eines natürlichen Todes gestorben zu sein schien – jedenfalls wurde kein Verdacht auf Gewalteinwirkung erwähnt.

Mein Hirnoshima nach Gérards Ableben

Ein gutes Beispiel für einen Menschen, der keinen Grund zum Leben mehr hat. Trauer kommt nicht in Frage, aber genau das ist die Frage: Warum rennt nicht jeder die Straßen auf und ab und schreit, «wir werden alle sterben»? Das Leben hat uns alle am Arsch, und wir können nur für Gleitcreme sorgen (die erleichtert es nicht, die ermöglicht es erst). Es ist das Klopapier unserer Glaubensbekenntnisse, und irgendwann erreicht jeder die Perforation. Spätabends schleicht die Angst sogar in Jesuitenschlafsäle. Nichts Rationales ist kugelsicher genug, um Freund Heins Patronen abzufangen. Man braucht ein paar Wahnvorstellungen, um das auszuhalten. Wer im Leben kein Tor schießt, dem zeigt der Tod die rote Karte. Warum hilft mir denn keiner? Hilfe. Hilfe.

Wie fühlt man sich dann?

Traurig. Schwach. Feige.

Und was noch schlimmer ist, es ist nicht meine Sprunghaftigkeit, meine Mattigkeit, es ist die eines jeden.

Im Zug auf der Rückfahrt aus Montpellier höre ich, wie ein Passagier jene internationale Platitüde von sich gibt: «Augen zu und durch.» Ein Standardschachzug in Alltagsgesprächen, aber das eigentlich Komische ist, daß die besten Schädelschindereien, wenn man ihnen erst mal die erlesenen Krusten abgefeilt hat, genau darauf hinauslaufen. Seit Sisyphus'n'Ziusudra'n'Ptahhotep ist «Augen zu und durch» das Axiom – Ziegelsteine und Mörtel der meisten philosophischen Systeme und Weisheitsleitern. Hcrud dnu uz Negua. Jammer nicht rum. Laß das Gezeter. Was man auch von seinem gestreßten Hausarzt zu hören bekäme. Kopf hoch. Sei nett zu deinen Mitmenschen. Genieße, so oft du kannst. Trinke in Maßen. Treibe Sport. Schlurf nicht so auf dem Weg zum Erschießungskommando.

Was soll man machen? In Zira gibt es Sadhus, für die das Allerwichtigste im Leben darin besteht, sich Kokosnüsse an den Körper zu nähen.

Über die Gedankenameisenhügel spotten ist einfach (zu einfach). Trotz alledem ist selbst ein Nullifant wie ich auf Hilfsbereitschaft, Zivilcourage, ja Intelligenz gestoßen. Von den wirklich anständigen Leuten, denen ich im Laufe meines Lebens begegnet bin, hat noch nie jemand gehört; Anstand versperrt einem offensichtlich den Zugang zu hohen Ämtern und Prominenz. Aber es gibt sie. Jene, die immer vom Mitleid salbadern, die Parteigänger von Wohlfahrt und Engagement sind es doch, die Kellner schikanieren, ihre Kinder verwahrlosen lassen und ihren Gärtnern Hungerlöhne zahlen. Potentielle Güte gleicht einer Adlernase oder einer buschigen Augenbraue.

Das Hauptthaupt

Der großartigste Kopf, dem ich je begegnet bin, befand sich in einem Pub in Cambridge, und er saß auf dem Hals des Fahnenträgers eines Fallschirmspringerregiments. Er vervollständigte mein Kreuzworträtsel und klärte einige Probleme, die mir bei den Wolffischen Philosophen Kopfzerbrechen bereitet hatten (ich stehe zwar nicht besonders auf die Wolffischen, aber ich mußte ihm erst erklären, wer sie waren, bevor er sie nach Strich und Faden auseinandernahm). Er wies mich außerdem auf ein paar fesselnde Aspekte der indischen Philosophie hin, die ich bis dahin übersehen hatte (er hatte zehn Jahre zuvor während seiner Dienstzeit in Aden ein Taschenbuch darüber gelesen). Für mein Gefühl von beruflicher Kompetenz war es ein schwarzer Tag, und obwohl wir danach noch über mancherlei plauderten (von Maschinengewehren welchen Typs man am besten beschossen werden sollte), war ich nicht recht bei der Sache.

Bedauern

Ich hätte ihm natürlich die Frage aller Fragen stellen sollen, die GROSSE: Was soll das Ganze? Vielleicht hätte ihn das kalt erwischt, vielleicht wäre ihm aber auch dazu etwas Interessantes eingefallen. Es ist ja nicht so, daß wir keine Chancen bekämen, wir nutzen sie bloß nicht.

Erfolg: Eddies Stolz

Es gibt wenig, worauf ich stolz sein kann. Im nachhinein war der Kauf meines Hauses das einzig Vernünftige, und ich bereue es bis heute nicht. Wenn man in Cambridge lebt, ist es absolut unerläßlich, daß man so nah wie möglich am Bahnhof wohnt, damit man jederzeit das Weite suchen kann, und sollte man es aus London (Afghanistan, Zutphen oder sonstwo) sogar dorthin zurückschaffen, dann sollte man völlig abgebrannt auch nicht weit torkeln müssen. Ich wohnte im sechsten Haus vom Bahnhof aus (ein Zweitschlüssel lag stets im Büro des Bahnhofsvorstehers). Vor dreißig Jahren in Cambridge gestrandet, schaffte ich es nie, mein Ränzlein zu schnüren, obwohl ich immer kurz vor dem Davonlaufen war.

Das ist kein Scherz.

??????????????????????????

Wir waren in einer neuen Wohnung untergetaucht. Selbst Hube schien – trotz seiner unumstößlichen Gewißheit, wir seien unverwundbar – ausnahmsweise mit dem Lehrsatz leben zu können, daß ein Bankräuber, der am heimischen Herd bleibt, ein nicht so leicht festzunehmender Bankräuber ist. Ich schwang die Feder. Hube steckte seine Nase in ein paar Bücher und plagte sich mit der Erschaffung des Bankraubs, der allem Bankraub ein Ende setzen würde. Dem zeb.

Ich entdeckte, daß Hube sich nachts verdrückte. Eines Morgens fand ich ihn inmitten Unmengen von Bildern – Farbaufnahmen, Schwarzweißphotos, Dias, Kontaktabzüge. Sie zeigten ausnahmslos eine junge Dame in verschiedenen Stadien der Entblößung; alle schienen dieselbe SIE darzustellen, obwohl das angesichts des Bilderteppichs schwer zu sagen war.

«Wissen ist echte Knochenarbeit; besonders die Erforschung der Vergangenheit», sagte er.

«Wer ist denn das?»

«Das ist die Mademoiselle vom Cover der Zeitschrift, die ich mir neulich gekauft hab.»

«Und wo hast du die Bilder her?»

«Der Photograph hat sie mir gegeben. Er konnte mir sogar ihre Adresse besorgen.»

«Das ist aber nett von ihm.»

«Es ist schwer, jemandem eine Bitte abzuschlagen, der dir eine Pistole ins linke Nasenloch rammt.»

«Ich dachte, du hättest der Gewalt abgeschworen.»

«Hab ich auch. Ich hab ihm die Pistole ganz sacht ins Nasenloch gerammt. Und nichts gesagt, aber in solchen Lagen kommen die Leute ja auf alle möglichen Ideen. Mein Pistolenlauf war so kalt, und sein Nasenloch fühlte sich so weich und warm an, daß ich einfach wissen mußte, ob er wohl ganz reinpaßt. Und weißt du, bei dem klingeln doch bestimmt total viele Zombies und brüllen rum. Seine Umsicht war wohlbegründet und... bewundernswert.

Und die Suche hat echt gedauert. Die Zeitschrift war alt, die Bilder waren alt, die Fährte war alt. Ich mußte mit dem Filialleiter sprechen, dem Inhaber, dem Lieferanten; sie waren mir ausnahmslos behilflich. Ich mußte meine Pistole nur einmal nasenlöchern lassen, was in Anbetracht der Umstände doch große Zurückhaltung meinerseits bekundet. Jedenfalls stellte sich heraus, daß der Photograph voller Infos steckte.»

«Und? Willst du dich mit ihr treffen?»

«Warum nicht? Aber erst mal muß ich sie finden. Die Adresse hilft nicht weiter, aber ich werde jemanden mit der Suche beauftragen. Als Krösus kennt man schließlich Schleichwege.» Er prüfte eine Nahaufnahme. «Man kann es ihr von den Augen ablesen. Ich bin sicher, daß sie im Heim war.» Beim Betrachten der Bilder wäre das nicht gerade mein erster Eindruck gewesen.

«Woher willst du das wissen?»

«Das weiß man einfach. Du schaust dir diese Augen

an und du weißt es. Das ist ein unverwechselbarer… Optimismusmangel.»

Huberts großer Tag

Er erzählte, er hätte einmal einen Ausnahmetag erlebt, als er mit dreizehn in einem neuen Heim ankam. Er hatte vor dem Büro des Direktors gewartet, als sich ein bildschönes Mädchen neben ihn setzte. Einfach wunderschön. Sie hatten kein Wort gewechselt, aber Hubert hatte gemerkt, daß sie von Anfang an als Freunde dasaßen; das ganze Haus fing an zu zischeln.

«Leider saß man gerade über den Akten meiner Ankunft und über den Akten ihrer Entlassung.»

Erneut unterzog Hubert das Bild optischer Kontrolle.

«Ich glaube, das ist sie.»

??????????????????????????

Jocelyne ist sehr hilfsbereit, allerdings helfen fast alle Frauen Kindern, selbst wenn diese sich als bankräubernde Philosophen verkleiden. Sie machte den Vorschlag, es mit einem Medium zu probieren.

Ich hatte mich egoistisch danach gesehnt, Gérard möge wiederauftauchen, und wie Hube um einen Spickzettel mit den zehn wichtigsten Dingen in der Branche gebeten hatte, wünschte ich mir existentielle Erkenntnis im Einkaufszettelformat: Von entscheidender Bedeutung im Leben ist es, sich Gewichte an den Penis zu hängen und ihn auf vierzig Zentimeter zu strecken. Verprügel jedermann, dessen Name mit Z beginnt, mit einem Zope. Egal, was. Hauptsache deutlich, kurz und bündig. Aber Gérard, das egoistische Arschloch, meldete sich nicht. Ich hielt Ausschau nach einem Insekt oder Wirbeltier, das mir vielleicht etwas anvertrauen wollte. Auf dem Schreibtisch hielt ich stets Papier und einen ganz leichten Stift für Geisterhände parat. Nichts geschah.

Jocelyne klickte mit ihrem Zungenring gegen ihre Zähne. Ich suchte ihre Miene nach Anzeichen einer ruinierten Romanze ab. Sie hatte sich die Zunge piercen lassen (eine Prozedur, hatte sie erläutert, die zwei Wochen schmerzhaften Heilens nach sich zog), und das erinnerte mich an das Zeremoniell des Zungen-Piercens am 28. Oktober Anno Domini 709, das die Hauptfrau von Schild Jaguar hatte erdulden müssen, dem Blutherrn von Yaxchilán (Türoberschwelle 24); meines Erachtens also unsinnig, aber wenn's den Mayas Freude machte…

«Warum hast du's machen lassen?»

«Um meine Zunge zu bestrafen. Sie hatte Dinge gesagt, die sich nicht ziemten.» Klick.

«Aber sie hat doch bestimmt nur Anweisungen befolgt.»

«Dann muß sie eben ein wachsameres Auge auf ihre Herrin haben. Außerdem ist es ein Symbol.» Klick.

«Wofür?»

«Das ändert sich von Tag zu Tag. Es ist ein Mehrzwecksymbol.»

Bestenliste der von Jocelynes Zungenring symbolisierten Gegebenheiten

«Es ist ein Symbol für unseren Bedarf an Symbolen.»

«Dafür, daß das Leben uns niederkartätscht.»

«Außen stellvertretende Filialleiterin, innen niederer Primat.»

«Für alles, wonach mir gerade der Sinn steht.»

«Dafür, daß man im Leben jederzeit dummes Zeug anstellen kann.»

Jocelyne über Gérard

«Ein Freund von mir hat's mit einem Medium probiert», sagte sie. Meine spontane Reaktion war vernichtende Verachtung. Die Philosophie hat vielleicht ihre Schönheitsfehler, aber sie wird immerhin an der Universität gelehrt. Wir legen schließlich intelligente Menschen intelligent aufs Kreuz. Wenn es eine Gruppe gibt, die man mit faulem Zauber, Scharlatanerie, minderwertiger Windbeutelei und Bauernfängerei verbindet, dann sind das die Medien; allerdings ist der Schaden, den sie im Vergleich zu Philosophen (insbesondere deutschen Philosophen) anrichten, eher gering.

Mein Terminkalender wies jedoch gähnende Leere auf, und ist die Vorstellung spiritistischer Medien denn wirklich hanebüchener als die Tatsache, daß ich über zwanzig Jahre lang Rang und Namen eines Fellows der Philosophie trug? Kann ich mir nicht vorstellen. Man sollte alles mal ausprobiert haben, bis auf die Dinge, die man nicht mag oder die zuviel Arbeit und frühes Aufstehen erfordern (ich beabsichtige beispielsweise nicht, Europameister im Eiskunstlauf zu werden). Solange es nicht zu viele Umstände macht, sollte man sich dem Zet nicht in den Weg stellen. Wer weiß? Vielleicht hatte das Medium ja irgendwelche Thesenpapiere für mich oder streute mir Ewigkeitsbröckchen hin.

Lust auf einen klassischen Präzedenzfall?

Klar, warum nicht? Selbst Sokrates, Mr. Analyse, Mr. Vernunft, Mr. ‹Halt deine Funzel mal hier rüber› trieb sich doch ständig mit weisen alten Weibern rum.

Jocelyne arrangierte alles, und wir fuhren nach Hyères hinüber. Ich trug Priesterornat (auch eine von

Hubes zahllosen Verkleidungen; es war ein großer Fehler, daß ich ihm gestattet hatte, meine Maße zu nehmen). Mich verlangte nicht nach Tarnung, aber beim Aufwachen hatte ich feststellen müssen, daß dies meine letzten sauberen Klamotten waren. Jocelyne meinte, das Zingulum stände mir. «Jeder wird bei dir sofort die Beichte ablegen wollen; du siehst aus, als wärst du ein verständnisvoller Zuhörer.»

Das Medium empfing mich mit einem Lächeln von Ohrläppchen zu Ohrläppchen (bei dem Honorar hatte sie auch allen Grund dazu; Jocelyne hatte vorgeschlagen, den doppelten Satz zu zahlen, damit wir auch was geboten bekämen). Es war eine fröhliche und fette Frau (wie so häufig – man müßte mal den Zusammenhang von Mystik und Mästung zetieren), und ihr Sprechzimmer war von winzigen Schnapsfläschchen übersät; die Einschluckgröße, die man im Flugzeug bekommt. Hunderte davon standen auf grotesk schmalen Regalen, kaum fünf Zentimeter breit, offenbar Sonderanfertigungen; ein Speicher der kulturellen Vielfalt der Welt.

Ist das Sammeln kleiner Alkoholgefäße absurder als das Sammeln der Erstausgaben griechischer Denker? Ja, ja, ja und nochmals ja.

Wir gaben ein Gebot für Gérard ab.

«Er wollte sich melden.»

Madame Lecercle hielt eine Weile mein Händchen und schwatzte ungereimtes Zeug.

«Sie wollen Kontakt zu einem Freund aufnehmen. Ich bekomme nichts rein. Ich sehe ein kleines, pelziges Tier; ich sehe Geld, aber deswegen sind Sie nicht hier. Ich sehe jemanden, eine fremdartige Gestalt, aber sie ist nur unvollständig da.»

«Sagt sie etwas?»

«Ich vernehme etwas wie Touristen, und daß sie die nicht mag. Können Sie damit was anfangen?»

Falls Gérard herumlungerte und wartete, versiebte er die Chance, mir Infos unter dem Großen Vorhang durchzuschieben. Madame Lecercle bekakelte ihre Wahrnehmungen einige Minuten lang mit Jocelyne. Hier war keine der Auferstehung meiner Karriere dienlichen Lieferungen zu erwarten. Ich erinnere mich an Wilburs Kommentar in solchen Fällen: «Ich kann jedem seine Zukunft vorhersagen, besonders in bezug auf das, worauf es ankommt; die Prophezeiung, daß jeder leben oder sterben wird, birgt nur wenige Risiken.»

«Können Sie bestimmte Personen kommen lassen?»

«Es entspricht nicht gerade meiner üblichen Arbeitsweise, aber wir können es versuchen.»

Gaststar, eingeflogen aus...

Ich stellte mich der Qual der Wahl. Ich hatte Lust auf ein bißchen Griechisch. Ich war mit meiner Zeit immer sehr glücklich, wenn auch nicht mit meinen Umständen zu bestimmten Zeitpunkten. Aber wenn ich eine Zeitmaschine hätte, würde ich an die ionische Küste ungefähr in das Jahr 585 v. Chr. zurückreisen, mich an Sonne, Sand und Zythum erfreuen und mich unter die Jungs mischen, um herauszufinden, wo die eigentlich ihre Ideen her haben. Wie Featherstone mal meinte: «Du wärst ideal zum Zurückgehen; du sprichst die Sprache, und ich kann mir nicht vorstellen, daß du irgendwelchen Einfluß hättest oder irgend etwas anstellen könntest, das den Lauf der Geschichte beeinflussen würde. Und bei uns könntest du dich ja über attische Terracotta-Amphoren melden.»

Wenn ich schon nicht zurückkonnte, war das Zweitbeste, einen von ihnen zu bitten, doch mal vorbeizuschauen. Ich war ganz scharf auf Thales. Warum nicht bis zum Ursprung zurückgehen? Allerdings hatte ich kürzlich erst dafür gesorgt, daß eine Ratte seinen Namen erhielt, und falls Thales imstande sein sollte reinzuschneien, dann würde er mir wegen der Ratte mordsmäßig an den Karren fahren. Der nächstbeste Kandidat war Platon, aber irgendwie hatte ich keine Lust, ihn herbeizuzitieren; der wurde garantiert ständig belemmert, seine Himmelsstrippe war bestimmt ständig am Bimmeln. Und selbst wenn er für Lautsprecherdurchsagen zur Verfügung stand, mochte ich mir von ihm nicht die Hammelbeine langziehen lassen: Ich kenne meine Grenzen.

Ich dachte nach, dann entschied ich, daß ich keinen Philosophen wollte und keinen von den Großkopfeten. Dann fielen mir die bösen Buben der griechischen Lyrik ein, die Jambographen Archilochus, Hipponax und Sotades, die die griechischen Säulen unter ihren Schimpfkanonaden erbeben ließen. Sotades war der Zampano der Kinaidologoi, die sich auf Unanständigkeiten spezialisiert hatten und sämtliche Herrscher der bekannten Welt brüskierten. Er wurde von einem General des Ptolemaios umgebracht, der ihn in ein Bleifaß steckte und auf hoher See (wahrscheinlich, um auf Nummer Sicher zu gehen) über Bord gehenließ. Der war verlockend. Aber je länger ich darüber nachdachte, desto besser gefiel mir Hipponax, älter, verbannter, exilierter, dessen Opfer sich selbst umbrachten, ein ionischer Strauchdieb, von dem die Sage ging, es sei sogar gefährlich, sich seinem Grabstein zu nähern. Da war doch mal jemand, bei dem es sich lohnen könnte, ihn auf eine Party einzuladen, und ich dachte, wenn irgend jemand auf die Einladung eines gescheiterten, bankräubernden Philosophen einging, dann Hipponax.

«Brauchen Sie noch irgendwelche Einzelheiten?» Jocelyne hatte einen Kassettenrecorder mitgebracht, den sie jetzt einschaltete. Die Zeremonie wirkte simpel.

Es war ein warmer Nachmittag. Madame Lecercle verstummte und schloß die Augen. Sie saß so lange stumm und mit geschlossenen Augen da, daß ich argwöhnte, sie sei eingeschlafen. Das Ganze begann mich zu langweilen, und fast wäre ich selber eingedöst. Ich hatte den starken Verdacht auf Zeitverschwendung und fragte mich, ob Za Dengel, der Kaiser von Äthiopien (1603) so etwas wohl je mitgemacht hätte.

Schließlich öffnete sie die Augen. Sie wirkten verschleiert, blendeten dann aber langsam auf, wie Autoscheinwerfer, die durch den Nebel dringen. Zunächst hatte sich noch alles zu enträtseln, ihre Augen flackerten an und aus. Dann war der Blick auf einmal klar. Ein aufsässiger Blick, der Blick eines trotzigen Hafenarbeiters, der in fünf Bürgerkriegen zuviel hatte mitkämpfen müssen. Ein Blick, den man der eupeptischen Madame Lecercle gar nicht zugetraut hätte.

Der aufsässige Blick nahm mich ins Visier.

«Was glotzt du denn so, du elendes Stück Barbarenscheiße?» Die Stimme gehörte Madame Lecercle, klang aber gekapert, aus der Tonlage gehievt, über Kohlen geschleift. «Du hast es doch nicht anders gewollt.»

Ihre Nasenlöcher blähten sich, nahmen Witterung auf.

«Einen Philosophen riech ich zehn Stadien gegen den Wind», sagte die Stimme. Holte wieder Luft. «Ihr stinkt alle wie Thales. Kannst du nicht etwas nach links stinken, du Kloakenechse?»

«Sie sind also Hipponax?» ging Jocelyne dazwischen.

Der Blick verlagerte seine Wucht auf sie. «Na, Homer bin ich nicht gerade.» Pause. «Mit so ’nem

Schnabel wird man nicht so schnell hungrig, was? In den Gassen reißen sie sich bestimmt um dich.»

Ich war mir nicht ganz sicher, was hier vorging, aber es war geschmacklos. Miasmisch. Ich fand, es war Zeit aufzubrechen.

«Lange nichts gesehen», fing die Stimme wieder an, «und was läuft mir als erstes vor die Guckerchen? Ein Wabbelspeck und ein Wanderpokal mit 'nem Mund wie 'n Mahlstrom. Also, was wollt ihr loswerden, und was habt ihr mir anzubieten? Oder habt ihr mich den ganzen Weg bloß hergezerrt, um jetzt mit offenen Goschen dazusitzen, als würdet ihr euch grade einen runterholen?»

«Wie läuft's denn so?» erkundigte ich mich.

Die Stimme reagierte nicht. Der Blick durchwanderte langsam das Sprechzimmer. Er richtete sich auf Madame Lecercles Schoß, den Faltenwurf ihres Rocks mit dem Sternzeichenmuster. Dann konzentrierte er sich auf ihren Körper, und die Stimme legte wieder los: «Hätt ich gleich wissen müssen, daß du 'n Philosoph bist. Potthäßliche Fettsäcke sind immer Philosophen. Wollen uns einreden, der Geist würde reichen; ein guter Körper nicht. Also, warum nervst du die Toten? Hört dir kein Lebender zu?»

Langsam begriff ich, warum die Leute einen großen Bogen um sein Grab machten.

«Wollte bloß mal plaudern.»

«Du bist so 'ne Schlafmütze, daß kein Lebender Zeit für dich hat, stimmt's?» Die Stimme zischte wie ein Gasleck vor der Explosion. Dann änderte sich ihr Tonfall, er stieg um etliche Oktaven. «Wer ist die Schluckluke da? Sieht aus wie 'ne Sklavin in siebter Generation.» Die Stimme war jetzt so weich und hoch, daß man sie kaum verstehen konnte. «Jede Menge Ahnung von Tuten und Blasen. Besser als sich 'n Tintenfisch an den Schwanz zu binden, hab ich recht?»

Jo wußte auch nicht, was sie davon halten sollte. Madame Lecercles rechte Hand fing träge an, das lose Fleisch ihres linken Arms zu kneifen, und tastete sich dann zum Blusenkragen hoch. «Na großartig. Da werde ich von einem Fettsammler und einem Arbeitstier zurückgeholt, so 'nem ‹deinen Schwanz kannste nach'm Ficken aber verbrennen›-Weibsstück. Was willst du eigentlich? Und was willst du da? Wenn ihr Anregungen braucht, wie ihr ekliger werden könnt, weiß ich nicht, wo man da noch ansetzen soll; und wenn ihr Anregungen braucht, wie ihr weniger eklig werden könnt, bin ich genauso überfragt.»

«Wenn Sie noch was vorhaben», erwiderte ich, «lassen Sie sich von uns nicht aufhalten.»

Die Bluse des Mediums wurde langsam aufgeknöpft. Die Stimme, die jetzt wieder sachlich klang, hatte es mit der Antwort nicht besonders eilig. «Ihr holt euch nie die Philosophen zurück, hab ich recht? Habt schon genug Kacke am Dampfen. Egal wie arm oder unglücklich ein Land ist, es hat immer noch zehnmal so viele Philosophen, wie es braucht.» Eine Quarktasche flappte heraus, und dann wurde auch die andere aus ihrem Futteral gedreht. Anschließend hielt Madame Lecercle eine Brustwarze zwischen Daumen und Zeigefinger, als wäre sie ein kleines, totes und unansehnliches Tier (eine Zapodida etwa).

«Jahrtausendelang tot, aber das kann ich dir flüstern: Es sieht immer noch einfach abstoßend aus», verkündete die Stimme.

Phlegmatisch wurde der Strip fortgesetzt, und das verwitterte Fleisch der unverzeihlich Feisten, das eigenartig künstlich anmutet, kam zum Vorschein. Der Blick brachte für dieses Bild ebensowenig Begeisterung auf wie ich. «Ich bin also wieder da und steck in so was fest. Wie kann man bloß so ein Pechvogel sein?» Madame Lecercles Scham blieb unter reichbeschenkten Schenkeln verborgen; eine Hand bohrte sich zwischen die Fettwülste.

«Nichts. Keine Meldungen. Genauso tot wie ich. Ihr Fettsäcke seid so gierig; wahrscheinlich braucht man sich bloß anzukucken, wieviel Platz ihr einnehmt. Da ladet ihr mich ein, und ich krieg nicht mal was zu essen oder zu trinken. Ich brauch 'n Drink, glaub ich.» Madame Lecercle schwankte zur Flaschenwand hinüber. «Das ist doch Alk, oder?» Ich nickte bejahend. Daraufhin griff sich das Medium zwei Fläschchen, schraubte sie auf, stieß sich in jedes Nasenloch eine, warf den Kopf zurück und ließ sie leergluckern. Der Kopf blieb einige Zeit im Nacken, dann fuhr die Stimme fort: «Das war reine Zeitverschwendung.» Es ist bitter, ein Geist zu sein, der auf geistige Getränke steht, aber nichts schmecken kann. «Warum rieche ich euch, aber schmecke keinen Alk?» Ein Fall für Zwaardemaker.

Madame Lecercle kam auf uns zu und legte mir ihre Titten auf den Kopf. «Man hat, scheint's, noch immer kein wirksames Haarwuchsmittel erfunden», meinte die Stimme. Das Medium ging zum Kühlschrank hinüber und fing an, Lebensmittel aus dem Futterknast zu befreien. Die Stimme ließ sich das Reden nicht vom Essen verderben. «Weißt du, was ich Thales, Heraklit und den anderen Sophiefüllern immer gesagt habe?»

Wie sollte ich?

«Wenn ihr schon so schlau seid, warum müßt ihr dann sterben? Apropos, wie verkaufen sich eigentlich meine Bücher?»

«Nicht besonders, offen gestanden. Der größte Teil Ihrer Werke hat sich nicht erhalten.»

«Was ich schrieb, wird nie vergehen; schlimmstenfalls läuft es unter dem Namen anderer weiter. Ich brauch bloß loszuziehen und würde mein Geschreibsel überall wiederfinden. Hipponax weiß, was Macker wünschen.» Essensreste, die die ersten Phasen des Verdauungsprozesses hinter sich hatten, flogen durchs Sprechzimmer.

«Aber Ihr Werk wurde verboten. Kaiser Julian fand es unschicklich.»

«Unschicklich? Den soll'n die Filzläuse holen. Meine Jamben jamben ewig.»

Ich erwog, ihm mitzuteilen, daß Kaiser Julians Schriften im Gegensatz zu den seinen ganz ausgezeichnet erhalten waren (drei Bände bei Loeb), aber man hätte ebensogut in die Zamzam pissen können.

«Schnallen diese Leute denn nicht, daß sie transparent sind, daß mein Werk durch sie durchscheinen wird? Kapieren die denn nicht, daß die Schrift erfunden wurde, um liederliches Liedgut in alle Welt zu verbreiten; damit man auch über den Mann jenseits des Hügels lästern kann; damit die in Stein gemeißelten Flüche bis ans Ende der Zeiten marschieren? Schmeckt alles nach nichts», kommentierte die Stimme, und verschiedene Lebensmittel, die es in Madame Lecercles Mund allzu munter getrieben hatten, folgten den Gesetzen der Schwerkraft und hinterließen auf dem Doppelkinn und der Fünffachplauze ihre Spuren.

«Wie sieht's denn auf Ihrer Seite aus?» fragte ich.

«Schau mal einer an! Du willst also doch was. Ich wüßte gern, was dabei eigentlich für mich rausspringt.» Madame Lecercles Finger wanderte in ihr Ohr. «Nicht mal das spür ich. Man sollte doch glauben, daß ich mir wenigstens ordentlich im Ohr rumpopeln kann. Paß mal auf, ich möchte wetten, dieses Madenparadies hier hat für seine Dienste eine hübsche Stange Geld eingesteckt. Was ist mit mir? Ohne Silber sing ich nicht.»

«Woran dachten Sie da?»

«Paß auf, wir sprechen hier doch über Dinge, die wirklich tiefgründig sind, Dinge, die du als Philosoph eigentlich selber schnackeln solltest, aber da es für dich schon eine intellektuelle Höchstleistung ist, später mal einen lustigen Nußschädel zu hinterlassen, auf dem die Fliegen sich einen abkacken können, biet ich dir 'n Tausch an. Weißt du, du erinnerst mich an irgendwen. Ich komm nicht auf den Namen, aber ich weiß noch, daß er seinen Hund darauf dressiert hatte, ihm die Eier zu lecken.»

Ich dachte an die Weltrangliste, war der Gedenkgottesdienst vielleicht schon zu lange her? «Was schwebt Ihnen da vor?»

«Ich habe in puncto Pläsiereinrichtungen nicht viel mitbekommen. Ich will Bumsen sehen. Und zwar nicht von dir und deiner Lutschmamsell da.» Madame Lecercle setzte sich wieder und fing an, ihre Brüste auf eine Art über Kreuz zu schleudern, die selbst die Kabbalisten von Zefat entgeistert hätte. «Ich will Unzucht im Großmaßstab. Ich stipuliere Knaben. Mädchen. Knaben und Mädchen. Sehr jung. Sehr zahlreich. Sehr blond. Langsam komm ich drauf: Du erinnerst mich an einen anderen kahlen Halunken. Komm nicht auf den Namen. Er war der erste und letzte, den man in Ephesus fürs Furzen ins Exil geschickt hat. Ich hab ja nicht viel für die Epheser übrig, aber mit kahlen Furzern machten die kurzen Prozeß.»

«Können Sie uns eine Warenprobe aus dem Sortiment Ihrer Weisheiten geben?» wollte Jo wissen.

«Erst die Wollust, dann die Weisheit. Und sorg dafür, daß sie knackig und auf Zack sind. Ich will hier keine halben Sachen. Ordentlich choreographiert.» Madame Lecercle fing an, ihren Kopf auf eine für den gegenwärtigen Nervenkommandanten – wer immer das war – äußerst schmerzhafte Weise auf den Tisch zu knallen.

«Das könnte etwas dauern. Wie wär's mit einem Pröbchen?» verhandelte Jo.

«Du erinnerst mich wirklich an irgendwen. Nein, nein, der Name fällt mir nicht ein. Das war ein Grabräuber. Hat 'n Traktat über Optik geschrieben, aber wer hat das nicht? Ich hab ihn zu Tode jambiert. Es waren nicht die Wertsachen, die ihn zu den Gräbern zogen, wenn du verstehst, was ich meine.»

«Wie ist das Totsein?»

«Ich will's mal so sagen – das gibt's gratis –: es könnte schlimmer sein. Ich könnte ein kahler, fetter, häßlicher Philosoph sein, der keine Chance hat, 'n Dreifuß abzukriegen. Das ist mir erspart geblieben.»

«Lassen Sie uns mit Madame Lecercle sprechen», warf Jo ein.

«Was glaubst du eigentlich, was hier läuft? Ohne Knete keine Fete. Holt mir die Kinder.»

«Erst mal den Vorschuß», sagte ich neugierig. «Besonders glaubwürdige Referenzen konnten Sie uns bislang nicht vorlegen.»

«Du Zeitschinder. Du Strichmännchen. Dreifußlos. Das Eine und die Vielen. Du kannst mir mal den Arsenarsch lecken.»

Madame Lecercle trat ans Fenster, zog die Gardinen etwas beiseite und ließ das diesige Nachmittagslicht herein. Kein Gebrabbel mehr. Ihre Augen starrten lange hinaus. Vielleicht lag es an der Helligkeit, jedenfalls wurden die Augen feucht, während ihre Hände auf dem Fensterbrett lagen. So blieb sie einige Zeit stehen. Jo und ich sahen uns an und wußten nicht recht, was wir machen sollten. Dann stürzte Madame Lecercle wie ein fallengelassenes Kleid (ohne Korsettstangen) in sich zusammen. Ihr Kopf vermeldete die Ankunft auf dem Fußboden mit einem von den Haaren gedämpften Krachen.

«Na also», sagte ich, nachdem wir die lecerclesche Hirnkontusion im Krankenhaus abgeliefert hatten. «Den Preis war es jedenfalls wert.»

Jo klickte mit ihrem Zungenring.

Straße der Reue

Der Gedanke, mein altes Heim in Toulon zu besuchen, suchte mich schon lange heim. Seit ich der Stadt vor dreißig Jahren den Rücken gekehrt hatte, war ich ständig auf Trebe gewesen und hatte mir auf sämtlichen Trottoirs Frankreichs die Treterchen durchgelaufen, aber ich war nie zurückgekehrt.

Zunächst lag das einfach an den Umständen, meine Anwesenheit war andernorts erforderlich. Mir wurde Unterkunft oder Geld angeboten, um mich in anderen Städten aufzuhalten, oder der Lendenkompaß lenkte mich gen Norden, Süden, Osten, Westen und allen dazwischenliegenden Dornen der Windrose, aber nicht nach Toulon.

Einmal hatte ich Toulon auf dem Weg nach Nizza um drei Uhr nachts im Schlafwagen passiert, aber meine Füße lagen am Fenster, das Rouleau war herabgezogen, die Nacht war zu dunkel, und meine Füße sind nachtblind. Später bekam ich Angst vor Toulon.

«Du hast Angst vor Toulon?» hatte Hubert gefragt, als wir in die Stadt hineinfuhren.

«Liegt an meiner Jugend.» Jung ein Gimpel, alt ein Simpel.

Ich glaube, irgendwann habe ich alles schon einmal verloren, bis auf meine Orientierung. Ich konnte immer links von rechts unterscheiden, wenn auch nicht immer Recht von Unrecht. Ich habe (ohne bestimmte Reihenfolge) Stifte, Brieftaschen, Bücher, Akten, Koffer, Autos, eine Zibetkatze und eine Gerichtsverhandlung verloren, aber noch nie meinen Ortssinn.

Obwohl ich mich seit drei Jahrzehnten nicht mehr hatte blicken lassen, bahnte ich mir, ohne eine Sekunde zu zögern, meinen Weg durch die Nebenstraßen.

Ich fand die Straße, in der ich früher gewohnt hatte. Es war, als wäre ich einfach auf dem Rückweg vom Einkaufen um die Ecke gebogen. Die Straße und das Haus waren nicht der Rede wert, bis auf eines: Hier hatte ich gewohnt.

Diese Rückkehr hatte mir stets Angst und Schrekken eingejagt, denn ich hatte zwar anderen öden Orten meiner Jugend Besuche abgestattet, aber diese Stätten hatte ich so oft besucht, daß meine Erinnerungen vom ständigen Zurückkommen gewissermaßen in Grund und Boden getrampelt wurden. Neue Erinnerungen traten einander auf die Füße und verfilzten sich, bis sie zum gegenseitigen Blackout führten.

Und das war das Besondere an Toulon. Taufrische Erinnerungen. Ich entkorkte ein Jahr Jugend. Eigentlich soll man der Jugend ja nachtrauern. Da sind sich die Dichter doch einig. Das Zymbal intoniert die Zeit.

Wie war Eddie?

Der junge Eddie (mit zwanzig) war gesund, hatte Zukunft und Moral.

Schöne Frauen, denen ich den Beischlaf verweigerte 1.1

Das ist eine ganz kleine Kategorie, und selbst wenn ich sie erweitere, so daß Frauen darunterfallen, denen ich den Beischlaf verweigerte, gibt es bloß einen Eintrag.

Sie unterrichtete an meiner Schule in Toulon. Sie lud mich zum Tee zu sich nach Hause ein. Bei meiner Ankunft fiel es mir schwer, sie anzuschauen, weil ich Angst hatte, meine Aufmerksamkeit könne in ihrem Dekolleté steckenbleiben, wo ihre Haut jede Menge mitzureden hatte. Ich mußte an ihr vorbei- oder über sie hinwegschielen, durfte sie nur am Rand meines Gesichtsfeldes situieren.

Wir waren allein in der Wohnung. Ihr Mann, ein Röntgenassistent, war viel älter. Außer Haus. Das Gespräch nahm folgenden Verlauf: «Edouard, ich spiele so gern Tennis. Mein Mann gar nicht. Mögen Sie Tennis, Edouard?» Dann: «Ich gehe so gern tanzen, Edouard. Mein Mann geht nicht gerne tanzen. Gehen Sie gerne tanzen?» Weiter: «Ich laufe so gern am Strand entlang, Edouard. Mein Mann nicht. Laufen Sie gern am Strand entlang, Edouard?»

Die Direktheit ihrer Fragen war nicht direkt zweideutig. Aber nein, ich trank aus und trat den Rückzug an, weil sie verheiratet war. Mein Schwanz sollte in keine so heilige Grotte schlittern. Es ist einigermaßen unglaublich, daß diese Person irgend etwas mit mir zu tun haben soll. Niemand hatte mir erklärt, daß kaum jemand die Ehe ernst nimmt, Eheleute schon gar nicht. Heute kann ich mir bedenkenlos vorstellen, daß ich, wenn zehn Sekunden meines Vergnügens davon abhingen, nicht mit der Wimper zucken würde, die gesamte Bevölkerung eines Kleinstaats verdampfen zu sehen.

War das richtig?

Oft genug ein Pfahl im Fleische meines Gedächtnisses…

Meistens denke ich, ich hätte mich unter das Joch des Ductus deferens ducken sollen (denn ich halte es mit Zurvan und lege Wert auf die Feststellung, daß ich Sex nie bedauert habe, klar, die Folgen oft genug, aber nie den Sex selbst). Ich tröste mich mit dem Gedanken, daß meine Redlichkeit vielleicht gar keine Neuanlieferung in jenes riesige Lagerhaus verpaßter Chancen war. Vielleicht bewahrte mich mein Widerstand davor, von einem gehörnten Ehemann umgebracht zu werden, oder er ersparte mir Vorkommnisse, die zu einer noch gräßlicheren Biographie geführt hätten, als ich sie eh schon habe.

Mein Anstand gründete natürlich auf der Prämisse, daß ich auch ohne unbefugtes Bekneten ausreichend Gelegenheit zur Befriedigung fand; Anständigkeit hängt immer davon ab, wie oft man den Ständer auf den Anstand bringt. Wäre dem zwanzigjährigen Eddie vor Augen geführt worden, daß ihm derlei Offerten nie wieder winken würden (die Geschichte mit der Fahnenstange mal abgerechnet) und daß er Jahre seines Lebens damit verbringen würde, auf Parties herumzustehen und darauf zu warten, daß weit weniger einnehmende Frauen ihn mitnehmen, ja dann…

Zeit für einen Aphorismus

Das Gekröse des Bösen: eine ganze Palette der Plagen. Aber so nützlich der Pessimismus sein mag, er deckt nicht alles ab. Selbst in Afghanistan wurde gelacht. Selbst zwischen abgeschlachtete Kinder, diesen Triumph der Torquemadas, schleicht sich Heiterkeit ein. Die Znetsixe bringt einen immer zum Denken, hält einen auf Zet, was für die lahmen Enten unter uns lästig werden kann.

Wieder in Toulon auf einer Straße, um die sich keiner schert

Als ich in die Straße einbog, erwartete ich, von Bedauern überfallen und mit einer ordentlichen Tracht Prügel eingedeckt zu werden; ich rechnete mit verzweifelter Sehnsucht nach Jugend, in der man, so problembeladen sie auch sein mag, noch den Trost hat, auf etliche Jahrzehnte hoffen zu dürfen, in denen man alles wieder einrenken kann. Heulen wie ein Schloßhund steht auf der Tagesordnung.

Aber so fühlte ich mich ganz und gar nicht, als ich an meinem alten Zuhause hochsah.

Mit zwanzig war ich voller Zweifel nach Frankreich gekommen, ob es weise gewesen war, mich auf die Philosophie zu stürzen. Hier begann mein Niedergang.

Ein bißchen schwächlich?

Zugegeben, Bedenken hinsichtlich der Exaktheit der Philosophie gelten nicht gerade als erste Wahl der Qual, sie können es nicht mit den weltbesten Martyrien aufnehmen. Ich habe mein Teil Schläge einstekken müssen, aber von den großen Brechern bin ich verschont geblieben, mußte weder meine besten Freunde aufessen noch zusehen, wie meine Familie verbrannte. Vielleicht ist es mein größtes Pech, daß ich nie echtes Pech hatte.

Und als ich jetzt in der Rue des Lauriers Roses stand, gab mein Herz ein dünnes Flehen von sich, einen Appell, noch einmal jung zu sein, noch eine Chance zu bekommen; aber im Grunde wollte ich gar keine Jugend, sondern Fülle und Erfüllung, nicht bloß die Aussicht darauf. Jugend würde viel zu sehr nach Arbeit riechen. Kein Nachsitzen. Ich würde bloß wieder mit einem Nilpferd im Bett landen.

Ein unerwarteter Sieg über eine der horrendesten Qualen, mit denen das Herz fertig werden muß: das Ersuchen um eine zweite Portion Jugend. Die Erstedition muß reichen.

Sonst geht's danke?

Klar, sieht man davon ab, daß die Netze zweier Hundertschaften der Polizei über mir kreisten und daß eine ganze Anzahl von Organen, die entscheidend zur Aufrechterhaltung des Bewußtseins beitragen, kurz vor dem totalen Funktionsverzicht standen, konnte ich mich nicht beklagen. Ich hatte Gesellschaft. Freundschaften werden mit dem Älterwerden immer schwieriger; die Gleichaltrigen, mit denen man am meisten gemeinsam hätte, werden in ihre eigenen Dauercontainer verklappt. Und Freundschaft dauert, aber im Alter sind die Jahre keine Jahre mehr. Zu spät, um noch das Zampognaspiel zu erlernen.

Komm zur Sache

Sie sind so ungefähr das einzige, was mir wirklich fehlen wird, denn schließlich habe ich ein ganzes Leben gebraucht, um sie zusammenzukriegen: Leute, mit denen ich klarkomme. Das fürchte ich so sehr am Tod, daß ich sie verlieren werde.

Ich sollte mich wieder einmal überraschen.

Auf dem Weg hinunter zum alten Hafen überquerte ich die Hauptstraße, eine große Kohlenmonoxid-Emissionszone, und ich sah Hubert mit einem Koffer bei Fuß; offensichtlich hatte er es darauf abgesehen, Passanten zu belästigen. Ich entschloß mich, zu ihm hinüberzugehen, denn zwei lassen sich genauso schnell einbuchten wie einer.

Ich war halb über die Straße, die, so weit das Auge reichte, der Autos beraubt war, als ich unter einer Ampel, die mir grünes Licht gab, fast von einem Wagen umgemäht worden wäre, der aus einer Seitenstraße geschossen kam, dem Asphalt Gummi gab und sich mit einer Geschwindigkeit fortbewegte, die man nur noch als Philosophen abträglich bezeichnen konnte.

Er verfehlte mich um sehr viel weniger als die Breite meiner gesammelten Werke. Mit einer zusätzlichen Lackschicht wäre einer glorreichen Karriere im Bankraub ihr Ende beschieden gewesen.

Fast überfahren werden

Fast überfahren zu werden ist ein ausgezeichneter Maßstab für die Lebenseinstellung. Wenn man unter dem Banner «Leben und Leber lassen» durchs Dasein schwankt, ist dies dem Fastüberfahrenwerden vielleicht förderlich, es befördert einen zum Motormatador. Ich werde anscheinend häufiger fast überfahren. In letzter Zeit habe ich entdeckt, daß meine

Geistes- und Adrenalinkräfte es ablehnen, sich über mörderische Chauffeure zu echauffieren. Puls gleichbleibend. Abgefüllt. Raumlos wird dann die Zeit.

Aber diesmal war es bemerkenswert, wie sehr ich mich um meine Leibeigenschaften sorgte. Längst abgeschriebene Empfindungen von Selbsterhaltung und Ingrimm boxten sich frei. Ich machte dem rasant schrumpfenden Auto eine obszöne Geste, die wahrscheinlich in zwei Dritteln der Welt verstanden wird.

Zu meiner Überraschung gaben seine Reifen einen weiteren Kraftausdruck von sich, als er quietschend zum Stehen kam und dann unter mechanischen Fanfarenklängen im Rückwärtsgang extravagant beschleunigte. Beim Halten stieß es gegen mich, der Fahrer sprang heraus und knallte die Tür zu.

Er marschierte bis auf Nase-Nase-Kontakt heran, und obwohl wir damit in Flüsterweite standen, brüllte er mich an: «Du wolltest noch was sagen?»

Er war Anfang Dreißig und massiv gebaut; man erriet schnell, daß er einen Großteil seiner Zeit mit dem Stemmen schwerer Metallgegenstände verbrachte und durchaus imstande war, mich zu pulverisieren, selbst wenn ich noch ein paar philosophische Brothers als Verstärkung dabeigehabt hätte (sagen wir, Bacon und von Hartmann mit Spitzhacken und Zweihändern): Beim Auffe-Fresse-Kloppen war er eine ebensolche Autorität wie ich bei den Ioniern.

Auf dem Bürgersteig der anderen Straßenseite sah ich den beunruhigten Hube in jener Habachtstellung, die hubelicherweise eine Unklugheit ankündigte.

Die Frage war nicht, ob Mr. Vierschröt mich schlagen würde, sondern wann. Dafür brauchte ich keine Zener-Karten. Normalerweise hätte ich jetzt sehr schnell watscheln und entweder den Schimpf oder die Schläge einstecken müssen. Aber wenn man bewaffnet ist, ist nichts normal.

Die Straße war wie ausgestorben. Ich tat es, weil ich (a) keine Lust hatte, meine Zähne zu verspeisen, und weil ich (b) wußte, daß für meine Lebensspanne schon der Abspann lief, und da dies das erste Mal in fünfzig Jahren war, hatte ich schlechte Karten, noch einmal dem Wagen eines Plattmachers ein paar Platten verpassen zu können.

«Nö, nicht, daß ich wüßte», versetzte ich mit einer Seelenruhe, die mir in etlichen Philosophieschulen Bestnoten eingebracht hätte. Reine Ataraxie. Ich entbarg die Desert Eagle (die halbautomatische .50er Magnum, die, wie Hube mir erklärt hatte, 60 Prozent mehr Aufhaltekraft hatte (was immer das bedeutet) als die .44er Magnum (was immer .44er bedeutet)) und gab einen Schuß ab. Zum Glück feuerte sie auf mein Geheiß, denn ich hatte keinen blassen Schimmer, ob sie gespannt, geladen oder gesichert war. Sie war haarsträubend laut und riß sich fast aus meiner Hand.

Die Kugel beseitigte Heck- und Windschutzscheiben des Autos. Mr. Vierschröt hatte offenkundig Schwierigkeiten, meine Auskunft, die Pistole und das Glaskonfetti unter einen Hut zu bringen. «Er hat 'ne Knarre», erklärte ihm daher sein Freund, der ebenfalls ausgestiegen war (zweifellos, um das Blutbad nicht zu verpassen) und dessen Unbehagen schneller vom Fleck kam als das seines Begleiters.

«Warum begebt ihr euch nicht einfach zu Boden und legt die Hände hinter den Kopf? Dann geht's euch gleich besser.»

Sie knabberten am Asphalt, und ich gab zwei weitere Schüsse auf die Karosserie ab. Die Kugeln schlugen ein, aber obwohl sie weitreichende Schäden angerichtet haben mochten, sah es nicht sonderlich schädlich aus. (Hube wies mich später darauf hin, daß man eine Schnellfeuerwaffe, keinen Mannzerfleischer wie die Eagle braucht, wenn man ein Auto belüften will.)

Egal, ich drückte noch zweimal ab, und diesmal fing der Benzintank Feuer. Kein flammendes Inferno, aber der Brand tat doch das seine, die Verkehrstüchtigkeit und den Wiederverkaufswert des Fahrzeugs zu mindern. Seine Schadensmeldung an die Versicherung hätte ich gern gesehen.

Das Schöne an roher Gewalt ist: sie wirkt. Rohe Gewalt hat eine schlechte Presse, weil sich die Presse schlecht auf rohe Gewalt versteht. Auch die Rhetorik hat einiges für sich, und vielleicht wäre es eine größere Leistung gewesen, ihm die Torheit seiner Streitsucht auszureden, aber das hätte lange gedauert, und wir behinderten den Verkehr.

Außerdem sollte mal gesagt werden, daß die Blasiertheit der Jungs in bezug auf körperliche Überredungskunst recht gut erklärt, warum sie mit Kerkern und Scheiterhaufen auf vertrautem Fuße standen, während die Doofköppe immer mit den Goldklunkern abzogen, den Zitwerwurzeln und den hinreißendsten Frauen am Ende ihrer Spritzschwengel. Gewalt löst alle bekannten Probleme. Fragen Sie die Karthager. Fragen Sie die Griechen, die als Sekretäre endeten. Fragen Sie die Philister. Fragen Sie die Sybariten. Fragen Sie die Mileter. Fragen Sie die Asche der Bibliothek von Alexandria. Nehmen Sie die Gomorrher in die Zange.

Ich stellte mich rittlings über das erdumarmende Duo. «Ach ja, jetzt fällt's mir ein, ich wollte doch was sagen. Hättet ihr heute morgen beim Aufstehen gedacht, daß ihr unter beispiellos schmählichen Umständen draufgehen würdet?»

«Nein.»

«Ihr habt zuwenig Phantasie.» Das Schöne an einer Waffe in der Hand ist, daß man immer den richtigen Part eines sokratischen Dialogs erwischt. «Man sollte seines Werts stets eingedenk sein und jeden Tag nehmen als sei's der letzte. Könnt ihr mir einen Grund nennen, warum ich euch nicht den Schwanz wegballern sollte?»

«Es wäre illegal.»

Mr. Vierschröt sollte nie erfahren, warum ich darüber so herzhaft lachen mußte. Hube sah ruhig zu. «Fuck[5], ich hab noch nie ein Auto gesehen, das so diskret zerschossen wurde.»

?????????????????????????

Hastig verließen wir den Schauplatz zu Fuß, eine Technik, die sich als zunehmend effizient der autorisierten Polizei gegenüber erwies. Wir liefen nach Chicago, eine Zareeba, wo Frankreichs übliche Gesetze ungültig waren, wo eine moralische Verdunkelung herrschte und die Einwohner lieber ihre Liebsten über Nacht in eine Marinade aus Chili und Ingwer einlegen ließen, um sie sodann zu grillen und von Leuten verspeisen zu lassen, denen sie zu Lebzeiten nicht gerade grün gewesen waren, als auch nur den geringsten Handschlag zu tun, der der Polizei das Leben erleichtert hätte.

Ich grübelte über Mr. Vierschröt und die Tatsache nach, daß ich sein Leben verändert haben mochte; seine Gaumenfreuden am Asphalt des alten Hafens mochten ihm die Augen für das Abwegige seines Lebenswandels geöffnet haben. Sinn und Zweck meines ganzen Lebens war vielleicht diese eine Tat gewesen, all mein Mäandrieren war vielleicht zielstrebig auf diesen Punkt zugelaufen, vielleicht war ich sorgfältig dafür ausgebildet worden, diese eine Mission zu erfüllen. Aber wahrscheinlich eher nicht.

Hubert sah nicht besonders gut aus. Er beschwerte sich nicht. Er beschwerte sich eigentlich nie (hätte er überhaupt gewußt, wo anfangen?). Zu den interessantesten Eigenarten unseres Universums gehört die Tatsache, daß man sich um so weniger beschwert, je mehr Grund man dazu hat.

«Was hast du da im Koffer?»

«Geld. Ich wollte es verschenken.»

Hube war am alten Hafen gewesen, einer Gegend, die vornehmlich aus Cafés bestand, und hatte die Passanten ermuntert, bei dem geraubten Bargeld zuzugreifen, das er ihnen wie riesige Perlen in der Auster seines Koffers darbot. Die Leute schoben sich an ihm vorbei, aber keiner hatte es geschafft, den Abstand zwischen sich und dem Kies zu überwinden. Vielleicht waren Hubes Anblick, sein Kaftan und seine naive Jungenhaftigkeit der Selbstbedienung abträglich; ein autodidaktischer, spinnerter Gelehrter. «Allesamt sind sie heute morgen aufgewacht und haben um Geld gefleht, aber kaum liegt es vor ihnen ...»

Wir gingen in die, wie Hube versichert worden war, schlimmste Kneipe in Chicago, dem schlimmsten Stadtteil Toulons, wie ich nur zu gut wußte, und Chicago kann sehr wohl neben den schlimmsten Häfen der Welt bestehen. Ich erhob Einspruch und wies darauf hin, um die mir zur Verfügung stehenden Zähne und ungebrochenen Knochenpartien sei es äußerst bescheiden bestellt, und könnten wir, wenn wir auf einen Drink aus seien, nicht irgendwo hingehen, wo die Chancen geringer ausfielen, ein paar Blessuren zu kassieren.

«Langstrafer findet man nicht in Präsenzbibliotheken», schnauzte Hube mich an (in gewisser Weise genauso stolz auf seine Zeit im Hochsicherheitstrakt wie ich – in der richtigen Stimmung – auf meine in Cambridge. Schließlich kann man in beide Institutionen nicht einfach so reinspazieren). «Vielleicht treff ich Leute, die ich kenne.»

«Ich dachte, so gut kämst du mit denen gar nicht klar.»

«Meine Brothers sind sie nicht. Aber zehn Jahre sind eine lange Zeit. Man muß doch mit irgendwem reden. Und seine Gesellschaft kann man sich eben nicht immer aussuchen.»

Die Kneipe war schummrig, was die Entspannung fördern, das Erkennen unterbinden oder nur Strom sparen sollte. Obwohl sie fast leer war, rempelte mich jemand an, der beim Austreten war, als ich eintrat. Er entschuldigte sich mit formvollendeter Höflichkeit, Manieren, auf die man bei Harrods oder in Covent Garden zehn Jahre lang vergeblich warten kann, allerdings läuft man dort auch weniger Gefahr, daß der Rempelpartner plötzlich herumfährt und einem die Zähne in den Hals schlägt. Ich dachte unwillkürlich an den Puritaner Zachary Crofton († 1762) und seine Söhne Zachary, Zareton, Zephaniah und Zelophehad.

An einigen Wänden hingen Postkarten aus instabilen Staaten mit Regierungen, deren Qualität und Lebensdauer man am besten mit billigem Gummiband vergleicht. Hube sagte, mehrere Staatsstreiche wären in dieser Schenke beim Bier ausbaldowert worden; eine Fama, die sich schwer Lügen strafen ließ, wenn man sich die unscharfen Schnappschüsse von Leuten in Kampfanzügen ansah, die über anderen Leuten posierten, die so aussahen, als würden sie sich nie wieder erheben. Auf der Theke stand ein großes, aschegefülltes Glasgefäß mit der Aufschrift «Pulverisierter Republikanischer Soldat – Molotow ist das famose Mordgemüse aus der Dose».

Man brachte mir mein Blanche de Garonne, und ich sollte unbedingt den einzigartig erfrischenden und entspannenden Effekt erwähnen, den ein Lieblingsbier haben kann. Hube öffnete den Koffer und begann gedankenverloren, das Geld zu betatschen.

«Wiederholung», sagte er, «mehr bedeutet weniger. Wir müssen uns Höherem zuwenden. Wir machen immer wieder das gleiche; wir brauchen etwas Einzigartiges. Einen Bankraub, wie es noch nie einen gab.»

«Und der wäre?» erkundigte ich mich und wußte doch im Vorfeld, daß mir die Antwort nicht schmecken würde, weil sich ihretwegen mein Weg todsicher mit den Projektilen der Gesetzeshüter kreuzen würde.

«Ich dachte an was ganz Großes. Ein Mordsding. Aber das erfordert viel Planung, haufenweise Helfershelfer, und deswegen werden sie auch fast immer geschnappt. Die Summe, die man stehlen muß, um an die Spitze zu kommen, wird größer und größer. Kein Ende abzusehen. Früher oder später veranstaltet jemand größeres Trara als du, selbst wenn man die Inflation in Rechnung stellt. Und die Geldmengen werden so riesig, daß man einen Laster braucht, um sie wegzuschaffen.

Ich hab auch schon an verschiedene Banken gedacht, die höchste Bank, die größte Bank, einen musikalischen Banküberfall, aber letztlich sind das alles Variationen über dasselbe Thema. Ich hab mich sogar in der Geschichte der Banküberfälle umgesehen; es war immer dasselbe; mehr oder weniger Gewalt, mehr oder weniger Geld.

Ein angekündigter Bankraub ist noch nie dagewesen, eine Art Tag der offenen Tür des Bankraubs.»

«Du hast die Überfälle in Montpellier bekanntgegeben.»

«Wir haben bekanntgegeben, daß es Überfälle geben würde, aber wir haben nicht en détail gesagt, wann und wo genau sie stattfinden würden. Montpellier ist groß. Hat Unmengen von Banken. Diesmal sagen wir: Wir überfallen die und die Bank an dem und dem Tag.»

«Eine prima Idee, aber dadurch wird die Chose… schwieriger. Selbst die Polizei könnte uns erwarten. Trotz unseres philosophischen Furors spuckt unsere Freiheit doch den Wundern ins Gesicht; warum nimmst du dir nicht einfach deinen Anteil und genießt die Seiten des Lebens, die einem in der Zelle nicht geboten werden?»

«Nett von dir, so zu tun, als meintest du das ernst. Nein, die letzten zwei Monate, die sind mein Leben gewesen. Wenn wir aufhören… ist Klarschiffmachen angesagt. Es wäre schön, wenn ich was anderes sagen könnte… kann ich aber nicht. Ich lüge mir nichts in die Tasche, warum sollte ich also dich belügen?»

Verdruß im Orkus

Ich war in der tiefsten Hölle versackt. Ich trübsalop-pierte vor mich hin. Man hätte gern, daß das eigene Mißgeschick einfach nur Mißgeschick wäre und nicht gleich der Grundstoff aller Materie. Im Weltmaßstab geht's mir im Moment doch sehr viel besser als den meisten Menschen: A-a-Schippern beim Aloha, Bänkelsängern in Bombay, Chagrinmachern in Caracas, Yak-Butterstampfern in Yangi, Zaptiehs in Zile. Welche Entschuldigung kann ich für meine Ego-Migräne eigentlich vorbringen?

Es kommt der Tag, da Schlaumeierei und Wankelmut wie weggewischt sind. Man zittert in dem Wissen, daß man mit ‹Ende schlimm – alles schlimm› gefüttert wird, bis es einem zu den Ohren rauskommt. Was die Leute immer für ein Happy-End halten, ist gar kein Ende; Enden nehmen per definitionem ein Unhappy-End.

Die echt harte Ameise

Schlußendlich gleichen sämtliche emotionalen und noetischen Artefakte, die Entschlüsse und Enttäuschungen, die Glaubensbekenntnistplätze, all unsere dogmatischen Gehhilfen, all unser zerebrales Posieren jener Ameise (Soldat Zacryptocerus), die erklärte, «ich bin echt hart», als sich der Stiefel auf sie niedersenkte.

Den Schlitten ziehen

Man muß den Schlitten ziehen, Tag um Tag, mutterseelenallein, mit einer stetig wachsenden Last aufgehäufter Enttäuschungen und Fehlschläge; nichts zeichnet sich am Horizont ab.

Pulverisierte Philosophen, pulverisierte Bankräuber, pulverisierte Söldner

Ich sehe mich in der Kneipe um. Ende nächster Woche, Ende nächsten Jahres, Ende dieses Jahrhunderts, definitiv Ende des nächsten Jahrhunderts wird keiner der Anwesenden mehr übrig sein. Pulverisierter Philosoph. Molotow-Cocktails sind gar nicht nötig, aber vielleicht ein paar Tropfen Wodka...

Schon geht's wieder los

Muraw? Muraw? Warum hüpfen wir aus unseren Wolkenbetten, um hierherzukommen? Wenn's sinnlos ist, warum dann? Und wenn es Sinn hat, dann welchen?

Krebshilfeschirmherrinnen

Ich erlag einer scheußlichen Anfechtung von seiten der Krebshilfeschirmherrinnen. Hätte gern eine Lokalrunde Happy-Ends ausgegeben. Umfassende Zuneigung zu jedermann packte mein Herz, selbst zu dem Schwachmaten mit der kürzlich zerschossenen Karosse, denn eines eint uns alle, rekrutiert uns für dieselbe Armee, und das ist die Sterblichkeit: unser aller Feind.

Letzte Worte?

Ich wünschte, ich hätte mehr Gutes getan. Hätte mich liebend gern geopfert, um andere mit etwas Erlösung zu beträufeln. Um sie vor Versicherungsvertretern zu beschützen und vor unrasierten Männern mit großen Magazinen in großen Schußwaffen.

Schlittenfahren in einer Kneipe in Toulon

«Und wie gedenkst du, diese auserkorene Bank zu überfallen? Eine Bank, die mehr Polizisten bewachen werden, als in Frankreichs größtes Polizeirevier zur Weihnachtsfeier kommen?» hänselte ich Hubert. «Die werden einander auf den Schultern stehen. Wir werden nicht mal reinkommen. Und eine postume Festnahme mit dem Kopf voller Blei kannst du doch nicht im Ernst mitzählen. Damit die Sache als Bankraub durchgeht, sollten wir wenigstens etwas Geld abstauben und ein paar Sekunden überleben. Wir haben bereits das gesamte Glück des Landes gepachtet. Es ist unmöglich.»

«Das Unmögliche wohnt Tür an Tür mit dem Möglichen; die Leute klingeln aus Versehen ständig bei ihm.»

Hube hatte offensichtlich zu lange bei den Philosophen und Schwerdenkern herumgehockt. Wie gut, daß man Texte wie die Lehre vom Zimzum verheirateten Menschen über Vierzig vorbehalten hatte.

«Und wie gedenkst du, dabei vorzugehen?»

«Das weiß ich nicht. Aber dir wird schon was einfallen, während ich die Öffentlichkeitsarbeit erledige. Wir geben ihnen einen Monat Zeit, damit sie ein bißchen ins Schwitzen kommen. Aber die Philosophie und das Vokabular überlaß ich dir.»

«Und welchen philosophischen Stil sollen wir anwenden?» fragte ich phlegmatisch, so überzeugt war ich, daß Hubert sich beim Hakenschlagen in Hypothesien so weit verlaufen hatte, daß er's nie zurück schaffen würde.

«Für die ganz große, ultimative Banknummer? Der Bankraub, der sein Licht in beide Richtungen der Geschichte werfen wird. Ein Bankraub von solchen Dimensionen, daß schon Platon ihn im Urin gehabt haben muß. Dafür gibt es nur eine einzige Methode.» Er sah mich gespannt an, als sollte ich die Pointe beisteuern. Ich schüttelte den Kopf und breitete begriffsstutzig die Pfoten aus.

«Und die wäre?»

«Die Coffin-Methode.»

?????????????????????????

Während Hubert hubert, restaurante ich (als deutscher Restaurantkritiker) und prüfe die Vermutung, daß es zu unvorstellbar brillanten Innovationen im Bankraub führt, wenn man sich den Bauch vollschlägt. Aber jetzt, wo ich unbegrenzte Restaurantzeit habe, merke ich, daß mir die Angriffslust abgeht, die ich noch vor wenigen Wochen besaß.

Iß jetzt

Ich bin aufgrund des dräuenden Schreckens zum Anhänger des ‹Iß jetzt› geworden. Als unverbesserlicher Deipnosophist würde ich alles stehen und liegen lassen und zum nächsten Restaurant preschen, um mir, bevor die Zivilisation im Eimer ist, noch einmal anständig die Wampe zu füllen. Und egal, wie oft man sich damit irrt, eines Tages wird man richtig liegen.

Klassische Unterstützung

Ich rannte immer zu Antiphanes, dem Dramatiker aus dem vierten vorchristlichen Jahrhundert: «Denn ist einer unter uns, der um die Zukunft weiß oder um das, so jedem seiner Freunde zu leiden beschieden ist? Nimm daher schnell zwei Auswüchse der Steineiche und röste sie.» Das macht die Antike so wertvoll; sie sanktioniert einfach alles. Wenn Sie in ein Restaurant kommen und verkünden, der Mann nebenan plane voller Konfusion die Kernfusion, und Sie wollten angesichts der baldigen Deuteriumsböllerei (Z 1) heute noch einmal der Völlerei frönen – so wird man Sie, falls Sie nicht sehr reich sind, ziemlich schräg ansehen. Aber werfen Sie bloß ein paar Worte aus den Schriften (diesen geräuscharmen Soundbites) eines Griechen, dessen Knochen längst petrifiziert sind, in die Runde, und Sie haben Ihrer Dummheit Beine gemacht. Deswegen sind Sprichwörter so beliebt: Schleuderpreise, anonyme Doktrinen, Hilfestellung.

Ich weiß nicht, wie ich Hube zur Thronbesteigung verhelfen soll. Und obwohl ich mich ein wenig auf konzeptuelle Fingerfertigkeit verstehe, kann ich dem Bankraub nicht als einer Tätigkeit das Wort reden, die ein Zeitalter unfehlbarer Gerechtigkeit, freier Liebe und reichen Genusses einläuten wird.

Geld ist eine Art gefälschter Wertlosigkeit; keine echte Wertlosigkeit, aber kaum davon zu unterscheiden. Es ist jammerschade, daß man sich davon kein Glück kaufen kann, denn das käme den meisten Leuten sehr zupaß. Die Armen könnten darauf sparen.

?????????????????????????

«Am meisten mag ich an dir, daß du nicht sagst, du liebst mich», sagte Jocelyne.

Es ist angenehm, mal etwas richtig zu machen. Ein Hit zu sein, so groß wie Zajc in Zagreb. Wenn ich sie sehe, muß ich jedesmal denken, sie ist viel zu schön, intelligent, umsichtig und gutgekleidet, um hier zu sein. Sie richtet sich in meine Richtung aus, immer wieder, egal wo und wann. Unsere Liaison wäre furchtbar langweilig, wenn die Suche in umgekehrter Richtung stattfinden müßte: ein Pichelphilosoph auf der Suche nach dem Autoschlüssel, nach der Stelle, wo er den Wagen geparkt hat, erneut auf der Suche nach dem Autoschlüssel, nachdem sich der Wagen wieder angefunden hat, dann geht ihm das Benzin aus, er biegt falsch ab, verliert im Gewirr der Einbahnstraßen fast den Verstand, dann die Adresse und kann schließlich keine Parklücke finden.

«Hattest du Angst, als wir deine Bank überfallen haben?»

«Nein. Du hast etwas sehr Sanftes an dir. Du erinnerst mich an einen Apfel mit Druckstellen.»

«Eine bestimmte Sorte Druckstellenapfel?»

«Wie ein ramponierter Apfel, den man nach dem Wochenmarkt in der Gosse findet. Weich, schmackhaft, aber angestoßen und daher verschmäht. Das kannst du nicht kaschieren. Deine Schludrigkeit ist haarsträubend, deine Banküberfälle sind es nicht.»

Woher rührt diese Degeneration? Mein Vater war ein Held. Er stellte sich tagaus, tagein einem langweiligen Job; er erduldete vierzig Jahre lang den Broterwerb in einer Versicherungsgesellschaft. Nie ein Wort der Klage, obwohl ihm keineswegs entging, daß faulere, einfältigere und widerlichere Leute ihn in seiner Firma überholten und daß faulere, einfältigere und widerlichere Leute außerhalb seiner Firma mit halb soviel Arbeit das Doppelte verdienten. Er behielt alle Tassen im Schrank. Blieb ein Leben lang bei seinem Job, einem Job, bei dem ich maximal eine Woche gebraucht hätte, um gefeuert zu werden. Ab und zu habe ich allerdings gemerkt, wie dieser ‹aber ich hab doch getan, was ich konnte›-Ausdruck über sein Gesicht huschte.

Zu meiner Mutter fällt mir als erstes ein, wie sie mal einen Stuhl abgestaubt hat, bevor sie ihn zur städtischen Müllkippe brachte. Erstens hatte ich in Cambridge nicht viele Stühle (das bringt Studenten bloß auf die dumme Idee, länger dazubleiben). Und ich kann mich nicht erinnern, die paar vorhandenen Stühle je abgestaubt zu haben (immerhin hab ich mir ein Staubtuch angeschafft). Obwohl sie den Schrottplatz verdient hätten, wäre ich doch nie auf die Idee gekommen, sie dorthin zu bringen, denn (x) wußte ich nicht, wo er lag, und (y) hätte ich gewußt, wo, dann wäre (z) die Versuchung zu groß gewesen, dort Möbel aufzulesen statt abzuladen.

Hier stehe ich, werde von zwei Hundertschaften der Polizei gesucht, meine Klamotten fliegen in der ganzen Wohnung herum, mein nasses Handtuch liegt zusammengeknüllt auf dem Küchentisch, ein eingewachsener Zehennagel wächst ein, weil ich auch mit fünfzig Jahren noch kein anständiges Nagelnecessaire besitze, und mit meinem Partner droht Zoff wegen der beiden heißgeliebten Pistolen, die er mir anvertraut hatte – die eine liegt honiglackiert neben dem Nachttisch auf dem Boden (als Folge einer nächtlichen Honigtoastorgie), und die andere hab ich wahrscheinlich auf einem Kaufhausklo liegengelassen.

Bin ich der Abkömmling einer sterbenden Zivilisation oder bloß eine stinknormale Drecksau?

Ich frage mich, ob ich so lange leben werde, daß mein Zehennagel echte Schmerzen verursacht.

«Rat mal, was Hube jetzt schon wieder eingefallen ist.»

Jo kratzte sich den linken Nippel (ein Fall für Zinng) zum Zeichen, ich möge fortfahren.

«Er will, daß wir einen Bankraub mit Einladungen veranstalten. Wir informieren die Bank, wann wir vorbeikommen, um sie auszurauben, damit die Polizei endlich mal 'ne Chance bekommt.»

«Und warum denkst du dir dann keine Methode dafür aus? Du bist doch schließlich der Philosoph.»

Damit hatte ich nicht gerechnet. Ich ging zum Kühlschrank, holte mir ein Bier und fragte mich, ob Jo das wohl als Bierholen oder als ersten Schritt zum Weggepustetwerden deutete.

Trugschlüssiger Aphorismus:

Wenn ein fetter Philosoph schon im Arsch ist, will er wenigstens für Verstopfung sorgen.

Und gleich noch einer:

Wenn's um das nackte Überleben geht, sollte man nicht dumm aus der Wäsche kucken.

«Ich bin gerührt, daß du soviel Vertrauen in meine philosophischen Fähigkeiten setzt, aber ich habe nie behauptet, das geringste zu taugen. Ich rangier unter ‹ferner liefen›. Oder nie gelaufen. Außerdem beschränkt sich meine Sachkenntnis auf die Philosophiegeschichte, genauer gesagt, auf die Geschichte bis zum Jahre 529, als Kaiser Justinian die Akademie zu Athen schloß, weil er meinte, die Philosophen brächten mehr Unruhe als Geld ein, ebenso wie die zusammengewürfelten Scharlatane, Schwindler, Lachdeuter, die Kartomanten, die Kapnomanten, die Ichthyomanten, die Oneiromanten, die Belomanten und die Katoptromanten. Dazu kamen zweifellos noch die Nekromanten, die Alphitomanten, die Axinomanten, die Tephromanten, die Ornithomanten, die Alektryomanten, die Chiromanten, die Rhabdomanten, die Halomanten, die Cleromanten und die Haruspizes. Ein ganzes Stadion voller Wahrsagerei und Prophezeiungen. Eigentlich komisch, daß keiner es hatte kommen sehen.»

Zonaras meint, Justinian hätte es getan, um durch die Streichung von Lehrergehältern Geld zu sparen. Die Neuplatoniker verpißten sich nach Persien, um König Chosroes I. um den Bart zu gehen, aber er ließ sich nicht aufs Glatteis führen. Und wir bekamen, je nachdem, wie großzügig man drauf ist, fünfhundert oder tausend Jahre Hokuspokus.

«Ich finde, die Lösung liegt klar auf der Hand», sagte Jo, «ihr beraubt sie, aber nicht so, wie sie es erwarten. Ihr müßt auf ihren Vermutungen langsurfen.» Ich war erstaunt, so unverhüllte Anstiftung von einer hüllenlosen stellvertretenden Bankfilialleiterin zu hören.

«Irgendwelche Vorschläge?» Ich war neugierig. Die Vorstellung einer Überraschungsparty, von der jeder weiß, ragte in meiner Verstandschaft nicht gerade turmhoch auf, aber wir alle wollen doch, daß man gut auf uns zu sprechen ist. Zufriedenheit besteht meist darin, daß eine kleine Gruppe von Leuten gut auf einen zu sprechen ist. Hube gehörte zu diesen bemerkenswert wenigen Menschen, die mich mochten, und obwohl ich mich wie eine vom Eiffelturm herabfallende Pampelmuse fühlte, unterwegs zum Großen Platsch, wollte ich doch versuchen, sein Wohlwollen zurückzugewinnen.

«Ihr müßt im Geiste, aber nicht im Fleische dort sein.»

Dann verriet sie mir ihre Idee.

Ich kreischte auf, weniger ein Heureka ob ihrer Genialität als ein Reflex auf die Schärfe des Tranchiermessers, das es sich in meinem Bett gemütlich gemacht und auf dem ich meine irdische Hülle niedergelassen hatte.

???????????????????????????

Der große Tag

Die Ankündigung ging per Computer vonstatten, der unser Kommuniqué mehreren Zeitungen und schließlich auch dem Polizeipräsidium von Toulon zufaxte. Joseph-Arthur, Hubes Kostümbildner, war ein Computerfreak und regelte alles. Hube brach in das Sekretariat eines Gymnasiums ein und ließ den Computer von dort aus seine Geschosse abfeuern. Außerdem legte er als Visitenkarte und Nachweis Hunderte von Ausgaben der Sophisten für die Schüler bereit («Die Jugend zu den Waffen!»). Sie kurzerhand in den Briefkasten zu stecken, wäre zu einfach gewesen. Hube legte auch ein Polaroidphoto bei, auf dem wir beide mit erhobenen Weingläsern in die Kamera grinsten. Auf dem Portrait trugen wir Sonnenbrillen und Togen, obwohl Hube abschätzig meinte: «Ich glaube nicht, daß ausgerechnet dieses Bild große Verbreitung findet.»

Der Wortlaut der Erklärung: «Wenn's am schönsten ist, soll man aufhören. Eine Bank. Ein Termin. Eine Bande. Wir verpfeifen uns selbst, damit die Polizei es nicht so schwer hat. In einem Monat, wenn die Acht der Acht begegnet, wird die Denkerbande ihren letzten Bankraub verüben; danach wird nichts mehr sein. Wir werden jedes polizeiliche Hindernis foramimieren. Autogramme nach der Show. Toulon. Der Marktplatz. Die Bank. Wartet im Depot oder wartet anderswo, wir holen's sowieso en gros.»

Wir wohnten in einem Cottage: Hube kam rein, um mir mitzuteilen, das Manifest sei rausgegangen, aber er könne nicht bleiben, weil er einen Swimmingpool bauen müsse.

?????????????????????????

Was die Woche für in Bälde ultimative Bankräuber in petto hat

Montag

Hube sah sich einen Film an, in dem eine Frau duschte. Ein sehr... authentischer Film; absolut dürftige Beleuchtung, und die Duscheuse ließ sich viel Zeit. Wie sich herausstellte, war es ein Heimvideo.

«Echt stark, was die heutzutage mit Glasfaseroptik oder wie das Zeug heißt alles machen können», sagte Hube. Das Video gehörte zu den Ermittlungsergebnissen der Privatdetektei, die Hube über Joseph-Arthur eingeschaltet hatte; mit unglücklicher Liebe schien man sich dort bestens auszukennen. Aus Hubes Sicht hatten die Detektive ganze Arbeit geleistet, die letzten Rätsel gelöst und selbst die Bekleidung gelüftet. Sie hatten ihre Post geöffnet, ihr Telephon angezapft, ihre Nachbarn ausgehorcht, ihre Arztunterlagen aufgestöbert, in ihre Kontoauszüge gelinst, ihre Mülleimer durchwühlt (Feuchtigkeitscremedöschen, Zucchinis usw.) und alles für Hube abgetippt, der die Akten durchackerte, während er sich das Video anschaute.

Es waren nur noch drei Wochen bis zum Überfall, und Hube hatte sich noch kein einziges Mal erkundigt, wie wir ihn durchführen wollten.

«Diese Jungs sind teuer, aber saugut. Ich hab den ganzen Vormittag damit verbracht, ihren Bericht zu lesen – ein buntes Allerlei; sie haben hübsche Sachen herausgefunden», er wies auf den Bildschirm, «und garstige.»

«Was bleibt unterm Strich übrig?»

«Sie wohnt in Paris. Und sie ist es. Oder jedenfalls war sie sechs Monate lang im Heim. Der Dämpfer bei der Sache ist ihr Job, seit sie als Model aufgehört hat. Du wirst lachen. Man möchte es nicht für möglich halten. Willst du raten?»

«Sie ist keine Philosophin, oder?» Ich hatte Visionen von ihrer unaufhaltbaren Karriere, ihr Holz vor der Hütte bolzte sie durch die Weltranglisten himmelwärts.

«Nein», grinste er, obwohl mir in seiner Lage nicht nach Lachen zumute gewesen wäre. «Nein, sie ist Polizistin.»

Er stand auf: «Ich muß los; muß nachsehen, wie's mit dem Swimmingpool vorangeht.»

Dienstag

Die Zeit zeitete.

Ich dachte nach – solange man wach ist, passiert das unweigerlich –, aber kein Angehöriger einer Bankraubgattung stromerte durch mein Ideengehege. Im Lauf der Jahre ist einiges an Privilegien auf mich herabgerieselt, schade, daß ich kaum etwas davon verwenden konnte.

Ich habe wenig getan, was die Branche vorangebracht hätte. Ich habe das Gewerbe mit Gift und Galle bespritzt, aber zu meiner Verteidigung möchte ich anführen, daß die Geschichte der Philosophie eine einzige Abfolge von Raufereien in den Rumpelkammern des Geistes ist, ein groteskes Rudelbumsen, wo sich jeder in die Beine seines Vorgängers verbeißt, wie Piranhaketten. In diesem Metier sitzt das Messer immer locker.

Ich ließ die Studenten zappeln. Nur wenige hielten mich länger als ein Trimester aus. Nur wenige brachten die Einsatzbereitschaft für den langen dunklen

Marsch in die Tennison Road auf, wo das Tutorium womöglich neben zwei bewußtlosen Rucksacktouristen aus Australien stattfand, die ich unter den Tisch getrunken hatte. Einmal kam eine junge Dame, um sich eine Dosis Brentano einzupfeifen, warf einen Blick auf den ausgestopften Zorilla (das einzige, was ich von den Vorbesitzern des Hauses übernommen hatte), sagte «verzeihen Sie», machte auf dem Absatz kehrt, ging die Straße hinab, bog links zum Bahnhof ab, fuhr nach London und gab ihre Universitätskarriere und die Philosophie auf, alles binnen vierzig Sekunden nach ihrem ersten Kontakt mit mir. Mein größter Erfolg.

Aber sie kamen trotzdem. Das Universum schien Philosophiestudenten schneller auszubrüten, als ich mit ihnen SEK spielen konnte. Nach und nach argwöhnte ich allerdings, daß die Studienberater mich zur Endstation ihrer Problemfälle auserkoren hatten: Gammler, Versager, Armleuchter? Schick sie zu Coffin! Es war immer eine Gaudi, wenn Studenten in die Tennison Road einfielen und ich ihnen Serpentinen in den Lebensweg legte.

Am schnellsten wurde man sie los, wenn man sie Griechisch lernen ließ. Vielleicht ist es ein unauslöschliches Charakteristikum aller Pädagogen, am intellektuellen Format ihrer Studenten zu verzweifeln: Nichts bringt die Jugend von heute mehr aus der Fassung als der Anblick einer unregelmäßigen Verbform (obwohl ich zugeben muß, daß die meisten auch kein regelmäßiges Verb als solches erkannten). Die meisten achtjährigen Dänen haben die Grammatik besser im Griff als die Studenten, mit denen ich es zu tun hatte. Und sie wissen nichts; sie können ununterbrochen reden, doch sie wissen nichts.

Wilbur erzählte immer, wie die Lehrer an seiner Schule die Schüler riesige Passagen griechischer Lyrik oder Prosa auswendig lernen ließen, und dann legten sie sie in den Luftschutzbunkern aus, während Angehörige der Nation, die die besten Griechischprofessoren aller Zeiten hervorgebracht hatte, über sie hinwegflogen und ihnen zweitausend Pfund hochexplosiven Sprengstoff auf die Birne schmeißen wollten. «Das Lernen ist aus der Mode gekommen», sagte Wilbur einmal. «Wenn ich dasäße und ein Mantra à la Hong Kong Dong rezitierte, um einen neuen Rasenmäher zu bekommen oder meine Seele zu reinigen, würde niemand auch nur die Augenbrauen hochziehen. Aber kaum trage ich fünfzig Zeilen Aischylos vor, hält man mich für völlig durchgedreht. Das größte Privileg ist die Fähigkeit zu denken, das größte Privileg ist es, Griechisch zu studieren, die Wörter der Götter und des Gottes. Es ist unverzichtbar, seinen Geist mit Größe zu füllen.»

In einiger Hinsicht habe ich meine Privilegien ernst genommen. Zum Beispiel habe ich mich immer so miserabel gefühlt, wenn ich meinen Studenten Drogen vertickte, daß ich ihnen stets einen saftigen Preisaufschlag gab, um sie von weiteren Transaktionen abzuschrecken.

Mittwoch

Keine Pandekten. Keine Lösung.

Ich denke an die Schlacht von Zutphen (1586). Ich denke an die Jungs, die nach Höherem strebten und streben. Es war immer eine durchweg männliche Enklave, was eigentlich seltsam ist, denn im Grunde hatte das ionische Tonikum wenig mit Macht zu tun. Sie flatterten um die Herrscher herum und versuchten, durch Katzbuckeln bei Kaisern und Königen Unheil im Großmaßstab anzurichten. Platon, Plotin, Buridan, Leibniz, Dio, Heidegger, Descartes, Aristoteles, allesamt versuchten sie sich mit der Staatslenkung vom Trittbrett aus. So sehr, daß man das Perineum eines Monarchen genausogut die Freistatt der Philosophenzunge nennen könnte.

Frauen hatten Besseres zu tun.

Vom Scheitern meiner Vorgänger getröstet, die trotz der Größe ihrer Ideen nicht das geringste ausrichteten, ging ich ins Bett.

Ein polterndes Schüttelgeräusch weckte mich, wie eine Waschmaschine im Schleudergang. Ich stand auf und ging in die Küche, wo ich Hube mit nacktem Oberkörper entdeckte, der sich am Küchentisch festhielt und erbärmlich zitterte. Ich zog ihn an mich, und nach ein paar Minuten ließ das Beben nach.

«Alles klar», sagte er schließlich. «weißt du, ich hab oft das Gefühl, da oben ist einer gegen mich. Viel ist nicht mehr von mir übrig, aber es ist verdammt schwer, den Rest zu behalten. Ich habe alles Menschenmögliche getan. Aber so kurz vor Schluß geb ich nicht auf.»

Es war kaum zu glauben, aber ausgerechnet ich fragte, ob er beim Arzt gewesen sei.

«Ich bin bei allen möglichen Ärzten in Behandlung; du weißt doch, wie gern ich mich reden höre. Und inzwischen kann ich mir ein gebildetes Publikum finanziell leisten. Vielleicht irren sich einige. Vielleicht irren sich die meisten. Vielleicht irren sich alle bis auf einen. Aber ich kann mir einfach nicht vorstellen, daß sich alle irren. Es hat schon was Komisches, immer mehr Geld dafür auszugeben, daß man immer schlechtere Prognosen hört.»

Am nächsten Morgen wirkte Hube ausgemergelt.

Ich machte ihm Frühstück und redete ihm gut zu, ordentlich reinzuhauen. Er kaute langsam auf einem Croissant herum.

«Ich werd den Swimmingpool noch mal unter die Lupe nehmen, und dann fahr ich zu Patricia nach Paris. Sollte mir was passieren, dann mach dir keine Sorgen, sondern zieh die Sache einfach durch.»

Swimmingpool: Er hatte die Adresse von Monsieur Gaboriau ausfindig gemacht, dem bestgehaßten Leiter all seiner Erziehungsheime, und nachdem er eindeutig wußte, daß der für vierzehn Tage im Urlaub war, hatte er sich Zugang zu seinem Haus verschafft und Wohnzimmer und Küche zu einem Swimmingpool umgebaut, denn (x) würde es Gaboriau ein kleines Vermögen kosten und große Unannehmlichkeiten bereiten, das Haus wieder aufzubauen, (y) würde es ihm keine Versicherung abkaufen, wenn er mit der Schadensmeldung anlatschte «war bloß kurz verreist, komm nach Hause, mach die Tür auf und fall in'n Swimmingpool», und (z) war Gaboriau ein so langweiliges Gewohnheitstier, daß der Schock ihn wahrscheinlich sofort übern Jordan schicken würde.

«Was hast du denn in Paris vor? Willst du sie bezirzen?»

«Nein, reden kann ich nicht mit ihr. Sie geht wahrscheinlich voll in ihrem Beruf auf und macht keine Ausnahme, dafür ist sie nicht der Typ. Aber ich wär gern in ihrer Nähe, würd einfach gern ein paar Tage in ihrer Nachbarschaft verbringen.»

Ich ging auf Introspektion und kämpfte mit dem Problem. Keine Ideen. Meine Ideentüte glich einer Wildnis in Zin.

Ich versuchte, mich mit Episoden meines Lebens zu stärken, in denen ich scheinbar unüberwindliche Hindernisse bezwungen hatte, aber mir fiel keine ein. Als ich mein Leben Revue passieren ließ, tauchte nur ein Problem auf, das mir immer schon zu schaffen machte, und dieses Problem hatte ich selbst erschaffen, also weiß ich nicht einmal, ob es zählt.

Parish

An der Dozententafel schlossen wir, wie in jedem Jahr, Wetten ab, welche Ersttrimester zusammenklappen oder sich umbringen würden. Allerlei Namen fielen, und dann kam man auf Parish zu sprechen. «Ja, das ist ein ganz schräger Vogel», meinte Featherstone, «aber gerade die Schrägen schleimen sich aus und neigen am wenigsten zur Selbstzerstörung. Ich hab gehört, er war in 'nem Kloster, bevor er hergekommen ist; alle anderen haben den Orden verlassen, um ihn loszuwerden.»

Das hatte ich nicht gewußt, aber insgeheim freute ich mich. Daß er Schwierigkeiten machen könnte, hatte ich schon geahnt, als ich Parish für die Zulassung zum College in die engere Wahl gezogen hatte. Warum man in jenem Jahr ausgerechnet mir die Verantwortung für die Zulassungen übertragen hatte, wird mir ewig ein Rätsel bleiben. Quatsch, keine Spur von Rätsel; sie fielen immer in Featherstones Aufgabenbereich, weil der von seiner Menschenkenntnis überzeugt war. Kurz vor den Zulassungsgesprächen hatte er sich jedoch eine Lebensmittelvergiftung zugezogen und war auf der Intensivstation gelandet, bewußtlos und außerstande, sich meiner Vertretung zu widersetzen, zu der ich mich gezwungen sah, weil sich niemand sonst dazu bereitfand.

Also nahm ich ein paar bathykolpische Mädchen auf, Parish, jeden über einsachtzig und alle, deren Namen mit Z anfingen. Parish hatte ich beim Vorstellungsgespräch abstoßend gefunden, aber ich ahnte nicht im geringsten, wie sehr meine Einschätzung den Nagel auf den Kopf traf. Eines Morgens, als ich gerade von einer kolossalen Sause nach Hause ging, spazierte ich den Fluß entlang, an dem man eben das Ruderboot des Colleges zu Wasser ließ. Parish stieg ins Boot, und der Rest der Mannschaft fiel ins eiskalte Wasser. Ich habe nie verstanden, wie er das hinbekommen hat.

Parish gewann an Kontur. Der Dekan, der nie durch gesteigertes Interesse an Gott aufgefallen war und der es haßte, wenn ich mich im selben Zimmer aufhielt, seit ich mal erwähnt hatte, in langvergangenen Sommern in einer Munitionsfabrik gejobt zu haben, streute zunehmend Bemerkungen ins Gespräch ein wie «Daniel Edward Parish – alles sechs Buchstaben; sechs, sechs, sechs». Vielleicht hätten wir da schon stutzig werden sollen, denn schlußendlich versuchte er, Parish mit einer Schrotflinte abzuknallen, und perforierte das Portrait eines Bischofs aus dem 17. Jahrhundert. Das kratzte kaum jemanden, denn (a) wenn es etwas gab, woran im College kein Mangel herrschte, dann waren das Portraits von Bischöfen aus dem 17. Jahrhundert, und (b) wäre niemandem auch nur im Traum eingefallen, klinischer Wahnsinn könne in der akademischen Welt ein Hinderungsgrund für einen Geweihten des Herrn sein. In einem Maße sediert, das mich vor Neid erblassen ließ, wurde der Dekan für ein Forschungsjahr ins Heilige Land verfrachtet.

Mit einem für Publikationen aus dem 18. Jahrhundert schier unglaublichen Eifer waren haufenweise Bücher (Zypaeus, Joblot, Leeuwenhoek) aus der College-Bibliothek raus und in den Zug nach London reinmarschiert. Ungewöhnlicherweise erkannte ein Londoner Antiquar ihre Herkunft, und Featherstone machte sich an die Ermittlung. «Es muß Parish sein», schloß er, «der Typ hat ihn als studentisch und abstoßend beschrieben.»

«Das trifft auf das halbe College zu.»

«Nein, ich hab den Ton nicht richtig getroffen, er sagte nicht ‹abstoßend›, sondern etwas wie ‹ab-stossend-würg›.» Aber wenn diese Zeugenaussage auch erdrückend war, so konnte man Parish doch nichts nachweisen.

Dann kam der Streik des College-Personals, dessen Drahtzieher Parish gewesen sein sollte und der eine Welle von Entlassungen nach sich zog.

«So was wie den hab ich noch nie gesehen», sagte Featherstone eines Abends im Senior Combination Room. Uns war klar, daß wir belagert wurden, und niemand wollte aufbrechen – denn irgendwo da draußen lauerte Parish.

Aber erst der Oberleutnant brachte das Faß zum Überlaufen.

Parish hatte damit begonnen, ein Gutteil der Penner von Cambridge in seine Unterkunft einzuladen. Das tat er, wie man mutmaßen durfte, nicht aus Barmherzigkeit, sondern weil er wußte, daß es die Univerwaltung verdrießen würde, denn dort sah man es lieber, wenn das Reihern, Delirieren und Luftverpesten auf dem College-Gelände von Leuten mit Doktortiteln besorgt wurde. Genaugenommen lief sein Betreiben einer Penner-Herberge auf eine Verletzung der College-Vorschriften hinaus, aber niemand wollte einem Studenten am Zeug flicken, der den Obdachlosen Asyl anbot. Es war allerdings bezeichnend, daß kein Landstörzer länger als eine Nacht blieb.

Vince, ein stadtbekanntes Original, gehörte ebenfalls zu Parishs Klienten. Jahrzehntelang hatte er am Marktplatz herumgelungert, dank des Alks meist ausgesprochen sanftmütig, allenfalls beschimpfte er Studenten und Touristen, eben die Leute, denen er am liebsten das Geld aus der Tasche laberte. «Was ist mit mir, hä? Was ist mit mir?» Er verdiente wahrscheinlich mehr als ich. Nach seinem Tod brachte die Lokalzeitung einen Nachruf in Großaufmachung mit einem halbwegs obszönen Photo und erklärte, daß Vince zwar im Krieg Bomberpilot gewesen sei (und die Zerstörer-Formationen dezimiert habe), sich anschließend aber bis zur Obdachlosigkeit emporgearbeitet habe. Niemand am College schenkte seinem Ableben Beachtung, bis Parish ein notariell beglaubigtes Testament vorwies, in dem der Stinker seine sterblichen Überreste Parish vermachte, der nun bekanntgab, er wolle den Ex-Oberleutnant der Air Force ausstopfen lassen; es gibt kein Gesetz, das verbietet, Tippelbrüder einer Taxidermie zu unterziehen.

Man genießt an der Universität wahrlich große Freiräume, aber kein College möchte bekannt werden als «ach klar, da haben sie doch diesen ausgestopften Penner». Featherstone stattete mir einen Besuch ab. «Glaub bloß nicht, daß ich das sage, weil ich dich vom Hals haben will, denn alle wollen dich vom Hals haben, Eddie. Aber entweder verschwindet Parish mit seinem überdimensionalen Gartenzwerg oder du. Du hast ihn hergebracht, und du beseitigst ihn auch.»

Insgeheim schwebte Featherstone ein sperriges Paket vor, das Parish, einen toten Penner und mich enthielt und auf dem Postweg aus Cambridge verschwand.

Normalerweise hätte mir ein solches Ultimatum nur Spott und herzloses Gelächter entlockt, aber es wurde zu einem Zeitpunkt gestellt, als die Dinge stiftungsmäßig gerade ins Rollen kamen, und ich wollte erst absahnen und mich dann abseilen. Es gibt Alkis, die billig leben und ohne feste Nahrung auskommen können, die das nötige Kleingeld für Feuerwasser parat haben und sonst nichts brauchen, aber mein Bier ist das nicht. Mir dämmerte, daß ich für meine Stellung zwar ungeeignet, für alles andere aber noch hundertmal ungeeigneter war. Parish und sein Gesprächsthema standen zwischen mir und meinen Gebinden Chevalier-Montrachet samt Zoophagie der Extraklasse. Künstlerpech.

Auf dem Weg zu Parishs Unterkunft war mir denn doch etwas mulmig zumute. Unerklärlich, daß jemand, der einem sowjetischen Kampfhubschrauber die Stirn geboten hatte, sich von einem verpickelten Winzling ins Bockshorn jagen lassen sollte.

Grübeln en route

1. Sein Spitzname war Herr der Finsternis.

2. Zur Jahrtausendwende wäre er dreiunddreißig, ein beliebtes Alter bei Antichristen.

3. Er war von brutaler Unverwüstlichkeit. Gutunterrichteten Kreisen zufolge war es bei ihm keine Seltenheit, wenn er drei Tage lang weder schlief noch aß. Er machte die Nacht durch, und morgens ging er taufrisch joggen.

4. Er hatte durchschlagenden Erfolg als Regisseur. Im Gegensatz zu den meisten Menschen, die sich aufs Regiefach werfen, weil sie das Theater lieben, weil sie die Literatur mißhandeln oder einfach nur nach dem Examen eine ruhige Kugel schieben wollen, hatte Parish diesen Weg eingeschlagen, weil

er ihm einen Freibrief verschaffte, die Menschen scharenweise zu schikanieren. Geschichten über seine strapaziösen Vorbereitungen machten die Runde. Zum Vorsprechen für Sophokles' *Antigone* brachte Parish einen Käfig voller Ratten mit und sagte: «Sucht euch eine aus und beißt ihr den Kopf ab.» Großes Gewieher, bis Parish die erste köpfte. Eine Veganerin fiel in Ohnmacht. Hartgesottenere Mimen gaben zu bedenken, die Ratten könnten sie beißen. Parishs Antwort lautete: «Entweder seid ihr das Raubtier oder das Opfer.» Das hatte einen mittleren Exodus zur Folge. Soweit zu seinem ersten Trimester.

Erfolg ist eine Ware, die überall sehr willkommen ist. Mit reichlichen Mitteln versehen (wahrscheinlich die Beute der Meute von der Royal Society 1764), brachte Parish eine Inszenierung nach der anderen auf die Bühne, und nach kurzer Zeit hatte er sein Ensemble so weit, daß es lebende Heuschrecken aß. «Aber was soll das eigentlich?» fragte ein Schauspieler und pulte sich einen Flügel aus den Zähnen. «Das soll euch zeigen, daß ihr Schlachtvieh seid.»

Eine seiner Diven verließ die Universität und kontaktierte ihre Familie nur noch in Form von Postkarten, die Mittelsmänner in abgeschiedenen Weltgegenden wie Chile, den Salomon-Inseln oder Zululand aufgaben. Sie weigerte sich, ihren Aufenthaltsort preiszugeben, mit der Begründung, sobald das irgend jemand erführe, bestünde die Möglichkeit, daß auch Parish es herausbekäme. Alle drei Tage zog sie weiter: «Der Sinn meines Lebens besteht darin, die größtmögliche Distanz zwischen diesem Ding und mir zu halten.»

Aber er wußte, wie man Geld scheffelt. Er inszenierte *Hamlet* mit einer Zweierbesetzung, einem Mann und einer Frau (eine Art Proto-Semi-Gérardismus), die beide nackt waren: eine mustergültige Einsparung bei Kostümen und ein einzigartiger Kassenschlager. Die meisten Zuschauer gingen in der Pause (ich jedenfalls), weil sie meinten, vom Lieblingsstekkenpferd des Menschen, der Genitalienschau, jetzt genug mitbekommen zu haben – aber der Eintritt wird ja nicht beim Verlassen des Theaters kassiert.

Parishs Zimmer

Parish hatte ein Doppelzimmer, aber sein Zimmergenosse war natürlich längst ausgezogen, und niemand dachte im Traum daran, bei Parish einzuziehen. «Eddie, kommen Sie doch rein», sagte er voller Bonhomie, «ich hab Sie schon erwartet.» Er ging voran und ließ sich vor einer riesigen schwarzen Leinwand nieder, von einem sündigen Studenten in Gegenwart seines Exmatrikulators war wenig zu spüren. Ich gaffte die Leinwand an, bestimmt sechs Quadratmeter Schwärze; ein Schwarz, das sich wie ein Bergwerksschacht in die Wand hinein erstreckte.

«Gefällt Ihnen, das seh ich doch sofort. Hab ich selbst gemalt, mein Talent ist einfach grenzenlos. Es heißt ‹Es ist nicht alles Schwarz, was Licht schluckt›.»

Ich wußte nicht, wo ich anfangen sollte, und hatte auch keinen Prolog einstudiert. Ehrlich gesagt hatte ich gehofft, Parish würde ungefähr folgendes sagen: «Dr. Coffin, ich trage mich mit dem Gedanken, Cambridge zu verlassen und mich des Oberleutnants auf eine Weise zu entledigen, die den britischen Sitten am Fin de Millénaire Genüge tut, alles ohne das geringste Aufsehen. Halten Sie das für eine gute Idee?»

«Wie geht's dem Oberleutnant?»

«Er befindet sich in sicherer Obhut. Es ist erstaunlich, was man für eine Flasche Whisky alles kriegen kann.»

Ich umriß die Bedenken des Colleges. Parish tat überrascht, wies jedoch darauf hin, daß die Vorschriften des Colleges nichts über den Besitz toter Penner besagten.

«Außerdem haben Sie doch einen ausgestopften Zorilla.» Das Risiko geht man halt ein, wenn man sein Zuhause nicht in Schuß hält.

Aufgebotenes Gewicht meinerseits

1. Parish hatte keine Erfahrungen mit dem Einbalsamieren.
2. So etwas tut man nicht, oder?
3. Die Gebinde Chevalier-Montrachet (taktisch unkluge Erwähnung).

Aufgebotenes Gewicht von Parishs Seite

1. Auf meine erste Breitseite hin: Gerade die Universität sollte Bildungserfahrungen erleichtern.
2. Das Fitzwilliam-Museum hat Mumien – die ihrer Ausstellung im Gegensatz zum Oberleutnant nicht zugestimmt hatten.
3. Warum sollten ausschließlich greuliche Ausländer so gut erhalten werden?
4. Angebot, den mumifizierten Oberleutnant dem College zu stiften, so daß wir ihn in ein paar tausend Jahren an das Fitzwilliam verscherbeln konnten.

«Ich frage mich», sagte ich, «ich frage mich, ob Sie hier eigentlich glücklich sind. Ist dies der angemessene Ort für Sie?»

«Glücklich? Unglücklich? Spielt doch keine Rolle, wenn man einen Auftrag zu erfüllen hat.» Er bot mir eine Schale Eintopf an, den er gerade aufgewärmt hatte und den ich aus Höflichkeit aß. «Altes Rezept. Altes Familienrezept.»

Der nächste Schlag: «Wissen Sie, manche Leute halten Sie für ziemlich seltsam.»

«Der Dekan zum Beispiel? Als Antichrist kann man nicht erwarten, daß jeder auf einen fliegt.» Das sagte er so zweideutig, daß es vor Gericht von Anklage und Verteidigung hätte verwendet können. «Und wie war's gestern abend in London?» fragte er.

«Nett», erwiderte ich, weil ich ihm keine Genugtuung durch die Gegenfrage verschaffen wollte, woher er denn wisse, daß ich mir in der sowjetischen Botschaft einige Zakuski gegönnt hatte.

«Kommen Sie, Eddie, Sie sind doch einer von uns.» Ich wußte nicht, was er damit meinte, hatte aber das Gefühl, daß er recht hatte. «Ich glaube, ich kann Ihnen später einen Job verschaffen. Gefällt Ihnen die Vorstellung, einen Haufen Länder zu regieren?» Bizarrer und bizarrer.

Ich ging und wurde den Eindruck nicht los, daß mein onkelhaftes Soufflieren nicht ausreichte. Aber kein Wesen ist gefährlicher als ein in die Ecke getriebener Philosoph.

Parishs Liquidierung

Allgemein ging man davon aus, daß Parish mit Ach und Krach durchkommen würde. Schade eigentlich, denn das Durchfallen im Examen wäre eine Methode des Ballastabwerfens gewesen, an der es nichts zu rütteln gab. Wenn man ihn aus moralischen Gründen abservierte, konnte er uns die Hölle heißmachen, aber wenn einer im Prüfungssaal seine sieben Zwetschgen nicht beisammen hatte, wurde es Zeit, den ollen Penner einzupacken und sich per Aufbruch die Füße zu wärmen. Parish war Mathematiker, ein günstiger Umstand, denn in einer Naturwissenschaft bestand immerhin die Möglichkeit durchzufallen. In Englisch, lebenden Sprachen oder Geschichte besteht man hundert Pro, außer wenn man mitten in der Klausur Lesen und Schreiben verlernt.

Die Panik begann an mir zu knabbern. Ich hatte den größten Teil meines Lebens damit verbracht, vor dem Einfluß der Fens zu fliehen, aber jetzt, wo die Fahrkarte in Sicht war, fing ich an zu klammern. Nur mit Dusel hatte ich als Philosoph Karriere gemacht, und das war's dann. Abgesehen vom Teekochen in irgendeinem Lagerhaus konnte ich mir die Hoffnung auf einen Job abschminken.

Wissen kann für unglaubliche Zeiträume völlig entbehrlich sein und urplötzlich von unschätzbarem Wert und unabsehbarem Nutzen für die Menschheit. Die Wissenschaft strotzt nur so von Theorien, Beobachtungen und Einsichten, die jahrzehnte- oder jahrhundertelang Winterschlaf hielten, bis ihre Sternstunde kam (Boolesche Algebra, binäre Systeme, fallende Äpfel).

So war es auch mit Bev. Ich hatte sie seit vielen Jahren nicht mal gesehen, obwohl Cambridges Dimensionen dafür eigentlich gar nicht ausreichten. Wenn man lange genug lebt, ist es ganz amüsant, daß die Leute, die während des Studiums im Nachbarzimmer hausten, in maßgeblichen Positionen enden; so auch Bev, die in jenem Jahr die Matheklausur stellte.

Bev grüßte mich znuzig. Obwohl sie mathematisch nicht ganz oben in der Baumkrone saß, war sie doch ein schönes Beispiel dafür, was Pingeligkeit alles erreichen kann. Ihr Büro sah ganz wie früher danach aus, als hätte ein Team Raumpflegerinnen soeben jeden einzelnen Zettel, jedes Buch und jeden Stift an seinen angestammten Platz zurückgelegt. An den Wänden hingen ein paar Photos nackter Frauen (von Frauen aufgenommen und also grundverschieden von jenem Urbösen an Repräsentation, das männliche Heten anrichten). Und wenn sie in den Kriegen des Wissens auch keine hochdekorierte Frontkämpferin war, so reichte sie doch jenen Leuten den Schraubenschlüssel, die das Universum auseinandernahmen.

Als ich sie ansah, überlegte ich, ob Schwung und Tempo der Naturwissenschaften wohl im Sturmschritt der letzten hundert Jahre weitermachen oder ob die Grenzen des menschlichen Geistes sie verlangsamen würden, und wie es mit einem Buch darüber wäre, aber dann fiel mir wieder ein, daß ich ja hergekommen war, um sie zu erpressen, was nicht ganz einfach war, denn ihr gesamtes Dasein überhäufte das meine mit Vorwürfen.

«Was führt denn dich zu mir, Eddie?»

Ich starrte auf meinen rechten Schuh und stellte fest, daß seine Sohle wie eine Hundezunge herunterlappte; tief in Beverleys Sofa versunken, wurde ich außerdem zweier Flecken im Schritt gewahr, die nur eingetrockneter Urin sein konnten.

Gleichwohl ersuchte ich Beverly, die Klausur so zu türken, daß Parish durchfiel, indem sie Abschnitte einfügte, die im Curriculum noch nicht drangewesen waren und die anderen Studenten in letzter Minute warnte. Alle anderen Mathematiker in Parishs Jahrgang am College waren bereits verschwunden, so daß er allein den Veränderungen zum Opfer fiele. Einer der wenigen Vorteile, wenn man als philosophischer Hardliner gilt, besteht darin, daß niemand Zeit auf Erstaunen verschwendet, wenn man sich danebenbenimmt.

«Was genau hast du getrunken, Eddie? Das ist verrückt, unmoralisch, unverantwortlich und nicht zuletzt unmöglich. Diese Aufgaben sind schon vor Monaten gestellt worden. Ich fahre morgen in Urlaub. War nett, dich getroffen zu haben, Eddie. Wir sollten mal zusammen essen gehen.»

Es ist mir schon immer spanisch vorgekommen, wie

viele Leute, die sich physisch wie psychisch in bester Verfassung dafür befinden, sich zum Essen oder auf einen Drink zu verabreden, eben das nicht tun, sondern lediglich ihre Absicht bekunden.

Beverleys Weigerung kam nicht unerwartet.

Grob unpassende Paarungen

Obwohl unsere studentische Freundschaft die Dauer unserer räumlichen Nähe nicht überleben sollte, hatte sie einzigartiges Vertrauen eingeschlossen. Warum sie ausgerechnet mich zum Intimus erkoren hatte, ist mir unbegreiflich, denn auf der Weltrangliste für Vertrauen muß ich eine zehnstellige Nummer haben.

Sie hatte sich einem Rugbyspieler an den Hals geworfen. Schlimm genug. Ein aus Whisky bestehender Dämon hatte an ihrem Lenkrad gesessen. «Wir hatten's halb hinter uns, als mir einfiel, daß Männer mich nicht reizten – aber da wäre es unhöflich gewesen, ihn nicht zum Schluß kommen zu lassen.»

Der letzte Schrei der Spitzbüberei

Vor hundert Jahren hätte das uneheliche Kind sie erpreßbar gemacht, heute dagegen weniger die Illegitimität als vielmehr (x) der Vater, der zum berühmten Abgeordneten einer Partei aufgestiegen war, die in akademischen Kreisen Anathema ist, (y) seine berüchtigten Geschäftspraktiken, die Angehörige akademischer Kreise zusammenzucken ließen, und (z) lustigererweise ihr Sohn, der sich, adoptiert und über seine Herkunft im unklaren, in einer anderen Partei engagierte, die in akademischen Kreisen noch viel anathematisierter war und deren Mitglieder sich darauf kaprizierten, einzelne kleine schwache und einsame Immigranten zusammenzuschlagen. Nichts davon hatte sich schwarz auf weiß herumgesprochen. Nichts, womit man nicht hätte leben können, aber in Anbetracht von Bevs Prestige in gewissen Kampagnen auch keine schlechte Sache, um sie unter den dicken Teppich der Unkenntnis zu kehren.

«Ich bin dir zu Dank verpflichtet», sagte ich, «du gibst mir die Gelegenheit zu erfahren, wie man sich als Erpresser fühlt.»

«Und, wie fühlt man sich?»

«Äußerst unwohl.» Ich sah, wie sie ihre Chancen kalkulierte, dann griff sie zum Telephon. «Ich ruf im Reisebüro an, Eddie. Wiedersehen. Sollte das je wieder erwähnt werden, wird es mir sehr viel leichter fallen, dich umzubringen.»

Ich ging mit dem Gefühl, möglicherweise ein Problem gelöst zu haben; Featherstone gegenüber deutete ich an, daß Parish auf den Ausgang zuschlitterte.

Aber ich merkte, daß ich unruhig wurde. Parish irritierte. Was war, wenn er in der Klausur Schwein hatte? Ich konnte nicht einschlafen, obwohl ich an Wachskünstler wie Zeiller, Ziegler und Zumbo dachte, und mir kam der Gedanke, daß eine Rückversicherung nicht schaden konnte.

Zwei in den Schädel

Während seiner Stationierung in Wien, erzählte Wilbur, war «Zwei in den Schädel» das Motto von MI 6. Wilbur hatte dort einen amerikanischen Agenten, der ihn auf Schritt und Tritt verfolgte, in dem Glauben erschossen, er wäre ein Sowjetschurke. Er ließ ihn in einem Springbrunnen zurück. «Aus irgendeinem Grund wurden Cambridge-Absolventen den Amerikanern suspekt. Wir haben es den Russen in die Schuhe geschoben. Kalte Kriege haben ihre Vorteile.»

Ich beschloß, Parish eine zweite Kugel zu geben. Ich

stellte ihm nach, in der Hoffnung, Munition zu finden, mit der er gefeuert werden konnte. Das war erzlangweilig, und es fiel mir schwer, kein Aufsehen zu erregen, weil ich das halbe Dutzend Straßen bearbeitete, in denen ich ein bekannter Philosoph war.

Schließlich hängte ich die Pfuscherei an den Nagel und steckte der Polizei, in seinen Zimmern befänden sich Unmengen illegaler Substanzen. Dabei war ich einem schweren Anfall von Heautomorphismus erlegen; in meinem ganzen Leben hatte es keinen Augenblick gegeben, in dem in meiner Wohnung keine Gefängnisstrafe herumgelegen hätte, also konnte ich mir einfach nicht vorstellen, daß sich in Parishs Unterkunft nichts Anrüchiges finden ließe. Die Polizei zog verstimmt wieder ab.

Ich hätte es besser wissen müssen. Bevor man Anzeige erstattet, muß man dafür sorgen, daß etwas da ist, das die Anzeige lohnt. Also schnappte ich mir Grews *Anatomy of Plants* (1682), das in der College-Bibliothek seit Monaten vermißt wurde, weil es mir als Türstopper diente und ich es hatte verkloppen wollen, und machte mich, mit einem Päckchen Königskristallen bewehrt, zu Parishs Quartier auf.

Zweistündige Vigilie, bevor ich ihn davontrotten sah. Ich huschte mit meinem Bündel hinüber und verschaffte mir mit einem Hauptschlüssel Einlaß. Ich sah mich im Arbeitszimmer um und entschied, daß es am überzeugendsten im Schlafzimmer deponiert würde.

Parish rekelte sich auf dem Bett. «Nett, daß Sie mal vorbeischauen, Eddie.»

Die Fähigkeit zu atmen kam mir abhanden. Man hätte mich als «Mann unter Schock» ausstellen können. Ich wußte, daß ich in Dingen des Alltags oft lax und schludrig war, aber ich hatte Parish visuell beschattet. Er war weggegangen.

Ich sah zum offenen Fenster hinüber. Er mußte hinter mir hergezockelt und dann zurückgejagt sein, um mich mit seiner Allgegenwart niederzustrecken. Seine Gelassenheit entsprach meiner Überraschung.

«Ich hab Ihnen was mitgebracht. Sie waren doch so begeistert von botanischen Werken des 17. Jahrhunderts, glaube ich mich zu entsinnen... oder verwechsle ich Sie mit jemandem?»

«Kann schon sein. Ich bring's für Sie in die Bibliothek zurück. Das ist ja schon ewig überfällig. Und das da, ist das ein Päckchen hochwertiges Kokain?»

«...Ja. Ich hab mir Sorgen um Sie gemacht. Wissen Sie, ich fühl mich verantwortlich, schließlich habe ich Sie ans College geholt... es hört sich unschicklich an, ich weiß, aber Sie müssen mal abschalten.»

Ich räumte das Feld. Parish hatte mir eine Heidenangst eingejagt und alle Dauergäste meines Körpers, als da wären Hunger, Müdigkeit und Vergnügungssucht, zur Evakuierung gezwungen. Mein Zygoma knirschte vor Grausen.

Am Tag der Klausur sah ich entzückt, daß Parish beim Herauskommen Besorgnis schulterte. Ich belauerte ihn in einem Café, wo er ein paar Schauspieler zwang, sich auf den Boden zu legen, und er war ohne Frage verschnupft. Danach verfolgte ich ihn in einem Wagen mit getönten Scheiben, den Zak mir geliehen hatte. Mehrere Radfahrer ließen unter meinen Rädern fast ihr Leben, aber ich verlor ihn nicht aus den Augen, während er wütend nach Grantchester hinausschritt.

Es wurde dunkel. Ich konnte mir nicht zusammenreimen, was Parish auf dem Lande zu suchen hatte, baute aber darauf, daß er wieder einmal Unheil stiften wollte. Jeder pißt mal in den Ausguß (auch wenn es manchen schwerer fällt als anderen). Er verschwand in einem Gebüsch, und nach einiger Zeit folgte ich ihm zu Fuß.

Fest davon überzeugt, ihn verloren zu haben, fand ich ihn, indem ich über ihn stolperte, genauer gesagt, ich stolperte über vier nackte Beine, die bei näherer Betrachtung allesamt Parish gehörten. Parish war nackt und pimperte fröhlich... Parish. Oder, wenn Ihnen das lieber ist, Parish pimperte Parish. Er hatte sich verdoppelt. Mein Entsetzen und mein Erstaunen überboten und beflügelten sich.

Da lag er, pudelnackt, im Tandem, und ihre Schwänze entboten mir, mit einer politischen Metapher, den Hitlergruß. Diese furchterregenden Augen sahen mich gleich zweimal an. Mein Herz-Kreislauf-System arbeitete im Akkord.

«Ich hab dir gleich gesagt, daß das schiefgeht.» «Ich hab dir gleich gesagt, daß das schiefgeht.»

Sie sagten gleichzeitig dasselbe.

«Hast du?» «Hast du?»

«Du wolltest ins Freie.» «Du wolltest ins Freie.»

Mir wurde klar, daß ich keiner Zellteilung, sondern Inzest beiwohnte. Parish hatte einen Zwillingsbruder, und Parishs bevorzugten offensichtlich Parishs.

«Zwillinge», sagte ich und gab meine Entdeckung preis.

«Hat ja ganz schön gedauert, Eddie, und Sie sind einfach drüber gestolpert. Meine einzige Schwäche: Ich seh so gern den Sternenhimmel. Mein künftiges Reich. Auf Ihrer Miene zeichnet sich doch wohl kein Ekel ab, oder?»

Keineswegs. Mein Gesicht versuchte, Zeit zu schinden; die Behälter meines Staunens waren leer, der Denkmotor abgewürgt, und ich hatte große Probleme, meinen grauen Zellen diesen Anblick als wahr zu verkaufen.

«Die wenigsten Menschen bekommen die Chance,

mit sich selbst zu schlafen. Ich bin so gut, da hat man mich gleich zweimal produziert.» Der eine Parish streichelte den anderen. Trotz aller Vorzüge der Jugend gaben die Parishs kein schönes Bild ab, und das sage ich als Veteran von Sexshows in Amsterdam, Beirut und Tokio.

«Warum?» fragte ich, der Abgedroschenheit der Frage wohl gewahr. Der langen Schlange früherer Frager.

«Wen du hinters Licht führst...» «...der steht im Dunkeln.»

«Wenn man für allmächtig gehalten wird...» «...ist man es.»

«Die Furcht des anderen...» «...macht dich frei.»

«Wozu?» Ich verstand noch immer nicht, welchen Vorteil es haben sollte, sich als eine Person auszugeben, außer um die Anzahl der Pflichtvorlesungen zu halbieren.

«Das Reich der Sphären...» «...die Welt wartet auf einen Herrn, uns.»

«Armeen umrunden die Welt...» «...an einem Tag.»

«Andere Reiche fielen...» «...durch äußere Gewalt.»

«Jetzt gibt es kein Außen mehr» «die Welt ist bereit.»

«Einer allein könnte das nicht...» «...aber zwei sehen nach vorn und hinten.»

«Zum Herrschen muß man früh aufstehen...» «...wir schlafen nie.»

«Zehn Jahre für England...» «...und zehn für die Welt.»

«Und dann zu den Sternen.» «Und dann zu den Sternen.»

Es war eine Situation, in der man an die klugen Sprüche denkt, die man hinterher bringen kann, aber ich verlor die Contenance, weil ich mich nicht etwa mit einem, sondern gleich mit zwei ithyphallischen Verrückten auf einer Aue fand. Ich dachte an Ideentröter wie Aristoteles oder Kineas zurück, die Monarchen davon abgeraten hatten, so viel Realität zu erhaschen, wie sie konnten, statt sich beim Erobern zu mäßigen. Ich verzichtete darauf, ins Detail zu gehen.

«Soso. Weltherrschaft. Was springt für Sie dabei raus?»

«Ein Lacher.»

Dann wechselten sie einen Blick, der, wie ich sogleich erfahren sollte, bedeutete: wird Zeit, ihn umzubringen. Parish umklammerte mich, und mit dem Überraschungsmoment sowie zwei Extraarmen auf seiner Seite fing er an, mich zu erdrosseln.

Ich sah großflächige schwarze Bilder und versuchte, mich daran zu erinnern, wieviel Zeit man noch hat, wenn einem derart überschwenglich der Hals massiert wird; außerdem dachte ich, wie banal es war, daß schon wieder ein Don aus Cambridge von nackten Knaben erwürgt wurde.

Anscheinend suchte Parish dieses Feld jedoch in regelmäßigen Abständen auf, denn mit dem allerletzten Ichrest registrierte ich, daß die Polizei wie Zieten aus dem Busch sprang, von meinem Gurgeln beschleunigt, nehme ich an. Anscheinend hatte der Bauer die Notzucht seiner Zucht allmählich satt. Es war das erste und einzige Mal in meinem Leben, daß ich es herzlich willkommen hieß, von der Polizei aufs Revier geschleift zu werden.

Während das Protokoll aufgenommen wurde, saß ich in der Nachbarzelle neben dem einen Parish. In vernehmlichem Flüsterton erzählte er mir durch das vergitterte Fenster von ihrer Kindheit in Zaire. Daß sie dort keine Familie mehr hatten und als eine Person nach Britannien gekommen waren. Daß er außerdem vermittels der Ermordung seines Bruders seine eigene Auferstehung von den Toten geplant hatte (vielleicht hatte auch Jesus einen Zwillingsbruder…). Derlei Verstellung ist natürlich so alt wie die Branche selbst. Ich dachte an Zalmoxis, den Sklaven des Pythagoras, dem nachgesagt wurde, er habe die thrakischen Holzköpfe zum Narren gehalten und Unsterblichkeit vorgetäuscht, indem er sich jahrelang in einer Geheimkammer versteckte und dann wieder zum Leben erwachte.

Aber Parishs Pläne waren hinfällig, da ich seine Zweifaltigkeit aufgedeckt hatte.

Menschenfleisch

Parish zischte mir auch zu, daß das Gastmahl, das er mir in seinem Zimmer angeboten hatte, in Wirklichkeit Pennerragout gewesen war. Ich hatte Oberleutnantskeule gegessen. Sehnig. Zu scharf. Keine Angst, Ihnen entgeht nicht viel.

Samstag

Nach meinem Dafürhalten hatte der Samstag die übliche Anzahl Sekunden und Stunden. Als ich aus dem Fenster schaute, sah Toulon nicht so aus, als hätte es das Existieren drangegeben, was mein Problem auf einen Schlag gelöst hätte.

Sonntag

Am späten Abend kehrte Hube aus Paris zurück. Seinem Blick entnahm ich, daß mehr geschehen war als bloß Reisen, daß es Ereignisse gab, die nach bukkalem Ausbruch lechzten.

«Und?»

«Ich hab die Nacht mit ihr verbracht», gestand er.

Genauer gesagt, hatte er die Nacht unter ihrem Bett verbracht, um seine Sehnsucht zu stillen, ihr nah zu sein, die Fasttuchfühlung mit ihr zu melken und «ihren Atem zu atmen». Er hatte den Moment abgepaßt, als sie zur Arbeit ging, und war in ihre Wohnung eingebrochen, um unter ihr zu schlafen. Er verhielt sich während der Nachtstunden mucksmäuschenstill, ihm entging keine einzige Bewegung, Kehlung, Lungung. Als seine zeb Dämmerung hereinsickerte, dachte er daran, wie sehr es ihn nach einem Gespräch mit ihr gelüstete, also wartete er, bis sie im Badezimmer verschwunden war, dann verließ er die Wohnung und klingelte bei ihr.

«Wir sind uns vor zwölf Jahren begegnet, und es tut mir leid, Sie so zu belästigen, aber ich muß einfach immerzu an Sie denken.»

Sie gingen zusammen frühstücken.

«Hat sie sich an dich erinnert?»

«Nein.»

«Wußte sie, wer du bist?»

«Ich glaube schon.»

«Seht ihr euch wieder?»

«Nein. Einmal reicht. Man kann doch inzwischen das Aussehen eines Dinosauriers aus einem Knochen rekonstruieren, oder nicht? Mehr als dieses Frühstück muß ich gar nicht haben.» Er zeigte mir ein Photo, auf dem sie am Tisch saßen. «Könntest du sagen, wie lange wir uns schon kennen?» Er hatte recht, ihre Augen zeigten eine gewisse Verwandtschaft; der Blick war derselbe. «Wir alle bestehen aus Augenblicken. Das ist so ein Augenblick. Die Erinnerungen mach ich mir dann selbst. Es genügt, daß es sie gibt.»

?????????????????????????

«Trinken Sie Ihren Tee mit Milch oder ohne?» fragte Cécile. Das war ihre einzige Bemerkung, die keine Beschwerde war. Keine Höflichkeit hemmte ihr Wehklagen. Sie schwamm mehr in Tränen als der Zuluf in Öl, allerdings waren ihre Lebensumstände wirklich düster. Ihr dreizehnjähriger Sohn saß mit dem Gleichmut eines Menschen da, der weiß, daß er nur noch wenige Jahre warten muß, bis er einer Todesschwadron beitreten kann, und wartete ungeduldig auf die nächste Gelegenheit, auf seiner siebenjährigen Schwester Zigaretten auszudrücken.

Céciles behinderte Mutter saß oben und spielte Computerspiele. «An ihrem fünfundsechzigsten Geburtstag hat sie gesagt: ‹Ich hab mein Leben lang geschuftet, ich habe mich mit deiner Erziehung abgerackert, ich habe mich mit dem Aufpassen auf deinen Vater abgerackert, ich habe mich mit dem Aufpassen auf meine Enkelkinder abgerackert; ich habe mehr geschuftet als die meisten anderen Frauen, und ab sofort spiele ich Computerspiele.›»

Ihr entfremdeter Gatte war in die Fremde gegangen.

Jocelyne warf mir einen ‹tut mir leid, aber hab Geduld›-Blick zu. Mir war das egal, ich studierte die Vitrine aus Zebraholz. Cécile war einfach ideal.

?????????????????????????

Ich hätte gar nicht erst ins Auto steigen sollen. Aber wenn man keine besondere Aufgabe vermeiden, sich vor keinen lästigen Pflichten drücken muß und keinen blassen Schimmer hat, was man mit der Tinte für das Killeropus anfangen soll, dann ist das Problem, warum nicht? Ich folgte Hubes Rat, und der hatte gesagt: «Komm mit, wir schauen uns ein Fußballspiel an.»

Mein Interesse an Fußball war und ist gleich null. Zum ersten- und letztenmal habe ich mir ein Fußballspiel angeschaut, als ich zwölf war, noch zu klein, um einem Onkel erfolgreich zu widersprechen. In der Schule wurde ich zum Fußball gezwungen, und einmal habe ich ein Tor geschossen.

Ein Tor, das sich als Eigentor herausstellte, denn ich hatte den Seitenwechsel zur Halbzeit vergessen. Ich war geistesabwesend, als ich mich plötzlich in Ballbesitz fand, aufgeregt und gedankenlos dribbelte ich ihn ein paar Meter durch den Schlamm und schoß ihn ins Netz. Ich war überrascht, (a) weil ich ein Tor geschossen hatte und (b) weil Guthrie im Tor stand, der eigentlich immer in meiner Mannschaft spielte, allerdings änderten wir ziemlich häufig die Zusammenstellung der Teams. Zurück in der Kabine, wurde ich von den anderen zehn in meiner Mannschaft angespuckt (obwohl wir sechs null verloren hatten) und bekam vom Stürmer der gegnerischen Mannschaft eine gescheuert, weil meine Beinarbeit ihm einen Hattrick vermasselt hatte.

«Ein paar Freunde von mir spielen mit», sagte Hube. Fußball: Man weiß, was einen erwartet. Grob geschätzt zweiundzwanzig Leute werden rund neunzig Minuten lang auf einen Ball eintreten. Aber wenn ich mitkam, konnte ich einen weiteren Tag ausgebliebener Kopfarbeit Hube in die Schuhe schieben.

Wir zischten stadtauswärts, Hube saß ungewöhnlich schweigsam am Steuer. Wir rasten mit einem Affenzahn dahin und setzten Hubes Theorie in die Tat um, daß es nichts Argwohnerregenderes gibt als gesetzestreues Fahrverhalten.

Nur noch eine Woche

«Was willst du eigentlich hinterher machen», erkundigte ich mich, «vorausgesetzt, es gibt ein Hinterher?»

Hube zuckte die Achseln. «Hab ich noch nicht drüber nachgedacht. Weißt du, über die Dinge, über die man nicht gerne nachdenkt... denkt man nicht gerne nach. Und über gewisse Dinge redet man nicht, denn um über gewisse Dinge zu reden, müßte man erst über sie nachdenken. Emile zum Beispiel.»

Schweigend düsten wir weiter. Hube überholte einen Bus und trat das Gaspedal bis zum Anschlag durch. Wir sausten an den Passagierprofilen vorbei.

Große Bus-vorbeisaus-Augenblicke 1.1

Als ich in Cambridge mal auf den Busbahnhof zuging, brauste ein Bus an mir vorbei, und ich sah ein Profil wie eine durch die Luft wirbelnde Münze, Zoë, die nach unten blickte, nachdenklich wirkte, vielleicht in ihrer Handtasche wühlte. Ein letztes Mal ihre Frisur begutachtete. Ich rannte die letzte halbe Meile zum Busbahnhof, um ein paar Minuten länger mit ihr zusammenzusein.

Reflexion auf große Bus-vorbeisaus-Augenblicke

Wenn man aus so vielen eingefriedeten Stunden wählen kann, warum bleibt dann ausgerechnet jener flüchtige Kopf hängen?

Unweit Nizzas hielten wir vor einem kleinen Stadion, eines von denen, für die ein großes, aufstrebendes Dorf die Kohle rüberwachsen läßt.

Unser Vorankommen auf das benachbarte Stück Brachland, das als Parkplatz diente, wurde von zwei Schlägern behindert, die für ihre Aggressivität bezahlt wurden und denen es nichts auszumachen schien, daß wir einen großen, von dreihundert Pferdestärken angetriebenen Metallkasten unser eigen nannten und sie nicht.

«Ja?» fragte der eine.

«Wir wollen zu der Wohltätigkeitsveranstaltung», antwortete Hube. Ich wunderte mich gar nicht erst; wenn das Fatum will, daß man als Philosoph Banken überfällt, fürchtet man keine versprengten Seltsamheiten. Ich kapierte, daß es hier kaum zu der Kickerei kommen würde, die mir vorgeschwebt hatte.

Wir stellten den Wagen ab, und Hube begann das Händeschütteln mit unfreundlichen und harten Leuten (für die einen war das Hartsein harte Arbeit, für die anderen nicht), die jedoch auf kostspielige, geschmacklose Weise gut gekleidet waren. Außerdem bemerkte ich ein paar Gestalten mit Sonnenbrillen und Schnellfeuerwaffen auf dem Tribünendach.

Ein Wagen rumpelte auf den Parkplatz. Einer dieser Mannschaftswagen, in denen die Polizei Gefangene transportiert. Er hatte keine Kennzeichen und war verdreckt. Zum Stehen gekommen, spie er ein Dutzend muskulöser, verschlagen dreinschauender Männer mit Bürstenschnitt, aber ohne Sonnenbrillen aus, denn die Sonne hätte wahrscheinlich sowieso keinen Blick auf sie riskiert. Sie trugen alle denselben billigen Trainingsanzug und erinnerten mich stark an die Zigs, die mich in der Schule immer verkloppt hatten.

«Wer sind die denn?» fragte ich.

«Die Bullen», sagte Hube in einem Ton, als hoffe er, seine Worte würden nicht das besagen, was sie besagten.

«Die Bullen», wiederholte ich nachdenklich. Er nickte, aber nur ganz leicht, als hoffe er, ich würde es nicht merken, und als wünsche er, ich würde den Begriff nicht nachplappern und damit den anwachsenden Berg Beweismaterial, daß es die Bullen waren, noch vergrößern.

Ich war bedripst, aber nicht sonderlich besorgt. Ich finde, wenn man im Fußballstadion verhaftet wird, ist das auch nicht schlimmer, als wenn man sonstwo verhaftet wird.

«Die Bullen – wie in ‹die Leute, deren Job es ist, uns zu schnappen›?» wiederholte ich erneut, einfach um zu sehen, mit welchem Minimalismus Hube das bestätigen würde. Er verstand es aber nicht als Frage und gab daher keine Antwort.

«Du meinst, die wollen uns gar nicht verhaften?»

Jetzt folgte er wieder den Spielregeln der Konversation. «Ich *weiß* es. Nicht am Tag des Spiels.»

Das Spiel. Laut Hube war es vor einigen Jahren in Gang gekommen, als ein Polizeichef entsetzt festgestellt hatte, daß ein Drogenbaron in die Nachbarwohnung gezogen war. «Ich hab das Arschloch ein halbes Dutzendmal festgenommen, und jetzt wohnt er nebenan und hat auch noch den größeren Balkon! Das ist doch zum Mäusemelken!» Wie das dann im einzelnen zum jährlichen Spiel der Räuber gegen die Gendarmen erblüht war, wußte Hube nicht genau, aber der Ursprung war irgendwann ein Streit im Park zwischen den beiden Vätern, den beiden Söhnen und zwei Fußbällen gewesen. Ein Spiel wurde angesetzt, und die Polizei, die Schieds- und Linienrichter gestellt hatte, gewann. Die mißvergnügten Verlierer verlangten eine Revanche mit einem Schiri aus der Szene und gewannen. Und so weiter.

Als wir uns der Seitenlinie näherten, erfuhren wir, daß der Szene ein Desaster mit reichlich Katastrophensauce serviert worden war. Der Bus ihrer A-Mannschaft (die zu den schönsten Hoffnungen berechtigte, da drei Profis mitspielten, die geradewegs auf krumme Dinger losmarschiert waren) war bei der Anfahrt mit sämtlichen Reservespielern in eine Massenkarambolage verwickelt worden. Die Kicker wurden aus den Wrackteilen freigeschweißt und im Krankenhaus abgeliefert; alle zusammen hatten zuwenig ungebrochene Knochen, um auch nur einen einzigen Spieler aufs Feld schicken zu können.

Hektische Krisensitzung. Freiwillige aus dem Zuschauerraum zogen sich bis auf Fußballkonventionen aus. Elf versammelten sich draußen auf dem Platz, hielten sich aber nicht besonders wacker. Es gab ein paar ganz flotte Spieler, die den Ball halten und Tempo vorlegen konnten, aber ihr Können sah immer ziemlich alt aus, sobald die Polizei mit dem Ball davonkarriolte. Die Szene spielte nicht als Mannschaft, während man bei den Flics den Eindruck hatte, daß sie seit fünf Jahren im selben Bett schliefen.

Aber obwohl sich alles fast nur im Strafraum der Szene abspielte, schafften es die Bullen nicht, das Netz zu bauschen. Der Ball prallte von den Pfosten ab, streifte sie, ratterte an die Latte und eierte an der Linie lang, wurde vom Torwart getreten, geköpft oder gefangen; die Polizei schoß kein Tor. Das war ausgesprochen komisch. Der Torwart war der Szene eine unschätzbare Hilfe, denn seine Leibesfülle war schon die halbe Miete. Einsfünfundneunzig und ungefähr genausoviel Umfang. Seine Präventivmaßnahmen erkannten jedermann, der in der richtigen Position zum Schuß stand oder sie erreichen konnte, und dieser erkennungsdienstlichen Behandlung folgte unweigerlich der Gegenschlag, grundsätzlich direkt ins Gesicht. Die Bullen bekamen Elfmeter, verwandelten sie aber nicht, und der Stil des Torhüters hinterließ sie zunehmend reparaturbedürftig.

Die Zuschauer waren viel interessanter als die Spieler. Es ist natürlich völlig unergiebig, zu einem Fußballspiel zu gehen, erst recht zu so einem, wenn man nicht bereit ist, sich auszukotzen, seine Verwünschungen möglichst laut herauszuschreien. Es war schwer zu sagen, wer wen unterstützte, da die Verwünschungen mühelos und ohne erkennbaren Kausalzusammenhang mit der Turnschuhleistung sprudelten.

Hube war auf seine gewohnt beunruhigende Weise verschwunden, tauchte wieder auf und reichte mir einen Trainingsanzug.

«Was soll ich denn damit?»

«Das ist ein echter Schwindel», sagte Hube. «Zieh ihn an und setz dich 'ne Weile auf die Ersatzbank.»

Ich verstand nicht, was das bezwecken sollte. Fast wäre mir ein Nein aus dem Mund gepurzelt, aber Ablehnungen paßten nicht in Hubes Ohr. Ich befühlte den Trainingsanzug. Er trug das Hermes-Emblem, eine bewußte oder unbewußte Anspielung auf den Gott des Gemauschels, des Diebstahls und der Geschäfte.

Zeit für eine Erleuchtung

Dabei fällt mir ein, daß ein geschickter Dieb ebenso wie ein geschickter Denker wissen muß, was Wert hat und was sich beiseite schaffen läßt. Ende der Erleuchtung.

Das Fußballspiel 1.3

Ich beichtete Hube, daß ich seit fast vierzig Jahren nicht einmal versucht hatte, einen Ball zu treten. Er bestand darauf, es solle bloß Eindruck schinden, zeigen, daß der Geist zugegen war (obwohl er in meinem Beisein jemandem anvertraute, ich hätte meinen Lebensunterhalt als Profifußballer bestritten). Als ein Zemi.

«Wir müssen hier sein», sagte er.

«Aber wir sind doch hier.»

«Wir müssen auf der Ersatzbank sitzen», beharrte Hube. «Ich würd's ja tun, nur ist leider für jedermann hier ersichtlich, daß ich nicht spielen kann.»

«Es ist genauso ersichtlich, daß ich es nicht kann.» Ich besaß zwar doppelt so viele Gliedmaßen wie Hube, aber nur ein Zehntel seiner Vitalität und Energie; in jedem Kopframmwettkampf gegen einen Profifußballer hätte ich auf ihn gesetzt. Eine körperbetriebene Geschwindigkeit von mehr als drei Stundenkilometern habe ich seit zehn Jahren nicht mehr erreicht; als ich das letzte Mal zur Bushaltestelle rennen mußte, ist mir schlecht geworden.

Die aktivste Form meiner Leibesertüchtigung ist das Korkenziehen, denn selbst mein tubuläres Amusement betreibe ich im Stil eines gestrandeten Wals.

Ergebnis

Warum Hube, der mich gut genug kannte, um zu wissen, daß ich eins der verschrumpeltsten Schlitzohre der Weltgeschichte bin, das hier vernünftig fand, war eine Frage, vor der mein Geist die Hufe hochklappte.

Ich zog mich um und setzte mich auf die Bank. Das Spiel war in wenigen Minuten vorbei, und es stand immer noch 0 : 0, für die Szene ein tolles Resultat.

Ich setzte mich und dachte, daß ich drauf und dran war, eins der Dinge in Angriff zu nehmen, die ich hinieden am meisten haßte. Für die Sorgen und Nöte im Herbst des Lebens gab es, glaubte ich, eine ganze Reihe von Belohnungen, und dazu zählte eindeutig nicht, zu einer Schlammschlacht mit Leuten gezwungen zu werden, deren Faible es war, einen zu vertrimmen.

Während ich dasaß, kam ein Feldspieler auf die Bank zugehumpelt und gab gestikulierend kund, sein rechtes Bein beine nicht, wie es solle. Der miese kleine Simulant.

«Okay, du da, der fette Engländer», sagte der Manager und winkte mit dem Daumen. «Dann laß mal sehen.» Ich zeigte auf die beiden anderen Rüpel auf der Bank und auf den Mangel an anständigem Fußballschuhwerk meinerseits. Der Manager winkte erneut, verstand meine Einwände nicht als ernstgemeinten Weigerungsversuch, sondern als Wunsch, noch ein bißchen angefleht zu werden. Im Augenwinkel spürte ich, daß Hube mich verzweifelt ansah. Hätte er mich gebeten, hätte ich mich gedrückt, aber da er nicht bat, konnte ich nicht.

Achselzuckend flanierte ich aufs Feld und tat, als wüßte ich, was ich tat, und als zockelte ich nicht dahin, weil ich altersschwach und klapprig war (eine Art Anti-Stürmer), sondern weil ich einen derartigen Durchblick hatte, daß ich nicht mal zu rennen brauchte.

Ich stärkte mich mit dem Gedanken, daß ich in ein paar Minuten Fußballspiel wohl kaum mehr Schaden anrichten konnte als in dreißig Jahren Stümperei im höheren Bildungswesen Britanniens.

Ich achtete sehr genau auf den Ball (der wie gehabt durch den Strafraum der Szene huschte), weil ich sichergehen wollte, daß er mir nicht zu nahe kam. Ich lungerte beim Netz der Bullen herum, damit garantiert ausgeschlossen war, daß ich ein Eigentor schoß. Hube blickte mir erleichtert nach. Grundsätzlich gibt es, egal wer oder was man ist, immer nur eine kleine Clique, von der man aufmunternde Worte erwarten darf. Ich überlegte, ob ich Hube sagen sollte, wie blöd sich die Menge aufführte, mußte aber sofort zugeben, daß eine größere, an einem Ort versammelte Philosophenschar auch niemanden vom Hocker reißt.

Bei der letzten Konferenz, an der ich teilnahm, hatte ich einen Professor aus Oxford im Blick, der namenlos bleiben möge, aber leicht zu identifizieren sein sollte, und der die aus seiner Nase gelockten Rotzfetzen zu Kügelchen drehte, die er völlig wahllos ins Auditorium abfeuerte wie ein Serbe, der Sarajevo unter Beschuß nimmt. Das war keine befristete Meuterei seiner Finger, sondern beharrliche Flegelhaftigkeit. Seine Frau hatte sich eine Woche zuvor umgebracht.

Wenn ich mir sämtliche Teilnehmer jener Konferenz vor Augen führte, war es im Gegensatz zu Hubes Kumpeln jedoch weniger wahrscheinlich, daß einer von ihnen mir den Kiefer brach und die Brieftasche wegnahm, aber das lag wohl hauptsächlich daran, daß ihnen (a) ein ordentlicher rechter Haken und (b) der Mumm fehlte.

Nahaufnahme

Eine Handvoll Eierköpfe beim Brüten. Oder wie Wilbur einmal bemerkte: Der Philosoph ist jenes Wesen, dem die Zunge stets herausbaumelt und dessen Bein stets angewinkelt ist, denn sobald ein Arsch in Reichweite kommt, gilt es in Bruchteilen von Sekunden zu entscheiden, ob er geleckt oder getreten werden soll.

Integrität, Fleiß und Rechtschaffenheit sind ausnahmslos Eigenschaften, die man am besten aus sicherer Entfernung goutiert.

Gottlob waren nur noch ein paar hundert Sekunden zu spielen, sonst hätte ich gleich auf dem Rasen ins Gras gebissen. Obwohl ich zwei Drittel des Spielfelds zwischen mich und den Ball gebracht hatte, gruben sich spitze Ellenbogen in meine Magengrube, meine Ohren und Hüften. Der Schiedsrichter kümmerte sich einen feuchten Dreck um die Buhrufe der Schlachtenbummler.

Meine Anwesenheit auf dem Feld war eine Provokation. Wenn der Waffenstillstand am Spieltag die Zarps auch davon abhielt, mich festzunehmen, so konnten sie mich doch, kaum daß ich die Runde machte, um die Ecke bringen. Nach einem bösen Leberhaken ging ich in die Knie, und als ich hinfiel und sah, wie weitere Polizisten versehentlich und verroht über mich stolperten, fragte ich mich, wie es wohl aussähe, wenn ich im Dienst einer Fußballmannschaft mein Leben ließ, die sich aus Zuhältern, Dealern, Bilanzfälschern, Autoknackern und bewaffneten Banditen zusammensetzte: bombig.

Ich stemmte mich hoch und floh. Der Brennpunkt des Geschehens befand sich am anderen Ende des Spielfelds, aber vielleicht lenkte ich die Polypen ab, denn plötzlich zischte ein Szenestürmer unter euphorischem Gejohle mit dem Ball auf und davon. Ich sah, wie der Schiedsrichter auf sein Babylon blickte.

Entsetzt stellte ich fest, daß der Ball mir bedrohlich nahe kam. Der Stürmer, der blaue Hochglanzshorts trug, durchbrach die polizeiliche Abwehr. Irritierenderweise schoß er schon von der Mitte des Spielfelds aus. Ich erriet nicht, welche Spielfeldseite vor dem Ball sicher war. Als ich mich nach dem Rasenfleck umsah, wo er mit Sicherheit nicht auftreffen würde, drehte ich mich um und bekam eine vor den Latz geknallt.

Das Foul legte mich auf die faule Haut.

Während ich den Boden belag, vernahm ich stürmischen Applaus, was mir ein wenig grausam schien und mich ärgerte, da ich es nicht witzig fand, schon wieder Augenringe verpaßt zu kriegen. Aber der Applaus galt dem Siegestor. Ein Treffer, wie ich schnell mitkriegen sollte, den ich erzielt hatte, nachdem der Ball mir eine geballert hatte.

Hube beschrieb es mir voller Ergriffenheit: Der Glänzi hatte in letzter Verzweiflung aufs Tor geschossen. Nach Hubes Aussage wäre sein Schuß links daran vorbeigegangen, hätte meine Fresse nicht voll zugelangt und dem Ball einen unheimlichen Dreh verliehen, der den Torwart düpierte.

Danach wurde noch dreißig Sekunden halbherzig gespielt, aber eigentlich war's das gewesen. 1:0. Mir war das einigermaßen egal. Blut perlte mir aus der Nase, und selbst das wilde Schulterklopfen meiner Mannschaftskameraden und der Schmelz in Hubes Augen vermochten nicht, mein heftiges Gefühl von Unwohlsein zu vertreiben.

Die Polizei machte auf beleidigte Leberwurst. Die wenigsten Menschen sind gute Verlierer, nicht einmal gegen eine gute Mannschaft, aber gegen ein Team, dessen Geheimwaffe ein geriatrischer Philosoph und meistgesuchter Bankräuber ist: das ist ein harter Brokken.

Mein Hauptproblem war Mr. Hochglanz. Man sah es seinen Beinen an: Er rannte fanatisch und war sich sympathisch. Er versicherte, sein Schuß wäre ins Tor gegangen, warf mir meinen ontologischen Aufenthaltsort vor und unterstellte, ich hätte meine Fresse böswillig herummanövriert, um ihm die Schau zu stehlen.

Nun bin ich ein Mensch, dessen Profession vornehmlich im korrekten Sprachgebrauch besteht und der sich schnellen und ausdauernden Informationsaustauschs rühmt, und ich bin jedesmal verdattert, wenn Leute nicht verstehen, was sie sagen, oder sich in den komischsten Aussagefetzen verheddern.

«Du hast mir mein Tor geklaut», wiederholte der Glänzi immer wieder. Das war merkwürdig, denn (x) stimmte es nicht, und (y) hätte es gestimmt, was hätte ich denn tun sollen? Ich konnte nicht (z) mit den Fingern schnipsen und die Zeit um fünf Minuten zurückdrehen. Die Univalenz seines Denkens war sagenhaft.

Man sollte meinen, den zum Sieg erforderlichen Paß geliefert zu haben, wäre doch ein schöner Erfolg, aber jedes auch noch so oberflächliche Studium der Weltgeschichte lehrt, daß der gesunde Menschenverstand nur wenige Parteigänger hat. Bei den ersten fünf «Du hast mir mein Tor geklauts» blieb Hube friedlich, aber der Glänzi patschte weiter mit den Pfoten auf ihn ein. Es will mir einfach nicht in den Kopf, warum er, statt weiter herumzuschwafeln, ich hätte ihm sein Tor geklaut, Hube nicht schlicht und einfach bat, ihm eine Scharte zu ziehen, aber nach einiger Zeit peilte dieser, daß er genau darauf hinauswollte.

«Ich bin sicher, wir können das friedlich beilegen...», sagte Hube, trat einen Schritt zurück und dann mit ungeheurer Einsatzfreude den Glänzi in die Zwölf. «...aber warum sollten wir?»

Von Hubes Sophismus überwältigt, legte sich der Glänzi hin, ohne wieder aufstehen zu wollen. Abgesehen von ein paar Kleinsäugern und einer Reihe Wirbelloser, glaubte ich, schon alles gesehen zu haben. Aber von Hube angestiftet, drängten jetzt alle herbei. Obwohl Hube seine Schmerzenssammlung einem Mannschaftskameraden hatte angedeihen lassen, ähnelte das Ganze einem Souper, wo alles nur darauf wartet, daß der Gastgeber endlich zum Besteck greift.

Die Feuerpause pausierte. Selig tauschte man Feindseligkeiten.

Mit der vollkommenen Unangreifbarkeit der wahrhaft Rücksichtslosen schob sich Hube durchs Gedränge, mitnichten verlegen, daß er so früh aufbrechen mußte. Bei einer Kneipenschlägerei mag man logistisch eine reelle Chance zur Treffervermeidung haben, aber wie das funktionieren soll, wenn hundert Fäuste nach hundert Kiefern suchen, übersteigt meine Vorstellungskraft. Auf dem Weg zum Wagen erntete mein lädiertes Gesicht noch diverse veilchenfarbene Flecken. Als Hube losfuhr, erging ich mich in Sarkasmus, der wohl mein gutes Recht war: «Reicht das für heute? Oder möchtest du zum Dessert noch ein Hochhaus niederbrennen?»

Hube war weise genug, sich statt einer Erwiderung ganz aufs Fahren zu konzentrieren.

«Es wird zu Festnahmen kommen», sagte ich.

«Sie können niemanden festnehmen. Der Waffenstillstand gilt noch. Außerdem haben wir Geiseln, wie du gleich sehen wirst.» Hubes Nonchalance beim Hochschalten war zuviel für mich.

Ausflippen. Sich aufregen 1.1

«Jetzt reicht's», verkündete ich, «ich bin Philosoph, verdammt noch mal, wann schnallst du das endlich? Kein sehr erfolgreicher, aber Philosoph.» Mir wurde alles zuviel – der Streß des Weltklassefußballs zerrte an meinen Nerven. «Dieser unphilosophische Scheiß muß aufhören. Kein Fußball mehr. Keine Banküberfälle mehr.»

Hube ließ sich nicht aus der Ruhe bringen, was mich nur zu weiteren Tobsuchtssaltos anstachelte.

Aber er tat das einzig Richtige, er fuhr einfach weiter, weil er ganz genau wußte, daß alles gelaufen ist, sobald einer Amok läuft. Hätte ich in jenem Moment einen Anruf bekommen, der mir sonstwo Unterkunft inklusive Abtransport angeboten hätte, ich wäre ausgestiegen.

Piesacken

Wir fuhren nicht nach Hause, und meine Wut verrauchte. Ich schwelte nur noch wortlos vor mich hin, als Hube den Wagen zum Stehen brachte und mich zum erstenmal seit meiner Explosion ansprach.

«Das bringt's voll. Hab ich mich je geirrt?»

Ich regredierte anscheinend immer weiter in meine Kindheit. Hube bat mich, an einer kleinen Wohnung zu klingeln, während er sich hinter einer Ecke versteckte.

«Was soll ich machen? Nach dem Klingelstreich weglaufen?»

«Nein, sag einfach was auf englisch und versuch den, der dir aufmacht, rauszulocken.»

«Guten Tag», sagte ich zu dem schrundigen Subjekt, das mir die Tür öffnete, «sprechen Sie Englisch?» Die Narbenfresse sah mich znuzig an, was wohl jeder täte, an dessen Tür plötzlich ein Bluterguß in einem billigen Trainingsanzug auftaucht.

«Nein? Dann haben Todesstrahlen vom Saturn meinen Postillion getroffen, und meine Fleischklößchen können nicht fröhliche Weihnachten feiern. Und wenn Sie mich ein Stückchen begleiten, würde ich Sie gern einem Bekannten vorstellen, der Ihnen garantiert schaden wird.» Widerwillig folgte mir die Narbenfresse zum Wagen, unter ständigem Protest, er verstünde nicht, was überhaupt los sei, bis Hube hinter ihm auftauchte und ihm die Knarre in eine empfindliche Stelle drückte.

Drinnen fanden wir noch so einen schlägerigen Typen und den Korsen, der dort anscheinend als Faustpfand hinterlegt worden war, damit die Polizei ihre beste Kinderstube zeigte. «Immer schön geschmeidig bleiben», sagte Hube, «ich glaube, allen Anwesenden ist bekannt, daß es für mich nichts Schöneres gibt als das Durchziehen eines Abzugs. Wir wollten bloß mal vorbeischauen und gucken, ob wegen nächster Woche bei euch alles klargeht.»

Hatte ich schon schlechte Laune, so schlug mich der Korse um Längen. Seine Worte hatten Schwierigkeiten, an den Haßklumpen vorbei ins Freie zu kommen. «Bitte, kommen Sie. Wir freuen uns sehr darauf, Sie abzuknallen.»

«Astrein», sagte Hube, «ich hatte schon Angst, Sie hätten's vergessen. Dann woll'n wir mal wieder.» Während wir die Handschellen an den Heizkörpern einschnappen ließen, sagte die Narbenfresse noch: «Ach, übrigens, Hube, Régis ist ganz heiß darauf, dich zu treffen. Geht um Thierry.» Hube sagte gar nichts, womit er sich natürlich komplett verplapperte.

Im Wagen ging ich dem nach. «Wer ist denn dieser Régis?»

«Jemand.» Er muß gespürt haben, daß ich eine Ergänzungsfrage auf die Startbahn brachte, denn er fuhr fort: «Ein großes Tier. Ein Mann mit sehr viel Erfolg in gewissen Branchen, über die sehr wenig auf den Wirtschaftsseiten steht.»

«Und wer ist Thierry?»

«Sein Neffe.»

«Und warum will er sich mit dir über den unterhalten?»

«Wir waren zusammen in Les Baumettes. Am Tag meiner Entlassung wurde er tot aufgefunden.» Ich überlegte, ob ich nachhaken sollte, aber er muß gemerkt haben, daß Zetieren angesagt war. Einen Augenblick später fuhr er fort: «Ich hab grad meine Klamotten für die Entlassung gekriegt, da komm ich an einer Speisekammer neben der Küche vorbei, wo Thierry arbeitet. Er muß sich sicher gefühlt haben, weil ich rauskomme oder weil er Régis' Neffe ist.

‹Hast lange gesessen, was?› meint er.

‹Ja›, sag ich.

‹Und alles bloß, weil dein Fluchtwagen geklaut worden is', stimmt's? Als ich ihn geklaut hab, hätt ich echt nicht gedacht, daß das so'n Spaß wird.› Wir kannten uns aus dem Jugendstrafvollzug. An dem Tag in Montpellier hatte er gesehen, wie ich in die Bank rein bin, und hat sich meinen Wagen unter den Nagel gerissen.»

«Und wie ist er gestorben?»

«Wir stehen halt da, sonst ist keiner in Sicht, und ich erkenn auf seinem Gesicht die letzte Ruhestätte für den Ahnherrn aller Kopframmen. Ich konnte nicht widerstehen. Aber erst der Sturz hat ihm den Rest gegeben. Sollen sie doch die Schwerkraft verhaften.»

?????????????????????????

Die Beute der Beuten

Es war komisch: Ich war nicht nur rechtzeitig gestiefelt und gespornt, ich stand sogar zu früh auf der Matte. Viel zu früh. Ich, der Mann, dessen Fahndungsphoto man in jedes Bildlexikon neben die Definition von «trödeln» kleben könnte; der Mann, der nichts lieber tat, als im Bett zu liegen und über Drucker aus dem 15. Jahrhundert wie Zainer, Zanis und Zarotis zu meditieren. Aber keine Spur von Hube.

Ich hatte Zeit, mich wiederholt im Spiegel zu bewundern und die Polizeiuniform zu betrachten, die Hubert mir besorgt hatte. Die Uniform paßte mir wie... wie eine Uniform, die richtig gut paßt. Ich sah nicht übel aus, ein pflichtbewußter Provinzgendarm (der kürzlich zusammengeschlagen worden war), zu gutherzig für die Beförderung. Die Uniformen waren Hubes Idee gewesen. Sie waren für die Abwicklung des Überfalls nicht unbedingt erforderlich, aber sehr possierlich, und vielleicht erhöhten sie die Bewegungsfreiheit in einer Umgebung, wo jeder dritte Mann ein Zarp war.

Ich war nervös. Segelte vor der Küste der Nervosität auf die Inseln reiner Panik zu, weil wir längst die Glücksrationen von Millionen konsumiert hatten. Trat auf dem Fahrrad der Furcht immer schneller in die Pedale, weil Hubert nicht hubertierte.

Programmgemäß bestand meine Rolle bei der Veranstaltung darin, von Hubert aufgelesen zu werden, und dann wollten wir beide losfahren und den Schotter loseisen. Huberts Räderwerk lief schon am frühen Morgen auf Hochtouren: «Wir sind Künstler, Künstler der Ergriffenheit, unsere Arbeit spürt man nur im Blut, sie zielt direkt ins Herz.»

Wie verabredet hatte sich Hube fortbegeben, um die alte Dame zu kidnappen und zu kujonieren. Er war jedoch nicht zurückgekehrt wie verabredet. Er hatte eine Stunde für Gemeinheiten eingeplant, wobei mögliche Verkehrsstaus schon mitgerechnet waren. Um zehn hätten wir zur Bank aufbrechen sollen. Um fünf nach zehn war ich extrem zappelig: Um Viertel nach raste ich durchs Zimmer wie eine rikoschettierende Kugel.

Ich überlegte, ob ich irgend etwas falsch gemacht hatte. Immer wieder ging ich unsere Gespräche durch. Alles war klar, nichts mißverständlich. Ich sollte warten, Hube zurückkommen. Um halb elf hatte ich zweimal geduscht, schwitzte aber immer noch. Irgendwas war schiefgelaufen. War Hube eingebuchtet worden? Erwartete er womöglich, daß ich ihn im Alleingang rausholte? Ich war ihm eine größere Hilfe, wenn ich mich stellte, die ganze Planung auf meine Kappe nahm und aussagte, ich hätte Hube ungefragt ins Schlepptau genommen.

Ich war mit meinem Latein am Ende. Ich kannte kein Standardverhalten für den Fall, daß der eigene Partner beim größten Bankraub aller Zeiten unentschuldigt fehlt.

Hatten sie ihn hopsgenommen? Wurde er schon nach Les Baumettes zurückkutschiert? Ich schaltete das Radio ein und hörte Nachrichten. Kein Sterbenswörtchen. Ich zockelte zur Telephonzelle um die Ecke und rief in der Bank an. Mit einem lächerlichen Akzent fragte ich nach Madame Juillet. «Bei der ist grade besetzt», bekam ich zu hören.

Logen sie? Oder war sie ordnungsgemäß zur Arbeit erschienen? Fragen und Zweifel zermalmten mich. Da ich nur an der Flasche in Aktion trat, sonst aber nicht auf Action stand, war ich aufgeschmissen. Ich kehrte in der Hoffnung zu unserem Basislager zurück, Hube hätte sich materialisiert: hatte er nicht. Er war mehr als eine Stunde zu spät dran.

Ich legte ihm einen Zettel hin und machte mich zum Depot der alten Dame auf.

Ich hatte mich bei der Planung darauf beschränkt, Jocelynes Geistesblitz weiterzuleiten.

Die Coffin-Methode

Laß jemand anderen die Arbeit machen.

Zum Glück hatte mir Hube, der die ganze Logistik übernommen hatte, die Wohnung gezeigt, die uns als Oma-Depot diente, so daß ich zumindest ihren theoretischen Aufenthaltsort kannte. Ich war ratlos, was ich sonst hätte tun sollen. Ich konnte schlecht die Polizei anrufen und Hube als vermißt melden.

Ich betrat die Wohnung mit Hilfe der Schlüssel, die er mir anvertraut hatte und die unerklärlicherweise nicht verlorengegangen waren. Ich schloß die Schlafzimmertür auf und sah mich dem alten Mädchen gegenüber, das mit dem von uns zur Verfügung gestellten Joystick herumhantierte.

«Sind Sie auch so ein Kidnapper oder zur Abwechslung mal ein echter Polizist?» erkundigte sie sich, ohne das Computerspiel aus den Augen zu lassen.

«Ein Kidnapper.»

«Warum verkleiden Sie sich als Polizist?»

«Den meisten Leuten gefällt's. Ich möchte Sie nicht aufhalten, ich sehe, Sie sind beschäftigt, aber Sie wissen nicht zufällig, wo mein Kollege steckt?»

«Meinen Sie den hageren Zottel, der mich hergebracht hat? Ein sehr aufmerksamer Mensch, das hier ist erstklassiges Equipment. Ich weiß nicht, wo er ist – er hat mir bloß gesagt, er käme noch mal vorbei.»

Ich war geknickt. Niedergeschmettert. Ich setzte mich, um meinem bedrückten Bewußtsein die Last des Stehens abzunehmen.

Das Spiel machte piep, pop, fwatt, zaag.

«Aber Sie können mich danach fragen, unter welchen Umständen ich ihn das letzte Mal gesehen habe. Das ist ganz interessant.»

«Wann haben Sie ihn das letzte Mal gesehen?»

«Draußen. Er hat mich überaus höflich eingesperrt. Sie leben in einer netten Nachbarschaft, und ich hab sie mir gerade aus dem Fenster ein wenig angeschaut, da sah ich, wie er aus dem Haus kam. Drei Typen hatten draußen gestanden, fielen über ihn her und bugsierten ihn in einen Lieferwagen. Es sah ganz danach aus, als würde er gekidnappt, was für einen Kidnapper doch wohl fatal ist. Sagen Sie: Hinter dem Ganzen steckt nicht zufällig meine Tochter?»

«Nein», sagte ich im lautesten Brustton der Überzeugung, den ich aufbringen konnte; Cécile steckte nicht dahinter, aber davor war sie auch nicht zu sehen. Ich fand, ich könne sie ebensogut fragen, ob sie sich das Kennzeichen notiert habe, obwohl ich gar nicht gewußt hätte, was ich damit anfangen sollte. Ich mochte wie ein Polizist aussehen, aber ich war nun mal keiner.

«Die Nummer hab ich nicht. Aber der Lieferwagen gehörte einer Olivenfirma. Das stand in Großbuchstaben an der Seite. Aus Nizza. Ich trau den Leuten aus Nizza ja nicht über den Weg. Ich fürchte, Ihr Kollege hat schlechte Karten.» Zum Glück gehörte sie einer Generation an, die ihre Animositäten für Leute aufsparen mußte, die hundert Kilometer weit weg wohnten, bevor genug Ausländer importiert waren, die diese Rolle übernahmen.

Mein siebter Sinn meldete sich. Beim Fußballspiel hatte ich auf dem Parkplatz einen Lieferwagen gesehen, auf dessen Seite «Athenas Oliven» gemalt stand. Das war mir aufgefallen, weil es Oliven wie Wein zwar überall gibt, Spitzenoliven hingegen, ebenso wie Spitzenwein, schwer aufzutreiben sind, und weil die Adresse auf dem Wagen die Straße nannte, in der damals die junge Dame von der Fahnenstange gelandet war. (Einsam und verlassen war ich ihr dorthin gefolgt, verfügte nicht über ausreichende Reife, um zu wissen, wann eine Vereinigung nicht angesagt war; sie spielte das ganze Wochenende lang auf dem Dach mit drei Filmfritzen Hart Sucht Weich, und ich machte ihnen zwischendurch Kaffee und Erfrischungen.)

Oliven

Ich kannte im Milieu eine ganze Menge Leute, die gern ein stilles Stündchen damit verbracht hätten, Hube den Schädel einzuschlagen, warum also nicht noch ein paar mehr, von denen ich nichts wußte?

«Sie wollen doch nicht etwa meiner Tochter den Hof machen, oder?» wollte sie wissen.

«Nein.»

«Schade. Sie machen einen anständigen Eindruck.» Als ich aufstand, um zu gehen, sagte sie noch: «Falls Sie wollen, daß mein Gedächtnis lückenhaft bleibt, wenn ich Sie der Polizei beschreibe: Ich hätte um fünf Uhr gern eine Suppe. Am liebsten Spargelsuppe.»

«Tut mir leid, ich muß Sie wieder einsperren.»

«Wie Sie wünschen», bemerkte sie, und die auf der ganzen Welt verbreiteten Erfolgsgeräusche tataaten aus dem Computer. Ich entschloß mich, Jocelyne anzurufen, damit dem alten Mädchen garantiert nichts zustieß, falls die Sache ins Wasser fiel. Ich hatte keine andere Wahl, ich mußte Hubert ausfindig machen.

Erster Stock

Im ersten Stock wurde ich von einem älteren Herrn angesprochen. «Ausgezeichnet», sagte er und packte mich, «Sie sind genau der Richtige.» Ich hatte definitiv nicht vor, seine Behausung aufzusuchen, aber der Mann wußte, wie man einen Arm packt. Ich wurde in sein Badezimmer geschleift und machte mich auf einen grausigen Anblick gefaßt, Futter für die Zwergfalken. Statt dessen wurde ich von einem blitzsauberen Badezimmer empfangen, das aussah, als erwarte es Gäste.

«So», sagte mein Dirigent, «ich möchte, daß Sie sich dieses Waschbecken sorgfältig anschauen. Lassen Sie sich Zeit, nehmen Sie es genau unter die Lupe.»

Ich untersuchte das Becken. Es war unscheinbar, pastellgrün, ein Modell, das Millionen Heime zierte. Keine antike Kostbarkeit, keine moderne Extravaganz; es war ein Becken, über das sich nur unter Zwang Konversation machen ließ.

«Ich habe einen unabhängigen Gutachter zugezogen», schrie mein Gastgeber ins Nachbarzimmer, «ein Auge des Gesetzes. Bist du nun zufrieden?» Dann ließ er seinen Diskurs erneut mir zukommen. «Meine Frau glaubt, sie würde mich bestrafen, wenn sie nicht mit mir spricht. Also, was sagen Sie zu dem Becken?»

«Es ist... grün.»

«Darüber sind wir uns einig. Möchten Sie sich weitergehend dazu äußern?»

«Momentan fällt mir nichts ein.»

«Gut. Welches der beiden folgenden Adjektive finden Sie zur Beschreibung dieses Waschbeckens am zutreffendsten: sauber oder schmutzig?»

Ich unterzog das Becken erneut der optischen Prüfung; keine toten Insekten, kein Zickzack aus Zahnpasta, keine angetrocknete Seife, keine Reste von Rasierschaum, keine Haare, keine Kratzer. Gar keine Frage, im Vergleich zu sämtlichen Waschbecken, die je meiner Jurisdiktion unterstanden hatten, glänzte es.

«Sauber», sagte ich, aber so beiläufig, daß ich die Antwort, sollte sie sich als falsch erweisen, sofort zurückziehen konnte.

«Sauber! Aha! Das Verdikt des Fachmanns. Offiziell. Ein unvoreingenommenes Urteil. Es ist sauber.» Er schoß ins Nebenzimmer, um diese Nachricht Auge in Auge zu überbringen. Ich wandte mich in dem Gefühl zur Wohnungstür, daß man meiner nicht mehr bedurfte, während seine Frau, die den Mutismus aufgesteckt hatte, ihm eine volle Breitseite gab: «Männer. Ich verstehe nicht, warum man euch überhaupt Namen gibt, ihr seid doch alle gleich dämlich. Ich bitte dich nur um eine Sache. Eine einzige. Mach das Waschbecken anständig sauber.»

Im Treppenhaus hörte ich noch: «Warum hat er dann gesagt, es wäre sauber? Ist das eine weltumspannende Verschwörung der Männer? Jedesmal führst du dich gleich auf.»

«Dann bedauerst du also, daß du mich geheiratet hast?»

«Nein, ich bedaure, daß ich mich nicht sofort habe scheiden lassen.»

Erdgeschoß

Als ich mein Herzklopfen gerade wieder zum Stakkato gesteigert hatte, kollidierte ich mit einem Mann, der ein Tranchiermesser in der Hand hielt, das mir in leicht verändertem Winkel eine Z-Narbe verpaßt hätte. Der Mann schimpfte wie ein Rohrspatz. Na klasse, dachte ich, Featherstone und die anderen werden sich kranklachen, wenn sie erfahren, daß ich, ein

Betrüger und Gewohnheitsdieb, abgestochen wurde, weil mich jemand mit einem Polizisten verwechselte.

So langsam bekam ich enormes Mitleid mit dem Berufsstand.

«Das ging ja schnell», sagte der Mann. Für einen Menschen, der mit einem Tranchiermesser herumschlich, war er geschmackvoll gekleidet. Grauer Anzug und Krawatte.

«Schnell?»

«Ja, ich hab grade erst angerufen. Er ist da drin.» Er zeigte auf seine Wohnung. Ich überlegte, Reißaus zu nehmen, aber der Mann hatte ein vertrauenerwekkendes Auftreten und außerdem das Tranchiermesser.

Ich trat ein, und mitten in einem ziemlichen Durcheinander saß ein Skinhead, mit einem Verlängerungskabel an einem Stuhl festgesponnen, so sonnigen Gemüts, wie man es unter diesen Umständen von einem Menschen nur erwarten kann.

«Ich komm gerade von der Arbeit, da bedient der sich hier», gab der Messerträger zu verstehen. «Er hat eine Scheibe eingeschlagen, um reinzukommen.»

«Na, wenn Sie die Polizei schon gerufen haben», sagte ich und merkte, daß meine Betonung implizierte, ich gehörte nicht dieser löblichen Körperschaft an, «dann wird wohl schon eine Streife unterwegs sein. Ich hab dienstfrei», sagte ich und mußte mich zusammenreißen, um nicht zur Tür zu rennen.

«Ach, und den Burschen wollen Sie einfach hierlassen, ja?»

«Wenn schon eine Streife unterwegs ist...»

«Ist ja toll. Ich erledige Ihren Job für Sie, und Sie wollen ihn nicht mal mitnehmen. Kommt gar nicht in die Tüte. Ich muß dringend zu einer Verabredung und dulde diesen Abschaum keine Sekunde länger in meiner Wohnung. Da machen Sie und Ihre Kollegen ein Mordstara um diesen schwedischen Fußpfleger, der durch die Gegend hüpft und Banken überfällt –»

«– ein englischer Philosoph», warf ich ein.

«Reden Sie kein Blech, ein schwedischer Fußpfleger. Hab ich heut morgen doch selbst im Radio gehört. Ich muß los. Sie nehmen den Zozo und warten auf Ihre Kumpels. Meine Aussage kriegen Sie später.» Er gab mir seine Visitenkarte. Ich nehme an, wenn man als Polizist verkleidet durch die Lande zieht, darf man sich nicht beschweren, wenn man von den Leuten für einen Polizisten gehalten wird. Einlenken war wohl das beste.

Ich schaffte den Skin ins Auto und fuhr um die Ecke.

«Paß auf», sagte ich und hielt an, «du hast heute morgen offensichtlich eine Dummheit gemacht, aber ich habe den Eindruck, daß du im Grunde ein anständiger Kerl bist. Es ist zwar gegen die Vorschriften, aber wenn du mir versprichst, daß du so was in Zukunft bleibenläßt, kannst du hier aussteigen.»

«Das würde dir so passen, was?» versetzte der Skin. «Das hättest du wohl gern, daß ich aussteige, hä? Hältst du mich für so blöd? Ich steig aus, und schon ziehst du deine Knarre. Peng! Peng! Finaler Rettungsschuß. Du bringst mich schön aufs Revier, wie sich das gehört. Ihr Bullen seid doch alle gleich.»

Ich versuchte ihn zu überreden, aber er wollte nichts davon hören. Ich leerte sogar meine Pistole und ließ die Patronen fallen, aber er blieb stur. Ich stritt noch ein bißchen, hatte dann aber doch Wichtigeres im Kopf.

Also fuhren wir nach Nizza, und mein Gefangener sagte gelegentlich: «Ich weiß nicht, was du vorhast, aber du hast es mit jemand zu tun, der auf Draht ist.»

Ich stellte den Wagen zwanzig Meter vor «Athenas Oliven» ab. Es gab ein Büro, aber nichts tat sich.

Metrodorus der Epikuräer hat es auf den Punkt gebracht. Spielt es wirklich eine Rolle, wenn ein Mann nicht weiß, wer Hektor war? Nein, ganz und gar nicht. Es macht ihn nicht reicher, seinen Schwanz nicht strammer, sein Essen nicht schmackhafter. Selbst bei den Klassikern streitet man wider die Klassiker (obwohl ich es jammerschade fände, ohne Homer zu leben – gut, man muß kein großes Aufhebens von ihm machen, aber einmal sollte man den eigenen Geist schon hineingetunkt haben).

Jedem das seine. Ein gewisses Wissen um die Infinitive Aorist, die Nummern der Fragmente bei Diels-Kranz und Descartes' lateinische Schriften ist unverzichtbar, will man Philosophiegeschichte lehren, aber nur begrenzt nützlich, wenn der beste Freund entführt worden ist und von atemberaubend gewalttätigen Bösewichtern gefangengehalten wird. Obwohl ich in meinen Pfützen fast ertrunken wäre, war ich nicht bereit, mich von irgendwem über den Haufen knallen zu lassen, der nicht mindestens zwei von Zenons Paradoxa kannte.

Ich kontrollierte die vom Honig befreite Knarre zum drittenmal, um mich davon zu überzeugen, daß ich sie wieder geladen hatte. Schließlich fleht man Schraube und Mutter nicht bloß an, sondern verschafft sich einen Schraubenschlüssel.

«Du kannst ruhig den ganzen Tag hier rumsitzen», sagte der Skinhead, «ich bin auf Draht, das sag ich dir.»

Die Olive

Die Lorbeerkränze der Helden. Nach Athene wurde eine Stadt benannt, weil sie Attika so reich mit Oliven bedacht hatte. Thales, unser erster Mann, der mit der Ausweisnummer eins, verdiente mit Oliven ein Vermögen, weil er das Monopol auf Olivenpressen hatte.

Ob mein Tod bloß eine vorübergehende Störung sein würde wie ein Anruf zur falschen Zeit oder ein falsch adressierter Brief?

Ich hatte Angst. Nicht bloß um mich, sondern auch, daß ich Hube enttäuschen könnte; ich befand mich in einem furchtbaren Zustand: Ich trug Verantwortung. Alles andere erschien mir schlagartig in rosigem Licht: zu Hause in Cambridge auf dem Bett zu liegen und Zuihitsu auf Drucker aus dem 15. Jahrhundert wie Zel, Ziletus und Zwolle zu komponieren, mit Pickelträgern Tutorien abzuhalten, den Haushalt zu machen. Ich hätte alles getan (selbst ein Olivenlagerhaus erstürmt), um bloß nicht das Olivenlagerhaus erstürmen zu müssen.

Ich starrte das Gebäude an und wartete darauf, daß etwas geschah, daß mich jemand an die Hand nahm. Daß jemand herauskam und sagte: «Eddie, wir hätten da zwanzig Fragen zu den Ioniern; wenn du die richtig beantwortest, rücken wir Hubert raus.»

Die Wucht der Wahrheit

Wahrheit ist nicht immer das, was uns lieb wäre. Falsche Hoffnung ist immer noch Hoffnung, darf man nicht vergessen. Hoffen und Harren spann vor den Karren.

Ich versuchte mir etwas richtig Schlaues auszudenken, aber ohne Erfolg. Ich hatte eine halbe Stunde im Wagen gesessen und die Phänomene betrachtet, ganz wie Platon und die Jungs es empfohlen hatten, aber das einzige Phänomen weit und breit war die farblose Fassade in einer abgelegenen Straße. Im Wagen rumsitzen kam mir immer dämlicher vor und sah vermutlich auch so aus. Aber hätte es Hubert nur das geringste genützt, ich wäre bis an mein Lebensende im Wagen geblieben.

Ich hatte Angst, erschossen zu werden, und ich fürchtete nicht minder, man würde mich auslachen oder ich könnte mich einfach geirrt haben. Was war, wenn ich reinplatzte und Hubert forderte, und sie sagten nur «Wen?», ob nun aus Unkenntnis oder in Täuschungsabsicht?

Da mir nichts Schlaues einfallen wollte, verlegte ich mich auf irgendwas Dummes.

Im Leben jedes Mannes kommt irgendwann der Moment, wo man aus einem Auto aussteigen muß, das einen unverlierbaren Kriminellen enthält, und sich in einer Uniform von himmelschreiender Lächerlichkeit seinen Weg in ein Olivenwarenhaus bahnen muß, um sich beim Befreiungsversuch eines einäugigen, waffenstarrenden Räubers erschießen zu lassen.

Langlebigkeit

Genealogisch gesehen, steht mir Langlebigkeit zu. Meine Eltern und Großeltern waren ausnahmslos leidenschaftliche Leber mit famosen Lebern (cum grano salis). Vielleicht hat meine ererbte Unverwüstlichkeit den Prognosen der Ärzte eine Nase gedreht. Speziell meine beiden Großväter waren ungewöhnlich ausdauernd (wie Zemaituka).

Sie hatten viel gemeinsam. Beide waren Soldat gewesen, beide untersetzt, und beide glaubten felsenfest an die selbstlose militärische Taktik, sich dem Feind so schnell wie möglich zu ergeben, um sein kriegerisches Vorankommen anschließend zu sabotieren, indem man ihm zur Last fiel.

Mein Großvater mütterlicherseits kapitulierte 1941 in Singapur. Er landete beim Eisenbahnbau im Dschungel und verlor gewichtiges Körpergewicht. Er kam so dünn zurück, daß meine Großmutter erst kaum glauben konnte, daß er es war (und ihn nur aufnahm, weil kein Mensch auf den Gedanken gekommen wäre, sich für ihn auszugeben).

Seines Kriegsheldentums wegen wurde er Bürgermeister, aber nach wenigen Monaten erhob er sich während einer Ratssitzung, die sich um Schanklizenzen drehte: «Ich glaube, man ruft nach mir. Laufen Sie nicht weg, ich schau bloß mal nach.» Er muß ein unübertreffliches Gehör gehabt haben, denn er endete in Florenz (hatte das Amtssiegel mitgehen lassen), spielte Ziginette, futterte Zabaglione und verdiente Geld mit Stadtführungen, obwohl er sich nie auch nur ein Buch über Florenz gekauft hatte. «Warum sich groß mit Fakten belasten?» Er gewann seine Korpulenz zurück, nannte sich Churchill und ließ amerikanischen Touristen gegenüber durchblicken, er sei ein gar nicht so entfernter Verwandter. «Sie sind glücklich, wenn sie eine gute Anekdote zu erzählen haben, und ich bin glücklich über ein gutes Trinkgeld.» Er verdiente genug, um sich zu Tode zu grappan.

Großmutter fuhr ihm nach und versuchte ihn heimzuholen, kam aber allein zurück. «Wäre er in der Klapsmühle besser aufgehoben? Schaut euch doch an, wie viele Frauen durch den Krieg ihre Männer verloren haben. Da bin ich doch gar nicht so übel dran. Er ist verloren, aber wenigstens weiß ich, wo er zu finden ist.»

Dann fuhr meine Mutter. «Du weißt doch, ihr könnt froh sein, daß ihr mich los seid. Ich bin tot. Tot und beschäftigt. Kümmert euch um euern eigenen Kram.»

Diesen Großvater habe ich nie kennengelernt, aber mein Großvater väterlicherseits wohnte bei uns. Er war Berufssoldat gewesen, wäre im September 1939 in den Ruhestand versetzt worden und geriet beim ersten Schußwechsel britischer und deutscher Truppen in Frankreich binnen weniger Stunden in Gefangenschaft.

Er war so gut wie zweisprachig. Er hatte lange in Österreich und in Zug gedient, als Mitglied der Bobmannschaft der Army (die ideale Sportart für Schmerbäuche) und sprach schon fließend Deutsch, bevor er seine fünf Jahre als Kriegsgefangener absaß.

Manchmal rastete er aus, aber statt nach Florenz durchzubrennen, nahm er sich einen Stuhl und ging auf sein Zimmer: «Ich gönn mir mal fünf komische Minuten.» Das kam etwa alle anderthalb Jahre vor. Er schloß die Tür hinter sich, schlug den Stuhl in tausend Stücke, räumte gewissenhaft auf, kehrte die Späne zusammen, und dann zog er los und kaufte sich beim Trödler den nächsten Stuhl, der in die Todeszelle kam und seiner Vernichtung harrte.

Man konnte ihn stets zum Durchstarten bringen (was die Lieblingsbeschäftigung meiner Vettern war), indem man Essensreste auf dem Teller liegenließ: eine Brotrinde, eine Speckschwarte, ein Kohlröschen oder eine Zita reichten schon. Bei verschmähtem Essen verdrehte er sich wie ein ausgewrungenes Handtuch. Die Spuren seiner Gefangenschaft beschränkten sich nicht auf die Manie für blitzblanke Teller: Er hatte wie ein Eingeborener gelebt und war zu einer Mutation preußischer Gewissenhaftigkeit geworden.

Eifrig sammelte er antiquarische und brandneue Ausgaben von Schiller und Hölderlin und verbrannte sie im Winter in seinem Ofen. Seine Rente war mager, aber Schillers und Hölderline grapschte er, wo er konnte (einmal gab er mir allerdings zu verstehen, daß er sich Exemplare aus Bibliotheken und den teureren Buchhandlungen krallte). In der Stalag-Bücherei hatte er ausschließlich Schiller und Hölderlin lesen können.

Mit vielleicht zehn Jahren, als ich rudimentäre Vernunft annahm, fragte ich ihn einmal: «Aber Schiller und Hölderlin waren doch nicht schuld, oder?»

«O doch, das waren sie», konterte er und warf den nächsten Schiller in die Flammen. «Ich bin kein reicher Mann, aber jeder hat sein Scherflein beizutragen.» Er ließ sich auch nicht dadurch entmutigen, daß er ein alter Soldat mit karger Rente in Macclesfield war und daß die beiden gefeierten Dichter einen Vorsprung von einigen hundert Jahren hatten. «Eddie, du darfst niemals Angst vor einer Aufgabe haben, bloß weil sie groß ist. Ich weiß, daß ich keine Chance habe, aber man muß immer das tun, was man für richtig hält.»

Er argumentierte, die Welt stünde kurz davor, aufs orchestralste vergeigt zu werden, und die Ausdünnung der Schillers und Hölderlins würde ihre Überlebenschancen senken. Ebenfalls in Erwartung eines verbrannten Erdballs verbuddelte er an den unmöglichsten Stellen Shakespeares Werke in bleiausgeschlagenen Kisten. Egal was geschah, seine Parole lautete, wir befänden uns schon wieder auf Kollisionskurs mit den Deutschen.

«Kannst du mir den Brief zeigen, in dem ich sie gebeten habe, über ihre Nachbarn herzufallen? Oder war ich es vielleicht, der Erzherzog Ferdinand eine Autokavalkade durch Sarajevo vorgeschlagen hat?»

Er gab Kurse in deutscher Konversation, um sein Taschengeld aufzubessern, und eine Zeitlang war er Honorarkonsul für den Nordwesten der Bundesrepublik.

Geschichte: Erster Weltkrieg

«Im Moment schwitzt man über einem Ablativus absolutus, da kommt jemand ins Klassenzimmer und sagt, man solle die Bücher weglegen, ins Ausland gehen und sich abknallen lassen.»

Sei bereit, sei bereit

Mein Großvater war eifrig bemüht, mir einzutrichtern, das Leben auf unserem blauen Planeten sei kein Vergnügen. Diese Lektionen machten weit weniger Spaß als seine Deutschkurse. Das verrückteste Beispiel war, ins Bett zu steigen und unter der Decke auf einen lebendigen Alligator zu stoßen (wenn auch einen ganz jungen), aber soweit es mich anging, war das kein Problem, denn ich wollte ihn behalten.

Der schrillste Vorfall: Mitten in der Nacht riß er mich aus dem Bett, zerrte mich zur Tür, kippte mir einen Eimer Wasser über den Kopf und schubste mich mit der Anweisung «Überleb!» ins Freie. Es war Dezember. Noch bevor ich reagieren konnte, tauchte mein Vater auf. Danach schrumpfte der erzieherische Einfluß meines Großvaters beträchtlich, obwohl er auf einer Zugfahrt nach Schottland noch einen Versuch unternahm. Da steckte er mir auf dem Bahnhof von Carlisle eine halbe Krone zu und bat mich, auszusteigen und ihm einen Kaffee zu holen. «Reichlich Zeit bis zur Abfahrt.» So strandete ich mit meinen neun Jahren gesammelter Phänomene auf dem Bahnhof von Carlisle. Auf diese Weise kam ich zu meinem ersten Besuch eines Polizeireviers. Ich wurde gut behandelt.

Großvaters Ideen

Religion brachte ihn zum Lachen. Sobald er einen Priester sah, prustete er los. Die Schützengräben hatten die Möglichkeit irgendeiner Art von Respekt vor dem Göttlichen liquidiert. Religion war Mummenschanz. «Amnestie erster Klasse, was?» sagte er in unhöflichem Ton, kaum daß ein Geistlicher das Pech hatte, seinen Weg zu kreuzen. «An so 'ner Erste-Klasse-Amnestie muß man arbeiten, stimmt's? Man will die Ewigkeit ja nicht in der zweiten oder dritten verbringen, hm?» Der andere Lieblingsspruch beim Pfaffentriezen ging so: «Ich habe den überwältigenden Eindruck, daß ich Gottes eingeborener Sohn bin. Wären Sie wohl so gut zu klären, ob ich Teil der Trinität bin oder bloß einen Dachschaden habe?»

Ideen respektierte er außerordentlich: «Schließlich sind es die Ideen, weswegen Tausende kerngesunder junger Männer wie Myriapoden aus den Schützengräben klettern.»

Meine Eltern waren auffällig unauffällig. Vielleicht lag es am Übermaß der Exzentrik in der vorangegangenen Generation, daß sie gegen Anomalien so zechsteinmäßig abgedichtet waren. Mein Vater war ein Ein-Anekdoten-Mensch. Seine Kriegsanekdote. Er hatte beim Bodenpersonal eines Flugplatzes gearbeitet, als Fliegeralarm ausgelöst wurde.

Vorteile des Fetts

Mein Vater empfing genau die Nomenklatur und das Mitleid, die man mit der Neigung zum Schmerbauch bei den Streitkräften erwarten kann. Als die Sirenen losheulten, wetzte alle Welt Richtung Luftschutzkeller und hinterließ meinem Vater ihren Staub und spitze Bemerkungen à la «Laß uns 'n paar Granatsplitter übrig, Dickerchen». Seine Kameraden saßen alle sicher im Keller und warteten darauf, daß mein Vater angewatschelt kam, als der Bunker den Volltreffer einer Zweihundert-Pfund-Bombe abbekam. Die Hinterbliebenen bekamen Aschesäckchen.

Schuldzuweisung

Mein Großvater brachte mir Deutsch bis auf ein fortgeschrittenes Niveau bei. Da meine Eltern zusammengenommen keinen einzigen Satz Deutsch sprachen, kurbelte er meine Kenntnisse dieser Sprache nicht nur mit einem Zitatenschatz an, sondern beschaffte mir auch Bücher eher erotischer Ausrichtung, in der zutreffenden Annahme, die Bildung solle ruhig bei meinem Schwanz den Trittbrettfahrer machen. Ich bekam sämtliche Wortmetze Deutschlands, bis auf Schiller und Hölderlin. Die hatte ich gefälligst nicht anzurühren. «Was machst du sonst, wenn du in einem deutschen Kriegsgefangenenlager landest? Das Risiko willst du doch wohl nicht eingehen.»

Opa verwüstet Deutschland

Jedes Jahr machte er zwei Wochen Ferien in Deutschland. Von den größten Städten abgesehen, fuhr er nirgends ein zweites Mal hin, denn er hinterließ unweigerlich bleibende Eindrücke. Er nahm die Fähre, fuhr dann nach Hannover weiter und suchte dort eine Tierhandlung auf, die seinen ausgefallenen Wünschen nachkommen konnte.

Früher hatte er seinen eigenen Krimskrams importiert (tote Küchenschaben und tote Ratten in geziemender Verpackung), bis eines Tages ein Zollbeamter seinen Koffer durchsuchte und sich über die nicht angemeldete Einfuhr von Ungeziefer bestürzt zeigte.

Die verstorbenen Kreaturen pflegte mein Großvater in Hotels, Restaurants, ärztlichen Wartezimmern, Rat- und Krankenhäusern zu verteilen, womit er für hellen Aufruhr, Verzweiflung und nicht selten ermäßigte Rechnungen sorgte.

Sein Arsenal

1. Er war grausam gegenüber Kellnern: bestellte Steak und behauptete dann, Zander gewählt zu haben.
2. Sein zu Kriegszeiten erlernter Lagerberuf des Fälschers verschaffte ihm Zutritt zu diversen Büchereien, deren Bestände er um Schiller und Hölderlin erleichterte. Ferner dachte er sich Briefe an englische Zeitungen aus, die vorgeblich von Politikern oder Honoratioren am Ort stammten und die zur Wiederbewaffnung aufriefen oder Vorfreude auf den nächsten Weltkrieg ausdrückten.
3. «Ich ziehe Sie ins Vertrauen, weil Sie einen grundanständigen Eindruck machen...» Seine Bubenstücke waren herausragend (er hatte ja ein ganzes Jahr Zeit, neue Streiche auszuhecken). Ganze Dörfer ließ er auf der Suche nach inexistenten Goldschätzen, die angeblich während des Krieges dort vergraben worden waren, die Landschaft aufbuddeln. Für sein Meisterwerk hielt er die Ergreifung zweier ehemaliger Zeppelin-Navigatoren im Keller eines neuen Krankenhauses in Bremen, die mit Preßluftbohrern nach Goldsovereigns suchten, weil ihnen weisgemacht worden war, der britische Geheimdienst hätte sie dort versteckt.
4. Kein Jux war ihm zu billig. Er prellte die Zeche in Hotels und ließ Objekte wie Garnelen oder Kabeljaufilets unter den Dielen oder auf den Gardinenleisten seiner Zimmer zurück, die äußerst wir-

kungsvoll zu faulen begannen. Er alarmierte die Feuerwehr. Vertauschte die Steuerungskabel an Verkehrsampeln. Arrangierte die Lieferung von Zementmischern voller Zement an Leute, die keinen Bedarf an Zement hatten (die Theologische Fakultät der Göttinger Universität etwa – der Fahrer wedelte mit einem vom Dekan unterzeichneten Bestellschein).

5. Er liebte es gleichermaßen, mit konjunktivischen Imperfektformen zu protzen und so zu tun, als spräche er kein Wort Deutsch. Sein Resümee: «Der große Nachteil, wenn man Deutsch spricht, ist, daß man es im großen und ganzen nur mit Deutschen sprechen kann.»

Seine Vendetta war frei finanziert. Zu seinen besten Routineübungen gehörte das Spendensammeln bei ehemaligen SS-Leuten (die erste paneuropäische Organisation), um Heß aus dem Spandauer Gefängnis zu befreien, oder das Aufbringen von Kerosingeld für Hitler, der in einer fliegenden Untertasse um die Erde kreiste. «Wenn die Leute das hören wollen, dann hören sie es, egal wie stark dein Akzent oder wie abgedreht deine Geschichte ist.»

Mein Vater legte meinem Großvater immer Pauschalreisebroschüren in den Weg. Eines Jahres buchte der auch tatsächlich einen Spanienurlaub, und in den drei Monaten vor seinem Abflug schwebte mein Vater durchs Haus, weil er (a) sich keine Sorgen mehr machen mußte, daß mein Großvater im Loch landete, und es (b) geschafft hatte, ihn auf andere Gedanken zu bringen. Seine Euphorie verpuffte schlagartig, als mein Großvater braungebrannt und mit einem Koffer voller Kies zurückkehrte, den er einigen SS-Männern bei einer Zechtour durch Madrid abgeluchst hatte.

Er kaufte sich vom Erlös einen Wagen (einen Zephyr, über den sich das ganze Viertel die Mäuler zerriß) und erlaubte mir, darin das Autofahren zu lernen, obwohl ich keine Führerscheinprüfung ablegen durfte. «Ein Engländer braucht keinen Wisch, der ihm sein Entgegenkommen und seine Rücksichtnahme anderen gegenüber bescheinigt; wir sind die geborenen Autofahrer.»

Ich durfte ihn dann chauffieren, wenn wir das Land nach entlegenen Buchläden absuchten, in denen womöglich noch irgendwelche S & Hs Unterschlupf gefunden hatten, die mein Großvater dann zum Schweigen bringen konnte. Für seinen Grabstein wünschte er sich die Inschrift: «S? H? Wer?»

Ungefähr zu dieser Zeit begann meine Mutter zu hoffen, man würde ihn ins Gefängnis werfen oder ein von betrogenen Bayern beauftragter Attentäter würde ihn aufstöbern. Es ärgerte sie maßlos, daß ihre Gardinen dreißig Jahre alt waren, während draußen ein Wagen im Wert des halben Hauses parkte.

Großvaters Kommentar ob der Eventualität, zur Rechenschaft gezogen zu werden: «Ich kann mir kaum vorstellen, daß mich jemand bis nach Macclesfield verfolgt. Dieser Ort existiert für die Außenwelt nicht. Ebenso wie hier für viele Einheimische die Außenwelt nicht existiert.»

Der Gang zum Olivenlagerhaus 1.1

Ich schloß die Autotür und wechselte über die Straße, die zu fast unüberquerbaren Dimensionen angewachsen zu sein schien.

Besorgniserregend große Abschnitte meines Lebens parkten in meinem Bewußtsein, parkten dort in zweiter und dritter Reihe.

??????????????????????????????

Nachrufe pladderten auf mich herab, als ich auf den Oliveneingang zuging. *Er stand kurz vor einer bahnbrechenden Entdeckung im Bereich der ionischen Philosophie, als...* Ich schob sie beiseite. Wenn man mit fünfzig noch nicht huthebend zetiert hat, arbeitet man auf der Farm des Vergessens. Featherstone ätzte einmal, falls ich den Ioniern je etwas Einzigartiges antun sollte, dann würde ich ihre Fragmente vermutlich einem Nilpferd auf den Rumpf matrizieren. Wenn ich das hier überlebte, so schwor ich mir, würde ich mir ein Nilpferd mieten und es – mit dem entsprechenden Leibschmuck versehen – Featherstone zukommen lassen.

Es war nur noch ein Schritt. Ich sah schon, daß sich im Inneren niemand aufhielt. Die Paraphernalien des Bürolebens wurden ohne Angestellte abgefertigt. Ich drückte auf die Klinke. Verschlossen. Keine Klingel. Ich hämmerte einige Zeit gegen die Tür. Niemand versuchte, mich zu erschießen. Ich war ratlos.

Die Tür war offensichtlich geeignet, einen Exphilosophen abzuhalten, der mehr Kalorien hatte, als er verwerten konnte. Ich überlegte, ob es schicklich war, die Fassade einfach mit dem Auto einzurammen, als ich um die Ecke sah und einen schmalen Durchgang erblickte, der hinter die Oliverei führte, wo es eine Eisentreppe und eine offene Tür gab.

Ich ließ meine Knarre an die frische Luft; falls ich hier nichts zu suchen hatte, würde mich zumindest niemand auslachen. Ich bewegte mich vorwärts, immer nur ein, zwei Schritte auf einmal, auf alles gefaßt. Jahrelang rückte ich durch einen dunklen Korridor voran, bis ich Stimmen vernahm. Vor mir erstreckte sich eine große Lagerhalle, in der eine Kette an einem Flaschenzug ging. Ich bewegte mich mit einer Verstohlenheit, die nicht zu einem pummeligen Philosophen passen mochte, schob mich fermiweise vorwärts und spähte über das Geländer hinab.

Hubert befand sich unter mir. Ich breche unter dem Gewicht der Ovationen für mein gutes Aussehen ja nicht gerade zusammen, aber er sah fürwahr mitgenommen aus. Er hing nackt mit dem guten Arm an der Kette, Blutschleim verkrustete ihm Gesicht und Haare, und er sah aus wie ein bizarrer Truthahn im Fenster einer exotischen Fleischerei.

Es muß extrem schmerzhaft gewesen sein, aber Hubert schien es nichts auszumachen. Er war geknebelt und hatte einen wachsamen Blick, der seinen Entführern nichts Gutes verhieß, sollte ihm die Entfesselung gelingen und er sich armieren und beinieren können. Hubes Aufmerksamkeit wurde von den beiden Zigs vor ihm in Anspruch genommen, die mir den Rücken zukehrten, so daß wir uns visuell nicht ins Gehege kamen. Offen gestanden war er sehr viel gelassener als ich, und ich war leicht erregbar.

Glückwünsche

Ich hatte Hube gefunden – eine Leistung, die den Rest meines Lebens in den Schatten stellte – ein Triumph für einen Menschen, dem es schwerfällt, den Zahnpastanachschub im Badezimmer sicherzustellen. Ich wich aus ihrem Sichtfeld zurück und überlegte, was als nächstes zu tun war.

Man hörte weitere Leute ankommen. Das war entmutigend, aber mir ward die Erkenntnis zum Stützpfeiler, daß ich längst den Kragstein des Todes ehrenhalber erreicht hatte.

«Nimm ihm den Knebel ab», befahl eine Stimme. «Salut, Hubert.»

«Salut, Erik», respondierte Hube.

«Wir führen eine Ermittlung durch, Hube.»

«Du bist jetzt bei der Polizei, Erik?» Hubert sprach so leise, daß ich ihn kaum verstand: Hatten die Schmerzen ihm so zugesetzt, oder senkte er die Stimme, um sie näher heranzulocken, so daß er sie beißen konnte?

«Ein von Gemeinsinn durchdrungener Staatsbürger. Es gibt so viele Dinge, wo du uns eine große Hilfe wärst. Thierry. Geld. Aber zunächst einmal: Wie unerträglich sind deine Schmerzen?»

«Auf Schmerzen versteh ich mich», sagte Hube (oder das verstand ich jedenfalls). «Du und deine Schwachköpfe hier, ihr hättet in meinem Leben keine fünf Minuten durchgehalten.»

«Paß auf», sagte Erik mit der monotonen Stimme eines Statistikers bei der Z-Transformation. «Wir wissen, daß du ein ehrenwerter Langstrafer bist, und wir wissen, daß du knallhart bist. Aber du hast Thierry umgelegt, du weißt, wo dein Geld ist und vielleicht sogar, wo Thierry sein Geld versteckt hat. Du bleibst da hängen, bis du's uns verrätst. Warum bringst du's nicht einfach hinter dich?»

Ich hob den Kopf und genehmigte mir einen Schluck Sichtbares. Mein Eindruck war, daß Erik jenem Menschenschlag angehörte, der vorzugsweise neben Massengräbern photographiert wird: Mit so einer Visage konnte man Farbe abbeizen. Kein Mensch, dem man in einem Olivenlagerhaus zu nahe treten möchte.

Weiter

Ich musterte die Kette und fragte mich, was ich tun konnte. Sie waren zu dritt, und ich konnte mir nicht recht vorstellen, daß ballistische Transferaktionen mir entgegenkommen würden. Ich brauchte die Unterstützung eines Doktors der Gewalt wie Hube; und seine Freiheit wäre dabei von einigem Nutzen. Ich überlegte, ob ich auf die Kette schießen sollte, ob ich eine Chance hätte, sie zu treffen, und ob sie reißen würde, wenn ich sie träfe. Garantiert würde ich sie verfehlen, wenn ich auf sie zielte. Wenn ich jedoch im Umkehrschluß den Schlaumeier spielte und absichtlich daneben schoß, würde ich zweifelsohne das verfehlen, worauf ich dann zielte, aber die Kette deswegen noch lange nicht treffen.

Hart auf Hart

«Ich will dich ja nicht enttäuschen», sagte Hube, «aber ich habe nur einen Arm, ein Bein und ein Auge, ich bin Bluter und sterbe an einer Krankheit, die voll im Trend liegt. Um ehrlich zu sein, wenn du was von mir willst, dann holst du mir besser was zu trinken.»

Das stimmte so nicht; der Bankraub, den wir zu diesem Zeitpunkt hätten begehen sollen, bedeutete Hube sehr viel. Ihm den zu versagen, war die schlimmste Folter, aber Hube würde nicht weich werden. Ich mußte (x) Hubes Seelenruhe bewundern, (y) etwas tun und zwar (z) schnell.

Wie man aus wirklich haarigen Situationen rauskommt

Das Geheimnis der Befreiung aus gefährlichen oder gräßlichen Zwangslagen ist einfach: Man begibt sich gar nicht erst hinein.

Ich hätte mich auf etliche Jahrhunderte an Neun-Uhr-Vorlesungen eingelassen, bloß um entolivenlagert zu werden.

«Ich muß etwas tun», sagte ich so laut, daß die Idee meine Ohren erreichte. Ich trieb sie die Schädelwände entlang und bereitete die Schlacht per Schlachtologie vor.

Weiterlauschen

«Hubert, in der Zeitung hier steht, du wolltest 'ne Bank überfallen. Aber für mich sieht es ganz danach aus, als würdest du an einer Kette hängen und deine Oliven gleich mit dem Bolzenschneider abgeschnippelt kriegen.»

«Nettigkeiten bringen dich auch nicht weiter, Erik.»

«Bolzenschneider beseitigen Hemmungen, weißt du. Ich hab mal einem Typen seinen Zeb gestutzt, und der ist wie ein Sektkorken durchs Zimmer geflogen. Aber fühl dich ganz wie zu Hause, Hubert, du bist unter Freunden, du brauchst vor uns keine Schau abzuziehen. Régis ist vielleicht sauer auf dich, weil du Thierry plattgemacht hast, aber ich doch nicht. Ich hatte haufenweise Schulden bei ihm, also hast du mir die Autopresse erspart. Aber weißt du was? Ich mach mich 'n paar Stunden vom Acker und werd 'ner gelangweilten Hausfrau die Schnecke lutschen, dann komm ich zurück, und wir unterhalten uns. Du bist ja grade erst gekommen, da ist es doch ein Kinderspiel, den Schniepel nicht hängen zu lassen.»

«Soll ich ihn ein bißchen verprügeln?» fragte eine andere Stimme.

«Bloß nicht», antwortete Erik und griff nach einem Haarbüschel an Hubes Stirn (die Frisur hatte er nie richtig hinbekommen), «hier stecken alle Informationen, die wir brauchen. Wenn du ihn beulst, beulst du ihn vielleicht gleich ins Jenseits. Ich werde Hube nicht beleidigen, indem ich ihn jetzt schon ausfrage, er macht doch erst seit ein paar Stunden seine Dehnungsübungen.»

«Ich glaube, wir gehen besser», sagte Hube, immer noch ganz leise.

«Warum?»

«Als deine Freunde mich geschnappt haben, sind wir gesehen worden. Der Professor ist wahrscheinlich schon unterwegs hierher.»

«Gar keiner hat uns gesehen», fuhr ihm einer der Schatten in die Parade und zertrat den ekligen Silberfisch von Huberts Unterstellung.

«Er ist anständig», sagte Hube dazu bloß, «aber zu sehr Zozo, um's gemerkt zu haben.»

«Wenn der Professor kommen möchte, unterhalt ich mich gern mit ihm.»

«Würd ich an deiner Stelle lieber lassen. Er wird stocksauer sein.»

«Vor wütenden Philosophen hab ich keinen Schiß.»

«Er ist kein Philosoph. Das haben wir bloß aus Daffke gesagt. Er war in der Fremdenlegion, hat die Leute aber immer weiter umgenietet, ohne daß man ihn darum gebeten hätte. Erinnerst du dich an die drei Viets, die letzten Monat in Arles umgelegt worden sind?»

«Die Drogengeschichte?»

«Das glauben alle. Wir sind durch die Stadt spaziert und kommen zum Auto zurück, da kuckt sich der Prof die Seite an. Ich seh ja nichts, aber er tobt los von wegen, der Lack hätte 'ne Schramme. 'n alter Mann auf 'ner Parkbank erzählt uns, ein Viet hätte die Karre beim Einparken gestreift, und danach wär der in die Bar. Wir nix wie hinterher, und da hocken auch richtig drei Viets am Tisch. Fragt der Prof, wem das Auto gehört? Er doch nicht. Verpaßt einfach jedem zwei in den Schädel. ‹Ich wollte sichergehen›, meinte er.»

Erik beugte sich näher zu Hube, so angenehm wie ein Zettelmeyer-Bulldozer.

«Arles?»

«Ja.»

«Letzten Monat?»

«Ja.»

«Drei Viets?»

«Ja.»

«Komisch, und ich dachte, ich hätte die erschossen. Aber vielleicht war ja auch noch ein Trio unterwegs. Ein echt schwarzer Tag für die franko-vietnamesischen Beziehungen.»

Dazu fiel Hube nichts ein. Erik starrte ihn noch etwas in Grund und Boden und lachte dann. «Siehst du, Hubert, du bist nicht der einzige gute Lügner.»

Kretischer Lügner

Ich hatte Hirnkapazität frei für: welch interessante Modernisierung des kretischen Lügners.

Und: Warum machte Hubert bloß solche Werbung für mich? Egal wie wenig Glauben sie seinen Räuberpistolen schenkten, mich würden sie auf Anhieb über den Haufen knallen.

Wo mein Leben aus dem Ruder lief ?. ?

Mein Leben: vergeudet. Ich hätte mit achtzehn Jahren einem Schützenverein beitreten und auf dem Schießstand täglich drei bis vier Stunden trainieren sollen.

Dann hätte ich jetzt runterspazieren, gebieterisch die Todesfälle verteilen und zum Mittagessen davonrollen können.

Los geht's

Erik ging. Einer seiner Mietlinge nutzte die Gelegenheit, um Hubes Rippen eins mit dem Baseballschläger zu verpassen. Es ist aufschlußreich, daß die Franzosen den Amerikanern gegenüber immer so blasiert tun, obwohl sie kulturell völlig unterjocht sind.

Meine fabelhafte Geduld hatte sich ausgezahlt. Die Chancen glichen sich an. Ich und das Überraschungsmoment gegen die beiden Räuberlüsterwächter. Leichter Ärger über Eriks Abgang, da ich für mein Zögern keine Entschuldigung mehr hatte. Ich konnte mich schlecht zu dem Glauben übertölpeln, es wäre besser zu warten, bis sie sich aus dem Staub machten und mir Hube zur Entfesselung daließen.

Ich kauerte mich noch ein bißchen mehr zusammen. Jede Sekunde machte auf breit und behäbig. Ich entdeckte, daß ich zehn Minuten vertrödelt hatte. Ich brauchte bloß aufzustehen und loszufeuern. Die Entfernung betrug fünf bis acht Meter. Da kann man kaum danebenschießen, sollte man meinen, aber ich verfehle ja sogar die Kloschüssel (und das bei geringerem Abstand).

Ein Telephon ließ leises Klingeln reifen. Es klingelte so lange, bis einer der beiden ranging. Bestätigung, daß meine Carte blanche vier Asse hatte. Ich ergötzte mich immer noch am Vergehen der Zeit, als der eine, der ein blaues Auge hatte (Kopframme nach hinten losgegangen?), sich einen Comic griff und dienstbeflissen kundgab: «Ich geh erst mal 'n Ei legen.»

Das Stichwort für meinen Auftritt. Ich ließ ihm ein paar Sekunden zum Hosenrunterlassen.

Dann kroch ich hinab, brachte die Treppe ohne Knarren oder Knall hinter mich. Ein langer Korridor, an dessen Ende der Comicleser sein mußte. Ich ging weiter. Bog um eine Ecke und fand mich vor einer Tür, auf der in Schrägbuchstaben stand: Damen, Herren, Außerirdische (Büros ermuntern das Umsichgreifen schalen, aber selbstgefälligen Humors). Wie Solon vor einiger Zeit bemerkte, sieht man vieles, was man gern übersehen hätte. Diese Tür gehörte eindeutig dazu.

Ich stand im Begriff, etwas ziemlich Unsportliches zu tun. Jemanden durch eine Toilettentür umzubringen. Reue wollte mich übermannen, aber meine Mutter hatte mich nicht aufgezogen, damit ich mich von einem funktionalen Analphabeten in einem Olivenlagerhaus erschießen ließ (wofür genau sie mich aufgezogen hat, habe ich nie in Erfahrung bringen können). Das Universitätsleben mit seinem zebraähnlichen Schwarzweißdenken züchtete endloses Wohlbehagen.

Mir war etwas unwohl ob meiner bevorstehenden unilateralen Mordabsichtserklärung, aber mehr noch als vor dem Erschießen des inthronisierten Lesers bangte mir vor seinem Nichterschossenwerden. Mich zügelte nur, daß ich nach Beginn der Schießerei nicht um eine Kaffeepause bitten konnte.

Ich richtete die Knarre aus und zielte auf den Türabschnitt, hinter dem sich der Comicleser höchstwahrscheinlich aufhielt. «Scheiß drauf», sagte ich in Erwartung jenes Moments, da das, was wir als Realität bezeichnen, jählings sein Ende fände.

Nichts passierte. Der Sicherungsbügel stand falsch. Ich legte ihn um und feuerte. Ein Dröhnen nach dem anderen. Lauteres und längeres Schießen, als ich erwartet hatte, übersäte die Tür mit Pockennarben. Ich gab drei Schüsse ab, aber es war wie beim Kochen, wenn man der Versuchung nicht widerstehen kann, von einer Zutat ein bißchen mehr zu nehmen. Ich leerte die Knarre, zog den Dienstrevolver der Polizei und warf mich zu Boden (Zam zu verehren, kann niemand verwehren), weil man das bei Feuergefechten nun mal so macht, und nachdem ich mich als Zielgebiet verkleinert hatte, wartete ich auf das Auftauchen von Nummer zwei.

Ich wartete. Dann hörte ich Hubert, heiser und leise. «Ich hab ihn erwischt.»

Ich rechnete immer noch damit, beschossen zu werden, spähte aber um die Ecke und sah, daß Hube das Hängen einfach nicht lassen konnte, aber Nummer zwei lag vor ihm, als sonnte er sich in voller Montur. «Darauf hab ich mich schon den ganzen Tag gefreut», sagte Hube. Anscheinend hatten die Schüsse Nummer zwei von seiner wichtigsten Pflicht abgelenkt, nämlich Hube im Auge zu behalten, der ihm daraufhin mit dem einzigen Körperteil, das man als seinen vertraglichen Pflichten nachkommend beschreiben konnte, einen allmächtigen Tritt verabreicht und seine Sinneseinkünfte so auf Null gebracht hatte.

Hubes Ketten zu lösen war knifflig, denn technischer Kram war noch nie meine Stärke. Während sich Hube wieder zusammensetzte, ging ich zu Nummer zwei hinüber, der sich anhörte, als murmelte er etwas von Zemes Mate, und verabfolgte ihm noch ein paar kräftige Tritte. Dann begab ich mich in eine Ecke und verteilte den Inhalt meines Magens auf dem Fußboden. Furcht ist schwerverdaulich.

«Du wirkst gar nicht überrascht, daß ich hier bin», meinte ich zu Hube.

«Bin ich auch nicht. Obwohl du ganz schön getrödelt hast. Wir müssen schließlich eine Bank überfallen.»

Wir ketteten Nummer zwei an, der sich benommen wieder auf die Teilnahme am Ende des 20. Jahrhunderts einließ. «Wie habt ihr mich gefunden?» fragte

Hube ihn und machte keine Anstalten, den Lauf seiner Waffe zu verbergen. «Wir hatten alle den Auftrag, dich zu suchen. Wir hatten Glück und haben deinen Wagen gesehen.

«Okay», sagte Hube und rammte Nummer zwei seine Waffe ins Ohr, «bereit für den Großen Vorhang?» Eine leere Kammer klickte, aber ich hatte den Eindruck, Nummer zwei kämpfte so sehr gegen seine Panik an, daß er das nicht sofort zu würdigen wußte.

Hube steckte ihm eine Kugel in die Tasche. «Als Andenken, damit du weißt, daß du tot bist und daß ich dich aus der Unterwelt zurückgeholt habe. Lebe wohl und sündige fortan nicht mehr.» Hube inspizierte die Toilette und stellte fest, daß der Comicleser das Hasenpanier ergriffen hatte, unverletzt, jedenfalls gab es keine Blutspuren.

Der Skinhead saß immer noch im Wagen. «In einer Stunde müssen wir wieder in Toulon sein», sagte Hube. «Gibt es jemanden, ob Philosoph oder nicht, der dieses Problem besser lösen könnte als du?»

Ich brachte uns auf 200 km/h hoch, etwas abgelenkt, weil Hube darauf bestand, daß ich Epiktet las und auslegte, noch so einen Sabbelkasper und Zenonier, den Band auf die Lenkradhaube gestützt. Hubert ließ sich über die Absenz der Ratte und die Präsenz des Skins aus.

?????????????????????????

Vom Dach aus sahen wir auf den Transporter hinab, der den Korsen beherbergte und damit als Schaltzentrale der zahllosen Polizeihundertschaften fungierte, die sich um Toulons Stadtmitte scharten, wo die festgesetzte Bank ihrer Beraubung harrte.

Wir wußten, daß der Korse drin saß, weil er neuerdings wieder um Jocelyne herumscharwenzelte und ihr die Sicherheitsvorkehrungen in allen Einzelheiten dargelegt hatte. Die Sonne schien ausschließlich für mich zu scheinen, ihr Schein befingerte mich und fand jenen Glücksknopf, den nur Licht handhaben kann.

Unser Dach befand sich nicht am Marktplatz, denn alle angrenzenden Gebäude waren bullenbedeckt (Polizisten in großen Mengen sind ein aufrichtiges Lob), aber wir hatten immer noch einen guten, wenn auch distanzierten Überblick. Der Markt war nicht sehr bevölkert, aber es gab Passanten, die länger herumlungerten, als die Attraktionen des Platzes verdient hatten, und während unseres Aufklärungseinsatzes entfalteten zwei Kids ein Transparent mit der Aufschrift: «Denker vor – zum Tresor» und zogen damit massiven polizeilichen Overkill auf sich.

«Unser Publikum und die Geschichtsbücher erwarten uns», sagte Hube und zog einen Reißverschluß auf. «Entschuldigt die Unverfrorenheit», fügte er hinzu, als er seinen Blasendruck zivilbullenwärts lenkte. Er schickte einen vier Stockwerke langen Urinlochstreifen hinab. Hubes Regen erzeugte auf dem Transporterdach verhaltenen Donner. Im Haus gegenüber goß eine Frau Zinnien in einem Blumenkasten.

Wir begaben uns ins Erdgeschoß und von dort ans andere Ende der Stadt, zu einer kleinen Bank, wo Hube einen Monat zuvor ein Konto eröffnet hatte.

Wir erreichten den Schalter knapp vier Minuten vor Feierabend. Mit einem breiten Lächeln sah Hube zu, wie der Kassierer das Geld abzählte. Eine Summe, die groß genug war, um weh zu tun und zu beweisen, daß wir echten Schaden hätten anrichten können, aber auch nicht zu groß. «Die Leute sollen ja nicht denken, wir wären bloß hinter dem Geld her», wie Hube es ausdrückte.

Draußen überkam uns ein Anflug von Melancholie, denn obwohl die konzentrischen Polizeisperren am Marktplatz, anderthalb Kilometer weiter, nichts davon ahnten, hatte der Überfall stattgefunden, war das Geld vor ihren Nasen durch die Kabel geflossen. Die Denkerbande hatte sich zur Ruhe gesetzt.

?????????????????????????

Wir veranstalteten unser Abschiedsessen.

«Mehr können wir nicht tun», sagte Hube. «Das war der krönende Abschluß der Bankräuberei. Ab sofort müssen wir nur noch aufpassen, daß wir unser Strafregister nicht beflecken, indem wir uns im Supermarkt mit einem Tiefkühlhähnchen zwischen den Beinen erwischen lassen. Wenn's am schönsten ist, soll man aufhören.»

Derselbe Gedanke ging mir durch den Kopf, als ich an den Koch dachte, der unseren Fisch mit Zingiber gewürzt hatte – ein paar Raspel mehr hätten das ganze gastronomische Gerüst zum Einsturz gebracht; der schmale Pfad zwischen delikat und desolat ist armselig beschildert.

Wir waren aus Toulon nach Draguignan gefahren, wo es (a) ein berühmtes Restaurant gab, das man uns empfohlen hatte, und (b) paßte unsere Fahrt nach Draguignan, obwohl niemand etwas Diesbezügliches hatte verlauten lassen, ganz hervorragend zu der altehrwürdigen Technik, sich rar zu machen, eine Reverenz an die Tradition, Fersengeld zu geben. Wenn man das Versteck von Verbrechern großen Stils erraten soll, kommt Draguignan wie Macclesfield an ungefähr einmillionster Stelle.

Seilschaft oder Wissenschaft, das ist hier keine Frage

Ohne Jocelyne hätten wir Cécile nicht kennengelernt.

Cécile zu besuchen war Jocelynes Idee gewesen; das Kidnapping die Idee von Cécile. Jocelyne wußte, daß Cécile, die sich mit der Ausrede einer angegriffenen Pumpe aus der Bank abgeseilt hatte, ärztlicherseits keinen Gnadenerweis mehr erhoffen konnte und nach neuen Begründungen schürfte, sich von der Bank zu absentieren, aber dennoch den Scheck zu beziehen, von dem sie, ihre Kinder und ihre Mutter lebten.

Cécile würde zwangsläufig zur Hauptverdächtigen avancieren, da sie das Geld vom Polizeihauptkonto (von dem man den Polypen die Piepen zahlte) auf unser Konto überwiesen, die Behörden aber erst alarmiert hatte, nachdem sie nach Hause gekommen war und eine Nachricht über den Verbleib ihrer gekidnappten Mutter vorgefunden hatte.

Aber man konnte ihr einfach nichts nachweisen. Ebensowenig wie Cécile hatten wir vor, ihnen zu verraten, daß das Ganze eine abgekartete Sache war. Cécile wollte nicht mal einen Anteil haben, sie wollte bloß den hieb- und stichfesten Vorwand für einen Nervenzusammenbruch mit anschließendem bezahltem Erholungsurlaub in Balkonien, und dafür reichte es ja wohl, wenn die eigene Mutter von furchterregenden Bankräubern gekidnappt worden war (wir hatten uns allerdings darauf geeinigt, daß Jocelyne ihr in ferner Zukunft ein bescheidenes Sümmchen leihen würde, zu wenig, um Argwohn zu erregen, aber eine handliche Summe).

«Ist das so einfach?» hatte ich Cécile gefragt, als es um die Überweisung ging.

«Also, im Prinzip müssen zwei Leute ihren Segen

geben, aber im Prinzip bleiben Ehepaare auch zusammen, bis daß der Tod sie scheidet.»

Essen in Draguignan 1.2

Wir waren beide müde, als wir unsere praktische Übung in Zymologie absolvierten.

Zu meinem Entsetzen stand ich schon wieder vor der Qual der Wahl, und zu meiner Überraschung empfand ich eine Schwäche für Frugalität, Klausur und Denken, etwas, das im *Chez Odile* nicht auf der Karte stand; ein vor langer Zeit beerdigter Eddie streckte die Hand aus dem Grab.

Hube trank mehr als sonst, sein Falschspielerblick war verschwunden. Seit wir uns kannten, war dies sein erster freier Abend. Zerstreut schlürfte er seinen zeb Wein.

Ich entsann mich jenes Diebs aus der ägyptischen Antike, Amenkau, der erst kostbare Metalle aus einem Grab gestohlen und dann dem Schreiber Oshefitemwese einen halben Deben Silber für einen Krug Wein und Penementenakht einen halben Deben für ein Fäßchen Honig gegeben hatte. Sie hielten eine Fete ab, um ihre kinderleichte Flucht zu feiern. «Wir brachten den Wein ins Haus des Aufsehers, vermischten ihn mit zwei Maß Honig und tranken ihn.» Ansichten aus ihrem Gerichtsverfahren vor über dreitausend Jahren, zu dem es infolge jenes unsterblichen Fehlers gekommen war, auf offener Straße die Brieftasche zu weit aufzureißen. Genau wie wir; die Polizei wäre besser beraten gewesen, die Spitzenquellen für Forellen zu umstellen.

Wo mein Leben aus dem Ruder lief 1000.1

«So bin ich noch nie geküßt worden», hatte Zoë gesagt.

Ich war Cheops für den Bau seiner großen Pyramide schon immer dankbar, denn obwohl das Vögeln auf Stein ungemütlich war, blieb der Augenblick unvergeßlich, auch ohne Unterstützung durch das gigantischste Bett der Welt. Obwohl so etwas der Urteilskraft gern durch die Lappen geht, möchte ich wetten, daß das der zeb Augenblick meines Lebens war. Seit ich von der Pyramide herabgeklettert bin, ging es mit mir bergab.

Die Nacht war kühl, die Sterne grinsten anzüglich und neidisch herab, aber das ganze Universum war unsere Bettdecke. Als Ägyptologin profitierte Zoë am meisten von dem Arrangement. Ich hatte gewisse Bedenken wegen des Treffpunkts, aber anders als von einer Fahnenstange kann man von einer Pyramide wenigstens nicht herunterfallen. Nach unserer Kernfusion ließ ich mir (unnötigerweise) bestätigen, daß sämtliche Antworten in eine 1,68 große 86-81-86-Ägyptologin passen, ein Buch, das man in Blindenschrift liest. Wir schickten eine Feuersäule der Leidenschaft in die Nacht empor, so hoch eine Säule reicht, eine größere, beständigere Konstruktion als unsere Steinmatratze. Unsere Pyrotechnik auf dem Pyramidengipfel bewies mir, daß es im Kosmos eine schreckliche Menge Dunkelheit und Kälte gibt, und wahre Wärme bemißt sich nicht nach Sonnen, sondern nach Hautwonnen.

Schreiben, worüber ich nicht schreiben werde

Es ist peinlich, daß die Antwort so einfach ist, so klar auf der Hand liegt. Die Weisen haben es immer gesagt, aber wie die meisten Wahrheiten war es uns zu banal. Man kann es umdrehen, rückwärts aufsagen, nach einer Fremdsprache klingen lassen: Ebeil, Ebeil, Ebeil. Unstehlbares Geld.

Nicht daß sie leicht zu bekommen wäre. Oder zu behalten.

Es kann nur eine geben. Die eine und die vielen. Auf der Spitze der Pyramide begriff ich die Vollkommenheit. Ich war jung genug für einen machtvolleren Generator in der Brust, aber alt genug, um nicht ohne weiteres reingelegt zu werden. Wir spazierten zum Nil hinab und sahen seinem zarten Zickzack zu.

Ich liebte Zoë beim Trampen (mit dem formvollendetsten Daumen). Ich liebte Zoë in der Schlange vor dem Kino; ich liebte Zoës Aussehen mit Make-up; ich liebte Zoës Aussehen ohne Make-up. Ich könnte fortfahren. Das einzige an ihr, was mich nicht zu ekstatischen Zuckungen hinriß, war, daß sie mir nach unserer Rückkehr nach Cambridge, vierzehn Tage später, mitteilte, sie wolle mich nicht mehr sehen.

«Philosophen sind gute Liebhaber», sagte sie, «aber lausige Ehemänner.» Sie scherzte. «Du bist zu jung. Du bist geschaffen zum Beschlafen, nicht für den Ehehafen.» Sie scherzte nicht. Sie war zwei Monate älter als ich.

Mein Beruf ist die Lehre vom Wissen, das Polieren von Gedanken, aber wenn ich gefragt würde, warum ich jetzt mit einer unzuverlässigen Garnitur vollgesoffener Organe in einem Restaurant in Draguignan herumhocke, während sie mit ihren beiden Kindern in Cornwall lebt und sich kaum an mich erinnert, wenn ich alle Jubeljahre mal anrufe, dann würde ich sagen: keine Ahnung. Schließlich war es zu keinem Streit, keinem Versagen, keinem Disput gekommen.

Zoë war die siebte Tochter einer siebten Tochter. Arme Familie aus Salford. Sie war in allem das Gegenstück zu mir, dem Einzelkind mit zwei linken Händen. Energisch. Methodisch. Mein persönliches, briefliches und telephonisches Flehen wurde unter graue Vorzeit abgeheftet.

Das East End war mein letzter Großangriff. Ich hatte mir ihre neue Adresse besorgt, aber als ich eben auf ihre Straße zuging, fiel der Strom aus, vor mir sah ich meilenweit nur totale Verdunkelung. Ich konnte keine Straßennamen erkennen und keine Hausnummern entziffern. Eine halbe Stunde lang wartete ich in der Dunkelheit, dann ging ich in einen Pub im elektrifizierten Teil der Stadt. Am Morgen danach vorschlaghämmerte sich die Polizei durch meinen Stupor.

Das war's. Und tschüs, Leben. Habe ich mehr geliebt als andere, oder bin ich bloß eine überempfindliche Null und Drecksau?

Wenn man mir das Herz aufbricht, wird man eine vollkommene Miniatur-Zoë finden.

Draguignan 1.3

«Wo bleibt eigentlich Jocelyne?» fragte Hube erneut. Sie hatte fast zwei Stunden Verspätung, was ziemlich beunruhigend war, da das Erscheinen in der verabredeten Minute ihr für gewöhnlich auf den Leib geschneidert war. Ich fürchtete, ihr könne etwas zugestoßen sein, und fürchtete (allerdings weit weniger), sie hätte sich eingestanden, ihr Leben sei auch ohne ein Chaos von Eddie-Format schon vermüllt genug. Ich habe bei Frauen meistens das Gefühl, daß sie mich mit einem interessanteren, eleganteren, amüsanteren Mann verwechseln und daß ich jeden Moment meine wahre Identität enthüllen könnte.

Hube war während des ganzen Essens ungewöhnlich sanftmütig gewesen und erwachte erst zum Leben, als sich eine Gästegruppe am Nebentisch darüber ausließ, daß die Polizei nach den Vorfällen dieses Tages ihre Gehälter eigentlich für wohltätige Zwecke spenden müßte. Hube gab ihnen eine Runde aus.

Wir entwichen in die Nacht, vermutlich die bestgenährten, gebildetsten und erfolgreichsten Bankräuber in diesem Sektor der Milchstraße.

Glücklose Restaurantexodusse 1.1

Ein Rat, den ich ungern mit ins Grab nähme, lautet, daß es der Verdauung wenig förderlich ist, wenn man zum Auto unterwegs ist und einem aus dem Nichts ein hochrangiger Polizist entgegenspringt, erst recht nicht, wenn er der hochrangige Polizist ist, dem man Platz 1 auf der Liste der meistverspotteten Polizisten aller Zeiten verschafft hat, wenn er der Polizist ist, dem man kürzlich auf die Karriere getreten, woraufhin diese mit dem Knirschen eines abstoßenden Arthropoden geborsten ist, wenn er der Polizist ist, dessen Wohnung man gerade in eine Schutthalde verwandelt hat und so weiter... und wenn er einen mit der Waffe bedroht und nicht umgekehrt.

Es war wahrlich das Letzte, was ich sehen wollte, noch nach (a) Featherstone, bekränzt mit quicklebendigen Teenagerhuren aus aller Herren Länder, und (b) dem Hinterteil eines Elefanten, das sich mir in der festen Absicht nähert, mit dem Erdboden unter mir Kontakt aufzunehmen. Trotzdem frohlockte etwas in mir darüber, daß bei den Hütern von Recht und Ordnung doch noch nicht Hopfen und Malz verloren waren.

Der Gedanke, unser Denkerbandentum abzustreiten, ging mir durch den Kopf, ohne innezuhalten. Er wußte Bescheid. Wir wußten, daß er Bescheid wußte. Wir wußten, daß er wußte. Offensichtlich hatte er keine Rede vorbereitet, nicht mal das bewährte «Sie sind verhaftet». Er funkelte uns an, und sein Gesicht verzerrte sich vor Wut. Die Sprache schien schlechthin außerstande, ihm die erforderlichen Dienste zu leisten.

Wenn man die Häufigkeit von Mordtaten auf der Erde bedenkt, kommt es einem unwahrscheinlich vor, daß noch kein Künstler diesem Blick auf einem Kupferstich zur Unsterblichkeit verholfen haben soll, aber ich kann mich nicht erinnern, in Gemäldegalerien je darüber gestolpert zu sein. Unverkennbar: Mann vor dem Mord an jemandem, den er schon lange ermorden will.

«Sollten Sie nicht Zeugenaussagen sammeln, statt vor Drei-Sterne-Restaurants rumzuhängen?» erkundigte sich Hube und klang wirklich wißbegierig. Der gehortete Zorn auf Versinis Gesicht machte mir klar, daß wir den Punkt erreicht hatten (sollten wir je in seinen Genuß kommen), wo unsere Biographen erleichtert aufatmen würden, weil sie endlich in den Pub durften. Der Biographie-Abschluß-Moment.

«Ich meine», sagte Hube, «vor Gericht macht sich das nicht besonders gut, oder?»

Mir war mulmig zumute, denn wenn ich ehrlich sein soll, fiel mir zwar kein triftiger Grund ein, warum der Korse uns nicht erschießen sollte, aber dennoch hoffte ich, er würde es lassen. So sehr ich die Makellosigkeit von Hubes Nonchalance bewunderte, so wenig leistete sie unserem Weiterleben Vorschub. Ich wußte, daß es kein Bluff gewesen war, als er gesagt hatte, er würde unter gar keinen Umständen ins Gefängnis zurückgehen. Ich nehme an, er wollte den anderen veräppeln, so lange er konnte.

Versini sagte: «Ich hätte bleiben sollen. Es gibt viel zu tun. Jeder Polizeibeamte meines Dienstranges oder darüber hat angerufen, um mir mitzuteilen, was für ein Schwachkopf ich bin. Ich hätte bleiben und auf meine offizielle Suspendierung warten können.» Er sprach langsam und ungleichmäßig wie jemand, der gerade erst Französisch gelernt hat. «Aber ich bin gegangen. Ich dachte mir, ich könnte mir genausogut ein ruhiges Fleckchen mit einer anständigen Mahlzeit suchen. Und was finde ich? Meine Retter.»

Ich applaudierte dem bauchgeleiteten Abend, der Hommage an Zao Jun. Gleichwohl stritten sich im Vorzimmer meines Verstandes zwei Vorstellungen um den Titel der amüsanteren Aussicht: unsere Verknakkung zu hundert Jahren Bau oder unser Weggepustetwerden.

«Dürfte ich zwei Dinge anmerken?» fragte Hube und nutzte eine Haßlawine, die dem Korsen aus dem Gesicht rutschte – der gab die Erlaubnis, indem er nicht schoß.

«Erstens, falls Sie's nicht schon gemerkt haben, Ihr Transporter ist heute nachmittag bepißt worden, und ich war der Pisser.»

«Und zweitens?» Der Korse fand langsam Spaß an der Sache; sein Gesicht zeigte jenes Lächeln, das Menschen aufsetzen, wenn sie Leute erschießen, die sie am liebsten den ganzen Tag lang erschießen würden. Die Zeit beantragte Auszeit, und ich sah, daß ein Auto, das wie Jocelynes Auto aussah, am anderen Ende auf den Parkplatz einbog.

Da ich partout keine Lüftungsschlitze erhalten wollte, bildete sich in meiner Denkterrine die Idee, wie schön es wäre, wenn das Jocelyne wäre. Wenn das Jocelyne wäre, die lautlos aus ihrem Wagen stieg. Wenn das Jocelyne wäre, die lautlos aus ihrem Wagen stieg und an den Korsen heranschlich. Wenn das Jocelyne wäre, mit einem selbstgebastelten Totschläger in der Hand, dessen Anfertigung Hube ihr gezeigt hatte («Patte auf die Platte ist einfach unschlagbar», hatte er gesagt und den explosiven Effekt demonstriert, den eine Handvoll Francs in einer Socke erzielen kann). Wenn das Jocelyne wäre, die lautlos aus ihrem Wagen stieg, an den Korsen heranschlich, mit einem selbstgebastelten Totschläger in der Hand, dessen Anfertigung Hube ihr gezeigt hatte, und dem Korsen einen Schlag versetzte, daß es ihm die Zaufahlsfalte zusammenzog.

Ich forderte dem Willensmuskel wirklich sein Äußerstes ab und versuchte mich als Geburtshelfer dieses Konzepts; außerdem dachte ich, es wäre lebenswichtig, den Korsen am Reden zu halten, aber wie bei allen Gelegenheiten, wenn man unbedingt reden muß, konnte ich nur die unpassendsten Vokale und Konsonanten zusammenleimen. Die einzigen Wörter, die mir in den Sinn kamen, lauteten: «Na, wie fühlt man sich denn als Frankreichs bester Hohlschwanzwichser?»

«Na», sagte Hubert, «wie fühlt man sich denn als Frankreichs bester Hohlschwanzwichser?»

Inzwischen, sah ich, kam Jocelyne auf uns zu, aber zwischen ihr und dem Korsen lag zuviel Parkplatz, als daß der Totschläger Eingang in meine Biographie gefunden hätte.

Gelegenheiten

Soll doch keiner sagen, wir kriegen keine. Wir kriegen sie schon, wir nutzen sie bloß nicht.

Jocelyne wurde gar nicht gebraucht. Einen Moment lang sah es so aus, als hätte der Zorn des Korsen der Situation den Rücken gekehrt und ihn in heitere Hinrichtungslaune versetzt, aber dann mischte er sich doch wieder ein. Wäre der Korse dem Abzugziehen treu geblieben, wäre alles glatt gegangen; aber er wollte die Abschiedsworte auskosten, und seine Wut war so gigantisch, als versuchte man, ein haarsträubend fettes Zebra zu beschwatzen, sich durch einen Abfluß zu quetschen. Er schaffte es nicht, uns Prellböcke in die Lebensbahnen zu feuern, weil …

… er kurz gurgelte und dann unschön zusammensackte, sich mit seiner Gefühllosigkeit der des Erdbodens anvertraute.

«Siehst du», sagte Hubert, der sich nicht die mindeste Überraschung anmerken ließ, und stupste den auf dem Rücken liegenden Versini mit der Schuhspitze an, «wir sind unbesiegbar. Das Schicksal wäscht sogar unsere schmutzige Wäsche.»

Ich fand es leicht verweichlicht, daß ein hochrangiger Polizeibeamter kurzerhand schlappmachte. Herzversagen? Epilepsie? Auf den zweiten Blick sahen wir, daß Versini ganz flach atmete, was Hubert wohl enttäuschte, denn die Aussicht auf eine Mund-zu-Mund-Beatmung hatte ihm schon das Wasser im Mund zusammenlaufen lassen.

Aus dem Restaurant tauchte ein Pärchen auf und bot seine Hilfe an. «Danke, unser Freund wird schon wieder», versicherte ihnen Hube. Jocelyne meckerte über ihre beiden platten Reifen und ging dann ins Restaurant, um Versini nach dessen Erwachen nicht vors Visier zu laufen. Wir wuchteten ihn in den Wagen und fuhren los.

Das Funkeln in Hubes Augen war erloschen. Versini wurde mit seinen eigenen Handschellen gefesselt, und Hubert meinte, es wäre schade, daß wir das Beutemachen an den Nagel gehängt hätten, denn es wäre eine zusätzliche Würze gewesen, hätten wir mit Versinis Waffe einen Überfall gewagt. «Warum ziehen wir ihn nicht einfach aus und bemalen ihn mit einem markigen, griechischen Spruch? Und danach laden wir ihn vor einem Polizeirevier ab.»

Verbal ließ Hube die Idee weitertraben, aber man spürte, daß er ein Ereignis besprach, das nicht stattfinden würde.

Er legte seinen Arm um Versini, der immer noch unter Schock stand. «Schade, daß Sie so sauer sind. Denn ohne Sie wären wir doch nichts. Sie gehören genauso zum Team wie wir. Ich würde Ihnen gern ein Geschenk kaufen.»

Auf Hubes Vorschlag hin fuhren wir an die Küste. Versini wirkte angegriffen, aber nicht übermäßig nervös. Wahrscheinlich dachte er sich, daß wir ihn gleich vor dem Restaurant abgemurkst hätten, wäre das unsere Absicht gewesen, und daß jede jetzt von uns geplante Zerstreuung seine zukünftige Karriere als Wachtelzüchter, Zeitungsverkäufer oder was auch immer kaum nachhaltig beeinflussen konnte.

Wir hielten und spazierten in die Dunkelheit hinaus. Wir befanden uns auf einer Art Klippe, und ich hatte den Eindruck, unser Glück hätte schon zu viele Überstunden geschoben, um uns jetzt auch noch mit einem finsteren Abgrund füßeln zu lassen.

«Wir kriegen euch noch», sagte Versini mechanisch, wahrscheinlich fiel ihm nichts Originelleres ein. Es stimmte ja auch – am Ende wird man doch geschnappt, falls man nicht gewillt ist, irgendwo im Dschungel zu kauern oder im großen Stil zu verbrechern und das Land zu regieren.

«Und welche Erklärung haben Sie dann für unsere Freiheit?» wollte Hube wissen.

«Ihr habt Glück gehabt.»

Hube löste Versinis Handschellen. Ich verstand nicht, was er vorhatte; ich teilte seine Begeisterung für den Ausgleich von Recht und Ordnung keineswegs; ich wollte bloß noch razziafrei ratzen.

«Ich habe den Eindruck», sagte Hube und sah Versini prüfend an, «daß Sie mich schlagen möchten.» Versini zuckte bejahend mit den Achseln.

«Bitte, wenn Ihnen das soviel bedeutet, sollen Sie einen Schlag guthaben. Mann gegen Mann, der Prof wird sich nicht einmischen.» Hube warf seine Waffen ostentativ beiseite und machte die international übliche Geste des ‹komm schon›, die in allen Kneipen der großen weiten Welt so beliebt ist. Ich fragte mich, ob Hube es ernst meinte, daß ich mich nicht einmischen sollte; er war nicht gerade in Bestform.

Versini allerdings auch nicht. Er vollführte einen Schwinger in Richtung des vermeintlichen Standorts von Hube und seinen Zeisdrüsen, aber H hatte sich für Schläge unerreichbar gemacht. Zu schnell für meine Augen, aber nicht zu leise für meine Ohren verpflanzte Hube sein Knie in Versinis Liebessektion, und gratis gab's noch einen Ellbogen aufs Zuckerkandl-Organ.

«Sie können das nicht besonders, hab ich recht?» fragte Hube den Versiniklumpen zu seinen Füßen. «Aber wir müssen uns unbedingt über Ihre These unterhalten, derzufolge Sie das Recht haben, mich zu verhaften. Mein Einwand lautet: Warum sollte ich zulassen, daß Sie mich verhaften? Ich verspreche Ihnen, sollten Sie mich überzeugen können, werde ich mich frohgemut in Ihren Gewahrsam begeben.»

Versini vierfüßerte noch. Er war es nicht gewöhnt, daß man (x) sein Leben zerstörte, (y) ihm in die Eier trat und sich (z) dialektisch mit ihm kloppen wollte. Egal was ihm auf den Lippen lag, ich hoffte, er würde es kurz und bündig machen. Aber sein Tag hatte zu Alalie geführt (oder Führungskurse für hochrangige Polizeibeamten enthalten keine Seminare über Disputationen mit aufschneidenden Beutelschneidern).

«Glauben Sie unter Umständen, Sie wären was Besseres als ich? Stellen wir unser Stehvermögen auf die Probe», sagte Hube, «ich habe eine Hand, die meine Welt steuert.» Hube zog ein Schnappmesser aus der Tasche, ließ es aufschnellen, hielt sich den Griff in die rechte Kniekehle und ging in die Hocke, so daß das Messer vom Bein festgeklemmt wurde. Dann spießte er sich langsam die Hand auf, indem er die Handfläche gegen die Klinge drückte.

Mir wurde ein wenig schlecht – nach einer üppigen

Mahlzeit ist so etwas kein schöner Anblick. Versini lümmelte sich noch auf dem Boden. Vielleicht hoffte er, wir würden uns als Zugabe in die Schläfen schießen: selbstausradierende Kriminelle.

Hube, dessen Gesicht im Licht der Autoscheinwerfer fahl und eingefallen aussah, griff umständlich in die Tasche, zog noch ein Messer heraus und warf es Versini hin, falls der Hemmungen haben sollte, dasjenige zu benutzen, das bereits Hubes Adern durchbohrt hatte. «Sie sind dran», sagte Hube. Versini beäugte das Schmetterlingsmesser auf eine Weise, die seine Weigerung herausschrie, auch nur so zu tun, als wolle er Hubes Beispiel folgen, während dieser einen Augenblick darauf wartete, ob sich plötzlicher Wagemut Bahn bräche.

«Der Sieg über das Selbst…», begann Hube, merkte aber, daß er das kaum auszuführen brauchte. Selbstdisziplin ist eine große Tugend und eine meiner größten Schwächen, aber ich glaube, ich entscheide mich bei der Befriedung meines Egos lieber für die leichten Formen der Propaganda und lade es zu einer Zillion Essen ein.

Versinis Apathie kam verfrüht; ich bezweifelte, daß Hubert einen Abzug betätigen konnte, und mir fiel ein, daß meine Knarre nicht geladen war. Aber wir hatten einen langen Tag hinter uns.

«Wir setzen uns zur Ruhe», verkündete Hube. «Wir setzen uns nicht aus Angst zur Ruhe, geschnappt zu werden; wir setzen uns zur Ruhe, weil wir alles erreicht haben. Hier ist mein Vorschlag: Auf den Tip eines Informanten hin sind Sie zum Restaurant gefahren und haben in heroischem Alleingang versucht, uns festzunehmen, aber ein Sympathisant hat Sie behämmert, und so sind Sie in die Fänge der schurkischen Denkerbande geraten.

Um Ihnen das Lebenslicht auszublasen, werden Sie

hierher an die Küste gebracht, aber Sie können sich befreien, erkämpfen sich Ihre Waffe, und es kommt zu einer Schießerei mit der Bande, die haufenweise ballistisches Beweismaterial hinterläßt. Angeschossen, ohne Munition und in dem verzweifelten Versuch, der Gerechtigkeit zu entgehen, springt die Bande zehn Meter tief in die See und läßt ihre leeren, von Blutspuren und Fingerabdrücken übersäten Waffen zurück. Sie rufen Verstärkung herbei, aber als die endlich eintrifft, sind die Leichen nicht mehr aufzufinden, die Strömung ist hier sehr stark. Im Handumdrehen werden Sie vom Cheftölpel zum Helden des Tages.

Jetzt haben Sie natürlich Angst, wir könnten dermaleinst wieder aus der Versenkung auftauchen. Das wäre selbstredend mißlich, kann aber Ihre Tapferkeit und Ihre Geschichte kaum anknacksen. Und wie Sie sich vorstellen können, sehnen wir uns nach Ruhe und Frieden.»

Versini rührte sich nicht, als er die Flügel dieses Gedankengebäudes durchstreifte. Für ihn war es wenn schon kein schöner, so doch ein respektabler Abgang; eben stand er noch als so großer Arsch da, daß ganz Frankreich sich darauf niederlassen konnte, und jetzt erhielt er die Chance, versehentlich als Polizist zu gelten.

Er sagte nicht ja, aber er sagte auch nicht nein. Er sagte gar nichts, wie er da am Boden lag, am Nullpunkt seiner Shitparade.

Auf Anweisung Huberts nahm ich verschiedene Positionen ein und leerte unsere Waffen, womit ich den Wagen außer Gefecht setzte, feuerte Versinis direkt vor ihm ab, damit er Schmauchspuren bekam und die Jungs von der Spurensicherung fanden, wonach sie suchten. Hube wollte auch von mir Blut haben und erwartete, daß ich mich wie einen Brotlaib in Scheiben schnitt; daraufhin pulte ich wie ein Abc-Schütze an einer meiner Schnittwunden herum und hämoglobinierte meine Waffe und das Unterholz.

Wir verließen Versini, nachdem wir ihm eingeschärft hatten, sich zwanzig Minuten lang nicht vom Fleck zu rühren, aber er sah so aus, als würde er in nächster Zeit nirgendwo hinrennen. Wir trampten an die Hauptstraße zurück, wo Jocelyne uns erwartete.

«Ihr beiden braucht euer eigenes Krankenhaus.»

?????????????????????????

Jeder nach seinen Fähigkeiten: Hube schaffte sich das meiste Geld vom Hals.

«Ich will's verschenken», sagte er.

«Das ist viel Geld», sagte ich.

«Es gibt viele wohltätige Zwecke», sagte er.

Freilassung von Ratten

Ich erhielt Anweisung, Thales auf freie Pfote zu setzen, also brachte ich ihn nach Cannes, der Stadt mit der größten mir bekannten Kanalisation. Vielleicht bin ich Rattist, vielleicht wäre er viel lieber in einem Museum oder einer Konzerthalle freigesetzt worden statt in einer Umgebung von Fäulnis und Abfall, aber die bekam er nun mal.

Ich öffnete den Käfig, Thales schnupperte den Duft von Freiheit und Abenteuer, dann trottete er davon wie ein Zmudzin. Falls Ziegenkäse und Völlerei wirklich sein Ding waren, dann war ihm wohl nicht klar, daß er gerade einen schweren Fehler beging.

Ich verbringe viel Zeit damit, auf das Geräusch vorschlagbehämmerter Türen oder einschlagender Kugeln zu warten, aber die Welt blieb grotesk still.

Schockangst

Ich bin schon seit Tagen nicht mehr zusammengeschlagen, überfallen oder beschossen worden. Unerklärlicherweise werde ich frühmorgens wach und habe Lust aufzustehen; ich habe gute Laune und bin fit wie eine Zarukladung Limbo-Tänzer. So gesund und munter zu sein kann einem auf den Geist gehen, denn man hat keine Ausrede mehr, seinen Geist nicht anzustrengen.

Hubert sitzt mit stierem Blick am Küchentisch vor einem Haufen Waffen und Waffenteilen, wie jemand, der mehr bestellt hat, als er essen kann. Hin und wieder greift er nach einem Stück und legt es in eine große orangefarbene Reisetasche.

«Ich hatte Angst», gestand er. «Du bist der einzige, dem ich das erzählen kann.»

Wir durchschifften das Schweigen, bis ich verstanden hatte, worauf er hinauswollte, und entgegnen konnte: «Hat man dir nicht angemerkt.»

«Vielleicht ist das das Geheimnis. Die Tapferen erledigen ihr Gewinsel im stillen Kämmerlein. Weil sie sich ein Feigheitszimmer leisten können.»

«Was wäre passiert, wenn ich Geld gehabt hätte, als du mich ausrauben wolltest?»

«Ich hätte Geld gehabt und wäre ein Nichts geblieben.»

«Eins versteh ich bis heute nicht: Ich hatte an der Hotelrezeption doch erklärt, daß ich keinen roten Heller hatte. Warum hast du das nicht gehört?»

«Vielleicht wollte ich nicht.»

Wir schauten uns auf der Schädelleinwand ein paar Erinnerungen an.

Abschied

«Was hast du vor?» fragte ich, weil ich Hube noch nie so lange auf einem Stuhl gesehen hatte.

«Nach einer so langen Karriere im Bankraub? Wo kann ein Gewohnheitsverbrecher wie ich schon hin? Es gibt nur einen Ort: den Knast.»

Er meinte es ernst. Allerdings wollte er ohne die herkömmliche Unterstützung durch das Fütterungspersonal der Gefängnisse, die Polizei, in den Bau wandern. Er plante, in Les Baumettes mit seinem Hochsicherheitstrakt einzubrechen und Emile, den König der Langstrafer, zum Duell zu fordern, zum Holmgang. Ich strich die wenig einladende Natur von Hochsicherheitstrakten heraus.

«Das stimmt», gab Hube zu, «aber so sicher die auch sein mögen, der Laden ist so konzipiert, daß er die Leute festhalten, nicht fernhalten soll. Und ich kenn mich dort gut aus, vergiß das nicht.»

Er drehte das Radio auf volle Lautstärke, griff nach einer Mac-10, spielte Bleifinger und vernichtete einen Großteil der Wand zwischen der Küche und einem der Schlafzimmer. «Wollen doch mal sehen, was Emile dazu einfällt.»

«Warum fährst du nicht einfach weg und amüsierst dich irgendwo?»

«Ich hab nicht mehr viel Zeit, und drinnen gibt es mehr Leute als draußen, von denen ich mich verabschieden möchte. Ich will nicht im Liegestuhl am Swimmingpool darauf warten. Nein, ich will Emiles Gesichtsausdruck sehen. Und ich will, daß es ein fairer Kampf wird, der ihn auseinandernimmt. Genau, sein

Gesicht sehen und dann wegpusten, das wird ein Spaß. Wenn ich danach noch am Leben bin, werd ich gern deinem Rat folgen und mich ausruhen.»

Ich versuchte kurz, es Hube auszureden, aber letzten Endes steht es einem frei, ob man mit dem Verfugen der Badezimmerkacheln vorliebnimmt oder in ein Gefängnis einbricht, um den Leithammel abzuknallen.

Hube zog den Reißverschluß der Reisetasche zu.

«Und wenn sie mich schnappen, kann ich immer noch behaupten, ich hätte mich selbst einbuchten wollen, weil auf die Polizei ja kein Verlaß ist. Für den Spruch hätte sich's doch gelohnt. Das soll man als Ausleitung erst mal schlagen.»

Hube griff in die Hosentasche, zog eine Münze heraus und schnipste sie mir zu, ließ sie durch die Luft wirbeln; merkwürdigerweise fing ich sie auf.

Sie war etwas unregelmäßig geformt, und ich erkannte sie als Stater aus Elektron, mit einem ruhenden, zurückblickenden Löwen, der Stil früher Münzen aus Milet. Ihr Glanz war beeindruckend für ein über zweieinhalbtausend Jahre altes Geldstück, ein Reisender durch die Zeit.

«Vielleicht hatten die Jungs höchstpersönlich sie in der Hand», meinte Hubert. «Ich wollte dir ein Souvenir dalassen, etwas, das sich ins Gefängnis schmuggeln läßt; etwas, womit man notfalls ein paar Drinks bezahlen kann.»

Vielleicht war dies der Gewinn, den Thales mit seinen Olivenpressen erzielt hatte; vielleicht das Honorar, das Gorgias und Protagoras eingeheimst hatten, die Vergütung, die Sokrates ausgeschlagen hatte. Eine Münze, die womöglich von ionischen Bankräubern geklaut worden war: eine fruchtbare Gegend, die Penunzen und Gedanken hervorgebracht, Metall versklavt und Ideen darauf geprägt hatte. Es war seltsam, mit dem Stater in der Hand fühlte ich mich seinen Münzern so nah, als schüttelten wir uns die Hände.

Hube schob den Ärmel seines Sweatshirts hoch und entblößte ein dickes schwarzes Z auf dem Unterarm, eine so wuchtige Tätowierung, daß man den Eindruck hatte, Hube sei eher am Z befestigt als das Z an ihm.

«Z steht für zetetisch», sagte er mit einem Lächeln.

Z. Der letzte Buchstabe unseres Alphabets, der siebte der ersten, der hebräischen und phönizischen Alphabete, und der sechste des griechischen. Das hebräische *zayin* wird auf den hieratischen Buchstaben  zurückgeführt, der mit dem syrischen *zaino*, Waffen, verwandt ist. Unter Umständen abgeleitet vom sumerischen Zeichen für Streitaxt, *zag*. Als die Römer Griechenland eroberten, sahen sie sich gezwungen, den Buchstaben Z zu borgen. Wie ein Brandzeichen prangt er an der Stirn der römischen Kultur, Dienstmagd und Gepäckträger für die Griechen. Z, der Buchstabe, der zum wichtigsten Symbol erkoren wird, das Symbol für die Anzahl der Protonen, das Element der Elemente, die dem Universum seinen Charakter verleihen. Das Eine und die Vielen. Im internationalen Code der Signalflaggen bedeutet Z «Anruf an Küstenstation». Im Mittelalter war das Z das römische Zahlzeichen für 2000. So könnte ich fortfahren. «Vielleicht sehen wir uns wieder. Man hat schon Pferde kotzen sehen», sagte Hube, als er ging.

Fortgänge

So leise, wie er es betreten hatte, verließ Hube mein Leben wieder. Weggehen kann von Haus aus stinklangweilig sein. Man hört, wie sich Schritte entfernen, und oft ist damit die Luft raus. Scheiden offenbart seine Bedeutung selten im ersten Moment; meist fühlt man sich eine Minute danach nicht anders als eine

Minute davor. Trennungen haben einen Zeitzünder. Selbst die Schwächsten unter uns ertragen einen Verlust ein paar Stunden, ein paar Tage, ein paar Wochen lang; erst die Monate lehren uns, was wir wirklich verloren haben.

Intellektuell läßt mich Hube zurück, wie er mich vorgefunden hat, wenn auch mit einer ganzen Reihe amüsanter Erinnerungen und etwas, das vielleicht kein Optimismus ist, sich aber jedenfalls kaum davon unterscheidet.

Etwas Tiefsinn für diese Seite?

Vielleicht hatte Hube im Olivenlagerhaus mich gerettet und nicht ich ihn.

Zu erledigen

1. Zieh in die Normandie. Dort wird dich niemand ernsthaft suchen. Ein ganzer Landstrich aus Macclesfields, wo ein schräger Engländer vielleicht einen Job als Lehrer bekommt. Ist es nie zu spät, sich zu ändern?

   Lehre griechische Philosophie. Hol dir Zet.
2. Ruf Jocelyne an.
3. Räum in der abendländischen Philosophie auf. Bloße Innendekoration? Muß die Branche tranchiert werden? Das fühlt sich an wie Seite eins unter einem Deckmäntelchen, aber wenn's um das nackte Überleben geht, sollte man ja auch nicht dumm aus der Wäsche kucken.

Ich denke an
Taschen- und Stand-
uhrmacher
wie Zach, Zachariah,
Zacharie, Zachau,
Zademach, Zagnani,
Zahm, Zahne,
Zahringer, Zanchi,
Zanker, Zanlich,
Zantner, Zantzig,
Zappeck, Zaringer,
Zaug, Zech (dem fälschlich
die Erfindung des Schneckenkegels
zugeschrieben wird),
Zehng, Zeißler,
Zeitelmeier, Zeitz und Zucker. Aber wie wir alle wissen, besteht die Lösung wirklich schwieriger Probleme … im Aufgeben.

Glossar

Zabuton	flaches Kissen
Zajc, Ivan	1832–1914; kroatischer Komponist
Zakat	(islamisch) Steuer
Zama	Schlacht in Nordafrika, wo Hannibal im Jahre 202 v. Chr. von Scipio endgültig besiegt wurde
Zamzam	heilige Quelle in Mekka
Zamzummiter	«es haben auch vorzeiten Riesen darin gewohnt, und die Ammoniter nennen sie Zamzummiter.» (5. Mose 2.20)
Zantedeschia	afrikanische Tropenpflanzen
Zaotar	altiranischer Priester
Zapodidae	Springmäuse
Zapote	Obst
Zaptieh	türkischer Polizist
Zaqqûm	Speise des Sünders (im Koran)
Zarp	Transvaal für Polizist
Zaruk	arabische Dhau
Zaufahlsfalte	Plica salpingopharyngea
Zeami, Motokiyo	1363–1443; japanischer No-Dramatiker
Zeb	(Backslang) der / die / das Beste
Zechstein	wasserundurchlässige Felsformation
Zemaituka	zähe Ponyrasse
Zemes Mate	lettische Erdmuttergöttin

Zemi	Schutzengel
Zener-Karten	Hilfsmittel der ASW-Forschung
Zensho	Sumo-Turnier mit unbesiegtem Ringer
Zesel	Resultat der Kreuzung von Zebra und Esel
Zet / zetetisch / Zetiker	(griechisch ζητέω) erforschen, untersuchen
Zeuglodon	ausgestorbener Wal
Zig	(französisch) Kerl, Bursche
Zin	Land in der Bibel
Ziphiiden	Walfamilie
Ziusudra	letzter sumerischer König vor der Sintflut
Zmudzin	polnisches Pony
Znuz	Frost, gefroren
Zocle	Sockel, Plinthe
Zoilus	schonungsloser Kritiker im 4. Jahrhundert v. Chr.
Zonula ciliaris zinnii	Aufhängeapparat der Linse des Auges
Zope	Brasse
Zori	japanische Sandale
Zozo	(französisch) Idiot, Dussel
Zuckerkandl-Organ	sympathisches (chromaffines) Paraganglion
Zuihitsu	Genre der japanischen Literatur aus ins Blaue geschriebenen Notaten
Zumbador	südamerikanischer Kolibri
Zünsler	artenreiche Familie von Kleinschmetterlingen
Zurvan	iranischer Gott der Zeit
Zwaardemaker, Hendrik	1857–1930; niederländischer Physiologe, Urheber eines Systems zur Klassifizierung von Gerüchen

Zygite	Ruderer in einer Bireme oder Trireme
Zyclopentixol	Antipsychotikum
Zystoideen	im Devon ausgestorbene Gruppe kurzgestielter Stachelhäuter
Zythum	ägyptisches Bier der Antike
Zyzzogeton	südamerikanische Singzikade

Dank des Übersetzers

Das Übersetzen von Wortspielen und Kalauern will ebenso gelernt sein wie das philosophischer Aphorismen, und Tibor Fischer ist ein harter Lehrmeister. Für das Zuschieben ihrer Spickzettel danke ich Ilse Blumenbach, Sibylle Brändli, Reinhard Hiß, Jochen Schwarzer und Dirk Vanderbeke. Reinhard Hiß sei überdies für seine Hilfeleistungen in Literatur- und Philosophiegeschichte der Antike gedankt.

Romane und Erzählungen

Julian Barnes
Flauberts Papagei *Roman*
(rororo 22133)
«Dieses Buch gehört zur Gattung der Glücksfälle.»
Süddeutsche Zeitung

Denis Belloc
Suzanne *Roman*
(rororo 13797)
«Suzanne» ist die Geschichte von Bellocs Mutter: Das Schicksal eines Armeleutekinds in schlechten Zeiten. «Denis Belloc ist der Shootingstar der französischen Literatur.» *Tempo*

Andre Dubus
Sie leben jetzt in Texas *Short Stories*
(rororo 13925)
«Seine Geschichten sind bewegend und tief empfunden.» *John Irving*

Michael Frayn
Sonnenlandung *Roman*
(rororo 13920)
«Spritziges, fesselndes, zum Nachdenken anregendes Lesefutter. Kaum ein Roman macht so viel Spaß wie dieser.» *The Times*

Peter Høeg
Der Plan von der Abschaffung des Dunkels *Roman*
(rororo 13790)
«Eine ungeheuer spannende Geschichte.» *Die Zeit*
Fräulein Smillas Gespür für Schnee *Roman*
(rororo 13599)
Fräulein Smilla verfolgt die Spuren eines Mörders bis ins Eismeer Grönlands. «Eine aberwitzige Verbindung von Thriller und hoher Literatur.» *Der Spiegel*

rororo Literatur

Stewart O'Nan
Engel im Schnee *Roman*
(rororo 22363)
«Stewart O'Nans spannendes Erzählwerk ist zum Heulen traurig und voller Schönheit, seine Sprache genau und von bestechendem Charme. Die literarische Szene ist um einen exzellenten Erzähler reicher geworden.» *Der Spiegel*

Daniel Douglas Wissmann
Dillingers Luftschiff *Roman*
(rororo 13923)
«Dillingers Luftschiff» ist eine romantische Liebesgeschichte und zugleich eine verrückte Komödie voll schrägem Witz, unbekümmert um die Grenzen zwischen Literatur und Unterhaltung.

Tobias Wolff
Das Blaue vom Himmel *Roman einer Jugend in Amerika*
(rororo 22254)
«Wunderbar komisch – zugleich tieftraurig und auf sehr subltile Weise moralisch.» *Newsweek*